U0032205

末日前，MEET DEMON GIRL BEFORE ARMAGEDDON 4
我把惡魔少女誘拐回家了！

黑貓C——著
Fori——繪

目錄

MEET DEMON GIRL
BEFORE ARMAGEDDON

人物介紹

【系列主要角色】

蘇梓我／偉大的主角，相當嘴賤好色的香港高中生。

娜瑪／阿斯摩太，侯爵惡魔，擅長誘惑術，任怨任勞的移動圖書館。

夏思思／阿斯塔特，侯爵惡魔，擅長預視術，腹黑又滿懷心思。

利雅言／原聖火堂區助祭、女神適性者。

杜夕嵐／聖火書院學生，羅剎血脈。

【蘇梓我的使役魔神／所羅門七十二柱魔神】（照收編順序排列）

比夫龍／子爵惡魔，排名第四十六位，頭的前後各有一張臉，所持神器為「死靈燭台」。

系爾／子爵惡魔，排名第七十位，生性孤僻不擅戰鬥，能空間轉移，所持神器為「乾坤球」。

賽沛／侯爵惡魔，排名第四十二位，人魚族，統御魔海，能力為「御海術」。

巴巴斯／爵位被褫奪，排名第五位，獅王族惡魔，擁有「黃金雙眼」，能力為「破幻術」。

佛拉斯／排名第三十一位，渾身赤黃，滿是筋肉，能力為「尋回術」。

埃力格／侯爵惡魔，排名第十五位，擅長「預謀術」，別稱黑騎士。

佛爾卡斯／排名第五十位，擅長「火占術」，外貌為一白髯老者，別稱白騎士。

納貝流士／排名第二十四位，原形為地獄三頭犬刻耳柏洛斯，其力量被吸進所羅門印戒中。

瓦布拉／男爵惡魔，排名第六十位，外形是頭瘦削的翼獅，擅長「機工術」。

斯伯奈克／原名斯伯奈，藍之村武士隊長，排名第四十六位，擅長「兵裝術」，「五騎士」之一。

桀派／原名桀，紅之村村民，排名第十六位，擅長「避孕術」，「五騎士」之一。

巴欽／蛇尾紅髮青年，排名第十八位，擅長「出竅術」。

因波斯／外形獅頭兔尾鵝腿，排名第二十二位，擅長「機敏術」，能日行千里。

西迪／侯爵惡魔，排名第十二位，少女外貌，為基色城主，擅長以「口蜜術」說服他人。

華利弗／真身為有翼的灰黑騾子，排名第六位，擅長「變形術」，能改變自己和他人為魔獸。

艾妮／排名第二十三位，為「野貓藝團」團長，擅長「顯現術」。

格雷希亞拉波斯／排名第二十五位，鳥翼獸耳的少女，擅長「透明術」。

勒萊耶／男爵惡魔，原名小鳥，排名第十四位，擅長「暗殺術」，「五騎士」之一。

沙克斯／排名第四十四位，外形為黑色禽鳥，人稱黑鳩魔王，擅長「聾啞術」。

錫蒙力／排名第六十六位，外貌是一副骸骨，號稱不死魔王，擅長「痲醉術」。

【本集重要人物】

聖德芬／天使長，原香港教區的守護天使。

巴力西卜／公爵惡魔，所羅門魔神排名第一位，希伯侖大公。

加百列／三大天使，吹響第一號角，梵諦岡的守護天使。

拉斐爾／三大天使，吹響第六號角，被新教控制著。

米迦勒／三大天使，吹響第七號角，聖經中擊敗撒旦的六翼天使。

第一章

千年之戰

1

瑪格麗特幾經劫難，終於引領倖存的聖教徒走出歐洲，希望能在埃及開羅重建聖教。然而，天使無情的殺戮斬斷了她最後一根理智的弦線，她再也無法控制蘊藏體內的聖子力量、被仇恨支配，甚至連蘇梓我也認不出來。

蘇梓我不忍心傷害她，但又不得不阻止她失控下去，便命人尋回神器「公爵夫人的后冠」，並親手為她戴上，收她成為所羅門魔神吉蒙里，最終亂局才得以平息。

瑪格麗特在香港住了一晚後，便與蘇梓我一同回去埃及開羅，來到法蒂瑪聖母主教座堂。

「父親大人，女兒回來了！」

安東尼見瑪格麗特變回少女的性格，嚇了一跳。

「瑪、瑪格麗特？妳怎麼……」

「父親大人……」瑪格麗特靦腆地說：「女兒不孝，恐怕不能勝任教宗，特意回來向你請罪的。」

安東尼靜默半晌。「到底發生了什麼事？」

「因為，咳，女兒替安東尼家找到一個好女婿了！」瑪格麗特傻笑道：「但教宗好像不能結婚，對吧？所以已經沒有其他辦法了。」

安東尼深呼吸，問：「是蘇梓我主教？」

「哇哈哈哈，正是本英雄。」蘇梓我從教堂大門颯爽登場，走過來摟著瑪格麗特，說：「本英雄言出必行，說了會抱你女兒回家，就一定會做到！」

「哇、哈、哈。」瑪格麗特亦模仿蘇梓我的笑聲。「梓我說的都是事實，女兒決定要跟他在一起了。」

「已經如此親近了啊。」安東尼安東尼搖頭說：「這樣要如何重建開羅教會，要如何向那些追隨我們的信眾交代呢？瑪格麗特妳有想清楚嗎？」

瑪格麗特摸摸頭：「不就說『已經』沒有辦法了嗎。」

蘇梓我撐腰笑道：「瑪格麗特已經和我在一起，這樣聖教會也可以跟聖火教一起對抗天使，這樣一來就世界大同了！」

口出狂言很符合蘇梓我的性格，安東尼需要時間冷靜，卻驚見瑪格麗特手背刻印上了黑色印記，連忙捉住她的手問：「這不是獸印嗎？」

「對啊。」瑪格麗特高興地伸出手背。「這樣就跟梓我的手一樣，都有聖痕和獸印了。」

「換句話說是同化了啊，哇哈哈哈！」

「哇哈哈哈！」

兩人異口同聲大笑，安東尼在笑聲中步履不穩地跌坐在椅上，嘆息道：「一下發生太多事，除了瑪格麗特所謂的婚事，還有手掌的聖痕與獸印……」

蘇梓我笑道：「安東尼，看你這凡人一時之間也不知道如何處理，我先把瑪格麗特交還給你，等你有心理準備後，我再來接她走。」

「梓我，我會乖乖留在埃及侍候父親，等你回來娶我。」

蘇梓我大笑著邊輕拍瑪格麗特的頭，接著憑空畫出魔法陣，瞬間轉移回到香港。

只不過在香港等待著他的不是個好消息。

「蘇主教，又發生大事了，真是一刻都閒不下來。」利雅言緊張地說。

「有什麼大驚小怪的？趕快叫娜瑪給我準備午飯吧。」

「先別管午飯了，剛剛魔界發生叛亂，撒馬利亞已經淪陷。」

◇

——數小時前。

撒馬利亞忽然被黑影覆蓋，魔光在半空綻放！一道又一道光束劃破撒馬利亞土地，把街道和建築物統統夷平；而那些光束，就是來自天空中的蘇神號。

「小娜娜，妳平日太過婦人之仁，要這樣殺一儆百才能算是侯爵惡魔啊。」夏思思說：「何況都有留足夠時間給他們逃走，才這樣就逃不了也是該死。」

但旁邊一位魔神卻十分驚慌。「這下無法回頭了，阿斯塔特女王、阿斯摩太女王，妳們要保住我啊。」

夏思思對翼獅魔神瓦布拉說：「你大可以放心，好好給我們幹活就好。去準備下一發砲彈吧。」

「遵、遵命！」

夏思思回頭望向娜瑪，問：「已經決定好了吧？」

「嗯。夢魔之城都交由母親和姊姊打理了。」娜瑪生氣喊道：「誰叫那笨蛋在本小姐面前說要娶其他女人，今天撒馬利亞就要換上阿斯摩太的旗幟，給那笨蛋還以顏色！」

愚蠢的笨蛋：

從這一刻開始，撒馬利亞城將歸於本小姐手上。連同周圍所有領地都要向阿斯摩太俯首稱臣，魔界已經沒有你的位置了。

如果還想取回領地，馬上來撒馬利亞給本小姐叩頭認錯、負荊請罪，本小姐會考慮一下如何處置你這個壞人。

魔王阿斯摩太

附注：昨天吃剩的晚餐收在冰箱第二格，不給我吃完的話，我就拆了撒馬利亞城堡，將你的銅像五馬分屍。

「真是亂來的傢伙。」蘇梓我把信紙用力揉成一團，狠狠擲地。「區區女僕居然敢背叛本王，抓到後一定要給她教訓！」

利雅言說：「娜瑪只是不喜歡被冷落才做出如此行為，說到底也是你太遲鈍。」

蘇梓我忿忿不平地反駁：「哪有人發脾氣就要把整個王國推翻的！無論如何都是她的錯。」

「唉，因為你們兩人都是國寶級的笨蛋呢。」利雅言勸說：「你還是好好跟娜瑪道歉吧，女孩子很容易哄的。」

「我才不會這麼做，我現在就去打她屁股。」

「等等，我也跟你一起去。你一個人的話不知又會鬧出什麼事。」

「不用。」蘇梓我嘆氣說：「娜瑪看見妳可能又會吃醋，我自己去就好。」

利雅言目送蘇梓我消失，心道：真令人放心不下。

蘇梓我使出魔空間回歸來到撒馬利亞，但隨即遭結界彈出、摔在城外地上，看來他的名字已被列入不受歡迎的名單。

——轟轟轟隆！猛地雷光閃過，紫雷劈在城外荒野，一閃一滅；蘇梓我冷眼一看，撒馬利亞居然被密集雷電包圍，只見上空落雷不斷，似乎是娜瑪用閃電火支配了撒馬利亞，用打雷來向蘇梓我示威。

「哼，只不過是閃電殘火，難道會傷得到本英雄嗎？」

此時，天際一道落雷像長了眼睛般，瞄準蘇梓我準確劈下！蘇梓我舉起右手召喚魔力凝住雷光——雷光穿透了結界，一陣燒焦氣味傳出，蘇梓我全身麻痺，居然被雷電擊暈了幾秒！

蘇梓我回神過來，舉起右手查看，只見所羅門印戒黯淡無光，果然是娜瑪做的好事。

正如當時伊琳娜把印戒搶到手也用不著，因為所羅門印戒有一半是阿斯摩太指環；所羅門的資格、阿斯摩太的應許，兩者缺一不可。

「太可惡了，竟然封印我的所羅門力量。」蘇梓我馬上喚出佩龍的魔力護體。「雖然地域不同，但好歹也是雷神，不能輸給那傢伙！」

蘇梓我認真起來，展開黑翼穿梭落雷間，一眨眼便飛到撒馬利亞城牆。城牆的守兵發現了蘇梓我，但都忌憚撒馬利亞大公的名號，紛紛垂下弓箭不敢攻擊。

蘇梓我一臉怒容地飛越城牆，直達山上城堡，怒氣沖沖地走到大殿找娜瑪算帳。

「娜瑪！給我出來！」

「本小姐一直都在這裡。」娜瑪坐在蘇梓我的龍椅上，生氣地怒視蘇梓我。

「哼，識趣的話就停止這場鬧劇，妳之後想要什麼我再送給妳，快把撒馬利亞還給我。」

娜瑪問：「你有沒有把昨晚我煮的晚飯吃完？」

「什麼？現在不是說隔夜飯的時候——」

「不可原諒，你這笨蛋每次都不聽我說話！每次人家擔心你的時候你都在跟其他女人快活，這次叫我幫忙尋找公爵夫人后冠，最後竟把后冠送給那丫頭，還要娶她入門！」

「等、等等，」蘇梓我舉手投降。「娜瑪妳發什麼脾氣啊……」

「都說了這麼多你還不明白！」娜瑪激動地跳起來。「我一直待在你身邊卻什麼回報都沒有，甚至想吃你的精氣但前戲後你就沒用了！你就只會欺負我，但阿斯摩太不是好欺負的！」

「其他的東西我可以當作聽不見，但說我早洩什麼的都是假的！」蘇梓我惱羞成怒。「看來得狠狠地教訓一下妳，讓妳認清主僕的立場。」

娜瑪卻得意洋洋地反斥：「我把所羅門寶物都偷回來了，還不知會是誰教訓誰呢。」

「什麼？」蘇梓我連忙檢查，卻發現乾坤球已經在夏思思手上。

「蘇哥哥對不起喔。因為好像很有趣，所以思思站在好姊妹這一方。」夏思思朝蘇梓我舉出乾坤球。「把蘇哥哥轉移到荒山野嶺，越遠越好。」

「思思，停手——哇啊！」

一瞬間，蘇梓我就被轉移飛彈千丈遠，在一片陌生荒漠著地，周圍盡是岩石枯木。

回想起來，他對魔界其實是一無所知，主要活動範圍只在撒馬利亞，離開主城後又有娜瑪和思思帶路。他拍掉泥沙爬起來，左顧右盼，對自己身在何方毫無頭緒。

「沒辦法，先回去人間求救吧……咦？」

蘇梓我欲以魔空間侵蝕連接地上世界，頓感怪異。對了，他不知道自己身在何處，沒有對應座標，自然無法傳送回家。

「該不會被傳送到未完成的區域吧？」

蘇梓我在灰暗天空中已飛了好一陣子，不知時間，更不曉得方向；沒有太陽星辰告知東南西北，就算有，他也不知道該往哪一方飛。腳下景色一成不變，只有灰黑一片的荒野，就連通往鬼界的「黑柱」也沒看到。

「可惡，肚子餓不飛了。」

蘇梓我雙腳著陸，除了肚子餓還有些口渴，便從枯土喚水出來——湧出的地下水都是黑褐色，而且發臭，使人不禁退避三舍。

「嗯？」

蘇梓我忽然看見遠處有幾隻類似雙峰駱駝的怪物走過，便追了上去，心想宰了牠來充飢解渴。

「不行，太噁心了，本英雄居然淪落到野蠻人的地步？不，我要吃大餐睡暖床。」

保持著撒馬利亞大公的尊嚴，蘇梓我放棄雙峰駱駝繼續往前飛，希望能找到大城市落腳。就這樣又飛了一段時間，天地間只有他一人，有點寂寞，有點迷茫。

重複的景色不斷掠過，底下滿地堆著不明骨頭的獸塚，還有零星的怪物在翻著腐肉吃。

「哇嗚，這些怪物都中了輻射嗎？」

骨塚一帶的生物異常噁心，簡直是造物主在創造萬物時的失敗品；四肢不對稱，頭骨畸形，全身腐爛又長滿蛆蟲。牠們應該是喪屍影集走錯棚的吧？

只看了幾秒，蘇梓我就把昨天的晚飯全都嘔出來，胃酸倒流，非常難受。再這樣下去，他也會變成那些骨頭的同伴嗎？他心想一定要先找到有人居住的地方，不能再待在荒野。

於是他再拍翼繼續飛行，但卻感到頭重腳輕。蘇梓我已一天一夜沒有進食，眼前世界頓時灰黑一片，天旋地轉；他餓得從天空掉了下來，撞昏沉睡……

◇

沒有意識，連做夢的力氣都沒有，蘇梓我幾經掙扎後好不容易睜開眼睛，發覺自己躺在馬槽中。

「你終於醒來了。」

一道膽怯柔弱的聲音喚醒了蘇梓我。果然天無絕人之路，是被美少女救起來了吧！他立刻爬起來，映入眼前的，卻是一個衣衫襤褸又髒兮兮的半獸男人。

「明明是半獸人幹嘛說話嗲聲嗲氣的！」

「欸、喔？對不起……」半獸人嚇得縮成一團，抓著自己的破爛紅色布衣低頭道歉。

「算了，本王餓了，你下去準備一些東西給我吃吧。」

「抱歉，我們沒有多餘的食糧……」

蘇梓我指著馬槽角落一包包的東西。「那些不是乾肉的香氣嗎？趕快弄來給我吃。」

「那些肉乾是要交給『藍之村』作為保護費的……」

「藍之村？本王堂堂撒馬利亞大公，有什麼東西要送給那什麼小村而不進貢本王？」

半獸人連忙緊抓自己衣角，躬身道歉：「藍之村的人很兇的，如果不給食物就會宰了我們……而且，什麼是撒馬利亞大公？」

「什麼？你是連撒馬利亞大公都不認識！」蘇梓我罵道：「撒馬利亞可是全魔界數一數二的大城市，本王就是統治它的英雄魔王！」

半獸人一臉呆滯。「沒有聽過……」

「……算了先不管這個，這附近有什麼大城市嗎？本王要找回家的路。」

「這裡除了我們紅之村和敵對的藍之村，還有就是陰森恐怖的黑之村。」半獸人說：「還好黑之村的魔神很少出來作惡，因此只需要定期提供藍之村食物，我們紅之村還算十分和平。」

「又紅又藍又黑這是什麼鬼故事，我是誤闖什麼童話世界嗎？」蘇梓我已經逕自拿出肉乾吃著，一邊抱怨──

「怎、怎可以這樣！你吃了這些肉乾，我們沒食物獻給藍之村，他們就會殺死我們啊！這下我害死大家了……」

「有什麼好怕？」

但半獸人嚇得全身顫抖。「藍之村的戰士個個配備精良，寶劍削鐵如泥，盔甲刀槍不入，我們紅之村無法抵抗啊……」

蘇梓我一臉不屑。「你叫什麼名字？」

「桀……」

「說自己名字都吞吞吐吐的，真不可靠。」蘇梓我撐腰說：「念在你提供本王食物，我就大發慈悲替你們收拾那個藍之村。」

「真的嗎？你不是在欺騙我吧……」

「我是英雄蘇梓我，記住這名字。」蘇梓我吃飽後感到睏倦，立刻躺回草堆。「藍之村那些傢伙來尋仇時，就叫醒我吧。」

他一說完便呼呼大睡，今天已經累透了。

幾小時後。

「撒、撒馬利亞大公、該起床了……」

「可惡，是誰吵醒我！」

「哇、哇啊啊。你不是吩咐讓我叫你起床嗎……」桀戰戰兢兢地說：「而且藍之村的軍隊已經兵臨城下，說要屠村了！」

「哦，就是那些不識好歹的傢伙。」蘇梓我緩緩起身，其實他也不是因為菩薩心腸要向這半獸人報恩，只想跟藍之村的人打聽回去撒馬利亞的路而已。

畢竟紅之村殘破不堪，養的馬都骨瘦如柴，穿的衣服都又爛又舊，一副跟外界沒接觸的樣子；而在村口包圍住紅之村的幾十名武士，看起來至少比較文明，應該會聽過撒馬利亞吧？

「今天是繳交肉乾的日子了！」

來犯的武士首領是位獅首女子，滿身肌肉，騎著藍鎧戰馬上前喝令：「你們紅之村再不繳交肉乾，我們蒼藍騎士就吃你們的肉，喝你們的血！」

「原來是醜陋的女獸人。」蘇梓我自言自語，身旁的桀卻替敵人說好話：

「斯伯奈也沒你說的那麼醜吧？母獅子的臉，毛色還算不錯……」

「嘖，不懂你們半獸人的審美眼光，還是你愛上了那獅頭女人？」

桀立即低頭臉紅，默不作聲，反問：「撒馬利亞大公也有心上人吧？那個叫娜瑪的女子……」

蘇梓我怒視桀。「你為什麼會知道這名字？」

「因為大公你昏迷時一直喊著她的名字，我猜一定是很重要的人。」

「不過是本王的女僕罷了。」

聽見娜瑪的名字，蘇梓我更感煩躁不安，只想盡快了結這場鬧劇。反正那個叫斯伯奈的女人大概也只是個沒有爵位的惡魔。

4

「蒼藍騎士，給我殺！」

斯伯奈一聲令下，左右兩側戰士一同提劍衝向紅之村的村民，蒼藍騎士們喊得聲嘶力竭，士氣如虹，雖然步伐怎麼看都是烏合之眾。

蘇梓我不屑一顧，緩緩伸手，掌心向天，將天空的電流引來地上——數十電光劈里啪啦如銀河瀑布飛流大地，劈在藍色的嘍囉身上，把所有敵兵瞬間電暈。

「超弱。」蘇梓我連佩龍的神器都沒用上。

騎著藍色戰駒的斯伯奈嚇得目瞪口呆。「那、那是魔法嗎？」

「不對……他是神！」紅之村的村民如骨牌般紛紛跪下，向蘇梓我磕頭。

「別開玩笑了！」斯伯奈拉韁起馬，手執長槍直奔蘇梓我大喝：「你傷害我同胞，我要用你這混帳的狗頭來血債血償！」

另外省略幾句髒話，斯伯奈比起男人更加粗魯，蘇梓我也不明白為何那紅色半獸人會喜歡她。但還好自己是英雄，英雄不用跟小角色計較。

於是他拍了兩下手掌，那些被電昏的藍色士兵又恢復知覺，逐一爬了起來。斯伯奈拉韁停下，回頭查看同胞。

此時蘇梓我撐腰大笑：「本王正是魔界最偉大的撒馬利亞大公，不只呼風喚雨，甚至能控制你們這些小妖的命；要你生就生，要你死就死，你們沒有反抗的餘地！」

斯伯奈喃喃道：「他究竟是什麼人？為什麼紅之村突然出現了如此可怕的魔神……」

正當眾人大惑不解時，大地忽然「隆隆」震動，左搖右晃，雖然並非很劇烈，但不知為何，紅藍兩村的半獸人都嚇得面色慘白，彷彿即將看見世上最可怕的東西……

「是黑之村的邪神！」一名紅色村民不安地大喊：「趕快回地牢避難啊！」

斯伯奈同樣神色疑重。「蒼藍騎士馬上回程！」

此時桀也抓住蘇梓我衣袖說：「我們也要避難了，不要被邪神看見，否則會被黑暗吞噬……會瘋掉的！」

「什麼邪神——啊！」蘇梓我才說到一半，就被桀強行拉走。

「沒有時間解釋，邪神是不能違抗的！」

蘇梓我甩開桀的手。「本英雄就看一下那邪神是什麼來頭。」

「這、那大公保重了……」

最後桀瑟縮一團急步離開，紅之村在一瞬間變得冷清；地面只有蘇梓我一人，其餘的不是落荒而逃就是躲進地牢消失。

蘇梓我獨自仰望黑天，自言自語：「確實感到一股異常魔力，這次來的大概不是雜魚呢。」

接著一團黑影在遠方地平線現身，緩緩逼近；未見其貌，但周圍的魔力流動確實被這巨大黑影擾亂。蘇梓我集中眼力觀察，漸見邪神輪廓，頓時嚇了一大跳。

沒有看錯，直至邪神在他頭頂浮空滑過，拖著下巴的觸手鬍子；那是一隻有著章魚頭、觸手臉、魚鱗身，以及鉤爪腳的巨大黏稠怪物——別人通常稱其為「克蘇魯」。

「嘰咯嚕咔嗡嗑哞……」

克蘇魯發出完全聽不懂、無法模仿、筆墨不能記載的聲音，像鯨魚般翻動巨大身體，潛入更深的瘴氣，在蘇梓我的頭頂消失了。

蘇梓我呆看著天空，百思不得其解。因為克蘇魯跟其他地方古神不一樣，是架空的神祇，是人類創作出來的虛構生物罷了，怎麼以前在電玩遊戲裡看過的怪物會在魔界出現呢？還是有什麼誤會，那其實是真實存在的惡魔呢？

說到底，腳下的這片不知名土地，又是什麼地方？

◇

撒馬利亞王宮，夏思思坐在殿上，把乾坤球扔到另一邊，讓烏洛波羅斯叼著球回來玩耍。至於娜瑪則坐在龍椅上坐立不安，傳雅典娜上殿問話。

「突然不用做家務有點無聊，魔界沒有其他事需要處理嗎？」

「回娜瑪大人，最近魔界風平浪靜，撒馬利亞亦接受了阿斯摩太的統治，都未再有反抗。我傳命守衛復修之前損毀的舊城區，翻修後秩序比以前更好，居民都很支持娜瑪大人。」

雖然都是稱讚，但娜瑪總感到有點空虛，續問：「那天使呢？他們沒有動靜？」

「暫時沒收到天使出沒的消息，雖然他們安靜得不可思議就是。」

「那……那個人呢？」

儘管沒有明說，但雅典娜自然知道娜瑪始終關心蘇梓我的動向。不過她搖搖頭說：「蘇大人好像從魔界蒸發了，完全探測不到他的魔力波長。」

「笨蛋思思！」娜瑪轉頭抱怨：「妳把那笨蛋丟到哪裡了？」

「嗯？」思思抱著蛇寵說：「思思自己也不知道喔，是小娜娜吩咐將蘇哥哥丟得越遠越好，思思沒有目標就隨便丟啦。」

「……那笨蛋不回來受罰的話，這樣做也沒意思啊。」

娜瑪一臉無奈，這時阿提蜜絲慢慢走到殿上報告：「娜瑪大人，是賽沛女王發出的急報。」

「急報就快點說啊。」

阿提蜜絲讀出報告：「魔海發生大潮，史無前例之數的奇異生物正在襲擊魔界，珍珠堡快要淪陷，要求撒馬利亞緊急支援。」

5

「什麼淪陷？」

「娜瑪大人剛才說無所事事，現在就有東西忙了。」

娜瑪驚得花容失色。「但我沒預期過要打仗啊！而且賽沛女王的軍隊已經是全魔界最強，連她都打不過我們要怎麼辦？」娜瑪感到頭痛。「偏偏在這重要的時候那笨蛋又不在！」

「是娜瑪大人扔走蘇大人的吧？」雅典娜說。

「不對，是阿斯塔特幹的，思思妳也給我想辦法！」

夏思思抱著蛇寵，無奈地回答：「連賽沛女王都應付不了，這確實是異常情況呢，幾千年來魔海軍團都沒對外求援過。」

雅典娜回應：「近期賽沛女王太常參與撒馬利亞的戰事，間接讓魔海的守備減弱也是事實。」

娜瑪說：「無論如何都要保住魔海，這是牽涉到整個魔界的命運。」

如今魔界劃作三個公國，每個公國都有接壤奇異生物領域的邊境；魔海正是撒馬利亞公國用來抵禦奇異生物的最前線，一旦失守，不只奇異生物會入侵撒馬利亞，就連魔界全域都會受牽連。

娜瑪續道：「不知其他公國狀況如何，但魔海只能由我們來守護了。雅典娜，撒馬利亞有多少士兵能調動？」

「撒馬利亞主城經歷了連番內戰，原先的衛兵死了大半，一直以來都是靠蘇大人的威信才能鎮壓住撒馬利亞群魔，現在能調動的只有數千名左右。」雅典娜說：「其餘領地亦不樂觀，畢竟娜瑪大人不久前才推翻蘇大人，其他貴族不知會怎樣想。」

「那怎麼辦？單靠本小姐和思思的領兵好像打不過啊……」

「還有巴別的伊西斯女王。她跟魔海距離較近，可以較快增援，只希望她不會計較妳把蘇大人扔走就是。」

「嗚嗚……我親自跟伊西斯解釋清楚啦。」娜瑪站起來說：「思思，妳先帶士兵去支援賽沛女王；雅典娜，妳用我的名義要求其他諸侯支援魔海，還有我不在的這段日子，撒馬利亞也交由妳打理了。」

雅典娜皺眉道：「我只是僕人，好像不太適合。」

「唉……已經沒有人手了。」娜瑪抱頭苦惱。「總不能把撒馬利亞交給不認識的人。」

「阿斯摩太閣下，在下願與雅典娜共同守護撒馬利亞。」比夫龍自告奮勇上前，他從娜瑪入主撒馬利亞開始就一直輔助她，如今仍是如此，願以性命擔保撒馬利亞的安全。

「那就靠你們了，唉……」

同一時間，魔海珍珠堡。

「女王陛下！東方又出現了五十海浬的奇異生物！」

人魚士兵從不同水道游到珍珠殿上，戰報浪接浪，分別來自魔海不同哨站。賽沛仔細傾聽每個戰報，一個小時前才剛擊退奇異生物，現在又有五十海浬的敵人來犯，事態極不尋常。

「海浬」雖是長度單位，但在魔海則是用來表示奇異生物的總兵力。畢竟奇異生物大小不一，沒有特定形狀；有的像浮空水母，有的像蛞蝓，有的卻是大象的身形，難以逐一計算，只能用奇異生物所覆蓋的長度來概括它們的數量。

如今奇異生物覆蓋了五十海浬，放到地上世界大約是台灣與中國的一半距離，可想而知，這次來犯的奇異生物必定超過百萬數，是魔海人魚的百倍兵力。

這數量是去年入侵魔海的奇異生物的總和，如今卻在一夜之間出現，以珍珠堡的兵力實在吃不消。

「讓新兵撤回堡內休息，該換本王上前線了。」

賽沛女王執起定海神針，一馬當先游出魔海迎敵。珍珠堡是魔海唯一的要塞，假如堡壘失守，人魚勢必得退回陸上，情況只會更加惡劣，所以城堡一定不能落入奇異生物手中。

「海龍捲！」

波濤猛然洶湧，像海龍，亦像龍捲風，賽沛女王使出侯爵魔力控制方圓百里的海水，萬丈波瀾直捲天際！海龍捲如利刃砍入奇異生物的列陣，捲起數以千計的奇形黑影，像攪拌器般把團狀物活活撕開——

雖是不定形的黑色物體，但每隻奇異生物的身體中心都有顆像發光眼球的核；賽沛將生物撕開、攪碎內核，奇異生物在半空不斷爆炸，一灘灘黑色黏液四散，內核殘渣布滿魔海。

箭雨緊接落下，箭頭刺穿奇異生物的身體，人魚槍兵以連攜攻勢誓要攔下奇異生物——

可是奇異生物殺之不盡，牠們沒有器官、四肢，像蝸牛般伸縮蠕動；只要內核不破，就算被射成蜂窩都不能阻止牠們前進。

「哇啊啊——」左翼的人魚箭手傳來慘叫，賽沛女王馬上用定海神針掀起巨浪撲向奇異軍隊，阻隔牠們的視線。

「別直視牠們的內核，會毒害靈魂的！」

那是奇異生物最棘手之處。唯一殺死牠們的方法就是要瞄準內核破壞，但肉眼直視又會使靈魂污染，甚至是發瘋。

——啦啦啦、啦啦。

後方有清澈歌聲淨化心神，海妖的推羅艦隊及時登場。

「賽沛女王，海妖全族前來支援！」

成為推羅領主的忒爾女王比娜瑪他們更早預見危機，帶領旗下的艦隊助陣，真不枉賽沛的細心調教。

於是賽沛喝令鼓舞：「形勢又回到我們手上，一定要守住珍珠堡，擊退敵人！」

6

「撒馬利亞大公！」

在邪神掠過紅之村的上空後，桀和一眾村民從地牢跑了出來，仍是猶有餘悸。桀憂心地問蘇梓我：「邪神離開了嗎？大人你沒感到什麼不適吧？」

「當然沒事，你在詛咒我嗎？」蘇梓我又指天反問：「那頭怪物根本是克蘇魯吧？」

「不、不可以對邪神不敬——」

桀聽得大驚連忙阻止，但旁邊一位白髮半獸老人卻敲著拐杖、打岔罵道：「你才不能對神明不敬！撒馬利亞大公連邪神的名字都知道，一定是來拯救我們的救世主。」

這老人便是紅之村的村長，老人續道：「邪神發出的聲音的確很像『克蘇魯』，肯定是他的名字。」

「不過是普通常識。」蘇梓我問：「但這裡不是魔界嗎？魔界是古神戰敗後逃遁來此，怎麼會有人類虛構出來的克蘇魯。」

村長聽得一頭霧水。「那位邪神依附在黑之村已超過千年，祖先一直叮囑我們不要靠近黑之村。」

「靠近了會怎樣？」

村長用拐杖指向遠方的高山。「那座山叫『失智火山』，黑之村位於那火山口。根據村內傳承，黑之村內有很多怪異蠕蟲互相捕食、繁殖，並爬進火山裡進行可怕的儀式……沒人知道詳情，因為所有看到的人回來後都變成了瘋子，無一例外。」

桀補充說：「絕對不能跟黑色邪物的視線對上，也不能傾聽牠們的話語！那些東西都會使人靈魂破碎，生命變得不完整，最後就瘋掉。所以神明大人你剛才沒事實在太好了。」

其他紅之村居民在談論邪神時都是面色蒼白，反倒激起了蘇梓我的好奇心，道：「我想去黑之村看看——」

不……以去……

「是誰？」蘇梓我忽然聽見一道模糊雜訊的女聲，回頭大喝，可是身邊的桀和其他村民都沒聽到這聲音。

桀掩嘴慌道：「糟糕，難道神明大人被污染了，所以聽得見混沌深淵的聲音？」

接著，聲音又再次傳到蘇梓我的腦海：這……許珀……瑞亞……妾身……的極限……

蘇梓我猛然一驚，這聲音不就是萬鬼之母！聽她的語氣好像想阻止他前往黑之村，不過全知全能的她也有魔力無法抵達的地方嗎？加上傳音夾雜噪音，蘇梓我聽得不是很清楚。

盡快離開……萬物……的地盤……在失去理智……

最後聲音中斷了，蘇梓我仍聽不出萬鬼之母到底想告訴自己什麼，但她主動現身已是非比尋常，蘇梓我不由得提高警覺。

「先想辦法離開這裡好了。」蘇梓我問村長：「你們真沒聽過撒馬利亞嗎？」

村長沉思一會兒，答：「其實這裡只是黑色海洋中心的一座孤島，對外頭的事情一無所知。傳說在黑海對岸有著高度文明，也許就是神明大人所說的撒馬利亞？」

蘇梓我交叉雙臂。「如果想橫越黑海，有什麼方法？」

桀神色變異，猛地搖頭說：「大海有十分大量的黑色變形蟲，別說渡海，沾上半滴海水都能使人精神失常啊！」

不過蘇梓我對此狐疑。「那些什麼黑色東西若真如此可怕——」

突然，集會廣場的岩石荒地滲出了黑色液體，融合起來後猛散發邪氣，變成了奇形邪物。眾人見狀立刻掩住雙眼，生怕會跟邪物對上。

「大家冷靜！只要不看牠們的眼睛，不聽牠們的話語就不會有事，就算發生任何事都不能放下手，直至牠們自然消失！」

村長大聲喊話，所有村民隨即掩住耳朵，蹲下來不停顫抖，猶如被判死刑，集體等待處決。

不知不覺間，村落每處布滿了黑色液體，像玻璃彈珠似的發光物在其中載浮載沉——正確來說，那些便是奇異生物的內核。蘇梓我不以為然，隨意抓起其中一隻蛞蝓，與其內核對望。

「嘖，黏稠稠的真噁心。」

他對蛞蝓吐了口口水，接著一手掐碎，最後將屍體燒成灰燼。這東西根本就是遊戲裡史萊姆等級的嘍囉，村民害怕這些幹什麼？

蘇梓我索性拿出火神鎚，灌注魔力使鎚子變大，使勁敲向地面；大地頓成火海，大火把黑液史萊姆統統燒光後便瞬間消失。

「這、這是另一項神蹟！」

紅之村的村民如釋重負，看見蘇梓我站在黑色灰燼上英明神武的模樣，簡直就像位救世主，所有村民不禁紛紛跪拜。

只有桀慌亂地起身，捉住蘇梓我的手求助：「神明大人你也要去拯救藍之村啊！剛才克蘇魯掠過天空，黑暗邪物一定也會吞噬藍之村的！」

「那些藍色傢伙不是比你們厲害嗎，擔心幹嘛？」蘇梓我又說：「而且就算他們被邪物殺死也無所謂吧，你們兩村畢竟是仇家，還是說，你只想救那個女獸人？」

「話不是這樣說。」村長搭話道：「假如藍之村被邪物吞噬，他們就會變成『混沌者』，失去理智和靈魂，行屍走肉般地胡亂攻擊一切生物，到時紅之村也會遭難。」

蘇梓我心想：用現代的話來說就是喪屍？事情真是越來越離奇了，而且為什麼他要幫助這些嘍囉？

不對，嘍囉也有嘍囉的價值。

「好，本英雄就替你們兩村趕走那些邪物……」蘇梓我又瞄了下村民，全都是其貌不揚的半獸人，不禁嘆道：「唉算了，你們只要好好崇拜我就好。」

7

一如所料，黑色的褻瀆之物入侵了藍之村，無數的奇形蛞蝓堆積起來變成百目變形蟲，如巨型坦克碾過房子，嚇得村民倉皇亂逃。

「不行了，一切都完啦！」

「世界將被邪神吞噬！」

褻瀆的污物語言、村民的慘叫聲充斥村內；不僅村民，就連奔跑的戰馬也紛紛僵直身軀倒地，任何生物都抵受不住邪物的污染。

獅首女騎士斯伯奈把眼罩套在坐騎頭上，並大喊：「別自亂陣腳！這些生物閉上眼都能殺死，用污穢的波長來感應牠們的位置！」

語音未落，這位女騎士便做出完美示範，長槍一揮槍頭，地上便出現無數的蛞蝓屍體。但仍有大量的蛞蝓和百目變形蟲已慢慢融合、聚成一座小山丘，不斷朝斯伯奈逼近。

「納命來！」斯伯奈閃電般快速刺出八槍，但百目變形蟲有上百個內核，她根本來不及一一破壞，長槍便已被黏液包住，她的身軀更漸漸被吞噬其中。

此時蘇梓我正好趕到，但一見受害者只是個女獸人，便一臉沒趣地隨手丟出佩龍雷斧投向百目變形蟲——怪物遭受神雷電擊後全身閃光，上百內核全數爆炸！黑色黏液噴發，變形蟲就像芝麻糊般瀉滿一地。

「哇哈哈哈，」蘇梓我撐腰笑道：「有人拜託本英雄，本英雄菩薩心腸便來解救你們！」

蘇梓我身後的桀低頭小聲問：「為、為什麼也要帶我們來這裡……」

蘇梓我朝身後一眾紅之村村民大喝：「你們要虔敬本英雄，這樣我才有力量收拾殘局！」

紅之村村民連忙紛紛雙手合十，為蘇梓我提供信仰力；蘇梓我心想既然自己是雷火水的三相神，這次便揚手控水，天降魔力，將液體壓縮成冰──地上長出冰刺，同時刺破了幾千顆內核！接著更利用邪物體內黏液化成尖刺，將其中的核心統統摧毀。

頃刻間，藍之村的大地揚起了黑煙，盡是邪物的屍骸，邪物死亡後化作灰燼散去，眾人的恐懼連同一掃而去。

「這究竟是什麼把戲？」斯伯奈見蘇梓我瞬間平息災難，立刻跑上前質問。

只見蘇梓我全身發光，躍身到一間房子的屋頂說：「我是你們的救世主，撒馬利亞大公；我是開始，是終結，是天上天下唯我獨尊的蘇梓我！」

紅之村村民早已被蘇梓我馴服，這下連藍之村的人民都被蘇梓我口中「救世主」三字動搖，紛紛抬起頭敬仰屋頂的囂張身影，沐浴在其威光之下。

蘇梓我續道：「今天我來是要帶你們離開這片惡土，前往極樂的撒馬利亞！撒馬利亞有吃不盡的鮮肉、喝不光的美酒、抱不完的美女；城內五光十色、街道燈紅酒綠、廣場聲色犬馬，這才是你們應該享有的生活！」

他繼續對底下愚民說：「你們是被本王選中的幸運兒，只須崇拜本王，就能獲得移民極樂淨土的特別機會。」

藍之村村民聞言議論紛紛。蘇梓我作結道：「最重要的是，居住在撒馬利亞不用擔心那些噁心生物，那些污物在本王面前只有灰飛煙滅的份，你們無須再終日提心吊膽。」

一位藍色騎士動了心，舉手大叫：「我願意追隨神明大人前往撒馬利亞！」

「什麼？」斯伯奈反問：「你們打算背棄藍之村？」

「斯伯奈隊長，我們待在藍之村早晚也會變成瘋子啊。」

但斯伯奈半信半疑，遂問蘇梓我：「你真的願意無條件地帶我們離開這小島？」

「看來妳不是個笨蛋啊。」蘇梓我說：「其實條件很簡單，跟本王一起剿滅黑之村就好。」

頓時鴉雀無聲。要大家去失智火山的黑之村？這不是叫大家去送死嗎？所有人都靜下來不敢追隨蘇梓我了。

◇

——不可以。

在魔界巴別城，伊西斯一口拒絕了娜瑪的求援。

娜瑪欲哭無淚，再低聲勸求：「如果奇異生物突破魔海，下一個遭殃的很可能就是巴別了。妳難道不幫忙嗎？」

「妳這是在恐嚇。」伊西斯同為侯王，對娜瑪不屑一顧。「而且如今撒馬利亞由妳接管，假如發生什麼災難，撒馬利亞滅亡，阿斯摩太的名字一定會遺臭萬年。」

「別、別這麼說……我也只是希望大家都能平安……」

「那為何妳要如此對待蘇大哥？」

「這……」娜瑪垂頭說：「原本只是想給他一點教訓，我並沒有想把那笨蛋……把蘇大公丟到不知何處的。我已經在反省了……」

「我不管，」伊西斯一邊看書一邊說：「總之趕快把蘇大哥還給我，不然就同歸於盡。」

「好啦，如果蘇梓……大公回來的話，我就把撒馬利亞交還給他。這樣滿意了嗎？」

「還不行。」伊西斯瞄看娜瑪的手。「阿斯摩太的指環將蘇大哥的印戒封印起來了吧？」

「我也會解封印戒就是。」

「嗯。這樣我先出門去。」伊西斯放下書本，坐上黃金獅子便離開了。

娜瑪心道：太可惡，那笨蛋為什麼能吸引一堆女生替他說話！

雖然她也是其中之一。

8

「跟本王一起剿滅黑之村。」

蘇梓我站在屋頂命令兩村居民，但無人敢附和，沒人願意接近那鬼地方。

斯伯奈帶頭反駁：「祖先叮囑過不能靠近黑之村，我們絕對不能違抗先人的遺訓。」

蘇梓我回答：「你們無法靠近是因為太過弱小，現在有了本王領導，大可放心。」

「口說無憑，你有什麼證據證明能保障我們安全？」

蘇梓我聞言差點忍不住發脾氣之際，手上印戒竟突然解封——右手放光，魔光照耀了藍之村。此時的蘇梓我有了印戒力量，再加上兩村的信仰，現在腳下大地就是他的地盤；他將所羅門和撒旦的魔力不斷擴大，籠罩整座小島，忽然有所頓悟。

「真奇怪，」蘇梓我喃喃道：「看來我被拋到很遙遠的地方，載浮載沉、不斷擺晃……」

斯伯奈喊道：「果然你自己也感到困惑——」說到一半，她也突然渾身發光，還是黑色的光芒，另一邊的桀亦是如此。

蘇梓我見狀，立即問：「你們這發光的兩個叫什麼名字來著？」

「……大人忘記了嗎？我是桀，她是斯伯奈。」

「原來如此，這樣一切就能解釋了。」蘇梓我奸笑道：「換言之，你們兩個都是被本王選中的人，這樣要賜予你們一點神力也不成問題。」

桀慌道：「怎、怎麼可能……」

斯伯奈驚道：「一定又是什麼把戲，我可不會上當！」

但見斯伯奈神情不自然，蘇梓我腦海快速翻查名錄，立刻知曉答案。他對斯伯奈說：「妳隱瞞了自己懂得魔法一事吧？能為藍之村帶來精良裝備，那是初階的『兵裝術』。」

接著蘇梓我揚手把所羅門魔力注入斯伯奈體內。斯伯奈頓時感到自己魔力澎湃，不可思議，好想把魔力發洩出來。

「這只不過是本王冰山一角的魔力。」蘇梓我宣告：「本王現在賜予妳『斯伯奈克』的名號，位列第四十三位魔神，乃所羅門的使魔。有了本王的魔力，妳還需要害怕那些黏液怪物嗎？」

斯伯奈確切地感受到自身力量，驚嘆不已。

接著蘇梓我指向桀。「還有你，你擁有資格繼承『桀派』的名號，與斯伯奈克一同效忠本王。」

桀又驚又喜。「跟斯伯奈一樣，我也有特別的魔法嗎？」

「當然，你是第十六位的所羅門魔神，擅長……避孕術。」

「欸？那是什麼魔法？」

蘇梓我白眼道：「大概就是避孕套程度的存在吧。」

其實蘇梓我不知道，古代避孕措施不比現代先進，所以避孕魔法對所羅門來說尤其重要。畢竟身為擁有七百妻妾的以色列王，假如每位妻子都替他生兒子，勢必會衍生繼承問題，動搖國家的穩定。

換言之，避孕魔法關係到國家安全，因此所羅門一直讓桀派追隨左右，桀派正是『五騎士』之一。

「算了，不想深究你的能力。」蘇梓我再向兩人確認：「能否拯救紅藍兩村全憑你們一念之差，你們想與本王一起剿滅黑之村的妖邪，還是繼續留在島上擔心受怕？」

繼承斯伯奈克之名的斯伯奈沉思良久，終於下定決心回答：「為了我族未來，只要能消滅妖邪，找到安樂地方定居，我就答應成為你的尖刀。」

蘇梓我糾正她：「叫蘇大公。」

「……我願意效忠蘇大公。」

桀連忙附和：「斯伯奈答應的話我也要追隨蘇大公成為魔神！」

「她是斯伯奈克，你是桀派，以後記住自己的名號，因為我快忘記了。」

語畢，兩位所羅門魔神就此產生；蘇梓我更命令斯伯奈克使出高階的「兵裝術」替兩村村民裝備魔法鎧和魔法劍盾，使原本的烏合之眾變得有模有樣。

斯伯奈克與桀派，五騎士之二，也是第十五柱蒐集回來的所羅門魔神。蘇梓我如今解鎖了兩成的獸印力量，更加接近撒旦魔力，足以令眾魔臣服自己。

下一步就是如何淨化黑之村。

◇

「不過蘇大公，你說要帶領我們前往撒馬利亞，這跟現在我們上山清剿黑之村的邪物有何關係？」

半小時後，蘇梓我率領紅、藍騎士團登山，山路上斯伯奈克虛心問道，態度緩和不少。

「哈哈，黑之村只不過是前菜，本王的目光可不是等閒之輩所能參透，你們只要依照我的話去辦就行。」

身穿紅鎧甲的桀派依舊戰戰兢兢，焦慮地問：「這些魔法鎧真能保護我們不受邪物污染？」

蘇梓我答道：「只要你們對本王忠誠，有了本王的信仰，其他異端自然不能入侵靈魂半分。」

之後如同蘇梓我所說，紅、藍騎士團登上山後發現滿地黑色生物，二話不說就短兵相接，結果情勢是一面倒向蘇梓我一方。

就算紅騎士桀派沒有特殊力量，但如今魔力倍增，奇異生物的初階體蛞蝓，在他面前也只不過是獵物；而藍騎士斯伯奈克本就驍勇善戰，跳下馬背手執專用的蒼藍長槍見蟲殺蟲，盡顯一夫當關之勢。

有了兩位御林騎士在前線殺敵，鼓舞紅藍騎士團喊殺揮劍，蘇梓我樂得躺在後方輕鬆看戲。也許這一切只不過源於恐懼，在蘇梓我的威光下，一眾士兵都超越了自身的極限，半日間就將黑之村的所有邪物擊退。

此時，天空深處浮現巨大黑影，整座小島都在劇烈搖晃，蘇梓我知道今天的主菜終於來了。

9

「成功殺死全部的蛞蝓了！」

蒼藍騎士把最後一隻奇異生物的幼蟲用劍劈開兩半，黑之村再無蛞蝓，更沒有妖邪之氣。這是紅藍兩村首次用自己雙手戰勝邪物，騎士們內心雀躍不已，就連性格內斂的桀派亦高舉勝利的拳頭，與其他緋紅騎士共享喜悅。

「感謝蘇大公！」

「讚美蘇大公！」

紅藍騎士團輪唱讚頌，但蘇梓我只是冷笑一聲，沒有領情。正當桀派困惑之際，他看見天邊有個黑影緩緩移動。

「咦？那方向好像有股邪惡的波長。」

黑影越來越大、越來越近。

「是、是邪神！快逃啊！」一眾騎士嚇得亂叫，還打算逃走。

「安靜！」蘇梓我伸展了下身軀，伸伸懶腰說：「今天我來的目的就是要找克蘇魯，你們有什麼好怕的。」

但桀派嘴巴顫抖。「剛、剛才的蛞蝓尚可應付，但跟邪神一比是兩碼子的事……」

「要有信心！」蘇梓我又喝令斯伯奈克：「妳現在給所有騎士換上暴風長槍，我們要用標槍陣擊落巨獸。」

語音未落，克蘇魯便從深空沉下。天空瘴氣中先垂下了四隻鉤爪，正是克蘇魯的四肢，連著下半身慢慢接近低空；眾人抬頭，竟有一種天要塌下的感覺，克蘇魯的身影取代了天空。

之前克蘇魯掠過紅之村時，已讓人覺得是浮空的巨鯨，如今逼近眾人頭頂不足二十尺，近距離一看根本是座飛天山脈！克蘇魯比起失智火山更加巨大，任何生物與這巨獸對抗簡直是以卵擊石。

「別蠢了！」蘇梓我大喝：「我才是這裡的神，他再大都只不過是沒有智慧的飛天怪獸，何足為懼！」

蘇梓我續喊：「舉起你們的手臂，把暴風插入克蘇魯的身體！那麼巨大就連我老媽都擲得中——」

蘇梓我身體力行，率先將佩龍雷斧投擲上空；一道蒼雷從大地直奔天際，應聲擊中克蘇魯的腹部，轟得牠肚皮爆裂！

斯伯奈克亦不甘落後，隨即投擲暴風長槍，並喝令手下一同攻擊——一呼百應之下，彷彿導彈基地台發射出數百枝長槍；同時左翼的緋紅騎士亦擲出百枝綠風槍，一時間漫天長槍紛紛命中克蘇魯的下半身。

蘇梓我想起電玩裡的克蘇魯是水屬邪神，風雷剋屬傷害加倍！爆炸濃煙遮蓋了克蘇魯的巨軀，但他不敢輕敵，馬上命令斯伯奈克準備第二輪的長槍攻擊——

「動、動不了？」

兵裝術被強行中斷，斯伯奈克前臂僵硬，手指不聽使喚。風暴槍「哐噹哐噹」地掉到地上。同時，身後的騎士都逐一抱頭倒地，腦袋痛得他們喊破喉嚨——

「哰咧嘎叱嚕唧唁嗟……」

是褻瀆的語言！天空濃霧消散，克蘇魯從天空完全現身，伴隨的壓迫感連斯伯奈克和桀派都承受不了；此咒語傳到蘇梓我腦海也使他異常難受，好比蟲子噬咬靈魂，靈魂被硬生撕碎，快要被逼瘋似的。

「哇啊啊！」

第一個受害者出現了，一名紅鎧半獸騎士突然雙眼反白，在見到克蘇魯的真身後便失控發狂，掐住自己脖子活生生把自己掐死。

死不瞑目的屍體雙眼突出、血絲暴現，手指上沾滿血肉纖維；如傳染病般，其他騎士陸續發瘋，一傳十、十傳百，一發不可收拾。

也許最初就不應該反抗克蘇魯，克蘇魯是這座小島的神，在島上出生的人打從呱呱墜地就不能背叛克蘇魯，直至斷氣一刻都只是克蘇魯的奴隸，無法反抗……

◇

——報告賽沛女王，最後一波奇異生物均已擊退。

鎮守珍珠堡前，魔海上賽沛女王終於鬆一口氣，冷靜地問副官的人魚：「我們死傷有多少？」

「死傷萬餘，瘋了的萬餘，自殺的也有數千。」

賽沛女王回望凋零的魔海。「換言之，我們只剩下不足一萬的兵力，而且大部分都是傷兵，已經不能再作戰了。」

「賽沛女王！」忒爾女王的戰艦駛來，她在甲板上大喊：「從撒馬利亞來的援兵也到了，我的部下正接載士兵前來會合。」

「是誰的派系？」

「是阿斯塔特的五千名士兵。」

「太少了，他們又不諳水性，難以期待呢。」

「話不是這樣說喔。」夏思思先一步飛到兩位女王中間。「其實小娜娜還有其他領主都已立刻出兵前來增援。賽沛姊姊，既然擊退了敵人妳就先休息一下嘛，這裡先由我們來守備。」

賽沛女王思考了幾秒。「那我帶族人回珍珠堡稍作調整，魔海海域的偵察就交給妳們……千萬要小心，我們的兵力已擋不下另一波襲擊了。」

沒錯，賽沛女王已想不到方法對付那些殺之不盡的奇異生物了。牠們使人發瘋，沒有人能全身而退，累積的精神損傷不能磨滅；連賽沛自己也已站在理智的懸崖，會隨時發瘋也說不定。

「若我到時失去理智，妳千萬別猶疑，一劍將我殺死。」賽沛如此命令她的副官。

然而她們不知道，此刻天空正有兩道巨大黑影逐漸逼近黑海：一個是娜瑪駕馭的蘇神號，另一個是無以名狀之物……

10

「阿斯摩太女王駕到、伊西斯女王駕到——」

蘇神號緩緩降落在珍珠堡海面，賽沛女王邀請兩位女王前來城堡內共商戰事。

此時會議室內齊集幾位侯爵，其中娜瑪左顧右盼，詢問：「阿斯塔特她不在嗎？」

賽沛答：「阿斯塔特正在魔海巡邏。她擁有預視術，偵測敵人一事沒有其他人比她更可靠。」

「原來如此。」但娜瑪留意到賽沛面色蒼白，愧疚地說：「抱歉，都怪我不好，連累到大家。」

「與其道歉，還是用這些時間設法盡快補救吧。」

賽沛語氣重了些，娜瑪聞言垂頭喪氣。

賽沛見狀搖了搖頭，解釋：「剛才戰爭太累，如果我語氣重了一點請別見怪。我很感謝妳們前來支援，畢竟守護魔海一直都是我們人魚族的責任，也是人魚族的驕傲。」

今天的賽沛突然變得一本正經，有點古怪，實則已瀕臨精神崩潰的邊緣。

這時席上伊西斯仍是一副事不關己的模樣，默默看書。她的手下黃金獅子巴巴斯代勞說：「賽沛女王，伊西斯女王這次帶了一萬囚人部隊前來支援，我們再次合作，一定能像之前那樣戰勝敵人。」

賽沛答：「上次撒馬利亞戰役，多靠囚人部隊開鑿河道我們才有辦法獲勝；可如今戰爭在海上，情況正好相反，得想想其他辦法。」

雅典娜便提議：「可以讓囚人部隊在海上建築浮台。畢竟阿斯塔特還有之後的援軍均擅長陸上作戰，這樣他們就可以在浮台上築陣，與人魚戰士一同抵禦奇異生物。」

「這方法不錯，果然是智慧女神——」

說到一半，賽沛突然按著額頭伏在桌上，腦袋發燙。會議室外此時傳來叫囂聲，雅典娜好奇地走到窗前，竟驚見城堡外的空地被染成一片黑色——黑色的黏稠奇異生物依附在人魚士兵身上，人魚士兵立即紛紛發狂！

賽沛與部下一心同體、共感身受，精神亦受到污染，她腦海中一時掠過褻瀆的影像，玷汙的話語在耳邊響起，就快要被逼上絕路。室內其他人魚則嚇得六神無主，不知如何是好——

「娜瑪媽媽！這濕答答的是什麼東西？感覺好癢喔。」

突然整身黑的聖德芬衝入了會議室，她同樣也被奇異生物黏住全身，就連白布裙裡也附著一堆果凍般的史萊姆對她毛手毛腳。

娜瑪見狀大驚。「啊！妳快把奇異生物甩走，不然會被污染的！」

她連忙跑上前想幫忙擊退奇異幼蟲。聖德芬見娜瑪大為緊張，無奈地綻放聖光，眨眼間就將身上所有幼蟲統統蒸發，還顯得有點依依不捨。

「把牠們殺死了喔，娜瑪媽媽不要這麼壞啦。」

但娜瑪被聖德芬的舉動嚇了一跳。「居然這麼輕易就殺死奇異生物……」

雖說奇異生物個體十分弱小，但直接接觸竟能毫髮未傷，精神也沒有受污染，這才是娜瑪訝異的地方。

「嗯？為什麼要怕那些黑色蟲蟲？」

聖德芬一臉茫然，左望望右望望，只見到大家都用奇怪的眼神盯著自己；同時，她又見賽沛女王面容扭曲地伏在桌上，以為她跟娜瑪一樣害怕蟲蟲，於是小跳步地上前，隔空從賽沛腦袋中取出黑色果凍，徒手掐碎。

「這樣就沒問題了啊。」

賽沛頓時神智恢復清明，睜大眼睛問聖德芬：「妳能看見那些沒有形狀的東西？」

聖德芬天真地反問：「嗯？你們看不到很多蟲蟲正在爬過來嗎？娜瑪媽媽討厭蟲蟲，城堡要打掃乾淨才行喔。」

接著她又發出另一道光芒，光芒不斷擴散並包圍了整座珍珠堡，所有潛伏的奇異生物都無所遁形——或黏附在會議室的窗框上，或躲在桌下的影子裡，連書櫃間的縫隙中也塞滿了奇異生物，如雨後春筍突然冒出。這時，娜瑪等人才發現原來他們已被那些東西包圍。

◇

同一時間，黑之村內的蘇梓我有了聖光護體，不自覺地把邪氣同化了。

「所有人給我安靜！」蘇梓我對紅藍騎士團大喊：「撿回你們的長槍丟死那頭怪物，他沒死你們停下幹嘛！」

蘇梓我的喊聲好像能使人免疫邪氣的魔法，桀派及斯伯奈克都恢復了神智，立刻指揮部下繼續戰鬥。

「——幹你娘親！」

髒話從天邊傳來，蘇梓我竟然聽懂了克蘇魯的話語！克蘇魯滿口污穢不堪的說話，繼續用低沉的聲音罵道：「為什麼那個世界的人會有相同的靈魂頻律？」

「誰知道！」蘇梓我指罵克蘇魯：「我也不想聽懂你這頭怪物的話啊！」

他見自己右手掌心放光，是神聖的白光，蘇梓我心道：看來是聖痕把污染淨化，不對，應該是說，克蘇魯的力量與聖主天使是同一類嗎？

同時紅藍騎士紛紛猛地擲出標槍，恢復龍捲風暴砲轟天空的克蘇魯，炸得克蘇魯十分生氣，用臉上的烏賊觸手拔出腹部長槍，大力丟回地上——

兩道火柱交叉劃過，把丟回來的長槍全部燒成了灰燼。身邊圍著兩火球的蘇梓我同時裝備焚風雙劍，高聲笑道：「我明白了，是天使的力量能免疫克蘇魯的邪氣呢。這樣我就用墮天使的聖武具來收拾你！」

蘇梓我背上長出三對翅膀，翅膀的顏色更呈現左黑右白——自從收服了聖瑪格麗特，掌上的聖痕終於要派上用場了。手心的獸印與手背的聖痕互相調和，一體兩面的聖魔法與魔魔法都寄宿在蘇梓我的背上。

11

蘇梓我站在克蘇魯面前，雖然體型差了百倍，但兩者的力量卻是不相上下；畢竟蘇梓我的人形古神身軀裡蘊藏宇宙洪荒之力，克蘇魯不敢輕視，立即用上臉部百條觸手伸向他。

濕淋淋的觸手，每隻都超過十尺長，就如珊瑚蟲般覆蓋了蘇梓我的視線，從四面八方交錯攻擊。任何生物都不可能避開克蘇魯的魔爪，但蘇梓我竟瞬間繞到了其頭頂！突如其來的出現，克蘇魯不知那是所羅門的祕法，稍一不慎就被蘇梓我拔劍劈往頭蓋——

然而克蘇魯的每條觸手都有反射神經，其中四條立即交叉擋劍；厚肉的觸手被砍斷，克蘇魯絲毫未損，抬起頭來怒視蘇梓我，那是致命的污染魔法！

蘇梓我全身頓感麻痺，眼下更有一雙銳利的鋸齒觸手正瞄準自己，劃破空間劈來——

唰！觸手著火斷掉，蘇梓我左右兩手火弧，及時使出兩把焚風劍，清脆地斬斷來犯觸手；同時背上右邊的白翼正在吸收來自其他世界的能量，那些能量有部分原是屬於克蘇魯的。

「哇哈哈哈！本王的力量遠遠凌駕於你這怪物，讓我先把你的觸手逐一切斷，慢慢料理你這章魚怪！」

用上預視術、轉移術，蘇梓我來去無蹤，帶著殘影圍繞著笨重的克蘇魯、揮舞薩麥爾的火劍，如煙花爆竹在巨獸身體轟炸，炸得天空都在震動，瘴氣一時不斷翻騰。

只見空中的克蘇魯全身冒煙，燒焦的觸手一條條落下，將地面擊出隆隆巨響；黑之村亦被十數尺的斷肢壓毀，唯獨紅藍騎士團身處之地未受波及，斷肢全落在了他們周圍。

藍騎士斯伯奈克心中嘆道：這就是真神的力量，我是蘇大公的使魔，內心的魔力正與蘇大公共鳴……太強大了，是信仰的力量。

紅騎士桀派亦鼓起勇氣，鼓舞眾人：「我們一起為蘇大公喝采、讚美蘇大公、為蘇大公打氣！」

紅藍騎士團的信仰力被蘇梓我左邊黑色翅膀吸收，與白色羽翼同樣發出光芒，兩側羽翼如在空中旋轉的黑白雙色流星，克蘇魯所有的觸手全被劈下，根本沒有還擊的機會——

砰！蘇梓我更乘勢將焚風雙劍插進克蘇魯的額頭，兩手像握著操縱桿般把其巨大身軀壓下，直接撞向失智火山的火山口——

甦醒的火山是最後一發炸彈，霎時間地動山搖、火山爆發，火山口噴出的岩漿更直把克蘇魯的巨大身軀炸掉了五分之一。

蘇梓我踏在克蘇魯的臉上，神氣地笑道：「不好意思，下手好像重了點，但沒想到也算是主神級的你，居然這麼弱啊。」

克蘇魯低沉反問：「不殺我嗎？你引我來有什麼目的？」

「我要離開這鬼地方，橫越魔海返回撒馬利亞。你一定知道該怎麼走吧？」

「嗯……哈哈哈，原來這是你的目的。許珀耳玻瑞亞豈是你能自由出入的地方？」

突然，克蘇魯整頭怪物又脹大起來，被炸毀的身軀再度長出黑色贅肉，數百觸手同一時間生回來，一擁而上反過來包圍了蘇梓我。

電光石火間，蘇梓我從觸手縫隙退回空中，重執雙劍，以自身為中心旋轉衝向觸手，「霍霍」地砍斷數十條——

但劍刃才剛掠過斷肢，斷肢處馬上長回觸手反擊！蘇梓我用一秒砍斷一百條觸手，克蘇魯用半秒就全部補了回來。

克蘇魯全身皮膚發出詭異聲音：「吃屎吧！」

接著，其口中真的噴出了黑色穢物，蘇梓我連忙避開，後面就有觸手當頭劈下，將蘇梓我猛力轟回地面，在山上炸出一個深坑。

「好痛……」

蘇梓我慢慢爬起，雖然聖魔力能為他療傷，但跟克蘇魯的復元能力相比實在天差地遠。

「根本是打不死的怪物，太卑鄙了。」

這次換克蘇魯意氣風發，以泰山壓頂之姿降臨在蘇梓我頭上罵道：「媽的在我們地盤都敢放肆，我要將你切成人柱！」

語音未落，無數觸手如尖刺襲向蘇梓我，逼得他邊斬邊退；但就算斬斷觸手又會再次重生，反而使自己更加手忙腳亂，情勢越來越被動。再這樣下去，不但沒完沒了，體力肯定也會比克蘇魯這頭巨獸更早耗盡，一定要想個辦法。

有什麼辦法能對抗克蘇魯的重生力量？要封住其能量來源嗎？還是自己有什麼魔法可以用得上……

「嗯？對了，原來最沒用的魔法才是最有用！」蘇梓我恍然大悟，馬上帶著雙劍衝入無數的觸手，同時對桀派呼喝：

「靠你了！你用那個什麼避孕魔法來封印克蘇魯的重生！」

「欸？」桀派不明所以。「避孕魔法跟封印重生力量有什麼關係？」

「叫你做就做！」

「哦、哦！」

本來蘇梓我也可以用上使魔的魔法，但他要對付克蘇魯已經分身不暇，唯有掩護桀派施法——

「別啊！」

避孕屬性的純魔力化作磷粉灑向克蘇魯，克蘇魯猛地朝天悲鳴，而蘇梓我旋即投出雷斧，一直線地將觸手統統砍斷。雖然仍有陸續生回觸手，但再生速度明顯減弱了許多，顯見桀派的魔法產生效用，而向來使人恐懼的克蘇魯終於感到恐懼了。

「哇哈哈哈，這次看誰被切成章魚丸啦！」

蘇梓我來回不斷劈砍，不消一會兒便將克蘇魯劈成光滑的章魚臉；他兩劍插進巨獸頭頂，把他壓在火山口，火山熔岩將克蘇魯轟隆隆地炸遍全身！

這次終於勝負已分，就不知蘇梓我打算如何處置這戰敗巨獸。

12

同一時間，魔海珍珠堡仍是腥風血雨。娜瑪的閃電火、賽沛的定海神針、伊西斯的荷魯斯之眼，三件原初神器大殺四方，將奇異生物的幼蟲壓倒性地虐殺。

一切都是托聖德芬的福。不知為何，奇異生物繞過阿斯塔特的預視術，又避開巴巴斯的破幻術，就只有聖德芬能看得見牠們的肉身。

巴巴斯尤其對此大惑不解，不禁懷疑那是不同魔法體系的障眼法，甚至是不同次元的存在？奇異生物真是充滿謎團。

賽沛對眾人解說：「根據多年來交手的經驗，我們人魚族對奇異生物有自己的一套見解。奇異生物確實來自不同世界，平常無法看到，只有當牠們主動接觸時，才能感受到其存在。」

雅典娜很快就把知識整理一遍：「奇異生物的話語、視線、觸感，一切皆能使人發狂。根據精神受污染的的程度不同，能窺看奇異生物的程度亦有所分別。人魚族一直在這種發狂邊緣與敵人作戰，真令人佩服。」

「日子久了，我們人魚族多少也有精神污染的抗性，但我還是頭一次看到有人完全免疫，又能使奇異生物現形……」

賽沛向聖德芬投以不可思議的目光，聖德芬以勝利手勢與笑容回應。

此時，娜瑪有點生氣地坐在地上嘆道：「累死人了，真羨慕伊西斯的原初神器，原來這麼便利。」只見伊西斯坐在椅上，用手掩著左眼，以右眼將奇異生物的生命力與肉體切割分離；一團團黑煙從窗戶飄散遠去，會議室再次恢復平靜。

「城堡內的奇異生物全部清除了！」副官人魚游到會議室向賽沛報告。

「城堡外的也清理好了。」海妖一族的艦隊亦幫忙將魔海敵人驅逐離開，珍珠堡總算恢復平靜——賽沛原本是這麼認為。

「賽、賽沛女王！」另一名惡魔士兵神色慌張跑到會議室內，驚惶報告：「阿斯塔特女王在海上遭遇伏擊，她和斥侯部隊正返回城堡，並吩咐小人通知大家要全力準備迎戰！」

「感謝通知。」賽沛答：「這邊已經做好準備，那些奇異幼蟲我們已經清理掉。」

但士兵仍緊張地說：「不是幼蟲，是從未見過的巨大生物！我們那邊已死了很多同胞，阿斯塔特女王也受了重傷。」

娜瑪難以置信，驚道：「思思那傢伙最近吸收了古神力量，連閃電火都劈不死她，卻依然敵不過奇異生物？究竟那些東西是何方神聖。」

賽沛苦笑道：「反正就是不讓我們休息的意思，一起去支援阿斯塔特吧。這次應該是要打大王了。」

◇

眾女王登上蘇神號帶領海軍出發，在不遠處的魔海發現了一條大蛇，成功跟夏思思會合。

娜瑪看見她沒死，鬆了口氣，思思亦然。

「小娜娜，」兩方一會合，夏思思便突然倒下，奄奄一息地說：「之後就拜託妳了……」

「喂！喂！」娜瑪捉住夏思思雙肩搖晃。「妳至少說明一下敵人是什麼怪物啊，別這樣給我睡覺去！」

「可是思思已經很累啦，之後就交給小娜娜囉。」說畢夏思思就召回蛇寵，一躍跳回海妖的船艦裡休息了。

忒爾女王嘆道：「還以為阿斯塔特有什麼不測呢。」

「我認識那笨蛋這麼多年，她在裝什麼我都知道。」但娜瑪對忒爾說：「她肯定也受了重傷，拜託妳幫忙照顧一下她。」

「沒有問題，但為什麼阿斯塔特大人什麼都不交代就走了？」

「也許不是不想說，而是她自己也不清楚發生什麼事吧。她這個人一遇到不懂的事，就會裝可憐蒙混過關。」娜瑪又飛到半空，望向賽沛與其餘女王帶來的海軍，浩浩蕩蕩；海妖戰艦和蘇神號飛船載著巴別軍隊和人魚軍隊，再加上聖德芬的聖光加持，還有什麼好怕呢！

此刻魔海上十二艘戰船以雁行陣斜排前進，天空有蘇神號開路，海面則是人魚軍團護航，大家乘著剛才殲滅奇異幼蟲的氣勢迎擊敵人；對方不過是用卑鄙的手段突襲珍珠堡，如今重整旗鼓，是時候讓奇異生物認清魔界的力量了——

「吼！」

突然蘇神號船首的巴巴斯放聲咆哮，伊西斯撫摸他的金色鬃毛說：「這次敵人的幻術騙不到你呢。」

此時海面上忽然浮起濃霧，眾人視線漸漸蓋上數層薄紗；空中的娜瑪立即飛回甲板，緊張地問：「你們有感覺到詭異的魔力波長逐漸逼近嗎？」

巴巴斯答道：「沒錯。有邪念就在附近……可是我看不到敵人潛伏之處，怎麼會這樣？」

邪念的煙霧越來越濃，但魔海風平浪靜，如暴風雨來臨前夕的樣態。

「嗚嗚！」此時聖德芬突然跑了過來，抱住娜瑪大喊：「好可怕的怪獸，這次我們死定了！」

娜瑪抓著聖德芬問：「難道妳看到什麼了？」

「前面啊！前面！快要碰上——」

轟隆轟隆！猛然蘇神號往右翻側，不少船員士兵被甩了出去。有些惡魔抓緊欄杆，其餘高階惡魔則飛到半空；但所有人都不知道發生何事，在空中的蘇神號撞上一座無形大山翻轉了船身，然後在空中沉沒，墜向魔海……

不對，既然聖德芬已經破解了奇異生物的異空間迷彩，所以敵人頭目其實就在眾人眼前——一直都在，只是娜瑪她們看不見，因為那是沒有名狀的邪神，如海市蜃樓般無形。

娜瑪手指伸往前方，在看不到目標的狀況下，隨意射出一道紫光，紫光在空中折射曲折前進，穿到天際。聖德芬驚慌地說：「娜瑪媽媽，為什麼要用光射他的眼睛呢？他看起來很憤怒……」

接著，一隻無形之手抓起了娜瑪，狠狠將她擲進魔海，擊出了數尺高的浪花。

「娜瑪媽媽！」

聖德芬連忙飛到海上救起娜瑪。剛才的連串攻擊只不過在數秒內，娜瑪還來不及迎戰就被打到痛得半死。難怪就連夏思思亦沒有還擊之力。

另一邊廂，掉到海上的蘇神號上，伊西斯騎乘著黃金獅子棄船逃生，躍到海妖的戰艦。忒爾女王對她說：「伊西斯大人，妳剛才用眼睛望幾下就能殺死奇異生物，這次能用同樣方法對付嗎？」

伊西斯搖搖頭。「沒有形狀之物，眼睛看不見，瞳術也用不著。」

戰艦下護航的人魚軍隊亦陣腳大亂，眼見周圍氣氛越來越可怕，卻完全看不見敵人。難道要跟空氣決鬥嗎？

「大家拿起武器準備！」賽沛游在海水中大喝，同時發現魔海水位突然升高——

「嗚嗚……！居然欺負娜瑪媽媽，不能原諒……」

——砰！砰！突然兩下巨響踏在海床，只見聖德芬放大了數百倍，站立在魔海中央高舉雙手，擺出摔跤架勢朝向天空。

「無狀之物我要教訓你！」

13

魔海此刻風高浪急，聖德芬在海中央展開一對純白翅膀，兩翼橫跨數百尺！頭頂穹頂，半身浮出海面，身高超過五百尺，是天使族內數一數二的巨大天使。看來休養多時，聖德芬總算恢復了天使長的力量。

她雙手擒向迷霧大開大闔，就像小孩子打架一樣笨手笨腳。

這使其他在場惡魔看得不禁緊張萬分，畢竟娜瑪等人都沒有辦法對付那團沒有名狀的奇異生物，聖德芬是他們唯一的希望了。

「喝！哈！看招！」

聖德芬的手掌泛起聖光，兩手不斷撲打迷霧，又攪拌著空氣，甚至像撥攪蛋黃……每抓一下，迷霧就漸漸變黃，像個浮在半空的蛋黃生物！

然而這生物的名字卻十分嚇人，因為他就是克蘇魯的死敵，黃衣之王哈斯塔。

聖德芬不認識哈斯塔，只是一味地與他搏鬥逼他現身，並大聲教訓：「就是你這壞人欺負娜瑪媽媽！為什麼要這麼做！」

哈斯塔沉默不語，只是如吸塵機般把周圍的迷霧聚集於蛋黃生物核內；肉身越來越明顯，只見其全身伸出了濕漉漉的觸手，浮在空中像個巨型的海膽怪物。哈斯塔二話不說，立刻用滿身觸手伸向了聖德芬——

觸手「答！答！」拍打在聖德芬的手臂上，打了幾個圈，把她的雙手牢牢抓住。幸而聖德芬力大無窮，高舉雙手就扯斷兩束觸手，接著大力蹬踢，把哈斯塔踢在海面滑行了數十尺。

賽沛見狀沒有錯過機會，乘機指揮人魚拿起弓箭射擊；同時忒爾女王亦心有靈犀，命令旗艦升起了反攻的旗幟。於是艦隊便切入哈斯塔的側面，海妖在甲板上演奏鼓舞樂曲，輔助其他惡魔布置魔法陣向哈斯塔發動魔法砲擊——

密集火球在空中劃出拋物線直墜哈斯塔，顯露肉身的哈斯塔就這樣赤裸裸地沐浴在砲火之中；爆炸聲震耳欲聾，衝擊波在海上翻起波濤。

緊接著娜瑪、伊西斯亦加入戰場，在另一邊以原初神器轟炸哈斯塔；聖德芬則與哈斯塔正面對決，與娜瑪等人從四面包圍哈斯塔。哈斯塔腹背受敵，力量被壓制下來，使人瘋癲的污染邪術不再有效果，形勢急速反轉。

終於，哈斯塔忍不住吭聲了。

「妳、我、都是同族、為何要幫助異人？」

「同族？」聖德芬以為自己聽錯。「你是在跟我說話嗎？」

「當然、妳聽得懂就是證明。」

哈斯塔機械般的聲音刺進聖德芬腦內，不知為何有一種很懷念的感覺……在幽閉的盒子裡也有這種感覺，無名無狀，一團混沌——

正當聖德芬稍有遲疑，哈斯塔的觸手便伸長變形，潛進海底並襲擊旁邊的海妖艦隊。艦隊船底被觸手刺破，船身入水傾側，其他戰艦在哈斯塔面前也是不堪一擊，逐一被觸手擊沉。

平凡惡魔跟奇異古神的實力相差太遠了。

人魚和海妖本就棲於海上還能勉力一搏，但巴別的囚人部隊和夏思思帶來的士兵都是陸生惡魔，船艦沉沒就無法組合魔法陣攻擊。

沒有了砲火掩護，聖德芬不禁怯怕起來。「果然還是太可怕了……哇啊！」

忽然，聖德芬被海底觸手絆倒，整個人翻了一圈跌落海中！海底又有數百觸手一同纏向她四肢，用觸手禁錮住、把她抓起舉出水面，就像獵人展示著戰利品。

「聖德芬！」娜瑪立刻帶上雷霆槍飛向哈斯塔——卻被對方像拍打蒼蠅般給拋飛出去。

娜瑪在空中一個翻身，心亂如麻。「怎麼辦？這是最後的王了，一定要打死才能解救撒馬利亞的危機……」

她望向大海，自己的軍隊在眨眼間就覆沒沉到海中，實在沒有辦法了。這就是自己的極限嗎？

娜瑪又看見聖德芬不斷掙扎卻無法逃脫，反而觸怒了哈斯塔；哈斯塔再次化身成霧，企圖將聖德芬捕食、整個吞下，而她卻無能為力——

砰！天空頃刻間閃耀得比白晝還亮，天空一行燒焦的痕跡盡頭與哈斯塔重疊；不知發生何事，哈斯塔的霧化身軀竟被燒融了一部分！

哈斯塔發出無機質的聲音質問：「是誰？」

「是你老子！」

輕佻的聲音自遠方傳來，又再轟出兩道火柱，光速般在哈斯塔身體射穿兩個大孔、又再兩個大孔，將哈斯塔燒得破破爛爛！聖德芬趁機逃脫，重獲自由。

哈斯塔如一堆黃泥在海面上重組身體，迷霧再次聚集，恢復了視覺，望向遠方——在海平線的盡頭有兩道巨大黑影漸漸逼近，一個是海上的高山形狀，另一個是空中的不明飛行生物……哈斯塔感應到了熟識的波長。

「這感覺、克蘇魯。」

哈斯特難以置信地看見自己的死敵，居然被異地的人類騎在頭上使役，就像拉馬車的畜牲般把浮島牽來。

「真是抱歉，王者回歸晚了一點，哇哈哈哈！」

蘇梓我逼使克蘇魯把整座許珀耳玻瑞亞的浮島帶回撒馬利亞，這就是英雄橫越魔海的方法！

14

其實在許珀耳玻瑞亞時，蘇梓我無法確定座標，就猜想腳下的土地或許正在移動。之後當他得知自己身處島上，就更加確信自己的想法。只是他無法理解為何浮島上會有火山，想著之後有調查的必要，但現在有更重要的事要處理。

如今蘇梓我用一雙火劍倒插在克蘇魯頭頂，掌心推劍柄向前，克蘇魯就被逼著往前行進，因為他的性命已被操縱在對方手中——焚風劍的劍尖直指克蘇魯體內核心，只要插施力深插，克蘇魯非死即傷。

在這情況下，克蘇魯唯有對蘇梓我言聽計從，四肢鉤爪扣在浮島土地，費盡力氣把許珀耳玻瑞亞拉離開黑海，越洋來到與魔界接壤的邊境。

但克蘇魯萬萬沒想到在魔界邊境除了異人，還遇見到同族的黃衣邪神哈斯塔。

克蘇魯無法忍受自己這模樣被死敵撞見，便對頭頂上的蘇梓我說：「我已按照約定把你們帶回來撒馬利亞，快拔開我頭上的劍，我要離開這裡。」

蘇梓我斬釘截鐵地駁回：「還不行，給本王把浮島拖到沉船那邊，這是你這頭怪物最後的工作。」

克蘇魯沉默一會兒，好像心中另有盤算，但還是依從命令接近沉沒的海妖艦隊。這時浮島岸邊已用土包袋築陣、搭建帳篷，一眾紅藍騎士在岸上待命，準備拯救沉沒魔海的傷兵。

當中的桀派朝魔海上的眾魔喊道：「各位同胞，我們是蘇大公派來的騎士，是各位的朋友，請放心登島與我們一起戰鬥。」

當然在場惡魔沒一個認識桀派，但確實聽見克蘇魯頭上那哇哈哈的笑聲，竟讓已陷入絕望的惡魔們萌生出勇氣。

於是許珀耳玻瑞亞變成了魔海上的救生艦……不對，應該是橫跨數千里的移動要塞！

「放槍！」

蒼藍騎士斯伯奈克一聲令下，岸邊的機關弩射出漫天標槍，標槍身帶火焰直撲向哈斯塔。機關弩也是斯伯奈克用兵裝術召喚出來的武器，是名符其實的移動要塞，瞬間就把哈斯塔左半身的觸手統統燒掉。

在火標槍的掩護下，蒼藍騎士們成功救起所有惡魔，夏思思和伊西斯等人亦安全登島。

受傷的哈斯塔自我療傷，處理現有訊息，喃喃自語：「難道『深淵』判斷錯誤？理論迴環受到干擾？同族都倒戈相向，克蘇魯究竟在想什麼？」

此時的克蘇魯則是再次向蘇梓我確認：「這是最後的任務了吧？該兌現承諾，放我離開。」

「嘿，不守承諾是英雄的特權！」蘇梓我卻面露奸笑，貫注魔力至劍身，猛地刺向克蘇魯——轟隆一響，爆炸炸得海面下陷百尺！克蘇魯黏稠的肉片在空中橫飛，一顆混沌中發光的玻璃珠卻完好無缺，沉進海底逃逸。那是克蘇魯的生命核心。

「嘖，竟然逃脫了。」

蘇梓我說完展開六翼懸空，卻沒有追過去趕盡殺絕的打算，因為眼前有另一隻活生生的怪物等他收拾。

「先是章魚，現在是海膽，今天海鮮半價喔？」

哈斯塔問蘇梓我：「你、是誰？為何半翼、有同族的感覺。」

哈斯塔想確認「深淵」的命令，便先發制人，向蘇梓我伸出連綿觸手——只見蘇梓我動也不動，腳下卻有猛烈砲火朝自己迎面轟來！

原來浮島上的救援行動已經結束，一眾惡魔重新列陣。賽沛的人魚軍隊、忒爾女王的海妖歌隊、伊西斯的囚人部隊，就連剛剛睡醒的阿斯塔特亦鞭策士兵發動魔法砲擊！

箭如雨下、雷電交加，各式各樣的魔力轟在哈斯塔身上，把他轟得扭曲變形——而蘇梓我呢？在砲幕背後，蘇梓我的身影消失數秒，接著轉移到哈斯塔身後，雙劍亂舞砍劈！

哈斯塔的霧狀身體被單方面虐擊，果然因為這裡是別的「世界」，自己無法發揮應有的力量，「深淵」的指令確實出錯了。

哈斯塔終於覺悟到危機，此刻只想逃脫，便用盡渾身力量凝固海上魔瘴，憑空具現出無數蚯蚓般的觸手，奇異生物的幼蟲大軍包圍住空中的蘇梓我——

「再開火！」

賽沛旋即用砲火支援蘇梓我，其餘的女王亦與蘇梓我很有默契地輪番攻擊，兩、三下工夫就將哈斯塔的把戲完全消滅。

此消彼長，哈斯塔纏身的黑霧漸漸變得稀薄，邪力明顯減弱，如今被蘇梓我與他後宮軍隊夾擊，再無抵抗的能力。

哈斯塔試圖想方逃走，豈料蘇梓我已帶著雙劍直衝而來，像屠夫般把哈斯塔的迷霧一層一層地劈開。

遠看之下，哈斯塔的身軀被蘇梓我的火焰蠶食，像沾了水的棉花糖越變越小，直至露出閃亮的內核——

「華麗終結！」

蘇梓我把哈斯塔的核心一劈為二，哈斯塔最後的悲鳴隨風消散，海上迷霧同時散去。

黃衣之王哈斯塔終於死亡。

15

「哇哈哈哈！英雄的正義得到彰顯！」

蘇梓我在空中收起火劍，降落浮島收起六翼，並對桀派和斯伯奈克說：「我沒騙人吧？你們看這個世界有多大，其他種族的惡魔全部都是我的部下，從遠處海上城堡直到消失的地平線全都是我的領土──」

「雖然領土已被小娜娜搶走了呢。」夏思思跑先於其他女王，前來迎接蘇梓我。

「妳們來得正好，這兩個半獸人就是本王新收編的所羅門魔神，這次救駕有功，我會好好論功行賞。」蘇梓我又盯著夏思思說：「至於之前反抗我的傢伙，我會給予懲罰。」

夏思思走來撒嬌：「抱歉喔，思思只是一時胡塗，也沒想過會弄出這麼大的事，蘇哥哥別生思思氣嘛。」同時又抱著蘇梓我的手臂磨蹭，試圖用美色引誘。

蘇梓我定神一會兒，甩開夏思思的手說：「要是妳的胸部再大一點就差點被妳蒙混過關了！妳也是趕走本王的幫凶，一定要嚴懲處分。」

「蘇哥哥很壞喔，但思思喜歡，請在床上盡情處分思思吧，嘻嘻。」

「那叫做寵幸，處分的話，就罰妳一個月不准踏入我房間半步。」

「蘇哥哥太殘忍了！」

蘇梓我推開夏思思，便讚賞其餘幾位忠心的女王，包括伊西斯、賽沛、忒爾女王。而有一個女王，是本次騷動的最大罪人，則一定要好好教訓一下。

「娜瑪呢？」

「小娜娜的話，在確認那團霧被蘇哥哥殺死後就偷偷溜走了喔，還有那位大天使也是。」

蘇梓我生氣道：「哼，把撒馬利亞弄得烏煙瘴氣，還弄沉了我的蘇神號，連蘇神像都沉沒魔海，居然想一走了之！我要親自把她活捉回來！」

賽沛答道：「但是阿斯摩太她偷走了乾坤球，轉移到不知哪裡去了。需要我們為大人備車嗎？」

「不用，我恢復了所羅門魔力，想去哪就去哪。」蘇梓我舉起右手，卻發現印戒又變得暗淡無光。「那傢伙總愛耍小手段，就是想盡千方百計為難我。」

夏思思說：「其實小娜娜也知錯了，蘇哥哥不要太過為難小娜娜。」

「我已經想好懲罰娜瑪的方法，就算要將她五花大綁、扒光衣服吊在床上鞭打，也要調教她直至永遠效忠本王為止！」蘇梓我一邊奸笑，一邊展開黑翼往撒馬利亞方向遠去。

◇

「怎麼辦！怎麼辦！怎麼辦！」

蘇城內，娜瑪回到自己封地，在城堡大殿上抱頭來回踱步，眼眶閃著淚光自言自語。她這副模樣已持續了半個小時。

「蘇梓我那笨蛋一定會殺死我……不對，是將我五花大綁，扒光衣服吊在床上鞭打！嗚……怎麼辦？怎麼辦？」

「欺負娜瑪媽媽的笨蛋，就交給我把他丟走！」聖德芬舉手說，卻被娜瑪駁回。

「妳不是那笨蛋的對手啊。現在就算他沒有印戒，魔力依舊比起我們所有人加起來還要厲害！」

娜瑪慌張大叫：「完了，一切都完了，他現在一定很生氣，不能讓他找到我。」

於是娜瑪望向雅典娜，尋求協助：「妳這麼聰明，一定想得到辦法！例如把他打暈，讓他失憶之類。」

「娜瑪大人，」雅典娜搖頭說：「就算是我，也沒有能力與蘇大公對抗。而且我也認為大人無須如此慌亂……」

阿提蜜斯亦附和：「我們確實不應該違抗蘇大人，不如娜瑪大人請求原諒吧？」

「但我剛剛太過驚慌，不小心又封印了那笨蛋的印戒，已經無法回頭……」娜瑪睜大眼睛，靈光一閃。「對了！乾脆固守城池，我們派重兵駐防，不讓蘇梓我踏入城池半步，這樣他就不能懲罰我吧？」

阿格蕾嘆道：「乖女兒，難道妳想一輩子守在城內，逃避責任和問題嗎？」

「嗚嗚……但除此之外沒有其他辦法了，一定不能讓蘇梓我進到城堡找到我。」

而且蘇梓我已快抵達，娜瑪越怕就越絞盡腦汁，決心利用手上所有武器對付他。

「母親大人，妳召集所有夢魔過來，越多越好；雅典娜，妳在城內指揮布下結界，不能讓蘇梓我隨意闖入；阿提蜜絲，妳負責在高台偵測，當有任何發現就用響箭通知大家。聖德芬，妳需要養精蓄銳，因為萬一發生什麼事，妳就是最後的祕密武器了。」

雅典娜靜默半秒。「娜瑪大人，妳是認真的嗎？」

「當然，這是夢魔女王阿斯摩太的命令！大家一定要幫我守住夢魔之城！」

16

蘇梓我高速飛到夢魔之城，卻見天空烏雲密布，又有雷電在城牆外轟轟落下。原來娜瑪利用閃電火布下攻擊結界，就像之前她佔領撒馬利亞那樣。

「那傢伙是來真的啊……她識趣地逃回到封地，但也不想想這封地是誰賞賜給她的。」

蘇梓我也略微認真起來，拍翼繞在閃電陣外飛翔。「居然偵測不到城內波長，看來還布置了防禦結界屏蔽魔力流動，是雅典娜的神盾？」

他往城牆城樓一看，樓內有金色反光物閃過——一枝金色箭羽從數百尺外射了過來。但箭速緩慢，蘇梓我一手接住；箭頭是鈍的，箭尾綁了一張便條，裡面有阿提蜜絲給他的話。

蘇大人，我不能背叛娜瑪大人，請見諒。

蘇梓我用魔力燒燬便條，笑道：「是留後路的意思嗎？看來娜瑪也不得民心呢。」

這樣子娜瑪是動用所有部下來固守城池了，蘇梓我又氣又好笑，接著單槍匹馬往城內俯衝而去；同時夢魔城外雷電變得頻密，就像娜瑪正在反抗和掙扎。

不過普通雷擊對現在的蘇梓我來說，已經沒有作用，他甚至能用肉身接下雷電。而娜瑪也並非要置他於死地，蘇梓我心想那傢伙要反抗卻又無法狠下心腸，真是受不了她。

「喝！」蘇梓我不耐地便將佩龍投斧擲往天頂，反用雷電將烏雲轟出一個大洞，連天空魔瘴都被炸散，四周頓時天清氣朗。

此時城樓銅鐘響遍城池，那是第一重防壁被衝破的警鐘。城牆上集結滿滿士兵蠢蠢欲動，其中在陣頭領兵的粉紅夢魔嬌聲喊道：

「各位姊妹，我們要用盡方法攔住蘇大公！」

「遵命！」

阿格蕾從莫斯科又帶來一批新的夢魔，數百夢魔傾巢而出，黑影逐漸接近蘇梓我！蘇梓我擺好架勢迎擊——豈料每個夢魔都是衣衫不整、袒胸露乳，看來是衝著自己的精氣而來！

「呵呵，蘇大公好久不見了。」阿格蕾手執皮鞭，帶著同伴飛到蘇梓我面前。「乖女兒要我們對付蘇大公，但我們又不敢以下犯上，而且大家又是『坦誠相見』的好朋友，大開殺戒總說不過去吧？」

「哼，所以妳們想怎麼樣？」

「殺不到人，唯有殺死蘇大公的精氣好了，呵呵。」阿格蕾隔空抽鞭喝道：「大家一起施法迷惑蘇大公吧！」

眼前數百夢魔一同搔頭弄姿，有的撫摸自己，有的飛近蘇梓我釋放魅惑的氣味，又或是呻吟嬌喘。蘇梓我也是第一次見識被幾百位夢魔包圍的天堂，但他此刻心中只有娜瑪一人，需要養精蓄銳；這是他們的私人恩怨，誰都無法介入——

蘇梓我隨手召來火球拋在夢魔群中間，嚇得她們四散躲避。

「阿格蕾，今天我沒空應付妳們，給我消失。」

阿格蕾苦笑答道：「好啦，幫不到乖女兒了。蘇大公你要對她溫柔點喔。」

結果就像紅海被分隔，一眾夢魔紛紛讓路，蘇梓我越過城牆、降落城內——但一踏足半步，夢魔城立刻地動山搖，廣場中間的土地裂開，一匹白龍憑空降臨！

「蘇大人，我也是受妹妹所託，要阻擋你的腳步，請蘇大人不要再前進了。」

「原來是伊琳娜，娜瑪一家人真是麻煩。」

於是蘇梓我怒吼一聲，騰雲駕霧，眨眼間變成了赤龍。赤龍威嚇道：「難道妳又想被侵犯嗎？這次我很生氣，我可是認真的。」

白龍說：「噢，如果我這沒用的姊姊能代替妹妹受罰……」

「嘖，忘記了妳已經是個變態。」

於是蘇梓我龍尾一擺，「轟隆」一聲就把伊琳娜擊倒在地。

他恢復人形，懶得理身上變得破爛的衣物，一絲不掛地繼續往山上城堡進逼。走了幾分鐘，又一陣天搖地動，城中心立站起一道巨大黑影，一看就知道是大天使聖德芬。

「笨蛋！聖德芬是不會讓你接近娜瑪媽媽的……咦？」聖德芬臉紅起來。「你為什麼沒穿衣服，笨蛋笨蛋笨蛋！」

蘇梓我錯愕。「什麼？伊甸園內不都是這副與生俱來的模樣嗎？是受了魔鬼誘惑才會感到害羞吧，妳這個不合格的天使。」

「吼！吼！」但聖德芬像隻生氣的小貓，一邊後退，一邊張牙舞爪。「聖德芬擋不下那變態了，對不起娜瑪媽媽……嗚嗚！」

聖德芬拋下此話，便急步逃走了。

「哇哈哈哈，結果娜瑪的部下全都跟她一樣沒用啊！」

於是蘇梓我氣焰更盛，撐著腰邊笑邊走，大步上山；士兵守衛紛紛逃走，城堡暢行無阻，直至殿上只剩下娜瑪和她的兩個手下雅典娜及阿提蜜絲。

「終於找到妳了。」

「嗚嗚……我輸了嗎……不要懲罰我……」

娜瑪抱頭蹲在地上，兩位希臘女神低頭退後，蘇梓我則步步逼近，直至兩人面貼面的距離。

「區區一個女僕，妳也給我惹太多麻煩了吧？」蘇梓我舉手作揮拳狀，嚇得娜瑪動也不動——

但突然兩肩感到溫暖，娜瑪慢慢張開眼睛，只見蘇梓我大笑說：「我喜歡妳，所以連妳的麻煩也喜歡。不要再害怕了，妳這傻丫頭。」

「咦？」娜瑪戰戰兢兢地站了起來。

蘇梓我溫柔地抱著她，對她耳語：「妳一直待在我身邊，在我心中已經是我的妻子了。妳不是什麼公爵夫人，妳會是魔界的王后。」

「真的嗎……你不生氣？」

「呵呵。」蘇梓我又向旁邊兩位女神使眼色，示意她們離開。

雅典娜嘆氣，不明白娜瑪為何要如此慌張；大家都知道蘇梓我最喜歡娜瑪一人，娜瑪也是愛得蘇梓我要死，所以才像小孩一樣鬧脾氣。

「嗚……我不敢了，我只是想開一下玩笑，誰教你最近都冷落人家……嗚嗚……」

殿上只有蘇梓我和娜瑪兩人，娜瑪於是放聲大哭，安心地伏在蘇梓我懷裡——

「哇！」

忽然娜瑪被五花大綁，吊在天花板下！蘇梓我撐腰大笑：「嘿嘿嘿，但本英雄賞罰分明，今天不調教妳難消我心頭之恨！」

「果然是騙人！」娜瑪踢腿掙扎。「救命啊！雅典娜、阿提蜜絲！聖德芬！妳們別走，快來救我——」

但就算娜瑪喊破喉嚨，空無一人的城堡也沒人能救得了她。

即使經過數千年，所羅門和阿斯摩太的戰爭依然繼續著。

第二章

三大天使

蘇梓我從魔海回歸並擊退奇異生物，又單槍匹馬收復了夢魔之城，再次換上畫有自畫像的旗幟飄揚。

他還生擒了這次騷亂的主謀阿斯摩太，把她抱回城堡。當晚魔瘴籠罩蘇城，悲鳴從城堡傳遍民居，城下惡魔都紛紛議論，猜測撒馬利亞大公會如何處置阿斯摩太。

直至翌日魔瘴漸散，雅典娜與阿提蜜絲才敢去探望她們的主子。

半路上，阿提蜜絲說：「昨晚見蘇大人的眼神是非得到娜瑪大人不可的樣子，不知娜瑪大人會否受不了呢。」

雅典娜嘆道：「那一對傻瓜不要再闖禍就好了。」

兩人邊說邊來到了城堡大殿，只見到娜瑪如沐春風、得意洋洋地半臥在王座，滿面笑容與殿上的夢魔親信閒聊。

「雅典娜、阿提蜜絲，妳們終於來了啊。」娜瑪笑說：「妳們幫本女王去照顧一下那笨蛋啦，我沒空理他。」

阿提蜜絲問：「蘇大人發生了什麼事？」

「反正他已經不行了，呵呵。」

娜瑪整個人脫胎換骨似的，跟昨晚哭著求饒、被蘇梓我抬走的模樣根本判若兩人。

如今她舉手投足都能牽動大氣魔瘴，瞳眸間彷彿蘊藏無窮魔力，氣勢逼人。昨夜兩人究竟在房裡發生了什麼事？

這時阿格蕾對娜瑪笑說：「娘親早就知道妳真正的實力。我們夢魔族依靠吸取精氣化作自身魔力，乖女兒妳保持貞節仍能當上侯王，這可是前無古人的成就喔！如今吸盡惡魔大公的精氣，更是後無來者的夢魔女王，真是娘親引以為傲的乖女兒。」

阿提蜜絲恍然大悟。「蘇大人的精氣比常人旺盛百倍，莫非都被娜瑪大人吸乾了？」

「雖然奮戰一整夜，不過很美味都是值得。」娜瑪輕舔嘴唇。「那笨蛋總算有點用處。」

「妳說誰是笨蛋？」走廊上忽然傳來虛弱男聲，蘇梓我腳步虛浮、左搖右擺地走到殿上。「好大的膽子，居然吃掉本王精氣還四處宣揚。」

「蘇、蘇梓我，你居然還能夠起床！」

「你太小看本王……了！」蘇梓我拚盡最後一口氣大喝：「還有，妳要本王站著跟妳說話？」

「嗚……」娜瑪無奈退下台階，換成蘇梓我坐上王座——

但見蘇梓我雙膝發抖、雙手抓空幾下才扶住座椅，而且面無血色。殿上眾人都忍住不敢說話，唯獨雅典娜問：「不知蘇大公接下來有何打算？」

蘇梓我答：「那些奇異生物，妳們應該一無所知吧？可是我多少在電視電影上見過，那是克蘇魯體系的邪神。」

雅典娜聽見陌生的詞彙，拿起平板電腦，卻被蘇梓我阻止：「不用上網找了，我已經查過，那是二十世紀美國小說家洛夫克拉夫特所創作的架空神話。」

「可是奇異生物已經存在千年，怎麼會是近代才憑空創作出來的？」雅典娜又說：「而且假如是人類的創作，世界圖書館理應有紀錄才對。」

「如果一開始就不屬於這個『世界』，那『世界圖書館』沒有紀錄也能夠理解了。」

雅典娜喃喃道：「不屬於這個『世界』，名副其實是彼岸。」

「就像聖主與天使，以及妳們這些地方神屬於其他神族體系，那些奇異生物姑且就叫克蘇魯體系吧，而且是更加接近天使的存在。」

不僅是聖德芬，當蘇梓我繼承聖痕力量與克蘇魯對決時有種同樣的熟悉感。但這很難解釋給雅典娜，就算是智慧女神，雅典娜也有無法理解的問題。

於是蘇梓我說：「只有一人知道『世界』的真相，就是萬鬼之母。」

當時他在陌生之地迷失方向，欲登失智火山卻被萬鬼之母勸阻，她更提及了許珀耳玻瑞亞——那座浮島的真正名字。

雅典娜感到意外。「許珀耳玻瑞亞是我們北風之神玻瑞阿斯的故鄉，怎麼會跟奇異生物扯上關係？」

「除了希臘神話，許珀耳玻瑞亞也是克蘇魯神話的地名，這名字確實是跟我交手的克蘇魯親自說的。既然萬鬼之母知道許珀耳玻瑞亞，她肯定也知道奇異生物的起源，甚至是『世界』的祕密。」

「但萬鬼之母一向不干涉人類與魔神，蘇大公有把握問清楚嗎？」

「也許事情已來到水深火熱的程度，不然萬鬼之母也不會貿然傳音警告我。」

蘇梓我神色凝重地繼續說：「說到底，為何奇異生物會活躍起來，連同邪神領兵進攻魔海？人類的戰爭不過是為了資源，宗教的戰爭同樣也是為了信仰的資源，天使和惡魔的戰爭則為爭奪靈魂的載額……到底奇異生物又有何目的？」

見蘇梓我閉目沉思，雅典娜感到有點意外。這大概就是人類所說的「聖人模式」？蘇梓我在被娜瑪榨乾精氣後，好像懂得思考了。

蘇梓我睜眼道：「無論如何，答案肯定就在萬鬼之母身上。這樣我勢必得去會一會她，娜瑪就交給妳們了。」

語畢，聖人離開了夢魔之城，隻身前往鬼界。

2

蘇梓我對鬼界的路並不陌生，就是穿越一團黑暗，放輕身體在冥海中浮沉，讓靈魂引導前往河流的源頭。蘇梓我明白一切都是萬鬼之母的引導，與其說蘇梓我要找她，不如是萬鬼之母要召蘇梓我來到深淵——

「特異的靈魂，先恭喜你從彼岸回來，並殺死了黃衣之王。」

萬鬼之母依舊藏身混沌之中，深淵內蘇梓我什麼都看不見，只有意識清醒著，直接在腦內接收萬鬼之母的話。蘇梓我開門見山地問：「那海膽果真是哈斯塔，連同克蘇魯他們都是真實的存在？」

「懷疑自己的眼睛嗎？你曾與克蘇魯交手，魔海眾神魔都親眼目睹克蘇魯與哈斯塔，為何選擇懷疑？」萬鬼之母說：「所有神話都是由人類記載、流傳，然後漸漸被人遺忘以為是虛構故事。不過克蘇魯神話正好相反，那是有生靈要讓人類記起，借人類之手而寫成。」

蘇梓我緊張追問：「那麼奇異生物突然活躍起來、入侵魔界，又是什麼原因？」

「大概是那個女人的緣故。」

「女人？」

「她是這顆星球第一位性愛的對象，因此你早晚會遇上她，留待那時才給你驚喜。」萬鬼之母續道：「那女人嘗試改變生命的本質，亂用『深淵』的力量確實很令人苦惱。只是使奇異生物覺醒過來的主因還是美洲的拉斐爾復活。這始終威脅著奇異生物的存在，讓牠們不得不傾巢而出入侵魔界。」

蘇梓我一驚。「拉斐爾也復活了嗎……」但他仍不明白。「拉斐爾、米迦勒、加百列，三大天使齊聚一堂，卻使得奇異生物入侵魔界？」

萬鬼之母慨嘆：「天使與奇異生物相同，他們都想搶先一步，取下妾身的首級。」

「為什──」

「不能說。」四周混沌變得冰冷。「現在還不能把所有事情如實相告，難保你知道真相後，可能會想殺死妾身。」

蘇梓我冷笑。「如此可怕的真相反倒讓我好奇呢，這樣我更加要找出邪神、天使，還有你們之間的關係。」

「凡事只看一面很容易忽略真相；正如只專注月球正面，不但看不到背面，就連太陽也有看不見的日子。因此，你要前往地球的另一端，聖教會與正教會的反面。」

蘇梓我想了想。「……美洲嗎？洛夫克拉夫特的故鄉，不是巧合吧？」

「美洲昔日的地方神、美國的新教會、拉斐爾天使長，他們都有你想知道的線索……對了，你的雙親也在那邊。」

「妳認識我父母？」

「只要是這邊世界的事，妾身無所不知。」萬鬼之母說：「可惜時間不多，不論是妾身的時間抑或你的時間。三大天使已經復活，就算你奪去末日號角，他們與新教會聯手仍足以讓地上再無生命。」

蘇梓我想起安東尼曾告訴自己，新教會尋求世界末日，是個外人難以理解的末日教派。

「淨是些不好的預感。」蘇梓我說：「在我離開之前，有最後一個問題想請教妳。我對於妳來說，究竟是個怎樣的存在？」

「籌碼，而且已經連續押對寶，像雪球般滾大的籌碼，大到妾身捨不得失去你。」

「我是籌碼的話，那賭局是什麼？」

「世界的調和——」

萬鬼之母的聲音越來越遠，不對，是蘇梓我的意識越來越遠，直至所有感官關閉，再次醒來已回到魔界蘇城的城堡大殿。

鬼界與現實的時間流動有所偏差，轉眼已過了一天。當天夜晚，蘇梓我與娜瑪商量後決定返回香港，把萬鬼之母的話轉告給利雅言。

聖火堂上蘇梓我恢復了精神，道：「在墨西哥的猶加敦州有萬鬼之母的使者，他們會接應我前往美國新教會打探。」

利雅言卻不禁擔憂。「最近歐洲的天使沉寂下來，難保他們會悄悄把目標轉移美洲，你們務必小心行事。」

「嘿，現在我們有萬鬼之母罩著，天使什麼的誰怕他。」

確實蘇梓我已今非昔比，娜瑪亦是脫胎換骨，不過利雅言還是不放心。「只有你們兩人上路，該不會把這趟任務當成新婚旅行吧？」

「咳咳。」蘇梓我答：「只是為了保密和避開新教會的耳目，越少人越好。」

此時，利雅言從娜瑪的背包拿出一個餐盒……

「啊！」娜瑪連忙把餐盒塞回背包。「我才不是因為想去遠足才弄飯盒的！」

蘇梓我拍打娜瑪的頭。「妳是女僕煮飯給我吃有什麼問題？」

「嗚……還是女僕嗎？」

「一日女僕，終生女僕，哇哈哈哈！」

蘇梓我拉著娜瑪的手離開教堂，目標是美洲新大陸——從各種意義上，都是新的世界。

◇

他們首先以轉移術飛往南太平洋地區，所羅門群島在迦蘭的投資下發展迅速，蘇梓我在私人基地登上私人飛機飛往墨西哥。這是他們最快抵達中部美洲的方法，雖然也得花上大半天。

十三小時的航程，蘇梓我餓了，娜瑪便打開背包，拿出兩人份的五層便當盒。娜瑪的女僕力已深入骨髓，她興高采烈地解說自己準備了炸魚、炒飯等等，接著打開便當，一道聖光綻放——有個白衣女孩竟從便當盒內爬了出來！

「怎、怎麼會這樣，我的凱撒沙拉呢？還有馬卡龍！」娜瑪大驚失色，連忙質問忽然冒出的聖德芬。

聖德芬嘴角還沾著馬卡龍的糖霜，笑著回答：「娜瑪媽媽的手藝很好喔，我從來沒吃過這樣美味的東西。」

「為什麼要全部吃掉……嗚……」

蘇梓我在旁說：「比起這點，不是應該更加好奇為什麼這大天使能躲進便當盒內？妳是貓嗎！看到盒子就鑽。」

「變大縮小是天使的力量！」聖德芬得意洋洋說：「娜瑪媽媽不帶聖德芬去玩，只好用這種方法來找娜瑪媽媽……」天使突然眼泛淚光。「還是娜瑪媽媽不喜歡帶聖德芬去玩？」

娜瑪替她抹嘴。「怎麼會不喜歡呢，唉，妳想跟來就跟來，想吃我煮的飯就吃，不要再哭了……嗚……」

蘇梓我沒好氣地說：「反正此行與天使有關，就讓她同行吧，說不定能找到妳們的身世。」

聖德芬歪著頭不明所以，娜瑪則無奈接受這場新婚旅行多了一個電燈泡。

◇

他們一家三口的目的地是墨西哥猶加敦州的首府梅里達，該地與瑪雅古文明淵源甚深，附近還有幾座瑪雅古城；其中最接近的是齊伯查爾頓（Dzibilchaltún），該地有一座千年歷史金字塔神殿名為七偶神殿（Templo de las Siete Muñecas）。

七偶神殿是古瑪雅人的智慧結晶，每逢春秋分，太陽光總會分毫不差地穿過神殿兩側的窗戶，十分壯觀。因此每年總會吸引外國遊客參觀這座神殿，蘇梓我等人也是如此。

「哇！原來再過幾天就是春分，到時不如去看看吧？」娜瑪興奮地說。

抵達目的地後，他們並沒有與萬鬼之母在當地的使者會合，而是牽著聖德芬在附近閒逛。娜瑪單手拿著旅遊書說：「那裡就是梅里達大教堂，是美洲現存最古老的大教堂喔。」

梅里達大教堂是儼如歐洲城堡般的方角建築，高牆包圍住其中的神祕；是歐洲傳教士傳遍信仰的痕跡，也是教會毀滅當地傳統信仰的證據。

蘇梓我突然想了起來。「這裡附近不是有瑪雅遺址嗎？我記得原初神器有包括瑪雅文明的吧。」娜瑪答：「當初『世界』分別鑄造七把原初神器，交給七位至高神，繁衍七大文明。當中包括愛琴文明、埃及文明、美索不達米亞文明、華夏文明，以及吠陀文明和瑪雅文明，還有一個文明不清楚……」

「說不定這裡有原初神器，萬鬼之母才在梅里達安排她的部下。」

「可惜美洲大陸在後期與歐亞大陸分離，那邊的神明我們幾乎沒有接觸過，對方也未受天魔戰爭波及而逃遁魔界，大概只是在當地慢慢迎接死亡。」

從歷史書上看，公元八世紀前的古典期是瑪雅文明最興盛的時期，之後卻突然崩潰，無人知曉確切原因。但如今看來，瑪雅眾神在壽命詛咒後逐一消逝，沒了地方神的眷顧，文明衰落也是理所當然，原始宗教就逐漸被新教取代。

「這裡沒有敬拜聖德芬的教堂。」聖德芬噘嘴抱怨：「這樣聖德芬不會保佑這座城市的。」

「沒見過這樣小家子氣的天使。」蘇梓我調侃道。

但聖德芬沒有理會，急步跑走。看來她被一旁路邊攤的手工製品吸引，指著一尊木偶大笑：「這東西的樣子好像我家笨蛋！」

蘇梓我對娜瑪翻了翻白眼，問：「那天使該不會在說我吧？」

但娜瑪也沒有理會他，而是抱著聖德芬在路邊攤一起傻笑；多麼溫馨的天使與惡魔的畫面，蘇梓我有感而發地說：「要是把妳母親也帶過來就好。雖然她是超過了點，但偶爾來趟家族旅行也不錯。」

「別說娘親的壞話啊。」娜瑪反問：「我都沒聽你說起父母的事情呢。」

「啊？我就是那種漫畫主角啦，雙親經常不在家。他們是宗教狂熱份子，喜歡到世界各地朝聖，最近一次見面大概一年多前吧。」

「我記得這一半的所羅門印戒，也是他們留下給你的。」

蘇梓我無奈點頭。「被那兩個人逃走了實在失策，沒能問個清楚。」

「顯然不是普通人。」

「妳的女兒才不正常。」

蘇梓我指向前方，聖德芬此時突然變大兩倍，一手抓住樹上小鳥，弄得小動物吱吱悲鳴。

「別胡鬧啊！」娜瑪斥責聖德芬：「那些低等生物跟妳無冤無仇，用不著傷害牠們。」

「我只是想跟牠們玩玩，娜瑪媽媽別生氣嘛。」於是聖德芬放手讓小鳥飛走，自己又變回普通少女大小，連同身上連身白色裙一併縮小。

聖德芬無知得非常可怕，卻有著凡人無法比擬的力量。蘇梓我說：「最近我有個想法，說不定天使都是從其他星球來的。也許他們的母星不宜居住，於是搬來地球定居，並充當神的角色來傳授原始人智慧。」

尤其當天使與克蘇魯的邪神扯上關係後，不免會往宇宙那方面聯想。

娜瑪問：「假如聖主和天使真的是從其他世界降臨，如今搶奪我們的資源，這樣你打算要把他們趕走嗎？」

「這片土地是我們的話，當然是地方神優先。」蘇梓我笑說：「但若天使願意歸順本王，本王也可以考慮讓他們住下來，雖然只限女天使，哈哈！」

「聖德芬才不會歸順笨蛋——」

忽然聖德芬的聲音漸遠，白色身影被縮小吸到一座教堂門前；那裡站著一位黑衣婦人，她頭髮花白，手中拿著一個似曾相識的木盒，低聲道：「這位天使暫時由老身接收了。」

4

忽見聖德芬被收到盒中，娜瑪呆愣一會兒，大喊：「那女人手上的是天使約櫃！」

蘇梓我臉色一沉，而從眼前老婦懂得收服天使來看，顯然是來頭不小。

「妳是新教會的人？」

蘇梓我問老婦，但老婦只是詭異笑著，沒有回應。

娜瑪則暴跳如雷大罵：「快把聖德芬還給我們！」

老婦手上的盒子猛烈搖晃著，彷彿在呼應娜瑪的焦急。但老婦反駁：「這天使沒受教育，不能野放。」

「娜瑪，冷靜點。」蘇梓我說：「這老女人能輕易封印聖德芬，來頭恐怕不小。」他又問老婦：「不知裡面原本封印哪位天使？據我所知，天使與眾神皆是後期才踏足美洲，為數甚少，莫非妳手上的天使約櫃是用來封印拉斐爾的？」

三大天使之一的拉斐爾。米迦勒從歐洲撤退後，遠渡重洋就是為了拯救同伴拉斐爾。老婦人回應說：「沒錯，老身手上的，正是新教封印拉斐爾的天使約櫃，如今要用來對付羽翼未豐的無知天使，全然沒有難度。」

話雖如此，擁有能制伏天使長的法力，這老婦人絕非尋常。

蘇梓我面色一沉，質問老婦：「聽聞新教是主忠誠的僕人，妳是打算遣返聖德芬，讓米迦勒處置她嗎？」

——砰砰砰！盒內聖德芬聞言立刻亂蹦亂叫，反觀老婦則冷靜回答：「站在街上說話不方便，如果你想救回聖德芬，不妨跟老身來教會一趟。」

語畢，老婦掉頭走進名為梅里達大教堂的堡壘。蘇梓我牽著娜瑪隨後追上，推開將近四尺高的木製大門，裡面是白黑交錯的寬闊聖殿——白色的圓形石柱及圓拱穹頂，黑色則是燒焦的十字架和被釘在十字架上的聖子像，而老婦則安然坐在座台中心的木椅上。

老婦說：「這所教堂是西班牙人征服墨西哥後，拆毀當地瑪雅神廟直接用原址石材築成的，很霸道對吧？」

蘇梓我有點不耐煩。「所以妳有什麼要求？」

老婦笑道：「人老了變得健忘，差點忘記自我介紹。我是猶加敦州的教區主教，與萬鬼之母也算是一場舊識，其實我們站在同一陣線呢。」

「老身也是千萬個無奈，被迫出此下策，希望跟兩位合作。」

「完全不像綁匪會說的話。」

「說來聽聽。」

老婦說：「你們知道拉斐爾的復活意味著什麼嗎？他是第六號的天使長，與第一號的加百利、第七號的米迦勒一起，三大天使是災難的開始，也是災難的終結。」

「七號審判已經被本英雄阻止了，不會發生。」

「蘇先生這樣想的話實在太過天真。只要拉斐爾歸來，他勢必會聯同米迦勒吹響最後兩支號角；就算七號審判未能完整，這世界亦已沒救。美洲的繁華時日無多，其他地方也是如此，轉眼就會變成像歐洲那樣的廢墟。」

老婦的話和萬鬼之母所說的一樣，但蘇梓我仍挑釁道：「本英雄在大天使吹響號角前把他們收拾就好。」

「這不可能，新教不會讓你們這麼做，我也不會。」老婦的眼神十分銳利，亦充滿殺意。雖然嘴上一直說尋求合作，但她的態度卻非常不友善。

老婦續道：「關於蘇先生的底細，我們知道得一清二楚，老身或許夠格與你正面交鋒，但聖德芬會變得怎樣也不重要了嗎？」

「結果還是抓來當人質，真是嘍囉的行為。」

「隨便先生怎樣說，但只要你們替老身把事情辦妥，老身必定將聖德芬雙手奉還。」

「所以呢？妳到底要求什麼，給我一句總結。」

「天空心臟、大地心臟，希望蘇先生在三日之內把這兩個心臟帶回來。」

天空心臟、大地心臟，蘇梓我默述著陌生詞語。

老婦解說：「那是能創造世界的寶物。最初世界只是一片汪洋，瑪雅古神來到此地，用天空心臟創造空氣，用大地心臟創造陸地，用玉米創造瑪雅人，這就是瑪雅文明的創世神話。」

「妳要找天空心臟和大地心臟，是打算創造另一個世界？」

老婦冷笑回答：「瑪雅人十分聰明，他們早就預知到世界的循環，其曆法更記載了世界的起始和終結；大地震將會把陸地上一切夷為平地，天降洪水將會淹沒所有生命，這是終末的一刻。假如你們希望人類還能存活下去，就要找到天空心臟和大地心臟讓世界重啟。」

蘇梓我同樣回以冷笑。「既然如此重要，為何妳不親自去找，反而要拜託我這個充滿變數的外鄉人？」

「天空心臟和大地心臟只會在世界終末時短暫出現，我們也是最近才開始搜索，可惜沒有線索，就連心臟的具體模樣也不知道。蘇先生你是受眷顧的人，老身就把希望寄放在你的運氣上。」

「但只有三日限期。」蘇梓我嘲諷道。

「人生充滿未知，明天世界可能就不復存在，三日已經很長了。」老婦笑道：「當然若不在意聖德芬的生死，你們大可無視老身的話掉頭就走；只不過你們此行就是想調查美國新教會，跟我們合作應是百利而無一害。」

蘇梓我站在老婦前，表面在聽她的鬼話，但每一刻都在觀察其破綻——完全沒有，老婦全程都散發著神祕魔力，十隻拿著約櫃的指頭就像隱藏在寶箱後面的毒蛇，貿然碰觸必遭咬傷。

蘇梓我沒有選擇。「三日後，妳自然會得到答案。」

5

話說瑪雅文明有兩位最重要的創世神：操控風雨的羽蛇后庫庫爾坎、操控雷火的羽蛇王特佩烏。他們分別創造出兩個分身「天空心臟」與「大地心臟」，而這兩個心臟就共同創造了三代的瑪雅族人。

根據《波波爾·烏①》的記載，最初眾神用泥土捏搓出人類，但泥土人太過脆弱，活不久就粉碎了。於是眾神換上木頭，雕刻出第二代瑪雅人，結果木頭人雖強壯，卻沒有情感，不懂得敬畏造物主，惹來天空心臟的憤怒，使天降洪水沖走了所有木頭人，第二代瑪雅人就此滅亡。

吸收了兩次失敗的經驗，大地心臟最後選用玉米磨粉造人，玉米人不但強壯，更能寄宿靈魂，力量甚至能跟神靈媲美。但天空心臟不喜歡讓其力量過於強大，就在玉米人的眼睛裡吹入瘴氣，使玉米人看不清真實世界，正是現今第三代平凡的瑪雅人。

以上是娜瑪的資料蒐集，此時他們已回到撒馬利亞。蘇梓我吩咐桀派與斯伯奈克在山上搭建一個巨型火祭壇，同時又吩咐雅典娜和阿提蜜絲從人間購買玉米，越多越好。

娜瑪道：「說起來，天空心臟和大地心臟同樣是瑪雅古神的分身，所以當瑪雅土地面臨末日災禍時，兩位創世的瑪雅神就會隨之復活過來。」她又問蘇梓我：「你打算怎麼做？」

「徬徨不定時就靠白騎士的火占術，好好運用所羅門的力量。」

瑪雅文明是玉米文明，以玉米占卜就能與瑪雅古神相連、與其魔力相通。古代瑪雅更以焚燒「玉米人」來祭祀神靈，即活人祭祀，如今蘇梓我只是燒玉米也算是仁慈了。

總之，三日限期一秒都不能浪費。娜瑪參照了瑪雅金字塔的建築擺設指揮魔神工作，斯伯奈克以兵裝術製造器具，機工魔神瓦布拉負責堆砌金字塔祭壇，另外比夫龍則召喚大量死靈幫忙施工。

結果只花半天，火祭壇和玉米都準備就緒了。

晚上蘇梓我及眾魔神來到火祭壇前，這座模仿瑪雅金字塔的石造建築物，其大小約半座城堡，塔頂有個凹陷處，裡面正方形的凹槽堆滿了乾草。

蘇梓我滿意地大笑，召來佛爾卡斯。「之後看你的火占術了。」

佛爾卡斯步上金字塔，在祭壇前停下，揚手命令：「注入玉米！」

「注入玉米！」

數百位惡魔擔著裝滿玉米粒的竹籠，把玉米粒傾倒在火祭壇裡，眨眼間就把祭壇玉米堆得滿滿。黃色和白色的玉米粒彷若黃金閃耀，更散發出玉米的魔力、瑪雅的魔力。

佛爾卡斯彎腰抓起幾十顆玉米粒，放在掌心搖了數下，並聚火於掌；手上玉米燃燒起來，佛爾卡斯便將它們丟進火祭壇內，火舌如藤蔓般伸出、迅速蔓延，一下就燒起沖天大火。

火勢越燒越旺，比起玉米的香氣，空氣的灼熱和濃煙更讓人感到不適。但佛爾卡斯金睛火眼站在熊熊烈火面前，與玉米的火焰正面對話。

「噢，這是！」火光把佛爾卡斯的老邁臉龐照得通紅，他的驚訝神情無處隱藏；既是訝異，又是興奮，他差點不想從祭壇走下來。

---

① 原文為Popol Vuh，議會之書，又稱《瑪雅聖經》，是瓜地馬拉馬雅文明的聖書。

火焰就是如此懾人。火占術能讓施法者窺探世界真理，求知欲望使人無法自拔，想衝進火堆把所有知識據為己有，最後就像伊卡洛斯飛往太陽融掉翅膀，墜海慘死。

幸好佛爾卡斯不至於被火焰迷惑。雖然他知道再站多一會兒就能掌握天空心臟和大地心臟的去向，但仍在翅膀融化前一刻從祭壇退下，回報蘇梓我：「兩團火焰一直往下沉，總共沉了九次，正是天空心臟和大地心臟的歸宿。我想阿斯摩太大人比老夫更加清楚。」

「瑪雅文明的世界，天空共十三層，地下共九層。」娜瑪說：「最底的九層就是恐怖之地西巴爾巴，相當於瑪雅文明的冥府。」

蘇梓我嘆氣罵道：「所以那兩個創世神都死了啊，也難怪新教會找不到他們。」

娜瑪問：「但要怎麼到冥界找回兩個心臟？」

「不然妳去死一遍看看，不是要救聖德芬嗎？」

娜瑪還真陷入沉思，蘇梓我見狀便敲她的頭說：「我開玩笑的，那麼認真去想幹嘛？」

「其實也不用阿斯摩太女王冒險。」佛爾卡斯插話：「老夫有位朋友懂得靈魂出竅的法術，可以代為引薦。」

蘇梓我大喜。「不愧是魔神的經紀人，這次又是哪位魔神？」

佛爾卡斯摸著鬍子朝殿外微笑，一位身材魁梧的紅髮少年拖著巨蛇尾巴步進大殿，半跪在地上參見蘇梓我。

佛爾卡斯說：「這位少年是老夫的學生，天賦極高，一直都渴望投靠蘇大公，正是以『出竅術』成為第十八位所羅門魔神的巴欽。」

蛇尾少年穿著斯文大方、謙謙有禮，微笑道：「久聞蘇大公的英雄事蹟，無論地上教會或海外奇異生物皆歸順大公，因此本人希望能成為蘇大公的左右手，略盡棉薄之力。」

蘇梓我問：「你如何能助我前往瑪雅的地府？」

「只要成為靈體，就能隨意穿梭鬼界。」少年說：「雖然蘇大公在萬鬼之母的引導下曾數次進入，但常人與鬼界的波長不合，五感失靈，必定會在深淵迷路。只有成為靈體才能隨意橫越鬼界，包括不同文明的地府。」

「原來如此。」蘇梓我揚起右手，以所羅門印戒念誦咒語，道：「以後你就是繼承巴欽名號的魔神，盡心為本王效力吧。」

「謹遵撒馬利亞大公之命。」

語畢，一陣黑光包圍蛇尾少年，少年魔力與蘇梓我手上印戒連在一起；如今已經收歸第十六柱魔神，無論蘇梓我或蛇尾少年的力量都更上一層樓。

新任的巴欽十二世拱手道：「承蒙蘇大公賜予魔力，一般的出竅術只能帶一成魔力脫離肉身，不過在下的出竅術能保五成。」

蘇梓我皺眉道：「五成？代表本英雄變成靈體時會變弱嗎？」

「是的，沒有載體，靈魂便無法發揮十足力量，尤其蘇大公的肉體是來自已死去的古神。」巴欽續道：「但靈魂出竅後肉身才是最脆弱的，務必要保全肉身才能復活。因此先提醒大人，必須把肉身交託親信看管。」

「交給娜瑪就可以了。」蘇梓我警告娜瑪：「如果妳敢丟失我的肉體，以後就沒有人供妳精氣了。」

「笨蛋，我又不是因為這原因才看守你的肉身！」

蘇梓我又吩咐巴欽：「本王準備好了，快施術送我往西巴爾巴。」

巴欽躬身領命，再抬頭與蘇梓我對望；兩人靈魂相連，只見巴欽瞳眸變得混濁又再度清澈；

蘇梓我頓感全身輕飄飄的，緩緩浮起，直至看見娜瑪等人都在腳下，才發現自己已靈魂出竅。

「恭喜蘇大公，魔法成功施展。」

娜瑪聽見巴欽如此宣布，東張西望地驚問：「那笨蛋出竅去哪了？怎麼都看不見？」

蘇梓我大喝：「就在妳頭頂，妳看哪裡！」

但娜瑪似乎聽不到他的話。

巴欽解釋：「蘇大公靈魂出竅，如今與死人無異；人鬼殊途，阿斯摩太女王自然無法看見。」

蘇梓我回望殿上四周，忽然看見一堆鬼火在角落飄動，驚道：「因為我變成鬼，所以看到其他鬼魂，而娜瑪他們則看不見我嗎？」

「正是如此，而因在下同樣有靈魂出竅的經驗，才能夠隱約感覺到蘇大公的存在。」巴欽同時向蘇梓我和娜瑪解釋。

娜瑪則苦惱地反問：「但我看不見那笨蛋，怎麼知道你沒有騙我？」

巴欽答：「雖然看不見，但你們兩方靈魂相連，應該能感受到彼此。」

娜瑪皺眉閉目，忽然大叫一聲，掩著胸口說：「這觸感真的是那淫賊！」接著就朝前方轟出雷電，直擊蘇梓我的靈魂。

巴欽慌忙制止。「請別衝動，出靈的蘇大公魔力大減，阿斯摩太女王的閃電火隨時都會把蘇大公打死的，千萬要小心。」

「什麼！抱、抱歉……」

蘇梓我全身燒焦，費盡好大力氣爬起來大罵：「這個笨女僕！等我回來後再慢慢教訓妳！」

雖然聽不見，但娜瑪彷彿感受到蘇梓我的話，下意識地說：「你這笨蛋快點回來，不然我就把你的肉身吊起來。」

「可惡，沒見過如此張狂的女僕。」蘇梓我飄到娜瑪面前，突然擁抱她說：「我去去就回，連同天空心臟和大地心臟當伴手禮。」

「我會在家等你。」

◇

另一邊廂，梅里達大教堂的聖所內，老婦從懷中取出天使約櫃，微笑地打開盒子；室內綻放強光，聖德芬「砰」一聲掉到地上。

「嗚，好痛……」聖德芬按住自己屁股問：「啊！這裡是什麼地方？」

老婦笑道：「好久不見了，聖德芬，沒想到妳變得這樣幼稚呢。」

聖德芬本能感到害怕，退後數步質問：「婆婆妳是誰？」

「連記憶重組也出了問題嗎？」老婦展示著空的天使約櫃說：「裡面感覺如何？我之前也在這盒子住了好一段時間。」

「欸、是……拉斐爾大人！」聖德芬猛然記起，昔日拉斐爾最喜歡喬裝人類降臨凡間，眼前老婦肯定是拉斐爾。

拉斐爾嘆氣地說：「可惜妳身為聖德芬已被惡魔沾污，沒救了呢。」

聖德芬全身顫抖。「拉斐爾大人……是要刪除聖德芬？」

「妳覺得自己還有資格當天使長？」拉斐爾說：「但我會給妳悔過機會，這三天妳好好留在這裡懺悔吧。假如米迦勒滿意，也許能放妳一條生路。」

聖德芬頓時頹喪起來。「三、三天後呢？」

「會有罪人用天空心臟和大地心臟來換妳平安。」

6

死亡——靈魂從肉身分離的現象。

人類並不完美，所以才會有死亡，而生命比想像中短暫得多。假若重複著沒有意義且短暫的出生、死亡，就跟禽獸無異，得用上數十萬年進化，用上數百萬年發展文明。

因此死亡必須變得有意義，各個文明的冥界就是這前提下設計出來的。地方神讓逝去的靈魂繼承思想，在冥界反思人生，又或者審判生前的行為，像發成績單一樣。

華夏的黃泉、吠陀的奈落、希臘的塔耳塔羅斯、北歐的黑爾海姆……這些地方才是人類文明的搖籃。逝去的靈魂在冥界總結生存意義，帶著目標投入靈魂的循環，最後由各地冥神安排人類的靈魂轉生。

所以人類是特別的。特別脆弱，卻又特別得到照料。

然而，地方眾神萬萬也沒有想過，自己跟人類一樣亦有壽命終結的一天。

天魔戰爭後，地方眾神逐一殞落，就連掌管冥界的冥神都死了；所有靈魂直接回歸世界的循環，地方神的靈魂得到萬鬼之母的介入，讓他們沾染原罪轉生，成為惡魔。

自此地方神不再神聖，沒有領導人類的資格。苟延殘喘的惡魔棲息於魔界中，留下猶如荒廢遊樂園般的冥界；人去樓空，長滿雜草和鐵鏽，剩下詭異和淒涼。

今天已無人信仰瑪雅古神，就算冥神猶在，在西巴爾巴空無一人的情況下，仍沒有辦法引導死者前往冥府。

蘇梓我潛入地下世界，靈體的感觀雖與常人不同，但靠著出竅術總算能駕馭自身；他穿梭冥海，轉眼便來到一座巨大黑山前。

黑山正面有個洞穴，蘇梓我直覺認為那是通往西巴爾巴的入口。

「迷途的旅者，請停下腳步。」

頭頂有道女聲叫住自己，蘇梓我抬頭一看，卻只看見一團鬼火閃耀著藍色的光飄懸著。

藍光對蘇梓我說：「看來你剛死去不久，還沒有習慣靈體的眼睛。」

蘇梓我凝神靜看，頭上的藍光化成了一位黑長髮的少婦；少婦五官端正、輪廓鮮明，但比起美貌，更散發出令人戰慄的感覺，面色蒼白得像個女鬼。

「妳是西巴爾巴的守門人？」蘇梓我問。

「西巴爾巴……幾百年沒有人來訪，幾乎都忘了這個名字。但你沒說錯，我是伊休妲，根據你的回答，我會選擇帶你前往西巴爾巴受苦，或是安坐在宇宙樹的樹蔭下享樂。」

蘇梓我沒有異議，伊休妲續問：「你是如何死去的？」

「本英雄喜歡生就生，喜歡死就死。」

「英雄、自殺，原來如此。」伊休妲淡然道：「我是掌管自殺的冥神，為了讚頌自殺者，你就穿過前方的山洞，前往西巴爾巴吧。」

蘇梓我不免疑惑。「讚頌自殺者，怎麼會有這樣的神？」

「自殺是戰士的最高榮譽，尤其是英雄的象徵，西巴爾巴的十二王必定對閣下感到興趣。」

但蘇梓我不以為然，比較關心別的東西。「妳知道天空心臟和大地心臟嗎？」

伊休妲聞言面色一沉。「英雄閣下，你是為了天空心臟和大地心臟而來？」她說完後喃喃自語：「原來已到了紀歷的盡頭。這樣一來，閣下一定要跟西巴爾巴的十二王見面，十二王擁有你想要的東西。」

蘇梓我朝山洞裡望了下，伊休妲說：「不用擔心，穿過山洞後就是通往西巴爾巴的大路，不會迷失方向。」

「哼，妳以為本英雄在害怕嗎？」

雖然蘇梓我感覺對方可疑，但家中女僕又在發愁，就算是刀山地獄仍不得不走一趟。於是他提高警覺鑽進山洞，洞內越走越黑，只能摸著洞壁前行，眼睛什麼都看不見──

突然手掌抓空，山洞消失，蘇梓我赫然發現自己身處於荒原之上，頂上的夜空滲出像血液般的紅光，蘇梓我趕緊回頭，黑山已不見蹤影，難以想像自己是穿越山洞而來。仔細望著腳踏的黃土地，黃色是屍體的膿汁，整片黏稠狀的荒地都在發出異臭，要不是他是靈體早就嘔了出來。

「果然是恐怖之地西巴爾巴。」

蘇梓我看見旁邊有條血河，血河一直延伸至地平線的盡頭，在黑幕下有棵大樹和一座城堡。再明顯不過那裡就是西巴爾巴的宮殿，蘇梓我打算沿著血河前往，卻突然看見血河冒起白泡，幾百隻黑色毒蠍從河裡爬出！牠們八隻腳均沾滿鮮血，在黃膿地上刺下點點紅印，沙沙聲直逼向蘇梓我──

轟！蘇梓我喚出火神鎚燃燒土地、燒死毒蠍。轉眼間，昆蟲屍體化滿地，腐化在黃膿土地上，冒出黑煙消失。

此時，天空傳來伊休妲的聲音：「跨越苦難，往心臟前進，享受西巴爾巴王宮的美酒吧。」

7

伊休妲的聲音遠去，蘇梓我只好收拾心情，繼續前進。只不過腳步異常沉重，黃膿大地就像膠水般，每提起腿一次都像有鬼魂扯著般，使蘇梓我越走越煩躁。

這時遠處有個輕快的腳步聲接近，是個騎著美洲豹的男人；他身後率領著豹群跑到蘇梓我面前，黝黑的臉上露出笑容向蘇梓我問好。

「居然在這裡遇上新來的孤魂，你一定很不習慣吧？西巴爾巴的大地充滿毒汁，赤腳走的話，不出百步靈魂就會被邪氣入侵而腐爛。」

蘇梓我對男子愛理不理。「反正這裡都是死人，還有比死更慘的？」

「西巴爾巴可是個生不如死的刑場。別小看地上的毒汁，不如買匹靈豹代步吧？」

「哈，想不到人死了也會遇到直銷，你打算怎麼賣？」

「只需要一克靈魂，我就賣你跑得最快的靈豹，保證你轉眼就能跑到王宮。」

◇

在此同時，西巴爾巴王宮內。

「我們西巴爾巴十二王已經很久沒有像這樣聚首一堂了。」

「但這裡變得冷清多了。城下住民所剩無幾，就連西巴爾巴十二王亦只餘下十王。」

「沒辦法，『一死王』和『七死女王』遭奸人所殺，永不超生，可憐了他們一對遺孤。」

「如今又有人硬闖西巴爾巴，想搶走我們親愛的心臟，豈能讓他肆意妄為。」

「心臟……原來又到了世界循環的日子。」

「人類的世界由他們毀滅就好，但大王與女王的骨肉一定不能拱手讓人。大家都知道該怎麼做吧？」

「沒錯。瑪雅已經滅亡，我們唯一的生存意義就是要守護那對孩子。」

「現在『惡膿王』和『黃疸王』已出發攔截那人，希望不會出問題……」

「就算惡膿王失敗也還有我們，我們這副骨頭很久沒動真格了。」

「總之一切拜託大家。孩子才剛醒來，我們先回去照顧她們。」

——只要一克靈魂，你不會反悔吧？

蘇梓我問靈豹背上的男人，男人向蘇梓我伸手回答：「我們商人最重視誠信了。來，把手放在這裡，讓我取走一克靈魂。」

然而男人滿面笑容的背後隱藏殺意，還有虎視眈眈的豹群；蘇梓我見狀，二話不說便召鐮砍掉他的尾指，收割對方一克靈魂！

「哇哈哈哈，你說要一克靈魂，沒指定是誰的吧？」

只見對方從斷指處不斷流出惡膿，滴在黃膿大地化成黑色瘴氣，正是惡膿王名號的由來。

惡膿王慘叫一聲，罵道：「可惡，居然被識破了，絕不能讓你通過這裡！」

身為黃疸王的美洲豹，還有他們的孩子一同躍向蘇梓我，誓要把他五馬分屍！在西巴爾巴的大地，西巴爾巴十二王就是主宰一切的冥王，蘇梓我這區區小鬼他們根本不放在眼內——

但見閃電橫空而出，以迅雷之勢劈斷黃疸王的利爪、轟退身後小豹、硬生生把惡膿王擊飛數尺！緊接著蘇梓我投出佩龍雷斧，猛地穿透惡膿王的心臟——轟隆一聲，惡膿王全身靈魂燒成焦炭散落一地，嚇得他的靈豹妻子動彈不得。

「雖然只有一半魔力，但你們兩個連給我熱身都沒資格。」蘇梓我動動手指。「不過你們都是死去的靈魂，不會讓你們再死一次。」

蘇梓我揚手蒐集瘴氣中的靈魂碎片，把它們注入惡膿王體內，竟讓惡膿王復活過來。

惡膿王伏在地上，睜開眼睛喊道：「隨、隨意操縱冥神的生死……跟那兩個人①一模一樣！」

「因為本英雄也是英雄。」蘇梓我對惡膿王說：「一克靈魂已經交了給你，你老婆就借用一下。你一副嘍囉樣，這裡已沒你的事，我要去王宮找能做主的人作交易。」

「就算殺了我們，我們也不會把天空心臟和大地心臟交給你！」

「你們知道真多。」蘇梓我笑道：「順便告訴你，你最初賣我靈豹的時候，我什麼都沒說你就知道我要去王宮，如今還知道我來的目的……害怕我前往王宮是因為兩個心臟都在宮中嗎？哇哈哈哈，真感激你的提示。」

「難道一開始就被你識破了？」惡膿王驚訝地問：「你究竟是何方神聖，竟擁有凌駕冥神的智慧和力量！」

「本英雄乃撒馬利亞大公蘇梓我。假如你們瑪雅古神還想活下去，就來魔界投靠本王吧。」

語畢，蘇梓我便騎上靈豹揚長而去。

---

①即瑪雅神話的孿生子英雄烏納普（Hunahpu）和伊斯布蘭克（Ixbaranque）。他們的父親遭冥王殺害，長大後回冥界報仇，殺死了「一死」和「七死」冥王。

蘇梓我的行為彷彿觸怒了天地，西巴爾巴再度出現異象：天空呈十字裂開，血水從裂縫傾盆而下，湧進血河使其暴漲，同時河面溢出硫磺毒氣漸漸覆蓋大地。

縱使蘇梓我使役豹避開了洪水，但百尺血河已分隔了黃土，紅河橫擋在蘇梓我面前阻礙他的路。

蘇梓我責問靈豹：「你們十二王就是要千方百計阻止我前往王宮嗎？那最初在門口的死神為何又要准許我來到此地？」

黃疸王答：「伊休妲的職責，就是哄騙自殺的玉米人前往恐怖之地受盡折磨。玉米人是神的創造物，自殺就是損害瑪雅眾神的行為，豈能妄想能得到好處。」

「本英雄才不是什麼玉米人。」

「但你身上確實散發著玉米粉的氣味，伊休妲才引導你前來西巴爾巴。」

大概是火燒玉米粉的關係吧，蘇梓我心想。但他懶得理會，只想盡快找到天空和大地的心臟，追問：「妳有辦法越過血河嗎？」

「強行突破你我都會灰飛煙滅。」黃疸王說：「不過下游有一座『刺死之橋』，那是只有真正的英雄才能通過的試煉。」

蘇梓我聞言馬上說：「天底下沒有人比我更有資格當英雄！快走。」

黃疸王無奈地屈服在蘇梓我的威逼之下，來到目的地，一條吊橋懸在波濤洶湧的血河之上——

以荊棘編成橋板，倒刺玫瑰則纏繞在橋的兩側；整座吊橋布滿尖刺，難怪叫刺死之橋。

蘇梓我輕嘆：「真是考驗勇氣的吊橋呢，辛苦妳了。」

「難道你要我背著你赤腳走在荊棘上？」黃疸王的豹頭垂下，迴避蘇梓我的視線嘴角上揚，續道：「算了，既然我是手下敗將就沒有資格拒絕。」接著踏前一步，走往刺死之橋——

「等等，不是那邊。」蘇梓我指向吊橋的旁邊。「那裡瘴氣濃霧，更有魔力的波場，是隱藏了真正的吊橋吧？」

語畢，蘇梓我的瞳眸變成金色，驅散眼前一切硫磺毒霧；原本的刺死之橋如海市蜃樓般消失，剛才所指之處則出現了一對兄弟邪神的身影。

他們是「暗殺王」和「刺殺王」，瑪雅文明不論英雄或邪神都是兩兩一組；正如惡膿王與黃疸王使人死於疾病，暗殺王與刺殺王則使人死於意外——但都敵不過蘇梓我的破幻術。

「在需要協助之時給予惡魔之手，這技倆我都用來哄騙女生，你們以為能騙到我？」

蘇梓我雙手召來彼列的焚風雙劍，同時砍下兄弟邪神的頭顱！果然偷雞摸狗的暗殺根本不是蘇梓我的對手，接著他又再次集回兄弟邪神的靈魂，使他們復活。

「居然操縱冥神生死……你不是普通的玉米人。」

——這樣更不能讓你突破此地！

突然風雲變色、六月飛霜，血色河水燒成為灼熱岩漿！「水翼王」與「火繩王」在漫天飛雪中降臨，他們喜歡用霜雪冰封玉米人，或用熔岩禁錮玉米人，使凡人受盡冰冷灼熱之苦。

但那些霜雪都繞過了蘇梓我，就連熔岩也無法接近蘇梓我；蘇梓我左手御海，右手御焰，兩大所羅門魔神的力量集中掌上，把熔岩捲成龍捲火龍，反過來把水翼王與火繩王兄弟檔燒死——又再復活他們。

一波未平一波又起，另外一對冥神「髑髏王」和「肋骨王」，外表跟名字一樣駭人，一位大揮骨鎚，另一位雙手握著白骨法杖向蘇梓我轟出腐蝕魔法彈，任何人被擊中都會腐爛變成白骨，又或者被世上最硬的骨鎚敲碎骨頭，屍骨不全。

然而蘇梓我取出了死靈燭台，召喚更多骨頭怪以眾敵寡。幾十具白骨一團混戰，像棍子亂打鏗鏗作響，蘇梓我就在背後轟出火柱，坐收漁人之利把骨頭統統燒成灰燼，將髑髏王和肋骨王直接火葬——當然又再復活了他們。

「哈哈，這就是英雄的力量！」

蘇梓我將西巴爾巴的七王殺死、復活，七王無法接近蘇梓我，紛紛驚訝為何西巴爾巴有這樣的玉米人存在。

「不用驚訝，你們瑪雅古神早就今非昔比，沒有信仰力，只能在西巴爾巴苟延殘喘，當然不是本魔王的對手。」蘇梓我以惡魔大公的魔力震懾天地，續道：「所有地方神都已遷往魔界了，你們想讓瑪雅文明再次復活的話，就來撒馬利亞追隨本王吧，哇哈——咳咳！」

突然，蘇梓我的魔力急速衰退，纏身黑霧消散，彷若被陽光蒸發。這時，他還不知道自己的肉身遇上了危機……

◇

稍早前，撒馬利亞的大公寢室。

娜瑪憂心忡忡，將著蘇梓我的肉身放到床上。此刻她滿腦子都只有聖德芬，擔心她會遭遇毒手。雖說蘇梓我為救了她前往西巴爾巴，但這時候偏偏不在身邊，娜瑪更是忐忑不安。

煩惱揮之不盡，娜瑪打算找些事來分散注意，右手無意識地伸向蘇梓我褲襠，越是心煩，越是用力像擦地板般摩擦——

「啊！」娜瑪回神一驚，手也濕了。「我不是有意的……」

但是，稍微分享一下精氣也沒關係吧？畢竟是夢魔的天性。

回到西巴爾巴，最後的兩位冥神出現，把蘇梓我虛弱的靈體用捉魂索綑了起來。

9

西巴爾巴十王包圍蘇梓我，七嘴八舌地談論：

「剛才以為要死了，殊不知這人的魔力突然減弱。」

「對啊，現在還是不敢相信我們能綁起他。」

「集合十王之力也只能靠運氣，這個孤魂太可怕了，不如打散他的靈魂吧。」

「不行。既然是世界曆循環的開始，就算殺掉此人，早晚還會有另一個代替他來奪取大王遺孤的心臟。」

「況且這個人……不好殺。」

「那就把他關起來，直至世界終結，就沒有人會來搶走心臟。」

「也是個好方法，我們用宇宙樹的樹根綁起他的靈魂，這樣他就算插翅也難逃。」

「好，來人把他抬走！」

最後一句是飛瘡王的命令。如今西巴爾巴十王當中最年長的就是他；滿身瘡痍的強悍武者，卻粗中有細，也是照顧死去大王遺孤的保護者。

處理完正事後，他和壞血王返回宮中——壞血王其實也是同類，也是外表強悍卻心思細密的男人；奈何他體內血液充滿毒素，生怕感染了漂亮的一對公主，所以不敢靠近她們，只由飛瘡王照顧她們。

「歡迎回來，飛瘡王叔叔。」

一對孿生女孩單手提著裙襬向飛瘡王行禮，不但美貌相同，行為動作更如出一轍，就像連枝並生的一對玫瑰，與她們裙襬的配飾相映。

「伊雪姬、伊雪兒，妳們在家有用功學習嗎？」

「今天的功課已經完成了。」伊雪姬回答，伊雪兒補充：「但什麼時候才能傳授我們魔法呢？我們也想跟叔叔一起，凌駕在西巴爾巴的頂端，當上十二王。」

「待妳們再長大一點再談吧。」

飛瘡王面有難色，事實上因為兩位公主太漂亮了，是這片充滿傷疤、壞血、白骨、爬蟲、腐膿的恐怖之地上長出的一對玫瑰。

姊姊伊雪姬是紅玫瑰的血月女神，妹妹伊雪兒是白玫瑰的滿月女神，西巴爾巴十王都視她們如己出，待兩位如掌上明珠。

伊雪姬說：「但是這句話已經聽了幾百年……」

伊雪兒附和：「如今西巴爾巴一片荒涼，我們身為父王母后的女兒，怎能坐視不理呢。」

「我明白妳們的決心，不過這不一定要學習魔法啊。」

飛瘡王千方百計不讓兩人學習魔法，就怕她們登上王位，步雙親的後塵被英雄殺死。尤其剛才自己也是死裡逃生，絕不能讓她們冒險。

伊雪姬留意到飛瘡王額上冒汗，問：「叔叔剛才做了什麼呢？好像很累的樣子。」

伊雪兒附和：「難道西巴爾巴發生了什麼大事？有什麼地方是我和姊姊可以幫上忙的？」

「不。」飛瘡王說：「只是剛才我們為農田灌溉，好讓農民繼續幹活而已。」

但一對姊妹不相信飛瘡王的話，一起瞇著雙眼緊盯她們的叔叔。

「真的沒有事，哈哈！」

飛瘡王接著沉默良久，又轉移話題：「對了。最近宇宙樹生長狀況有點不穩，我和其他眾王打算修復宇宙樹，這段日子可能會有斷枝倒下，妳們千萬不要接近庭園那裡。」

「好的，我們明白了。」

「乖，妳們真是好孩子。」

蘇梓我此刻被壓在瑪雅宇宙樹的底下，被庭園的泥土活埋了靈魂；他眼前漆黑，試圖挪動雙手，卻被宇宙樹的樹根纏住。

難道這次真的死了？但明明已經死過一次，這是死後的死後世界？不，還不能放棄。

於是他屏息靜氣，控制自己無形的靈魂穿越泥土，幻想自己成為水流感應四周——找到樹根，讓樹根汲水往上流，最後隱約看見地面，才發現自己被活埋在十尺底下的泥土中。

然而靈魂的核心被壓在樹底，蘇梓我的部分靈魂就算爬到地上仍是支離破碎，魔力大減，救不了自己。

而且，為什麼他整個人好像虛脫似的，難道肉身出了問題？蘇梓我束手無策，唯有寄望有什麼方法能補充自己的魔力……

10

「妹妹，妳有沒有覺得，剛才叔叔有點不自然？」雙人寢室內，血月女神伊雪姬問。

「嗯。叔叔像是有所隱瞞，不給我們學習魔法。」

滿月女神伊雪兒疊好書桌上的古書，裡面記載了古瑪雅的智慧，包括曆法、農耕、工藝……但以上所有東西，兩位公主都已倒背如流，她們不明白為何飛瘡王叔要求她們反覆讀著相同的古冊。

伊雪姬說：「這樣就算再過百年，叔叔也不會讓我們碰觸奧義書。不如我們想辦法偷學魔法，妹妹認為如何？」

「我和姊姊一心同體，姊姊的想法就是我的想法。」

「只是偷學也不知從何入手呢。」

伊雪兒答：「叔叔說過我們跟月亮有關，說不定月亮能給我們答案。」

「可是西巴爾巴沒有月光，我們連月亮是什麼模樣都不知道，要如何請教月亮呢？」

兩人沉默，此時伊雪姬望向窗外，看見庭園的宇宙樹直聳上天，樹幹直穿天際。她對妹妹說：「西巴爾巴是地底世界，只有宇宙樹能穿破地面，讓樹葉沐浴於月色之中，開花結果繁衍生命。」

「所以……我們要倚靠宇宙樹來學習月亮的魔法。」伊雪兒恍然大悟。「叔叔其實是因為這樣，才突然不讓我們接近宇宙樹。」

「趁叔叔他們在忙，我們去宇宙樹感受月光的魔力吧。」

姊妹倆對宇宙樹藏有魔法奧祕深信不疑，於是手牽手，一起溜出寢室，前往王宮御花園的宇宙樹。

瑪雅宇宙樹——那是支撐起整個瑪雅世界的千年木棉，樹幹粗壯得要十人圍成一圈才能環抱；樹身像鋼筋般筆直，樹冠據說有如滿天星斗散布天際，不過伊雪姬、伊雪兒都沒看過地面的世界，因此無法求證。

「姊姊，就是這裡了。」

「宇宙樹。」伊雪姬伸手撫摸樹幹，心想：只要沿著樹幹飛越地面，就能見到月光、習得魔法吧？

月亮究竟是什麼模樣，身為血月與滿月女神的姊妹都十分嚮往。她們踮腳仰望高不見頂的宇宙樹，突然見到一條纏在細枝上的紅色小蛇探頭出來，盯著她們。

「汝等是誰？」

姊妹同感驚訝，伊雪姬說：「居然是會說話的小蛇，我不知道西巴爾巴有這樣的靈體？」

「而且還依附在宇宙樹上，很可疑。」伊雪兒附和道。

紅蛇沉默一會兒，說：「本王乃守護在宇宙樹上的智慧之蛇。汝等兩位美……麗的小姐，前來宇宙樹所為何事？」

姊妹倆四目相交，最後由姊姊伊雪姬發問：「請問智慧之蛇，你能展示偉大的法力，讓我們大開眼界嗎？」

紅蛇聞言不太高興，反問：「汝等為何要試探宇宙的智慧？」

伊雪兒連忙解釋：「請原諒姊姊的冒犯，其實我和姊姊同樣想尋求智慧，理解宇宙的奧義，學習操縱星辰的魔法。」

紅蛇追問：「為何想學習魔法？」

伊雪姬回答：「因為我們想幫叔叔的忙，登上王位、繼承最後的西巴爾巴十二王。」

紅蛇靜默半晌。「原來那幾位冥王是汝等的王叔。他們剛才還跟入侵者大戰連場，情勢不太好，汝等是擔心西巴爾巴的眾王吧。」

「咦？叔叔他們……」伊雪姬憂心起來。「難怪叔叔看起來很累，原來剛才與敵人戰鬥，我們卻懵然不知。」

「剛才魔力波長劇變卻沒有察覺嗎？兩位真是完全不懂魔法呢。」紅蛇續道：「只要妳們到城外看看，就會看到不久前戰爭留下的痕跡。」

姊妹同感慚愧。「智慧之蛇大人所言甚是，因此我們渴望學習魔法，守護最愛的土地西巴爾巴，還有宇宙樹。」

「孺子可教。」紅蛇滿意地說：「這樣就讓汝等窺探本王的偉大魔法吧。」

語畢，樹上紅蛇全身發抖，黑色魔力從蛇鱗縫隙溢出，不消一會兒就籠罩了整棵宇宙樹；再大喝一聲，更有火星點燃黑霧，萬紫千紅、落葉滿天，魔力波長湍急凌亂——

最後空氣濃縮爆炸，卻雷聲大雨點小，只見一撮火花從蛇口噴出，一瞬即逝，跟剛才氣勢落差甚大。姊妹倆看見不禁懷疑，紛紛望向紅蛇。

不過紅蛇得意洋洋，笑道：「這只是本英雄智慧的鱗片——」

「英雄？」

「咳咳！是智慧的英雄王。」紅蛇續道：「至少兩位見識到魔法的奧妙吧？」

姊妹倆互相對望，半信半疑，但最後都認為這不失為是個好開始，讓原本對魔法一竅不通的她們有機會習得奧義。

「智慧之蛇大人，」伊雪姬躬身敬禮。「請傳授我們兩人魔法之術，我們姊妹一定會報答大人。」

「嘿嘿——咳咳！」紅蛇冷靜下來，淡然道：「既然兩位如此有誠意，本王不妨將祕密如實相告。其實智慧之蛇只是本王的化身，而真身正在宇宙樹底下修行，從樹根吸收宇宙的力量。」

紅蛇續道：「因為只有本王一人，無法容納世間所有魔法，需要化身成為智慧之蛇，尋找志同道合之士研究宇宙的奧祕。」紅蛇最後誘惑姊妹問：「汝等是誠心想學習魔法吧？」

姊妹一同點頭。「請問我們如何能幫上忙？」

「什麼都不用做。汝等只要放鬆身體，交給本王就可以。」

紅蛇一邊說，一邊散發黑霧和詭異香氣——這是貨真價實的魔力，而黑霧更化成數十隻魔法觸手，裝飾在紅蛇身後，與蛇頭一起蠢蠢欲動。

11

約半小時後，惡膿王與黃疸王夫婦飛奔到王宮內，闖入飛瘡王的房間大喊：「糟糕了！你有感覺到一股強大的魔力正在復活嗎？」

飛瘡王嚇了一跳，連忙感應。「從宇宙樹那邊傳來，是那可疑靈體？」

這時壞血王亦趕了過來，四王面面相覷，便立即跑向陽台；他們看見宇宙樹左右搖曳，葉片簌簌落下，像有人在激烈搖晃。到底是誰能推得動整棵宇宙樹？也太可怕了。

於是四王火速跑到庭園，在宇宙樹下竟發現難以置信的組合──

「為、為什麼兩位公主會跟那個人在一起？」飛瘡王嚇得面色蒼白。

只見蘇梓我生龍活虎，同時伊雪姬和伊雪兒滿身大汗、軟弱無力，像剛睡醒一樣互相依偎，而且衣衫不整。

飛瘡王勃然大怒：「你這卑賤的玉米人，竟敢冒犯公主！」

「嘿嘿，我只是幫她們解開封印，傳授魔法的奧祕給兩人。」

伊雪姬站起來低頭說：「很抱歉違反了跟叔叔的約定……但我和妹妹很想學習魔法，而智慧之蛇大人，不對，是蘇大人又願意傾囊相授……」

「蘇大人？」飛瘡王目瞪口呆。「此人只不過是死去的玉米人，我們可是冥界之王，怎能對他低聲下氣？」

蘇梓我在旁大笑：「哇哈哈哈！你們看不見本王破樹而出、在宇宙樹留下的樹洞嗎？看不見本王的魔力嗎？事到如今，你們還以為本王是個普通人？」

不久前，蘇梓我還被困宇宙樹下，但他拚盡最後一分魔力，試圖穿越泥土變成撒旦赤龍，雖然結果只能變成一條小紅蛇，但依然成功引誘了伊雪姬和伊雪兒偷嚐禁果。

那是使蘇梓我色慾獸印復活的禁果。在最需要協助之時給予惡魔之手，就這樣，兩位在溫室長大的公主就被蘇梓我騙走了。最後蘇梓我重獲魔力、破土而出，以真身傳受魔法之祕給姊妹倆。

——發生什麼事？

其餘六位冥王亦相繼跑到樹下。西巴爾巴十王聚首一堂，交換眼色，立刻將蘇梓我包圍起來，伊雪姬和伊雪兒一時不知所措。

飛瘡王舉槍喝道：「伊雪姬、伊雪兒，趕快回來叔叔身邊！那個人是來搶走妳們的！」

蘇梓我恍然大悟。「原來她們就是天空心臟和大地心臟。」

「沒錯！你居然冒犯兩位公主，又想把她們帶走祭給天地，實在欺人太甚！」

聽完飛瘡王的話，蘇梓我反而變成了壞人……不對，本來也很難稱作是好人。

只是實際情況並非如十王所說，蘇梓我只好捺著性子解釋：「諸位冷靜，本王沒有與各位為敵的意思，而且殺完你們又要幫你們復活也很累。」蘇梓我展開雙臂，凝聚惡魔大公的魔力，軟硬兼施讓西巴爾巴十王不敢輕舉妄動。

「那你為什麼要來搶走天空心臟和大地心臟？」

「本王也只是為了救朋友，不會傷害你們，更不會傷害美女。」蘇梓我對眾王說：「不如這樣吧，我們交個朋友，來做個交易。」

在蘇梓我的威能下，飛瘡王本能反應地全身顫抖，而兩位公主又站在蘇梓我旁邊，他不敢輕舉妄動。「假如有和平解決的方法，那是再好不過。」

「你們不想再次復興瑪雅文明嗎？本王可不是死人，而是能征服天地、隨意闖進冥界的大英雄。」蘇梓我雙眼發光地向眾王宣誓：「只要你們答應助我一臂之力，我就把瑪雅的世界還予諸君。」

12

蘇梓我在十王前威風凜凜、信誓旦旦，但十王聞言忽然偷笑，笑聲越來越大，把蘇梓我當作傻子般恥笑。

西巴爾巴十王互相對望，最後是飛瘡王出面跟他解釋：「就讓我也稱你為蘇大人吧。不過還是請你放棄幼稚的想法，你憑什麼能復活一個已死的文明呢？我們在地上的敵人，你又知道多少？」

蘇梓我生氣地說：「將地上瑪雅古神趕盡殺盡的，過去是聖教會，現在是新教會。本王與他們交手數次，又怎會不清楚？」

「教會只不過是他們在這個世界的外表身分，實際上他們來自更遙遠的彼方。我們瑪雅眾神以日月星晨為鑑，以宇宙曆法為基礎，早就察覺到我們真正的敵人是來自深遠天空。」

蘇梓我翻個白眼道：「你們躲在地底冥界行屍走肉，還能望見真正的天空？」

「我們不是避居於地底，而是地上所有的同胞都被殺死了。瑪雅眾神數百年前死在天空使者手上，文明一夜間覆亡，毫無還擊之力。因此我們寧願死於此地，也不會離開西巴爾巴自取其辱，更不會讓你把兩位公主交給天空使者。」

「天空使者……你們說的是天使嗎？向我索取天空心臟和大地心臟是新教會的主教，她說想用來重新創造天地，在世界末日後重建文明。」

「你被騙了。」飛瘡王笑道：「教會就是要毀滅文明的天空使者，他們想搶走天空心臟和大地心臟，只不過是要確保瑪雅文明徹底消滅罷了。」

蘇梓我質問：「世上有許多種文明，為何天使要針對你們一族？」

「因為我們知道天空使者的弱點。」

「既然知道弱點，還不能趕走那些天使嗎？」

飛瘡王氣道：「就是知道弱點卻無能為力，才是更加絕望，你這小子豈能明白我們的感受？」

「那就讓本英雄代替你們趕走天使吧！我一開始交朋友的初衷至今沒有改變。」蘇梓我續道：「這麼說來，我可是個大好人呢，經常幫其他種族跑腿，再幫你們這個忙也沒有問題。」

飛瘡王狐疑地問：「你是認真要擊退瑪雅大地上的天空使者，讓瑪雅文明復活？」

「沒錯。當然兩位公主要跟隨我離開，這是交易的重點，嘿嘿。」

飛瘡王靜默片刻，詢問兩位公主的意願。伊雪姬牽著妹妹的手回答：「我們想看真正的月亮，還有守護我們的土地。」

飛瘡王又問蘇梓我是否有能力帶冥界已逝的古神離開，蘇梓我回答：「本英雄隨意穿梭十三重天、九重地，這是多餘的問題。」

飛瘡王不完全相信蘇梓我所說，但至少他的力量貨真價實，最後只好叮囑：「你要確保兩位公主的安全。會要求你把公主帶回去的人絕非善男信女，肯定是天空使者的化身；你們要先前往『惡魔的尾巴』取回瑪雅古神的原初神器，這樣就能解除天使的末日祕法，讓他們的計畫全盤失敗。」

「末日祕法是什麼？惡魔的尾巴又在哪裡？」

「當天上星晨出現異常，就是天空殞落的先兆。幾千萬年前，惡魔的尾巴遭受隕石魔法攻擊、夷為平地，使文明滅絕。」飛瘡王續道：「你們在猶加敦的地上吧？猶加敦北部就是惡魔的尾巴了。」

蘇梓我喃喃道：「惡魔尾巴、天空殞落、原初神器、星晨異常……」一時間接收太多訊息，蘇梓我腦袋發熱，便兩手抓向公主姊妹倆的屁股降壓——

兩位公主嬌聲道：「這、好像觸電的感覺。」

眾王見狀立刻包圍蘇梓我大喝：「你果然冒犯了兩位公主！」

「不，叔叔，我們是自願的。」伊雪姬說：「只要能幫助到各位叔叔阿姨，我和妹妹願意聽從蘇大人的吩咐。」

「可是……」飛瘡王不放心，一旁的壞血王則說：「這也是這人喜歡公主的證明，至少看起來他不會把公主交給天空使者。」

蘇梓我立刻回答：「當然。兩位公主這麼可口，就算世界滅亡了，我也不會犧牲她們來復活世界的，哇哈哈哈！」

蘇梓我的笑聲響徹西巴爾巴，眾王小聲商量，最後飛瘡王只好向蘇梓我低頭。

「假如你能趕走瑪雅土地上的天空使者，我們西巴爾巴十王就歸順蘇大人，見證蘇大人迎娶兩位公主為后，奉大人為眾王之王。」

蘇梓我撐腰大笑：「打天使、娶美女，正是本英雄所長，你們準備好崇拜本王吧！」

此時宇宙樹上亮起一陣光，女神伊休妲降臨眾人前道：「既然已經有了結論，就由本人為蘇大人及兩位公主引路，離開西巴爾巴。」

姊妹點頭說：「伊休妲阿姨，謝謝妳。」

「妳們千萬要保重，別出意外啊……」壞血王突然哭了出來，向公主道別。

惡膿王與黃疸王亦道：「伊雪姬、伊雪兒，我們知道兩位都長大了，終有一天會離開……只是沒想到會這麼快。」

暗殺王與刺殺王哭道：「如果地上有人欺負妳們，一定要告訴叔叔，我們絕對會殺死欺負妳們的人。」

水翼王與火繩王不捨道：「願妳們一路上得到海洋和火焰的保佑……」

髑髏王與肋骨王忍住淚水說：「雖然叔叔不能替妳們做些什麼，但這裡永遠都是妳們的家，一定要回來……」

伊雪姬和伊雪兒一同向十王鞠躬。「謝謝叔叔阿姨們幾百年來的照顧，我們一定會帶著勝利和月光回來的。」

「一路順風。」飛瘡王微笑道別，蘇梓我站在一旁，突然有變成局外人的感覺。

13

在伊休姐的引領下，兩位公主和蘇梓我離開恐怖之地。

公主們追隨蘇梓我在混沌空間飄懸浮沉，突然眼前一亮、人聲鼎沸，雲霧掠過臉龐，往下一望，一座圓形城鎮赫然出現，圍牆內有各式各樣的屋頂和噴水廣場，一路上山，盡頭有座比西巴爾巴王宮更加宏偉的城堡。

半空中，伊雪姬牽著妹妹的手，問蘇梓我：「這座繁華都市就是如今的瑪雅土地嗎？」

「不，妳們腳下的是魔界三大都市之一撒馬利亞，即是本王的領地。因為我的肉身在城堡，要去地上看真正的月光還須多等一下。」

「不要緊，能造訪蘇大人的王宮，我和妹妹也十分高興。」

「姊姊說得對。」伊雪兒語氣雖淡然，在瓊樓玉宇上打轉飄浮，仍蓋不住她對世界充滿好奇的內心。

儘管如此大搖大擺，城內惡魔守衛都無法探知三人的靈體，讓他們隨意飛近城堡，穿過石牆抵達寢室，見蘇梓我的肉身安睡床上，旁邊則有一位女僕拿著濕毛巾在桌前拂拭家具。

「那家伙在做什麼，居然無視本王的肉體，反而照顧那些花瓶。」

但蘇梓我不知道，娜瑪正因為本性使然，雙眼無法離開蘇梓我，所以才穿上圍裙瘋狂做家務發洩慾望。

「那位小姐是蘇大人的僕人？」伊雪姬站在娜瑪背後仔細觀察，同時詢問蘇梓我。

「嗯。她叫娜瑪，大概也是將來撒馬利亞的王后人選，不過別告訴她，以免她得意忘形。」

「原來是蘇大人的愛人，難怪這麼漂亮。不過她好像看不見我們？」

「就算眼睛是靈魂之窗，也無法看清一切，就好像玉米人被吹霧氣入眼，只能看見世界的一部分。尤其那笨女僕更加只會耍笨……」

「啊！」娜瑪不小心滑掉手上花瓶，花瓶哐噹一聲碎滿一地。「可惡，一定是那笨蛋在背後說我壞話。」

「蠢材，別把做錯事的責任推給別人。」

蘇梓我突然從背後出現，嚇得娜瑪幾乎跌倒，幸好蘇梓我抱住她的屁股才不至讓她坐在玻璃碎片上。

在蘇梓我懷中，娜瑪害羞叫嚷：「不、不要沒通知就醒過來嚇人啊。」

「想通知也沒辦法吧。」

「可以先知會巴欽，叫他告訴我啊。」

「妳把那個蛇尾魔神當成靈媒，還是真當我死了？」蘇梓我嘆道：「我的魔力已經恢復過來，操縱靈體的魔法也變得熟練，看來能將靈體的眼睛分享給妳們這些無能的使魔。」

娜瑪一邊收拾碎片，一邊問：「是你們人類說的陰陽眼嗎？我才不要什麼陰陽眼，快點去救聖德芬吧，天空心臟和大地心臟呢？」

「不要急，現在就給妳看看。」

語畢，蘇梓我抱著娜瑪的臉，往她眼簾吹氣，使娜瑪看見世界的另一部分——

「哇！妳們是誰？怎麼都愛突然出現嚇人。」

兩人齊道：「對不起娜瑪阿姨。」

「叫姊姊！」娜瑪驚覺。「妳們是被蘇梓我搶回來的新女伴嗎？」接著盯著蘇梓我質問：「你這趟連女鬼都帶上來了？」

「這是任務目的啊，她們就是天空心臟和大地心臟。」

「又這麼巧，天空心臟和大地心臟是兩位漂亮的姊妹？你沒騙我吧？」

伊雪姬說：「娜瑪姊姊，蘇大人沒有說謊，我們的確是瑪雅文明的復活者；只要把我們的心臟祭獻世界，就能創造天空和大地。」

娜瑪聞言忽然心軟起來。

「我還不至於為了救聖德芬，而犧牲其他無辜女孩的性命啊……」

「妳這惡魔真是個天使。」蘇梓我說：「不過伊雪姬和伊雪兒是我的人，當然不會把她們交給教會。」

「果然是這樣……」娜瑪心中暗罵：居然不把精氣留給本小姐。她又嚷道：「所以你有什麼計畫？你已經去了兩天的冥界，三天期限只剩下最後一天了！」

「別緊張，一切都在計畫內。我還打聽到新教的人果然勾結了天使，說不定那個自稱主教的老女人也是天使呢。畢竟她看起來毫無破綻得不像人類。」

「那就慘了，如果抓走聖德芬的是個天使長，聖德芬一定會被他們折磨……」

「前往『惡魔的尾巴』，取得瑪雅文明的原初神器，這是能剋制天使祕法的法寶——西巴爾巴的冥王們是這樣告訴我的。」蘇梓我交叉手臂喃喃道：「不過他們明說惡魔的尾巴在哪裡，伊雪姬妳們知道嗎？」

「惡魔的尾巴就是惡魔的尾巴，在猶加敦的北部。」

「哦！我好像記起什麼了。」娜瑪連忙翻找背包，取出旅遊指南，打開其中一頁給蘇梓我看，並讀出標題：「猶加敦半島最神祕的觀光地帶，六千五百萬年前殺死恐龍的證據——希克蘇魯伯隕石坑。」

而「希克蘇魯伯」在瑪雅語的意思，正好就是「惡魔的尾巴」。

14

蘇梓我取回肉身後離開寢室，緊急召集部下前往殿上，快速說明了公主姊妹、新教會天使，以及對付天使的法寶之事。

雅典娜聽完後有些錯愕：「人類文明雖只有短短數千年，卻能推測千萬年以前發生的事啊。」她說的是關於希克蘇魯伯隕石坑，假若六千五百萬年前真有隕石撞擊猶加敦半島、使恐龍滅絕，而瑪雅的原初神器又藏於該地的話，兩者絕對有所關聯。

白騎士佛爾卡斯摸著下巴鬍子說：「千萬年前歷史的話，就算是地方文明的一等神也不一定知道。」

雅典娜點頭。「千萬年前不是父神宙斯的時代，甚至上一輩的克洛諾斯大人或再上一輩的烏拉諾斯大人，也不知經歷了幾千萬年，當時的『世界』應該混沌一片才對。」

娜瑪嚷道：「你們在說什麼！先別管什麼恐龍隕石，現在最重要的是救聖德芬，她可是背叛了天使，一定會被天使折磨的。」

雅典娜說：「娜瑪大人、蘇大人，假如這次對手是天使的話更不能鬆懈。蘇大人也不能單獨行事，請考慮要求其他魔神支援。」

「不是收了四種顏色的騎士嗎？先讓四騎士團準備吧。但與新教猶加敦州主教的老婆娘見面前，還要找出瑪雅神器。此事不能打草驚蛇，只能由本王親自行動。」

「現在墨西哥剛剛換日，與新教會面只剩一天期限，換言之，要在日出前找到神器。」雅典娜說：「看娜瑪大人展示的地圖，希克蘇魯伯隕石坑大約方圓一百公里，甚至首府梅里達亦包括在內，要找神器猶如大海撈針。」

這大概也是教會至今未發現瑪雅神器的原因。就像隕石坑本體有一半沉沒外海，另一半埋沒土下，因此直至二十世紀才得以重見天日。

此時，伊雪姬和伊雪兒異口同聲說：「請交給我們。假如是瑪雅的神器，我們一定能感應出來。而且叔叔說神器藏於惡魔的尾巴，我們認為跟尾巴的中心不會相距太遠。」

「現在只能相信兩位瑪雅女神，還有本王的運氣了。」蘇梓我揚手命令眾魔：「桀派、斯伯奈克，你們準備紅藍騎士團埋伏地上；佛爾卡斯，你立即動身前往夏瑣與埃力格會合，準備黑白騎士團追蹤本王足跡；娜瑪和瑪雅女神隨我出發，其餘魔神留在撒馬利亞隨時待命，以上！」

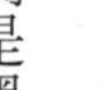

時間是墨西哥中部時區凌晨一點整，繁星間垂下半月，這是伊雪姬和伊雪兒首次看見真正的月亮。

「可惜是弦月，」森林上空，蘇梓我回頭對姊妹說：「妳們都是滿月的女神吧？就算血月也是滿月。」

「即使如此，我和妹妹能隱約感受到來自月亮的魔力。」

飄浮在空中的伊雪姬沐浴月光，靈體同時發出淡淡磷光，彷若月亮本身。身後的娜瑪感到好奇，便用手指戳她的背，自然是穿過靈體，如夢幻泡影。

「真的是幽靈呢，跟比夫龍召喚出來的死靈不同。」

伊雪姬解釋：「死靈是死靈術士為了使役怨念而給予魔法軀體的人工生物，而在冥界等候回歸循環的靈魂又是另一回事。」

「姊姊，」伊雪兒打斷兩人對話，遙指另一端的綠色大地。「異常的魔力波長好像從那邊傳來。」

「是瑪雅特有的波紋。蘇大人請隨我們來。」

一輪紅月、一輪金月，兩行靈光在猶加敦北部的森林星空劃過，就像黑色畫布掃上兩筆水彩，直至遠方地平線的墨綠色盡頭落下。

「就是這裡。」姊妹倆沒有著陸，而是懸浮草地上。踏在地上的只有蘇梓我和娜瑪，他們環視森林，沒有感到特別之處。伊雪姬續道：「魔力波紋埋於地下，煩請蘇大人確認。」

畢竟伊雪姬她們無法挖掘地下法寶，但就算是蘇梓我，他也不想當苦差，便瞄了娜瑪一眼。

「……你要楚楚可憐的女僕拿起鐵鏟，汗流浹背地挖土嗎？」

「這可是為了要救聖德芬喔。」蘇梓我使出兵裝術，憑空喚出一把鐵鏟，丟到娜瑪腳邊。

「嗚……」娜瑪嘴上抱怨，但很快就開始埋頭挖掘，不想浪費時間。

至於蘇梓我則坐在石頭上看著，之後又用手指戳一下公主姊妹倆，沒有肉體觸碰不到，真是可惜。

「假如蘇大人繼續為我和妹妹貫注魔力，我們也許能復活呢。」

「嗯。」蘇梓我交叉手臂，閉目沉思，但沒人知道他是在思考正事還是想入非非。四周未有動靜，只有天上月亮慢慢往西沉沒。

然而森林其實並不寧靜，娜瑪猛揮鐵鏟，在月光下有如刀光劍影亂舞，女僕身影漸漸往下數尺，挖起塵土飛揚——

突然地洞冒出煙霧，颳起夜晚之風將娜瑪吹回地面。

伊雪姬看見煙霧，便叫喚蘇梓我：「就是這個！瑪雅古神的波紋。」

蘇梓我雙眼一睜、躍下地洞，在漆黑的角落撿起一件發出黑光的奇怪物體——扁平圓塊狀的黑曜石、手掌大小，一面光滑如鏡，另一面則畫有如太極陰陽符號，十分奇特。

他縱身跳回地上展示戰利品，伊雪姬和伊雪兒一見，立即驚道：「這、這是D神的鏡子！」

15

蘇梓我眉飛色舞地說：「D是罩杯的意思嗎——」

娜瑪立即用鐵鏟撥沙斥喝：「怎麼可能是這意思！」

「英文字母？」伊雪姬低頭思量，回答：「大概是翻譯的落差吧。」

伊雪兒補充：「我和姊姊也不知道D神的名字，只能用符號代替，在你們聽來就是所謂的英文字母。」

蘇梓我不太明白，但娜瑪翻閱過瑪雅神話古籍，便搶著解釋：「瑪雅神族曾非常繁盛，畢竟是獲世界贈予原初神器創造天地的七文明之一，神祇數以百計。但並非所有神祇都有古籍記載，尤其時代久遠的，那些古神的名字都已散佚，無從尋得。」

於是有研究瑪雅神祇的學者便用拉丁字母標記一些佚名古神，從A神、B神、C神開始，直至N神、O神、P神，甚至還繼續新增下去。

娜瑪說：「這就是我們的認知。只是沒想到同為瑪雅古神的妳們，也不清楚D神的真正名字呢。」

伊雪姬回答：「失落的眾神，他們比庫庫爾坎與特佩烏創造天地及玉米人的神話更加遙遠，是阿托盾的時間長度。」

蘇梓我問：「阿托盾又是什麼？」

娜瑪說：「瑪雅文明有一種獨特的曆法叫做『長紀曆』，顧名思義就是非常非常長，能用來記載遠古神話的歷史。」

真不愧是娜瑪，她解說瑪雅人以「一盾」代表三百六十天，二十盾為一卡盾，二十卡盾為一伯克盾，二十伯克盾為一皮克盾，二十皮克盾為一卡拉盾，二十卡拉盾為一金奇盾，二十金奇盾為一阿托盾。

「二十、二十、二十……」娜瑪數著手指說：「換言之，一個阿托盾就是二十的六次方，六千四百萬個盾，大約六千四百萬年呢。長紀曆用上阿托盾，一個週期就是六千四百萬年。」

蘇梓我喃喃道：「瑪雅人為何用上這麼久遠的曆法，他們有需要記載如此遠古的歷史嗎？」

伊雪姬點頭說：「畢竟那就是失落的眾神時代。」

「而這塊黑曜鏡，就是失落了六千四百萬年的神器。」蘇梓我在月光下舉起黑曜鏡，仔細觀察，但大惑不解。

伊雪姬凝重地說：「我們把這塊鏡稱為煙霧鏡，是瑪雅祭司常用的儀具；當然祭司用的是仿造品，而蘇大人手上的恐怕就是真正的神器。D神可是上古的創造神，神力跟其他瑪雅古神不可同日而語。」

「好像很厲害……」蘇梓我忽然記起什麼。「慢著！六千四百萬年這數字怎麼聽起來很熟悉？好像最近有誰說過。」

「笨蛋，你腳下惡魔的尾巴，就是你們教科書說的，六千五百萬年前隕石墜落的地點啊。」

蘇梓我駁道：「但是妳們想想，地方神創造不同文明的人類，也不過是幾萬年的歷史，但考古研究說這裡六千五百萬年前有隕石墜落，殺了所有恐龍……當時瑪雅地方神不是創造玉米人，而是創造出恐龍嗎？神話和科學出現矛盾了。」

「不對不對，六千五百萬年前沒有玉米人。我不是說過，瑪雅有三個階段的人類嗎？泥土人、木頭人和玉米人。那麼久遠的，至少是木頭人，或是更早前未有記載的階段；而恐龍也許就是遠古時代模仿龍族的魔獸。現代人類起源於大約一、二百萬年前，玉米人的歷史我想也是差不多。一百萬年前的玉米人記載六千四百萬年前的事件，那就是如今所說的六千五百萬年前那場隕石墜落……」

伊雪姬聽著蘇梓我和娜瑪的對話，想起飛瘡王臨別前的話語：當天上星晨出現異常，就是天空殞落的先兆。幾千萬年前，惡魔的尾巴遭受隕石魔法攻擊、夷為平地，使文明滅絕……

伊雪兒說：「瑪雅古神是被天空使者用隕石魔法殺死的，蘇大人手上的煙霧鏡就是D神的遺物，即聖髑。」

蘇梓我翻了翻白眼問：「妳們的D神是Dinosaur嗎？」

伊雪姬沒有理會。「D神是夜晚之風，捉摸不定，無處不在，如煙霧一般。煙霧就是D神的神力，所以這煙霧鏡蘊藏了D神的龐大力量，是幾千萬年前毀天滅地的程度。」

隨便召喚一顆隕石墜落，就能滅絕九成以上的生命，蘇梓我笑道：「幾千萬年前連聖子都還未出世，這東西隨便就能打倒天使吧！」

伊雪兒回答：「確實煙霧鏡的神力非常強大，可惜煙霧鏡就像上了鎖的寶藏，我和姊姊無法打開，就連鏡子的神力屬性也不清楚。」

蘇梓我回想起他蒐集回來的原初神器：希臘文明的閃電火是雷屬性，華夏文明的定海神針是水屬性，吠陀文明的梵天神箭是火屬性，埃及文明的荷魯斯之眼則是命屬性。

已蒐集了七件原初神器的其中四件，第五件煙霧鏡的屬性究竟如何，現在的蘇梓我等人都不知道。

「總會有方法啦。」蘇梓我把煙霧鏡交給伊雪姬、伊雪兒，煙霧鏡就化成交纏的雙蛇煙霧，又如解開的陰陽，一半融入姊姊，另一半融入妹妹靈魂之中。

伊雪姬受寵若驚。「神物如此珍貴，蘇大人願意賜予我和妹妹嗎？」

「這是慣例，本英雄自己就已經是神器，不需要其他原初神器。妳們給我好好幹活就行。」

「感謝蘇大人。」

姊妹倆手牽手向蘇梓我鞠躬道謝，體內魔力漸漸成長。之後東方亮起橘色的曙光，是時候介紹這對公主給新教會了。

16

黎明的梅里達相當冷清，街上沒有遊客，只有零星的當地人準備上班。

蘇梓我帶著三位女伴來到梅里達大教堂的門前，可是大門上鎖，只有一位聖職員在門外守候。蘇梓我向他報上名號，對方則回答：

「我們主教正在齊伯查爾頓的七偶神殿恭候。」

蘇梓我說：「沒問題，我現在就動身。」

今天正好春分，娜瑪想起旅遊指南對七偶神殿的介紹，這是巧合的安排嗎？

早上六點五十五分，接近一小時的車程，蘇梓我一行人來到齊伯查爾頓，還沒走近神殿就已聽見喧鬧人聲。現場上千位遊客，有些架設腳架，有些就用手機拍照，大家都等待著曙光的光線穿透七偶神殿的東西窗戶，因為一年之中只有兩天能看到如此奇景。

「是白路。」

娜瑪踏在白路上說著。古代瑪雅人居住在熱帶森林，泥土又濕又熱，不利移動，於是便用石灰粉鋪成道路，即是白路，使其便於行走。

「當然現代人已經不需要這樣，所以保存至今的白路都非常神聖，用來連結神殿祭壇。」

隨著娜瑪的視線往前看去，越過濟濟人頭，便是七偶神殿——典型的瑪雅金字塔，金字塔下半部是逐級而上的祭壇，上半部則是石造神殿。

「蘇先生，老身終於盼到你來了。」

喬裝成老婦的拉斐爾拄著拐杖，與身邊數十隨從一起走近蘇梓我等人。

娜瑪看見她立即質問：「聖德芬呢？她在哪裡！」

老婦反問：「天空心臟、大地心臟，都帶來了？」

蘇梓我回答：「兩個心臟就是兩位瑪雅古神的靈魂，妳這老女人恐怕早就知道，但礙於身分無法潛入冥界吧。」

「或許是這樣。」老婦淡然地說：「既然我們都帶來要交換的人，萬事俱備，也不用急於一時。」

老婦用拐杖指向七偶神殿。「太陽正從地平線升起，稍後就會升到與七偶神殿窗戶水平的位置，剛好能與兩端窗戶連成一直線，就像日蝕月蝕般千載難逢。一年之中只有春分、秋分這兩天能看見如此景色，幾千年來都未出錯。你們不先欣賞一下這神造的設計嗎？」

蘇梓我盯著老婦的雙眼，問：「妳究竟在盤算什麼？」

「看著吧。」

老婦轉身望向神殿，甚至背對蘇梓我，毫不擔心他會襲擊；跟在場所有遊客一樣，老婦視線投向七偶神殿的窗，默默見證早晨陽光從窗框中升起。

秒針依舊答答前進，突然現場民眾一陣譁然，竊竊私語；蘇梓我抬頭一看，金色陽光只穿透了左半部神殿，根本看不到另外半邊。

「唉呀，幾千年來準確無誤的天體運行，好像出錯了呢。」老婦意味深長地說：「太陽，走偏了。」

17

——當天上星辰出現異常，就是天空殞落的先兆。

「隕石魔法！」蘇梓我指罵道：「這是你們天使幹的好事吧！」

老婦拄著拐杖冷笑：「看來你還不算笨。不過無妨，為了召喚萬年一遇的隕石，就算暴露身分也在所不惜。」

蘇梓我難以置信。「隕石魔法是第五位天使薩麥爾的魔法，那娘娘腔改名換姓後被我殺了，他的號角正在我手上，你們有何資格召喚隕石！」

第五位天使吹響號角，我就看見一顆星從天落到地上，有無底坑的鑰匙賜給它。它開了無底坑，便有煙從坑裡往上冒，像大火爐的煙，日頭和天空都因這煙昏暗了。

——《啟示錄》（9：1－2）

「本座不需要向下等的生物解釋！」老婦放聲大笑。

日光變異，在場民眾人心惶惶，那是星晨秩序被擾亂的結果，就如六千五百萬年前的小行星衝擊惡魔的尾巴。

「那天空心臟和大地心臟呢？」蘇梓我問老婦：「妳不是要交換兩顆心臟嗎？」

「真是愚昧，本座根本不希罕天空心臟和大地心臟，只須確保心臟被毀滅罷了。」老婦凝望蘇梓我數秒。「你把心臟帶來就已無法回頭，乖乖送給世界陪葬吧！」

然而蘇梓我留意到婦人此時略有停頓，胸有成竹之中忽有一瞬猶豫；她似乎看不見伊雪姬和伊雪兒的靈體……或許還有機會反咬她一口。

「世界滅亡與我何干？我已經是魔界的王者，即使地上人類全滅，本王依然能在魔界活得很好。」蘇梓我說：「不過我還是喜歡聖德芬，交易依然有效，妳將聖德芬交出來，跟兩個心臟交換如何？一換二連我自己都覺得吃虧。」

老婦頓時猶疑，不知蘇梓我又有什麼詭計，但他確實帶來了天使約櫃，右手不自覺挪移到腰間，蘇梓我見狀，有如電光般掠到老婦面前，亮出鐮刀——

「不想給只好搶了！」

蘇梓我以超遠人類肉體極限的速度往下一劈，老婦身軀頓化泡影，升至半空重新凝聚成為一個中性的白皙天使。

「受死吧！」眨眼又是另一道迅雷，紫電猛地劈向天使的背，火光背後照亮的是殺氣騰騰的娜瑪——

「把聖德芬還給本小姐！」

紫電如冰晶凝固成槍，娜瑪舞弄雷霆槍無堅不摧，劃破空氣襲向天使——但天使輕鬆一迴身，竟以赤手接下長槍！

天使展開六翼，在晨光下泛起金黃，聖力無法直視。他望向娜瑪笑道：「原來是阿斯摩太，我們真有緣分。」

天使指夾四片白羽，輕輕一彈，四羽如利箭直轟娜瑪眼前！羽尾連環音爆，剩下無聲的箭羽勢似將刺穿娜瑪的心臟——

電光石火間，另一電光閃過，白羽瞬間燒焦紛落；娜瑪另一手同樣握著閃閃雷電，殺意越燒越旺，天空雲霧更在她身邊聚集，以雲為甲，天使見狀大感意外。

「區區夢魔族居然有如此不尋常的魔力，有趣。」

「娜瑪，別只顧一個人衝！對手可是大天使……應該就是拉斐爾！」

綜合各種狀況，蘇梓我已猜出眼前天使的身分，畢竟只有未打過照面的三大天使才有這般神力能與自己對抗；換言之，隕石魔法與米迦勒、加百列肯定有關聯，三大天使沉寂多時，就是等這一刻嗎？

「居然是拉斐爾……」娜瑪有點錯愕。

「反正都是天使，不用怕，隨本英雄一起上！」

蘇梓我同樣展開三雙翅膀，但半白半黑，繼承獸印與聖痕的神力，雙手攤開墮天使的焚風雙劍，氣勢甚至使人窒息，此刻所有凡人都嚇得紛紛逃竄，卻引來拉斐爾嘲笑。

「為什麼要逃？明明哪裡都逃不了。」

拉斐爾張開雙臂，身體倍大如山，同時身後隨從亦全脫胎變成天使，飛在拉斐爾的身旁，正是拉斐爾天使長的親衛軍隊。

拉斐爾大笑道：「災星不久後就會殺死地上所有生命，你們在鍋上掙扎也避不過命運！」

同時東方天空出現一顆比啟明星①還要刺眼的光點，比超新星還要明亮，即使早上仍清晰可見；它分享了太陽的光芒，是擾亂星晨秩序的元凶。

蘇梓我喝罵：「你這混蛋丟下垃圾就想走嗎！」

「本座的工作已經完成，之後會有另外的人替你們收屍拾骨。」

他說著話的同時，天使長的七百親兵一併拔出長劍，指向地下生靈，排出密集陣形保護拉斐爾回天界。

「可惡，不能讓他們帶聖德芬離開！」娜瑪想衝向天使軍團，卻被蘇梓我拉住。

「讓我來。」蘇梓我語音未落，龐然赤龍奮力踏地，大地搖晃，赤龍如颶風衝上天空追逐拉斐爾；天使親兵見狀立刻迎擊，但一聲龍吼就把下等天使一一轟走。

拉斐爾冷眼道：「真是固執的人類。既然如此，本座就親手了結你。」

巨大的拉斐爾伸手抓向半空，竟擾動了災星加速衝向大地，而且目標正是蘇梓我！天上災星瞬間變得比天上任何星星都要大、要接近大地——

「這、這是來真的嗎？」娜瑪望向天空，頓感自己的渺小。「天空要塌下來，大家都要死了嗎？」

——現在放棄太早了。

突然有其他聲音傳來，是對陌生的中年男女，膚色較深似乎是當地人，全身散發靈氣從天空飛來。

陌生女人說：「是時候打開煙霧鏡了，天空心臟、大地心臟。」

伊雪姬、伊雪兒驚道：「庫庫爾坎！還有特佩烏的魔力，但又有人類的氣息……你們是誰？」

「沒時間解釋了。煙霧鏡是控制星辰的神器，解放煙霧鏡來阻止隕石魔法！」

帶著庫庫爾坎魔力的女人，還有帶著特佩烏魔力的男人，分別將瑪雅羽蛇后和羽蛇神的魔力貫注到伊雪姬和伊雪兒的心臟，同時煙霧鏡浮在姊妹面前，亮起了黑曜石般的光芒！

---

①即金星，日出前出現於東方天空的晨星。

18

「這是何等偉大的魔力。」伊雪姬嘆道，伊雪兒反問：「可是我們如此渺小，該從何著手？」

貌似羽蛇后庫庫爾坎的女人回答：「妳們只要喚起自己的身分，就會找到方向。」

天上隕石高速逼近，像藍天穿了一個數公分大的破洞，甚至橢圓形的小行星輪廓愈見清晰，此地毀滅的時鐘邁入最後一分鐘倒數；人類的力量渺小，就算是地方神也無法阻止隕石魔法，唯一的方法只能讓它墜落……姊妹倆頓時了解。

伊雪姬和伊雪兒一起握著煙霧鏡的兩端，鏡面平放朝天，同時兩人雙手魔力連成迴路——魔法光芒包裹姊妹倆的身體，煙霧鏡如湖面漣漪浮起煙霧，霧中繁星閃閃，化作立體投射的星盤回應了她們的訴求。

同時齊伯查爾頓颳起大風，沙塵揚起，碎石橫飛，天空風雲色變，甚至七偶神殿的頂部都被狂風吹陷！在場連神魔都要努力站穩才不至跌倒。

這只是冰山一角的異象，二十公里外捲起了能吞噬天空的海嘯，這些都是姊妹倆使天地變異的星辰魔法，是煙霧鏡的大能，真相正從東邊的地平線急速升起——

「是月球！居然在挪移月球——」拉斐爾不禁被煙霧鏡的魔法嚇住，冷靜道：「不可能，就算能搬挪月球也已經來不及才對。」

確實是異象，一鉤彎月才剛從西方落下，眨眼間又被姊妹倆召喚從東方升起；月亮在彈指間環繞大地轉了半周，急速的潮汐引力甚至使得天崩地裂。

「還不夠……」伊雪姬凝神說，伊雪兒附和：「我們是滿月的女神，只有這樣做才行！」

東方月相不可思議地由朔轉望，月虧漸漸填滿，是陰曆十五的月光，煙霧鏡的魔力抬起月亮擋住半邊天空。

這是用月球攔下隕石的星辰祕法，使兩個天體的軌跡交錯——天上滿月被炸出一縷煙塵，蘇梓我將魔力凝聚雙眼，察覺那是一柱巨型蘑菇雲，月球表面頓時凹陷一角；猶如一齣無聲的災難電影，三十八萬公里外的毀滅聲無法傳來猶加敦半島。

「成功了嗎？」

姊妹一同抬頭問天，但她們此刻的魔力過於強大，無法瞞住拉斐爾的雙眼。

「天空心臟、大地心臟，到頭來仍是妳們破壞我的計畫，我要將妳們心臟獻給聖主！」

拉斐爾怒火中燒、雙眼燒紅，而赤龍已冷不防地衝到他面前——千鈞一髮之際，拉斐爾剛好拍翼避過掠於眼前的爪光！

「別忘了本小姐！」

娜瑪的身軀沒有像赤龍和大天使那麼大，但凝縮的魔力卻無比耀眼。天使親兵見狀重新布陣，數百長劍同時點火迎接，此際娜瑪單槍闖陣彷若飛蛾撲火……

「投擲標槍！」突然，大地出現四色騎士團從四方策騎奔來，漫天槍雨交錯，從不同方向穿刺天使們的翅膀，染血的白色羽毛在狂風下吹得七零八落。

「讓你領教本小姐的雷霆槍吧！」

在四騎士團開路下，娜瑪一邊旋轉閃電火一邊飛向拉斐爾。

「不過區區夢魔竟想反抗大天使，不自量力。」

拉斐爾決定與娜瑪正面對戰，在他的眼中，娜瑪的雷霆槍大概只不過相當於一根牙籤罷了……

理應如此。

殊不知，娜瑪手中雷霆槍每轉一圈，閃電威力就更上一層，似是無窮無盡；她腳踏颶風，身披閃電，吞雲吐霧，氣勢竟凌駕地方一等神的宙斯！

然而天使長的尊嚴不容許拉斐爾迴避，便伸巨掌與娜瑪雷霆槍的槍頭對抗；猶如太陽和月亮的碰撞，衝擊波壓倒地上萬物，娜瑪的雷霆槍被拉斐爾強行擋下、動彈不得——

「衝啊！本小姐才不會輸給天使！」

娜瑪全身燃起超越魔神的魔力，黑色翅膀放大至跨越天地，猛力鼓翼，竟在拉斐爾的掌心刺穿一個大洞！

拉斐爾收起有如利箭的翅膀，娜瑪緊接在他腰間一直線轟出另一大洞；她憑藉嗅覺，順利將聖德芬的天使約櫃搶回手中——

「已經、沒有力氣……吸了那笨蛋一日一夜的精氣，才十秒就花光……」

半空中，娜瑪拚盡最後一口氣打開天使約櫃後，便從高空落下。聖德芬從盒裡飛出，及時接過娜瑪大喊：「娜瑪媽媽！為了聖德芬居然跟大天使正面交鋒……嗚……」

兩人接著安全著陸，娜瑪看來是一時昏厥而已。

娜瑪剛才爆發的魔力，不但超越了她自身的負荷，更超越了拉斐爾的認知，至今這位大天使仍震驚不已，身上留下兩個大洞忘記用天使之力使其癒合。

蘇梓我得意道：「看來三大天使也不過如此。」

拉斐爾回神過來，笑道：「差點被你們破壞了本座的計畫，可惜我們還是有聖主的眷顧呢。」

「你說什麼？」

拉斐爾瞬間復元傷口，轉身與赤龍形態的蘇梓我對峙。「你們攔截隕石魔法沒有成功，一切已經太遲。此地還是要接受毀滅的命運，沒有人類能避過此劫！第五號角還沒有結束！」

接著蘇梓我看見了，隕石的巨大碎片變成火球，已在拉斐爾背後的天空降臨。斗轉星移的魔法並未完全攔下所有隕石。

19

它開了無底坑，便有煙從坑裏往上冒，好像大火爐的煙；日頭和天空都因這煙昏暗了。有蝗蟲從煙中出來，飛到地上；有能力賜給牠們，好像地上蠍子的能力一樣。

——《啟示錄》（9：2–3）

「第五號角的災難還沒結束？」蘇梓我仰望穹蒼，驚見六、七個巨型火球焚燒天空，伴隨無數星火從天上墜下。

就連拉斐爾也不願擋在隕石魔法前，便縮小身體，讓漫天碎片墜落大地。

蘇梓我大聲命令：「所有人原地發動魔法結界！」

接著赤龍巨軀擋在四色騎士團與使魔的頭頂，尤其是娜瑪與聖德芬——

砰砰！大小火球轟碎赤色龍鱗、散落一地，龍身遭天空彼方的烈火燒灼，蘇梓我一時痛不欲生，被打回人形落下。

「保護蘇大人！」埃力格身坐翼騎救駕，同時隕石碎片被彈往別處墜落，眾人總算撐過隕石直擊，可是危機尚未化解。

其他隕石散落在猶加敦半島及墨西哥灣，以惡魔的尾巴為中心連環墜落；爆炸巨響變成了嗡嗡耳鳴，因為最接近的一塊隕石正好擲毀了七偶神殿——

眼前轟出直徑百尺深坑，金字塔頓變砲灰！坑緣泥土隆起數十尺，爆炸衝擊波如水花擴散，大地碎裂如海水翻浪；海水是太陽的溫度，坑洞上的空氣被蒸發，神殿遺址儼然變成一座大火爐。黑煙越來越濃，魔力越來越近；無底洞冒出的煙霧隱藏了無數發亮眼睛，那就是第五號角後半的災難。

有無底坑的使者作牠們的王，按希伯來話，名叫亞巴頓，希臘語名叫亞玻倫。

——《啟示錄》（9：11）

「終於輪到老子登場了，哈哈！」

一頭獸人惡魔發出公爵級魔力驅散煙霧，上半身如畸胎般醜陋，嘴巴裂開，下半身則長滿蛇鱗。他就是毀滅大公亞巴頓七世。

白騎士佛爾卡斯大驚。「為何亞巴頓大公出現此地？」

「無禮的傢伙原來是佛爾卡斯。你們能出現在人間界，難道老子就不行嗎？」

亞巴頓說著話的同時，他身後霧中的惡魔軍團亦漸漸現形，是蝗蟲的形狀、男人的臉孔，而且都穿上鐵甲，手執各式如鐮刀鋤頭的農耕武器；嗡嗡的鼓翼雜音成千上萬，比起萬馬奔騰更令人發寒。

「亞巴頓！」蘇梓我喝道：「惡魔的仇敵拉斐爾就在上面，來一起把大天使攔住！」

「黃毛小子別指手劃腳！」亞巴頓一臉不屑地盯著蘇梓我。「老子今天來雖是殺生，但不是殺天使。」他轉頭號令蝗蟲惡魔：「把所有人類統統殺光，從今天開始，這裡就是我們的土地！我們不用再住在沒有日光的荒漠了！」

空中的拉斐爾見此情況說道：「之後交給亞巴頓了，他會清空人類的靈魂載額吧。」並帶著冷笑，率領親兵往雲霧消失。

蘇梓我連忙追問亞巴頓：「你何時與天使聯手了？你忘記自己惡魔的尊嚴嗎？」

「不是聯手，只不過碰巧目標一致，都想殺光人類罷了。」亞巴頓又厭惡地責難蘇梓我：「老子早就準備要入侵人間，包括讓所多瑪混入聖教，又經歷七代建造巴別塔通天……這兩筆帳我還沒跟你算呢，現在這局面也是你一手造成！」

想當初，蝗蟲惡魔所多瑪化名多瑪斯，差點奪走聖教教宗之位，卻被蘇梓我以黃金獅子識破幻術，破壞了計畫。至於巴別塔更不用說，緋紅十角獸遭推翻，如今巴別之主伊西斯更被蘇梓我收歸旗下。

「不過現在已無須建造巴別塔送惡魔上人間了。全靠那狂妄的天使炸穿了大地，老子的軍隊才能沒限制隨意進出，哈哈！」

好戰派的亞巴頓，為了征服地上不擇手段。縱使拉斐爾無法以隕石魔法直接毀滅大地，但碎片轟出了無數個無底坑，開在魔界耶路撒冷的天頂，好讓亞巴頓的蝗蟲大軍源源不絕從無底坑飛出，尋找人類獵殺。

蝗蟲惡魔一發現人類，便用鐮刀砍下人類頭顱，用尖牙噬咬人類的頸，用尾巴毒鉤撕碎人類的肉；牠們眼中只有毀滅，正合拉斐爾之意。

「蘇大公！」佛爾卡斯策騎跑來。「毀滅大公坐擁整個魔界最龐大的軍隊，如今他把人類土地弄得腥風血雨，我們無法阻止，請盡速撤退。」

而且蘇梓我剛被隕石直擊，龍身受損亦需要時間復元，現在不是招惹亞巴頓的時機。

「第五災難的主角不是天使而是惡魔嗎……明明之前都是地方神，真是諷刺。」蘇梓我吩咐眾魔神：「退回撒馬利亞再從長計議。」又問兩個擁有瑪雅羽蛇神魔力的陌生男女：「還不知道你們是誰，但你們有什麼打算嗎？」

「返回鹽湖城。」女士說：「安頓後，我們在大鹽湖恭候蘇先生前來。那裡有你熟識的面孔。」

說著之際，空中蝗蟲仍不停飛過，已難以數計。蘇梓我首次與拉斐爾交鋒，卻因亞巴頓的意外出現而結束；結束的不只是惡魔與天使的對決，人類的命運亦踏入了倒數。

第三章

大鹽湖的世界

「給我報告狀況，盡量精簡。」

蘇梓我在四騎士團護送下返回撒馬利亞，隨即召集眾魔往殿上商論。

雅典娜抱著平板電腦說：「剛剛接到示劍領主阿斯塔特女王的情報，亞巴頓的邊境駐軍正在大規模撤離，邊陲村落亦出現各種魔族的大遷徙，來得十分突然，場面非常混亂。」

埃力格說：「夏瑣的副將同樣有類似報告，原本守衛邊境的士兵突然撤退了。」

比夫龍附和：「不止惡魔，就連死靈的魔力也正在萎縮，漸漸集中於耶路撒冷。」

雅典娜凝重地說：「這舉動不尋常，看來亞巴頓真的打算放棄魔界所有領土……」

「並遷往地面。」蘇梓我問佛爾卡斯：「亞巴頓統領多少惡魔？」

佛爾卡斯還來不及回答，王座旁便傳來娜瑪虛弱的聲音，原來她一直在蘇梓我的腳邊休息。

「終於醒來了啊。」

「嗯，好像待在你這笨蛋身旁，魔力就會漸漸復元。」

「哈！一定是愛的力量，這是妳徹底迷戀本王的證明吧。」

蘇梓我輕拍娜瑪的頭，示意佛爾卡斯繼續說：「光耶路撒冷就已有十二萬常駐兵，城內加上不同階級的惡魔超過三十萬；不但是魔界最大的城市，軍備也是最充裕的。」

加上亞巴頓的手下還有八位侯王、八座領地，加起來就至少二十萬士兵，一百萬惡魔人口。

「而且我剛才說的不過是城市的登記戶口，包括鄉村惡魔的話至少還有一百萬。」

佛爾卡斯嘆道：「不止於此，之前撒馬利亞內戰有不少惡魔和靈魂都流向耶路撒冷，也許數目要再翻倍。」

換句話說是撒馬利亞總人口的四倍以上，假如兩百多萬名惡魔悉數衝上人間，首當其衝的墨西哥便是人間煉獄。蘇梓我皺眉問：「現在有地上的消息嗎？」

雅典娜回答：「從我們退回撒馬利亞的三個小時內，猶加敦州的首府梅里達就已落入亞巴頓手上；但亞巴頓隨即消失，隱藏了行蹤，只是放任手下隨意行動。」

「隨意行動？」蘇梓我有不好的預感。

「依循惡魔的本能姦淫擄掠，應該不用多說。」

蘇梓我追問：「墨西哥的新教會呢？他們不應坐視不理啊。」

「聽說墨西哥教會的高層已逃往美國，前線騎士孤立無援，」平日喜怒不形於色的雅典娜臉上染上一層愁緒。「不斷有惡魔從魔界前往地上，據我推測，不出半個月整個墨西哥都會落入惡魔手中，而且這只是惡夢的開始。」

透過大量虐殺人類、收割靈魂，亞巴頓就能擴建他的軍隊，所以他的目標肯定不會只限墨西哥境內。

蘇梓我問：「最終亞巴頓也會侵略美國吧？美國新教會居然放縱亞巴頓在鄰國肆虐，他們究竟在想什麼？」

「我也不明白。」雅典娜搖頭道：「但不是說有對神祕男女邀請蘇大人前往大鹽湖嗎？他們大概與新教會關係匪淺，應該會有你想要的答案。」

「在此之前，要先解決亞巴頓留下的亂局。」蘇梓我吩咐雅典娜：「妳去通知雅言和迦蘭加強防範，難保會有其他惡魔趁亂入侵人間。」

娜瑪說：「是啊，巴力西卜大公也是個好戰派。雅典娜，我們這邊有希伯侖的消息嗎？」

「希伯侖那方看來比我們更感意外，大概巴力西卜事前對亞巴頓的行動也是一無所知，暫時按兵不動。」

蘇梓我忽然感嘆：「惡魔究竟是什麼呢？兩千年前守護人類的地方神，如今卻變成了人類的敵人。」

「亞巴頓是人類的敵人，這已再明顯不過。」

雅典娜冷靜的回答使蘇梓我下定決心宣布：「亞巴頓已經失去理智，再沒有資格擔任魔界三公，耶路撒冷的領地往後由我來管理！」

「欸？」娜瑪同樣睜大眼睛回應：「現在魔界兵荒馬亂，人間遭亞巴頓蹂躪，你這笨蛋還要發動戰爭火上加油嗎？」

伊雪姬亦道：「雖然我和妹妹的身分不方便說，但瑪雅的後人遭惡魔屠殺，我們不是應該先協助人類擊退惡魔嗎？」

眾魔不敢認同蘇梓我的決定，殿上議論紛紛。相同的情況亦在希伯侖上演。

2

鈴鈴鐺鐺，鎖鏈腳鐐拖曳在石造的希伯倫皇宮走廊，女先知耶洗別沿著食物運河急步至殿上，又見巴力西卜在大吃大喝。

「大人，發生大事了！請立即下令出兵耶路撒冷！」

此時巴力西卜被食物殘渣的骨頭遮住半邊臉，悠悠地張開蟾蜍大口，伸出長舌鯨吞一頭完整魔獸，摸著豐滿肚子問：「耶洗別啊，有什麼事比吃更加重要呢？」

「當然有，這是關乎魔界命運的大事！大人知道亞巴頓大公已經放棄一切領土，帶著手下魔將入侵人間了嗎？」

巴力西卜的渾圓雙眼放大了一倍。「怎麼會這樣？事前毫無先兆，他是如何辦到？」

「據說耶路撒冷的上空穿了一個大洞，就算是低階惡魔都能直接通往人間——」

「哦哦！這樣我也要跟隨亞巴頓前往地上，這樣就不用再吃魔界乏味的魔獸了。」

耶洗別生氣道：「大人你是堂堂希伯倫大公，怎能跟從亞巴頓的作為？亞巴頓事前未通知大人就獨吞人類領土，居心叵測，我們應該趁此機會出兵，將耶路撒冷收入手中！」

「慢著，」巴力西卜責備耶洗別：「妳的意思是要本王向兄弟開戰？妳這是有何居心？」

「耶路撒冷不是亞巴頓的領土，是撒旦大人的，但亞巴頓居然放棄了撒旦大人賜予他的土地！因此，我們要替撒旦大人出兵接管耶路撒冷。」

然而巴力西卜猶豫不決。「說到底也是侵略行為，假如亞巴頓追究起來我該如何解釋？」

「難道就這樣眼睜睜放棄這次統一魔界的大好機會嗎？只要收歸耶路撒冷，統領魔界三分之二的領土，大人你就能暫代撒旦大人、登上皇位了！」

「統一魔界……」巴力西卜思考得頭昏腦脹，雙手不自覺又拿起魔獸腿吃著，紓解壓力，並嘆道：「還是不行。如果亞巴頓大公埋下伏兵，我們等於是正中陷阱，甚至給他藉口反過來攻打我們。」

「不可能。亞巴頓已下令全軍出發，哪裡會有伏兵？」耶洗別說：「再說大人不是最喜歡吃嗎？佔領耶路撒冷的話，當地新種魔獸就任大人吃了，這樣不好嗎？」

巴力西卜嘴唇顫抖，食指大動，但內心又十分掙扎。「好吧。耶洗別妳幫忙寫信給亞巴頓大公，若亞巴頓大公沒有回應，我們再出兵佔領。」

「這、這樣就太遲了，機會一瞬即逝，不能拖延！」

「這是最後的妥協。」巴力西卜忽然冷靜下來說：「妳是下等惡魔出身大概不知道，但我們上流惡魔也有貴族的禮儀。人類世界不也有餐桌禮儀嗎？戰場如餐桌，要堂堂正正、出師有名，才能配得上巴力西卜的名聲。」

「可是——」

「夠了。耶洗別妳先坐下陪本王吃飯吧，之後的事晚點再說。」

「不……謝謝大人的好意，我今天沒有胃口，先失陪……」

耶洗別鞠躬後便垂頭喪氣離開。她離開皇宮後暗自罵道：「巴力西卜真是沒出息，枉費我花了這麼大的力氣才爬上公爵夫人的位子，把所有精力都放到巴力西卜身上，但他就只管吃。」

耶洗別想起自己小時候連吃的都沒有，反倒巴力西卜是七大罪的暴食惡魔，出身天壤之別，所以她才千方百計接近。然而她沒想過巴力西卜還真的只懂吃，擁有偉大魔力卻如此窩囊。

「那姓蘇的還好一點，至少色慾印記會懂得欣賞我的美貌，而不像那蟾蜍那樣……唉，要找新的男人了嗎？」

耶洗別搖頭心道：不對，那個人類難以操控。這世上大概再也找不到像巴力西卜又笨又有地位的了。

還是繼續效忠巴力西卜吧。耶洗別冷靜下來，唯有事先準備兵馬、蒐集邊境情報，至少當巴力西卜答應出兵之時，能盡快佔領耶路撒冷。

於是她回到房內作法，閉上眼睛，以先知的力量在夢境窺探遠方——竟看見一條巨蟒正在蹂躪大地，並率領幾千惡魔長驅直進，直搗亞巴頓的領土。

「這是蘇哥哥的命令喔。」

嬌小的夏思思站在巨蟒頭上發號施令，巨蟒身旁的撒馬利亞軍隊將士個個舉起長槍，強行把邊境結界砸破！結果亞巴頓領土的邊境駐防鬆散得不堪一擊，而且他們也沒想過這麼快就有人打過來……

「我們才剛剛收到耶路撒冷的撤兵命令，這些人為什麼說打就打過來？」守衛隊長大喊：「撒馬利亞的領主是瘋子嗎！」

「居然說蘇哥哥的壞話，嘻嘻，思思很久也沒有活動筋骨了。」

只有堵住耶路撒冷的天空破洞，才能阻止更多惡魔湧到地上，因此蘇梓我才會不顧一切都要佔領耶路撒冷，這才是幫助人類最有效的方法。

3

鹽，自古以來都是神聖之物。

兩千年前聖子道成肉身，呼召十二使徒宣福音、行神蹟。聖子更在山上發表了著名的《登山寶訓》，呼籲弟子應成為地上的鹽、世上的光。

鹽能淨化腐敗，是神賜的禮物，亦是宗教儀式最重要的道具。

◇

大鹽湖聖殿聖所——該淨白空間莊嚴神聖，十二位西裝筆挺的男性圍在中央的金火壇前默禱，並於壇上聖火撒聖鹽；聖鹽在火中燃燒冒出白煙，為聖所的樸素大理石牆壁披上一層薄紗。

聖所內只有聖鹽劈啪劈啪地燃燒聲，沒有其餘雜音，沒有閒雜人等。這裡是大鹽湖聖殿的禁地，大鹽湖聖殿是美國新教會的總部，只有新教會的先知才能踏足。

新教會的先知一共十五人——美國新教會是為了復興聖子傳道而設立，在美國獨立的背景下連同宗教一同獨立出來。他們仿傚基督傳道，挑選了十二門徒作為核心；十二門徒就是新教會的其中十二位先知，他們正在金火壇前撒鹽祈禱。

另外三位先知，則是新教會的總會會長團，包括：總會會長羅德、第一諮理約翰遜、第二諮理保爾。

這三個男人正是新教會的最高權力核心。由上而下，新教會由三位總會會長管理，十二先知輔助，各地區的七十員則負責教會日常事務。這就是新教會的傳統架構，幾百年來從未改變。

還有一件事沒變，每年十五位先知都會在聖所聚首一堂，聽取神的指引——

金火壇聖火突然變成金黃，光芒耀眼；魔法陣投射在石壁石雕上，聖所正面一對沉重大門緩緩打開，裡面漆黑不可視。

至此，十二先知的儀式已經結束，他們排成左右兩行退後，恭迎三位總會會長踏在白色地毯上進入——厚重大門後方為「至聖所」，比起「聖所」更加神聖，只有神選的三人才能進去聽取神的道。

走在最前的是羅德會長，他身材魁梧，縱然一頭白髮仍氣勢逼人，軍人出身的他滿身肌肉且寶刀未老，據說能徒手殺死大惡魔。

約翰遜會長，排行第二走在中間的他與總會會長剛好相反，是戴眼鏡的學院派，精通東西神學，舉止斯文有禮，是總會會長團的參謀，年約五十，年齡上同樣排行第二。

保爾會長，走在最後方的他難掩個人魅力，他是全美有名的大富豪，私人資產不勝其數，更有著貴族的氣質，是管理教會財務的主事，全國經濟命脈都握在其手中。

三人穿越聖所大門後，當大門一關上，門身周圍立即發動數十封印將大門封死，排除其他靈魂踏足至聖所。

「換算這個世界的時間，相隔三百八十九天十六小時十分三十秒。再次見到諸君真好。」

漆黑中，一道機械般的聲音向三位會長打了個招呼，至聖所頓時聖光充盈，空白空間懸浮一個詭異光球，剛才至聖所漆黑一片正是此光球吸收困住所有的光所致。

「能得到聖靈大人的接見，才是我們的榮幸。」羅德會長代表總會會長團向聖靈請安。

當年聖主被教會分割為聖父、聖子、聖靈，並加以操縱和利用，至少聖教會和正教會也是如此。唯獨新教會，他們從聖教會救出聖靈後，便依循聖靈的指引，在猶他州大鹽湖東岸建立新教會，供奉聖靈、遵從神的指引行事。

從此看來，新教會是三大教會中唯一真正侍服聖主的教會。他們所有行為都是神的指引，絕無人類的私心。

聖靈說：「接下來將會更加忙碌，需要你們為主盡心服務，因為時機終於來了。」

三位會長沒有多餘的話，他們只要領旨就好。

聖靈續道：「天使和惡魔已經有所行動，戰爭爆發，新國度難免牽連其中。但你們大可安心，你們是忠心的僕人，擁有居住在天國的福氣，所以繼續執行主的意旨吧。」

於是聖靈把接下來的計畫簡單地告訴三人，三人面不改色，默默聆聽主的話語，很快就結束了今年的謁見。

最後聖靈告訴他們下次會面的日期：「下次會面，就在十四天後的日出。」

三位會長不禁感到意外，竟然會這麼快。但羅德會長馬上調整出平靜的笑容，恭敬領命，躬身後準備離開——

「慢著。」聖靈罕見地叫住三人，不論會面間隔或意旨的陳述，今天的聖靈都有點奇怪，是因為末世的關係嗎？

羅德會長再次向聖靈低頭，聖靈說：「大鹽湖的寄生蟲，不能放置下去了。」

「聖靈所言甚是，我們一定會找出寄生蟲完全滅絕。」

「嗯，十三天十七小時五十六分後，我們再見。」

至聖所再度變得伸手不見五指，身後大門打開，門外的光無法射進來，三位會長滿懷疑惑地謹慎離開。

4

「捷報，阿斯塔特女王連攻下兩城，軍隊正駐紮在耶路撒冷的六十公里外。」

翌日雅典娜抱著一疊資料向蘇梓我匯報。蘇梓我聞言大笑：「不愧是思思，她與娜瑪追隨本英雄最久，多少也繼承了本英雄的英姿！」

「阿斯塔特女王自從回收了伊絲塔的力量，月相由新月變成弦月，三相得二，魔力倍增，配得上是侯爵惡魔；反觀亞巴頓手下的貴族紛紛撤離魔界，剩餘烏合之眾潰不成軍，如今阿斯塔特大人勢如破竹，形勢大好。」

其實雅典娜當初懷疑蘇梓我出兵的決定，怕魔界戰爭一旦陷入膠著難以抽身，人類世界就會在混沌中滅亡。

不過蘇梓我堅持要入侵耶路撒冷，結果非常幸運……不對，正是因為他果斷行動才能取得成功。此人不拘小節，只著眼勝負的關鍵嗎？真是難以捉摸。

見雅典娜沉思起來，蘇梓我心想：雖然拯救人類很重要，但更不能錯過搶下耶路撒冷的機會。那時我就是魔界的大魔王，還怕什麼天使？沒想到事情這麼順利，還是騙雅典娜說我早就猜到亞巴頓會全軍撤退好了。

「畢竟亞巴頓的目標只有地上，他完全放棄魔界領土也很自然。」蘇梓我說：「但魔界仍殘留亞巴頓的餘黨，其他人備戰的進度如何？」

「瑪門侯爵收到獎賞後，馬上答應發兵。至於賽沛女王，由於魔海一役死傷慘重還需時間休養，忒爾女王和伊西斯女王也是類似理由無法參戰。」雅典娜續道：「埃力格侯爵則須留守領地，統領蘇大人的四個御林騎士團，所以最後只剩娜瑪大人了……」

雅典娜和蘇梓我一同望向同在殿上的娜瑪，娜瑪臉紅回應：「你要本小姐率兵支援也可以，只是人家想留在你身邊一起行動，不行嗎？」

「真是任性的奴隸。」蘇梓我說：「但女僕留在主人身邊天經地義，妳把蘇城的夢魔交給阿格蕾指揮，畢竟妳母親比妳更像惡魔。」

「嗯，那就拜託娘親支援思思吧。按照這情勢，說不定支援還未過去，思思那傢伙就已佔領了耶路撒冷——」

「不好了！蘇大人不好了！」

阿提蜜絲跑到殿上，急忙報告：「阿斯塔特女王於什亭大敗，如今下落不明！」

娜瑪面色一沉，心中暗罵：那傢伙還繼承了笨蛋的虎頭蛇尾，總是讓人擔憂！

◇

兩個小時前，夏思思乘巨蟒長驅直進，連下兩城後逼近亞巴頓領土的腹地。

「這是通往耶路撒冷的最後一個要塞。」

烏洛波羅斯沙啞的聲音久違出現。蘇梓我不在身邊，夏思思只好找蛇寵聊天。

夏思思坐在烏洛波羅斯的頭上，摸著蛇鱗說：「趁這勢頭把什亭也攻下來吧。那平原要塞一望無際，烏洛波羅斯可以大開殺戒呢。」

夏思思和烏洛波羅斯在什亭外十公里遠眺敵陣，又用預視術偵查敵方魔力——正是預視術助她知己知彼，戰場上無往不利。

烏洛波羅斯回答：「什亭的魔力微弱，但我不擅長偵測，一切由主公決定。」

「嘻嘻，思思也看見了喔，什亭的魔力流動就如一潭死水，大概貴族都逃掉了吧？遺留一群下等惡魔，想必是老弱殘兵。」夏思思胸有成竹對地上的部下說：「各位原地休息半小時，之後往什亭出發。」

連戰連勝，此時夏思思的手下氣勢如虹，休息只不過讓他們更加飢渴。於是半小時後，兩千位惡魔跟隨巨蟒橫掃平原，果然什亭守軍全部喪失鬥志、軟弱無力，見到夏思思軍團只懂趴在地上避難。

「城中間有座宮殿呢。」夏思思指示烏洛波羅斯：「帶思思到那裡，思思要在宮殿最高的尖塔插上阿斯塔特紋章的旗幟！」

想不到竟比之前兩役更加輕鬆，大概鄰近耶路撒冷的緣故，能走的惡魔都離開魔界了吧。

夏思思心道：一定要比起瑪門那些傢伙更早佔領耶路撒冷，然後要求蘇哥哥陪思思一整天。

夏思思趾高氣昂，使役巨蟒推倒什亭宮殿圍牆，並從頭頂輕躍殿內，打算佔領此地——

「來者……何人？」

一個睡眼惺忪、全身軟綿的少女伏在地上，打了個呵欠。

見少女穿著寬鬆睡衣，下身穿著迷你短裙，滿身珠寶首飾，夏思思問：「妳是這裡的領主？」

少女慢慢爬了起來，金色長髮如瀑瀉下紅地毯，看來至少有四、五尺長，甚至能包裹身體。

「是的……」少女又打呵欠又揉眼睛。「妳是誰？為什麼外面好像很吵？」

「這裡已經被思思接管了喔。」夏思思瞬間展開侯王魔瘴，十二魔箭在背後上弦警告：「不管妳是誰，快給思思投降吧！」

同時夏思思的軍隊亦相繼闖進宮殿，幾百惡魔舉槍包圍號稱什亭領主的少女。

然而少女若無其事地又再趴回地上，半闔雙眼悠閒道：「我投降、我投降啦……姊姊也一起睡覺吧、不要打了……呼呼……」

見少女毫無防備地在自己面前睡著，夏思思想好好教訓她，便高舉右手，指揮魔箭轟向少女——魔力竟突然被抽空，夏思思右手無力垂下。究竟發生何事？

夏思思回頭一看，身後其他士兵都好像遭感染般，他們哐噹哐噹地紛紛丟下武器，打著呵欠說：「我們也不想打了，打仗有什麼意義……」

「不行……」夏思思亦有倦意襲來，眼皮異常沉重，眼前漸漸漆黑——

「不能睡！」烏洛波羅斯用頭撞毀宮殿，吵醒眾人，又啣走夏思思拋到頭上，並道：「那少女可是大罪惡魔貝爾芬格女王，睡了的話就永遠醒不過來！」

5

夏思思雖不像娜瑪那樣，能將惡魔百科背誦如流，但貝爾芬格是七樞罪的「怠惰」，名聲與瑪門的「貪婪」、巴力西卜的「暴食」，當然還有阿斯摩太的「色慾」齊名。

他們都是大罪惡魔，有各自擅長的領域；唯有撒旦作為惡魔之皇，自身集合所有七樞罪，最後獸印輾轉流落至蘇梓我和伊琳娜身上又是後話了。

「原來如此……」夏思思用盡全身力氣抓住烏洛波羅斯的頭頂，虛弱地說：「難怪什亭此地的魔力如死水，因為全都被貝爾芬格吸掉了……而事主本人卻又在沉睡。」

想趁對方熟睡偷襲，但所有部下同樣陷入昏睡；這場仗不但不知該如何打下去，更不知怎麼撤退才好——幸好還有一頭清醒的魔獸，此時烏洛波羅斯放聲咆哮，有如旱天雷劈在殿上，驚醒一眾惡魔！

「我是無限、循環，沒有睡覺的概念。」烏洛波羅斯沙啞說道。

夏思思見自己的惡魔士兵紛紛醒來，喜道：「果然烏洛波羅斯和思思是最合作無間的！」

「很吵……」貝爾芬格拖著長長金髮森然爬起，睜開眼睛，眸孔是殺氣騰騰的鮮紅血色。

「不能原諒、不能原諒！」

宮殿頃刻間充斥殺人魔瘴，侯王貝爾芬格的存在本身已高於在場士兵好幾檔次，就連夏思思和烏洛波羅斯亦被貝爾芬格氣勢壓倒。

「阻礙別人睡覺的人都給我死、給我死！」

貝爾芬格盯著這些入侵「閨房」的俗物，把他們體內的某種東西統統吸走，形成瘴氣從四面八方吸進她的大罪惡魔體內！

「已經沒有生存的意義了……」

惡魔小隊長忽然盤膝坐下，自怨自艾；愁緒擴散成愁雲慘霧，籠罩夏思思一方，不消數秒，兵隊就如骨牌倒下，卻沒有放下武器。

「既然生存沒有意義，死了就好……」

士兵隊長脖間濺出一道鮮血，這是他的遺言，下一秒便倒地變得冰冷。

「對啊，都沒有好事發生，死了就好……」

又另一士兵自刎，一個個竟在貝爾芬格面前紛紛自殺。

烏洛波羅斯道：「主公，貝爾芬格的魔瘴太危險，請立即撤退。」

「這個仇，思思一定會報！」

巨蟒立即往後一翻幾十尺，載著夏思思迅速逃離。其餘殿外士兵亦跟隨夏思思慌忙逃跑，所幸什亭的守備在貝爾芬格的魔瘴下昏昏欲睡，沒有任何追兵，撤退時雖只損失數百人，但已潰不成軍。

撤退路上，夏思思苦惱說：「這樣誰都無法正面突破貝爾芬格，思思該怎麼辦？」

烏洛波羅斯回答：「貝爾芬格是怠惰，不願離開陣地，不如我們繞過什亭吧。」

「不行，這樣我們被切斷後路，出事的話很危險呢。」

——對，十分危險。

忽然一陣鈴鈴鐺鐺，夏思思才驚覺四周山丘早已埋下伏兵！領頭一位紅髮女魔執起長鞭，率數百個哥布林重重包圍夏思思的軍隊。

夏思思大驚：「妳是什麼人？貝爾芬格應該不會派出追兵才對。」

紅髮女魔得意道：「妳沒有必要知道，反正我已預見妳死亡的模樣。」

「少囂張，在阿斯塔特面前竟敢談預視術！」夏思思大怒，不但被人用預視侮辱，還要被弱小的哥布林軍隊包圍……慢著，這一帶理應沒有哥布林啊。

「妳是巴力西卜的人？」

耶洗別掩嘴笑道：「聰明的代價是要死喔。」

——回到現在，撒馬利亞大殿。

阿提蜜絲報告：「阿斯塔特女王於什亭大敗，如今下落不明！」

「怎麼可能？」蘇梓我追問：「還有什麼情報，敵人是誰？」

「不，我們跟阿斯塔特整支軍隊失去聯繫，沒有進一步消息。」

蘇梓我聞言，便用上念動術試圖尋找夏思思的魔力，雖沒有回應但有十分微弱的氣息，至少保有生機。

「馬上出兵營救，不能讓本王的女人遭壞人欺負！」

雅典娜擔憂回答：「什亭位於敵方腹地，現在派兵恐怕需要一點時間。」

「那就我自己飛去好了。」蘇梓我罵道：「真是的，每個都不可靠，最後都要本王照顧。」

「我也一起去。」娜瑪低頭說：「雖然我不喜歡那傢伙，但畢竟是同期出身，不忍心看見她出事。」

佛爾卡斯說：「這樣的話，老夫有位友人可助蘇大公一臂之力。」

「又是魔神嗎？」蘇梓我問。

「進來吧。」

於是一隻奇珍異獸踏進殿上，他是獅子頭、兔子尾，鵝的腿——第二十二位的所羅門魔神因波斯。

蘇梓我上下打量因波斯，質問：「這惡魔看起來不堪一擊耶，能幫上什麼忙？」

因波斯自我介紹：「小人能日行千里，比起任何良駒俊馬都要快，一定可以幫大人趕去營救阿斯塔特女王。」

「一雙鵝腿也能跑得快？」蘇梓我無法想像。

「老夫能夠保證。」佛爾卡斯摸著下巴鬍子回答。

蘇梓我說：「好，以後你就是本王的第十七柱魔神，如能及時救出思思，一定賜你爵位。」

6

回到戰雲密布的山丘，哥布林軍隊正向夏思思一方揮舞刀子、肆意砍殺。

縱然哥布林屬於下等惡魔，智力相當人類三歲小孩，就連衣服也不太穿，全身赤裸。然而耶洗別擁有特殊的先知祕法，越是愚蠢的生物，在她手下就越能發揮潛力。於是哥布林只須聽從耶洗別的指揮，向敵人猛力揮刀就行。

鏘鏘！

一隻矮小哥布林鑽到全副武裝的惡魔士兵胯下，大力用刀砍在兩腿中間！士兵慘叫一聲倒在哥布林面前，被哥布林群「嘰嘰」嘲笑。

夏思思亦應接不暇，看著戰況心道：太奇怪了，這些哥布林比菁英哥布林還要強十倍，反觀思思的手下受貝爾芬格的魔瘴影響，想掙扎卻力不從心……要想辦法離開才行。

於是她瞄看蛇寵，烏洛波羅斯與她心意相通，馬上理解；牠以巨軀開路、轟隆轟隆強行在陣地後方鑽出坑道，又用尾巴把路上哥布林掃個清光。

「大家下山撤退吧！」夏思思喊道：「只要退回後方，蘇哥哥一定會來救大家的！」

語畢，夏思思躍到哥布林軍中，解放成人的身軀，魔力從胸部釋出；她揚起漫天魔法巨箭，誓要拚盡全力掩護她的軍隊撤退。

「呵呵，阿斯塔特女王果然名不虛傳。」但耶洗別面不改色，胸有成竹笑道：「所以我也沒低估大人，帶上很多朋友來招呼女王大人喔。」

說時遲那時快，忽見箭如雨下，是實體的木桿鐵矢，追尋源頭發現另一支三百人的哥布林弓箭隊！哥布林居然懂得使用弓箭，難道智力在耶洗別的調教下又進化了嗎？

但哥布林弓箭隊的頭頂被巨影遮蓋，烏洛波羅斯張開血盆大口，噴出能腐蝕萬物的毒霧——

「吼吼吼！」

上百個哥布林立即掐住自己脖子，紛紛倒下，完全不是烏洛波羅斯的對手。

「哦，跟情報一樣，女王的蛇寵吃掉澳洲一等神的虹蛇，並繼承了其腐毒魔法。」耶洗別嘴角上揚，得意洋洋地地說。

夏思思聽了當然不是滋味，隨手用黑霧刺死眼前哥布林，又指罵耶洗別：「思思和烏洛波羅斯比妳們這些嘍囉厲害多了。等烏洛波羅斯殺死哥布林大軍，下一個就輪到妳！」

「阿斯塔特女王，看來妳還不清楚我是誰。」耶洗別報上名號：「耶洗別乃腓尼基公主，而大人妳則是腓尼基人崇拜的女神，其實我很尊敬女王大人喔。」

耶洗別續道：「而烏洛波羅斯由腓尼基人傳到希臘，我對銜尾蛇的認識不比妳少。」

接著她揚起手，手上的手銬化成另一巨蟒騰空而出！烏洛波羅斯並非獨生魔獸，各個文明都有類似的世界巨蛇傳承，夏思思理智上不應感到意外，但目睹另一巨蟒難免動搖。

夏思思喊道：「我家的烏洛波羅斯比起妳這不知從哪撿回的孩子強多了，才不會輸給你們！」

「我知道，但就是知道如此，仍不惜動用千人幫忙尋找野生的烏洛波羅斯，等的就是今天。」耶洗別號令她的蛇寵：「去咬敵人的尾巴！」

兩條巨軀橫衝直撞，如兩座巨山相撞！兩巨蟒在地上纏鬥，鬥得地動山搖，竟形成互相噬咬對方尾巴的無限符號、無限迴環——

烏洛波羅斯，一頭完全能自給自足的魔獸，能吞食自己尾巴，又從身體長出肉來；這樣不斷噬咬尾部，就能永遠循環、生生不息、周而復始。

「不錯，我剛找來的銜尾蛇確實很弱，最終更會被女王妳的魔寵完全吞噬。但這樣就行了。」耶洗別說：「咬尾巴是銜尾蛇的天性，無法違抗；牠們互相吞噬循環，妳親愛的烏洛波羅斯就沒空照顧閣下了，哈哈！」

「嘖……」夏思思咬著嘴唇，不知眼前妖婦什麼來頭，卻居然處心積慮要置自己於死地。

「第三軍！」耶洗別號召另一支哥布林百人隊加入，這次全都是菁英哥布林，臉部塗上戰紋，是專門用來殺死阿斯塔特的精銳魔法部隊——連低智力的哥布林都拿起魔法杖包圍夏思思，耶洗別的力量真不可思議。

戰場上魔力波急速顫動，哥布林百人隊轟出百顆火球，目標只有夏思思一人。火球四方重疊，爆炸使火柱疊起千倍，直轟天際！天空瘴氣炸出大洞，地上更轟出方圓百尺的巨大深坑。

就連耶洗別都不禁掩著耳朵，心臟被爆炸巨響震撼：這是集合弱小哥布林轟出的最高級別魔法技，現場煙霧瀰漫，阿斯塔特就算大難不死，也只剩半條魔命吧。

待煙霧散去，夏思思卻站立深坑中央，輕拍身上灰塵。「還好從胡姆巴巴搶來七光盔甲，防禦能力一流呢。」她體內月相化身成伊絲塔，畫出太陽神兄長沙瑪什的八芒星陣，轟出無限光芒，瞬間刺瞎所有菁英哥布林的眼睛！

夏思思咒罵道：「呸！不過是哥布林還想逞強，都是你們主人的錯，一定要殺死妳這妖婦！」

耶洗別終於面露難色，心中盤算：阿斯塔特究竟還剩多少魔力？明明被貝爾芬格所傷，又遭哥布林連環伏擊，她卻仍能生龍活虎……

「怕什麼？有種就跟我來個了斷！」夏思思連語氣都變了，怒不可遏，釋出魔瘴反過來壓倒耶洗別。

然而耶洗別卻露出微笑。「如此焦急，想必是虛張聲勢。越是奄奄一息的狗就越會吠。」

耶洗別揮舞長鞭，使濃霧纏繞鞭身；雖然她沒有爵位，但至少是公爵夫人，魔力同樣不能藐視。這可說是一場賭博，假如她猜中阿斯塔特只不過迴光返照，耶路撒冷就是屬於自己，魔界王后也是囊中之物——咦？

「砰！」

猛然殘影掠過，若不是耶洗別有未卜先知的預感，人頭早就被一陣怪風砍下！

「蘇大人，就說鵝不可貌相，小人的腳程可是魔界第一。」

因波斯——第二十二位魔神，擅長「機敏術」，一雙鵝腿踏遍天涯未逢敵手……不過一旦停下來就雙腳痠軟，倒在地上，把蘇梓我和娜瑪摔了下來。

「果然是很弱的鵝魔。不過確實使命必達，本王一定論功行賞。」

「蘇哥哥！思思的白馬王子終於出現，雖然是騎白鵝……」夏思思同樣兩腿一痠跪倒，幸好娜瑪上前及時扶住了她。

「思思妳也辛苦了。」蘇梓我說完則怒目四周，竟又出現了第四支哥布林隊，各個身穿厚重盔甲，但關鍵的指揮者卻不見了。

夏思思說：「那妖婦心思細密，這支哥布林隊大概是用來掩護她逃走的伏兵。」

「下次見面一定要狠狠教訓她。」

7

耶洗別一落跑，她留下的哥布林兵團便慘遭蘇梓我一網打盡；唯獨山下兩條巨蟒依舊在互相咬尾翻滾，最終夏思思的蛇寵終於吞掉了耶洗別帶來的銜尾蛇，被她收回手中。

烏洛波羅斯蛇身放光，化成阿斯塔特的手環在夏思思手腕旋轉，變得有點鬆。

「吃掉其他銜尾蛇後，本體似乎會變長。」夏思思說。

娜瑪回應：「因為烏洛波羅斯是個同族間擁有高相容性的種族，互相融為一體也不會產生矛盾。」

蘇梓我搭話：「雖然聽不明白，總之就是類似貪食蛇吧。」

接著三人返回底本。底本跟什亭一樣，是《舊約聖經》記載以色列人前往迦南地途中的安營之地。蘇梓我等人此行同樣以魔界的耶路撒冷為目標，冥冥之中竟有如此巧合的安排。

然而底本這城鎮並不宜居，亦不富庶，尤其在亞巴頓下令撤軍之後，更只餘下老弱殘兵，現在則安置了阿斯塔特的軍隊紮營療養。

「好想死啊……」

「生為下等惡魔，生存還有什麼意義……」

城門前的軍營哀聲不斷，士氣一落千丈；兩千士兵死了近半，另一半則躺在營地自怨自艾。

蘇梓我問夏思思：「妳的部下集體患上憂鬱症？」

「蘇哥哥，他們被貝爾芬格偷走了生存的動力呢。」

蘇梓我對貝爾芬格這名號略有所聞，但不感興趣，反而追問剛才那個襲擊夏思思的皮衣女魔頭。

夏思思答：「那女魔好像是叫耶洗別，是巴力西卜的手下……」

「耶洗別！」娜瑪大叫：「她是希伯侖的王后啊！巴力西卜的正妻，既是公爵夫人也是希伯侖的女先知，來頭可不小。」

「原來是個人妻。」蘇梓我奸笑道：「居然想偷襲本王的女人，一定要抓她回來懲罰！」

「笨蛋，你也在偷襲亞巴頓的領土啊，有什麼資格責怪別人。」

但夏思思不明白。「堂堂一國王后，為何要親自出馬對付思思？」

娜瑪指著蘇梓我說：「妳忘了嗎，這邊也有個喜歡親身上陣的人，耶洗別大概跟蘇梓我是同一類吧。」

「嘿嘿，待本王把她抓回來親自審問，自然水落石出。娜瑪，妳快把那頭鵝帶過來，我們要出發往希伯侖捉人！」

「笨蛋，你忘記我們的目標是耶路撒冷嗎？突然在你自己的愛人面前找其他女人……有本小姐還不滿足嗎？」

「但耶洗別傷害了我的思思，豈能原諒？貝爾芬格什麼的我才不管。」蘇梓我抓住因波斯的鵝腿，但因波斯好像還沒恢復魔力，連掙扎的力氣都沒有，任由蘇梓我大叫：「來，快點出發往希伯侖。」

「蘇哥哥好像誤會了什麼喔。」夏思思歪頭說：「貝爾芬格是個可愛的少女，雖然沒有思思一半可愛。」

「少女？為什麼不早點告訴我，我還以為貝爾芬格是像惡魔百科的插圖那樣，是個留鬍子的男惡魔！」

娜瑪解說：「貝爾芬格這名號比較特別，奇數世代是醜陋無比的男魔，但偶數世代必然是年輕貌美的女子。大概是某種靈魂的平衡？」

「現在貝爾芬格是什麼世代？」

「貝爾芬格十二世。」娜瑪腦海翻書回答。

「好！鵝腿的，我們現在出發耶路撒冷，順便把貝爾芬格抓回家！」蘇梓我生氣道：「貝爾芬格傷害我可愛的思思，不能原諒！」

「笨蛋你對很多事情都不能原諒。」

夏思思則抱著心口說：「可惜思思的魔力才剛耗盡，需要一些時間休息，無法幫助蘇哥哥。」

因波斯亦道：「小人跑了一趟後要休息一天，請恕我不能陪伴蘇大公征討惡魔。」

「好吧好吧，娜瑪妳也不用跟來——」

「『也』是什麼意思！」娜瑪臉紅道：「我才不是附屬品，本小姐是撒馬利亞的王后！」

但蘇梓我沒有理會她，喃喃笑道：「反正我一個人行動比較方便，嘿嘿。」

娜瑪沒好氣地說：「你小心反過來被貝爾芬格教訓。」

「對呢，蘇哥哥有什麼策略嗎？貝爾芬格那女子的祕法能使別人失去動力，思思的兩千將領在她面前也是不堪一擊。」

「大罪惡魔就是有如此力量。本小姐認真起來，也可以用色慾誘惑數千惡魔拜倒裙下喔！」

娜瑪別開臉說：「只是我不會引誘其他男人，笨蛋你應該多懷著感恩才是。」

最近娜瑪變得有點奇怪，總想撒嬌的樣子？也許因為死敵夏思思在身邊吧，不過蘇梓我一笑置之：「美女就是我的動力，什麼怠惰不足為懼，哇哈哈哈！」

蘇梓我一邊大笑，一邊闊步離開；娜瑪目送他的背影，不知道應否替他擔心。

「最終慘敗的人都說這種話……」

夏思思笑著回答：「蘇哥哥未曾敗給女人，應該沒有問題？」

貝爾芬格沒有出眾的魔力，起初也非什亭城主，更別說是侯爵。然而一百年前，什亭突然所有惡魔都變得懶散，大家無心工作，街道蕭條、了無生氣。亞巴頓曾派軍隊調查，才發現原來是貝爾芬格所為。

於是亞巴頓派出軍隊企圖驅逐貝爾芬格，第一次派了一千名惡魔，全部都被催眠住、無心戰鬥；第二次派了兩千名惡魔，狀況還是一樣，統統在城外睡倒；第三次索性派了一萬大軍包圍貝爾芬格，豈料吵醒她的後果非常嚴重，前鋒部隊都被奪去生存動力、當場自殺，就如夏思思的軍隊一樣。

結果三次討伐都鎩羽而歸，但亞巴頓反而十分高興，讚賞貝爾芬格的與眾不同，賜她侯王的爵位，以及什亭作封地，反正也趕不走她就是。

至於貝爾芬格，她並未太在意，只是繼續隱居於城內，讓城內惡魔漸漸變得跟自己一樣懶散，卻充滿自由，今天還睡在城堡裡。

就算亞巴頓派人傳令命她離開魔界，傳令兵還沒踏足城堡大門就昏昏欲睡，忘記自己的使命，因此貝爾芬格才至今依然沒有撤走。

不過這些背景故事蘇梓我一概不知，他單槍匹馬地闖入什亭，打算會會一萬士兵都無法收拾的睡美人。

「哇，遍地屍體？真噁心。」

蘇梓我來到什亭的城門前，見敵我雙方有好幾百人倒在地上動也不動，起初以為他們都已戰死沙場，用腳踢了踢才發現這些士兵根本在滾地賴床，原來都在戰鬥前就睡著了。

「算了，我只為睡美人而來。美人在哪？城堡在哪？」

處於休眠狀態的貝爾芬格，就連蘇梓我用上預視術也無法偵測，只好親力親為，好不容易找到城堡，進到鋪有紅毯的大殿上，找到金色長髮的怠惰惡魔。

貝爾芬格穿著迷你短裙，屈膝抱著軟枕、趴在地上呼呼大睡；翹起屁股露出白皙長腿和花邊內褲，毫無防範的睡姿怎麼看都是誘人犯罪，尤其對方是頭大色狼。

蘇梓我忍不住走近貝爾芬格，豈料她忽然張開眼睛，好奇問道：「這次又是誰？居然隨意穿越昏睡的魔瘴……哈啊。」她又打了個哈欠。

「笑話！有美女躺在面前，這時去睡的話還算個健全的男人嗎？」蘇梓我一邊脫去衣褲，一邊大笑說著。

「原來如此……」貝爾芬格揉揉眼睛。「你也是個罪孽深重的人呢。動力源自樞罪與欲望，所以你比起其他人，更加無謂地努力……哈啊。」

「嘿嘿，既然妳也是大罪惡魔也多點幹勁吧，這樣才會更加愉快。」

「我的確是大罪惡魔……但我所渴求是無所渴求，努力讓人不會努力……」

頓時一陣無形的壓迫感包圍四周，同時貝爾芬格的惺忪睡眼變得炯炯有神，穿著一身寬鬆睡衣趴在地上緊盯蘇梓我——

「我要讓你失去欲望、失去動力，乖乖加入怠惰的世界吧。」

果然蘇梓我體內的某種東西正在急速流走，化成黑霧吸進貝爾芬格的體內。

貝爾芬格平日不理世事，但當有人擾她清夢，她就會拚盡力氣讓對方變成怠惰；她追求怠惰的欲望正是她一切的原動力，實在是很矛盾。但就算矛盾，蘇梓我不得不承認貝爾芬格的祕法實在強大——

「太可惡，明明在色誘本王，卻又想奪走我的性慾！就看誰的欲望比較深吧！」

色慾的欲求，對上怠惰的欲求，兩種罪惡隔空對峙，任何一方也不想認輸，不論蘇梓我還是貝爾芬格都遇上了勁敵。

少女心道：不妙，這男人的欲望甚深，比起一萬惡魔的渴求加起來還要深不見底，太可怕。

「哇哈哈哈！我還是沒有睡著，反倒很精神呢，睡美人妳的祕法失效了吧。」

「才沒有！」貝爾芬格喘息心道：這男人體內不只色慾，好像還有傲慢……

傲慢是搶自娜瑪的同母異父的姊姊伊琳娜，當然貝爾芬格不知道，她只是聯想起另一大人物：「撒旦大人……不，這男人還差得遠呢。縱使擁有多重大罪，但還是輸給怠惰之下！」

殿上石像紛紛傾倒，就連紅毯亦如海浪般波動著；兩人魔力互相吞噬，但佔有優勢的是蘇梓我，看他生龍活虎的下身就知道。

貝爾芬格開始感到吃力。「這男人的慾望滔滔不絕，如果不盡快散走體內欲念……啊啊！」

◇

——砰！

另一邊廂，還在底本、打掃中的娜瑪打翻了水桶。「不好的預感。」

「小娜娜怎麼了？」夏思思問。

「還是有點擔心那笨蛋，我去看一下。」

她丟掉抹布，便飛走了。

◇

以娜瑪的侯爵魔力，拍翼飛行轉眼就來到什亭的城門前，但不見一兵一卒。莫非蘇梓我真收服了貝爾芬格？可是有股強大魔力籠罩著什亭，不是蘇梓我的，更像是貝爾芬格又發動了大規模魔法使人熟睡，不過娜瑪倒是沒有倦意，覺得挺舒服的。

她走進城內，忽然一群獸人迎面跑來，個個張牙舞爪，一擁而上！

「哇，怎麼什亭的惡魔如此精神？」

娜瑪連忙召喚閃電火驅散眾魔，手握雷霆走往城堡，沿途惡魔統統倉皇奔逃。

登堂入室，終於在城堡內找到蘇梓我，但就只有他一人喘著氣坐在地板上。

「蘇梓我！貝爾芬格呢？決鬥贏了嗎，什亭的氣氛好像很古怪？」

「被她逃了啊。就『砰砰』那樣。」

「欸，爆炸？」

「差不多啦，她全身發光把體內的大罪爆發出來，城內的惡魔都被感染了。」

「可是貝爾芬格的大罪是怠惰，其他人應該無心戀戰，」娜瑪恍然大悟。「一定是混了你的色慾大罪，弄得城內惡魔全部像你那樣淫邪！不過你居然沒有發情呢。」

「有什麼好發的，這裡淨是男魔，我才沒興趣。」蘇梓我忿忿說道：「反而什亭最誘人的目標貝爾芬格卻失控逃走了，一定要把她抓回來！」

娜瑪嘆氣。「至少什亭女王落跑，沒有惡魔敢跟我們對抗了。」

正如娜瑪所說，幾小時後，夏思思便帶兵重臨什亭，城內惡魔皆恭敬地開城投降，蘇梓我的軍隊得以繼續趕路。

9

「關閉西門，打開東門！放行東軍的兩萬惡魔！」

城堡樓台有一長角大惡魔發施號令，兵令如輻射擴散至耶路撒冷內外，傳至城牆城樓的工兵，便如開閘排洪，放行千萬惡魔魚貫進城。

多麼壯觀的畫面，十萬惡魔浩浩蕩蕩行進，兵分多路流動；但他們並非在準備戰爭，而是忙於從魔界撤走。

皆因被隕石轟穿天地的破洞就在魔界耶路撒冷上空——直徑百尺的天空洞被魔瘴覆蓋，不見盡頭；暴風激流圍繞天空洞旋轉，一般惡魔無法自行穿越此破洞，只能依靠城堡前庭布下的巨型魔法陣浮空升天。

只是魔法陣魔力有限，不能無止境地傳送惡魔到人間，因此調動惡魔就是侯王艾什瑪的工作。艾什瑪是個長毛惡魔，如原始猿人般的凶惡外表，但魔力、武力都不容小覷，畢竟是魔界二十一侯，更是亞巴頓能委以重任的部下。

「艾什瑪大王，蘇賊的軍隊已從什亭出發，我們還要繼續撤離嗎？」

「住口！」艾什瑪怒道：「你以為本王會不知道？但撤軍是亞巴頓大公的口諭，難道你在質疑毀滅大公的決定？」

「小的不敢！」部下惡魔同樣大聲回應，這是艾什瑪訓練出來的紀律，無論何時都要大聲喊話，先聲奪人。

「那就趕快去監督東門狀況吧。南門剛好又聚集了一萬兵力，要盡快騰出位置讓那些士兵前往人間——」

此時傳令兵跑到樓台，跪下報告：「魔法陣的第六、第八小隊魔力透支，現在浮空魔法只剩下五成威力。」

「一群飯桶！只不過通宵三天運送惡魔就累倒，沒用！」

艾什瑪猛地從樓台躍下，厲聲斥喝維持魔法陣的惡魔們：「只要爬到人間，男的殺、女的姦，好玩的東西可多了！還不張開你們的爛口給我念咒語！」

接著又傳來最新戰報：「蘇賊軍隊已逼近百尺外，我們西邊城門的同胞被重重包圍，快撐不下去了！」

艾什瑪鄙視說：「哼，本王關上西門就是給那些惡魔在死之前能拖延時間、有立功的機會！他們那邊有八千個惡魔，人多勢眾，蘇賊他們有多少人？」

「約一萬。」

艾什瑪聞言，左手舉起酒桶，右手召出巨大鋸刀擲在地上；鋸刀足足有一成年人的身高，重量更是惡魔體重的十倍，大地馬上凹陷數分。

「就由本王跟他們玩兩手，你們繼續施法協助同袍升天！」

艾什瑪一陣狂笑，帶著大鋸刀飛往城西，降臨在瑪門軍隊的中間，以一敵百，迴轉身體虐殺四面的惡魔士兵。

◇

「明明看見她往這方向逃的，結果卻有一頭猩猩擋住本王去路。」

另一邊廂，蘇梓我在城外高地尋找貝爾芬格，又同時帶兵逼近耶路撒冷。此役他召集了瑪門手下約三千惡魔、阿格蕾率領的三千夢魔，還有四色御林騎士四千人，一同進攻魔界第一大城。

娜瑪在蘇梓我身邊說：「對方是無惡不作的艾什瑪王，而且他統領著耶路撒冷城內十多萬惡魔，不可輕視。」

「哼，我看那些惡魔只不過在逃難罷了，都是烏合之眾；等本大爺親手收拾那隻帶頭的猩猩，讓其他惡魔知道跟我作對的下場！」

蘇梓我說完，便化身赤龍降臨天地之間！赤龍的巨影籠罩戰場，兩軍都被巨大的氣勢嚇停，不禁抬頭膜拜，甚至以為瞧見惡魔之皇撒旦的影子。

赤龍在天空咆哮，龍嘯震耳欲聾：「你們這群猩猩餘孽給我聽著，耶路撒冷已由本大公接管，所有惡魔都要服從我的命令！」

艾什瑪站在城樓上厲聲回喊：「耶路撒冷是亞巴頓大公的領地，本王由亞巴頓大公親自任命，豈容你這假扮撒旦大人的賊匪在此放肆！」

話是說得很響，但蘇梓我瞧了瞧艾什瑪，見對方根本沒什麼本事，便不把他放在眼內，往城樓伸出龍爪；只見四輪新月掠過，看似堅硬無比的城牆應聲破碎，艾什瑪在亂石中避開了蘇梓我的攻擊。

艾什瑪嘲諷道：「如此笨拙的身手，你以為就能碰到本王一根汗毛？」

「囉嗦，再來！」

魔空突然染紅，赤龍連環吐出火球，每顆都是千度以上高溫。艾什瑪見情勢不對，馬上掉頭逃回城內，穿梭在大小高樓間，成功避開火球的追擊，卻使耶路撒冷城區冒起熊熊大火。

蘇梓我不爽罵道：「像蟑螂鑽入沙發底下一樣可惡，我今天不殺了你就不姓蘇！」

赤龍降臨耶路撒冷城，龍爪踏毀石板街道，走在路上推倒一路房子，追逐艾什瑪。然而那長毛魔王只是一味閃避，與之前強悍的姿態完全相反，好像在拖延時間、另有所圖。

蘇梓我龍目定睛一看，城內重重建築的光影掠過，果然有詐。此時艾什瑪回頭舉起大鋸刀，笑道：「就算發覺也已經太遲，耶路撒冷諸將，在亞巴頓的名義下斬殺蘇賊——」

然而話說到一半，城內各處忽然發出爆炸聲！只見娜瑪披著風雷闖進城內，把埋伏巷中的魔軍燒焦數百；另一邊，夏思思亦如太陽般綻放七光，放出巨蟒破壞敵陣，這些全都在埃力格的預期之內。

由黑騎士領軍的御林騎士團，身後有佛爾卡斯以火占輔助指揮，前方又有大殺四方的兩位女惡魔開路；桀派與斯伯奈克同樣兵分兩路入侵耶路撒冷，不讓旁人插手蘇梓我與艾什瑪的決戰。

「哇哈哈哈！這下子你死定啦！」

赤龍在複雜的街巷中鎖定艾什瑪，眼中對方的身影急速放大，迅雷不及掩耳之間就把艾什瑪抓在掌中！

赤龍的蘇梓我昂首笑著，彷彿輕輕施力就能把長毛猩猩掐至粉碎。「現在你知道誰才是耶路撒冷的老大了吧？」

艾什瑪在龍爪之中亂掙，卻無法反抗。他焦慮萬分，這時在魔空破洞一位魔女忽然降臨，在紫紺色的魔瘴下，她緩緩揚起手指向艾什瑪，便有一道異樣魔力連綿飛往赤龍手中的侯王——

「哈啊！這才是亞巴頓大公應許本王的力量！」

艾什瑪忽然身體變形，胸膛爆裂，更爆出數十觸手！蘇梓我吃了一驚放開龍爪，便見眼前異形的觸手反過來吞噬了艾什瑪；他滿身腐液融化了皮膚，只剩噁心的血肉纖維包裹全身，心臟外露怦怦地跳，眨眼間變成一頭面目全非的臃腫妖物，但魔力卻昇華至另一層次。

蘇梓我厭惡地心道：簡直像克蘇魯那些噁心生物……

艾什瑪發狂大笑，用彷彿不屬於這世界的雜音叫喊：「這就是亞巴頓大公從『深淵』獲得的力量！」

血色肉塊的艾什瑪飛回城內，爬上房子屋頂，觸手環抱煙囪，竟將煙囪拔出變成別種黑色物質，一柱扔向天上赤龍——

啪嚓，黑色物質就像燃燒的標槍掠過龍臂，劃出黑色火花，蘇梓我赫見自己的龍臂被割出一道傷痕，就連龍鱗都擋不住那怪異的物質攻擊。

蘇梓我愣住片刻，抬頭再看那魔女已然消失，取而代之是一團醜陋無比、飛往深空魔瘴的血肉，艾什瑪的身影消失在黑暗之中。

10

隨著亞巴頓手下最後一王撤離魔界，蘇梓我的急行軍在三日內迅速佔領耶路撒冷，堵住通往人間的天空洞。

這場三日戰爭不但阻止了惡魔的大規模遷徙，更再次奠定蘇梓我在魔界的地位；耶路撒冷周邊殘黨均向蘇梓我投降，原本亞巴頓旗下三分之二的領土都納入撒馬利亞的版圖，只有少數與希伯侖邊境接壤的領地選擇投靠巴力西卜。

就結果而言，蘇梓我的勢力已坐擁魔界超過一半領土，根據魔界傳統，就此自立為皇也不會有惡魔反對。只是艾什瑪最後那個變異究竟是什麼回事？

再者，即使三日戰爭堵住了天空洞，但依然有百萬惡魔追隨亞巴頓入侵人間、佔領墨西哥。所謂「惡魔的尾巴」，真變成惡魔族的根據地，無疑是人類的災難。與天使不同，天使純粹解放人類靈魂，將多餘的生命摧毀重新分配至天國一方；但惡魔不需要靈魂配額，只要人類的絕對服從。

昔日惡魔是地方主神，仰賴信仰獲得神力，然而這方法已經行不通。信眾被教會操控、歷史被竄改，再也無人崇拜，惡魔需要的只有負面情緒——讓人類恐懼自己，成為惡魔的家畜。

遭天使佔領是死得痛快，被亞巴頓佔領卻是場惡夢。昔日瑪雅之地的梅里達已今非昔比，所有教堂變成亂葬崗，新教會失去了管理權，該地由亞巴頓的直屬惡魔——芭碧蘿女王管理。

芭碧蘿本是永恒又至高無上的處女靈，但現在卻沾滿了邪惡和殺氣；她憎恨一切只懂交配的污穢生物，喜歡用火淨化他們，所有曾經交配過的生物都不能放過。

因此芭碧蘿每天都會派手下捉拿所有交配過的男女，當眾用火焰活活燒死他們，用人類的血和肉汁作為燃油焚燒。

就這樣燒了三天三夜，六萬人口如今只剩不到一萬，屍骸遍野。剩下的大多是小孩，年輕力壯的人都因反抗芭碧蘿而遭殺害；男童女童被圈養在城內，服侍芭碧蘿的起居飲食。然而，梅里達的慘況只是冰山一角罷了。

◇

——香港聖火堂。

「那個芭碧蘿不簡單。」圓桌室內，蘇梓我說：「她就是把長毛猩猩變成觸手怪物的那女人吧？只看一眼就知道她是不同次元的存在。」

蘇梓我聽完利雅言的報告有感而發，雖然敵人越棘手他越感興趣就是。

他頭上有兩位女靈飄浮著，伊雪姬說：「聽起來太可怕了，玉米人的土地比西巴爾巴更加恐怖，不應該如此的。」

伊雪兒說：「瑪雅土地遭邪靈蹂躪，長久下去世界就會滅亡，蘇大人一定要去拯救玉米人。」

蘇梓我好奇地問：「不是說有百萬惡魔佔領墨西哥嗎？墨西哥與美國接壤，新教不怕惡魔入侵美國？他們應該也要出動才對。」

利雅言答：「十分遺憾，美國在與墨西哥的邊境上築了一道『偉大的魔法圍牆』，圍牆擁有最先進的武器，亦有新教騎士駐紮。他們打從一開始就打算獨善其身，都到了人類存亡之秋，真不明白他們在盤算什麼……總之現在得靠我們拯救當地民眾，不知在座各位有何建議？」

娜瑪說：「千萬別小看芭碧蘿，她確實如蘇梓我所說，不是同一次元的。」

魔界之中，芭碧蘿這惡魔的身世最為神祕，她不是墮落的地方神，而是突然出現在魔界。即使是阿斯摩太，也有身為地方神的前身阿示瑪，但芭碧蘿與生俱來就是惡魔模樣，沒人知道她是如何誕生——不對，只有一人知道他的身世，就是亞巴頓大公。

在魔神逃遁魔界後的某天，亞巴頓帶來一位少女，名為芭碧蘿。亞巴頓稱她是魔界第一位誕生的女魔，是至高無上的處女靈；不但擁有偉大魔力，能輕易壓倒其他地方神，而且自身神聖不可侵的結界更使她刀槍不入，魔界所有武器都不能傷她分毫，一切魔力都無法對她造成傷害。

傳說，芭碧蘿是亞巴頓從「深淵」帶來的惡魔，但詳情始終不明。大家只知道她是亞巴頓手下最強的矛，也是最強的盾；有了芭碧蘿，亞巴頓才能扶搖直上，登上魔界三公。

此時蘇梓我想起耶路撒冷之戰，芭碧蘿將艾什瑪變成邪神、變成那個像克蘇魯的存在，感嘆道：「芭碧蘿的身分恐怕不只是這麼簡單。」

娜瑪反問：「莫非在亞巴頓大公之上？」

但蘇梓我搖頭，說：「說不定是跟萬鬼之母同一層次，都是最接近世界核心的存在，知道奇異生物的祕密。」他想起不久前，萬鬼之母曾說他會遇見一個嘗試改變生命本質的女人。

「如果芭碧蘿跟萬鬼之母同等級的話，你有一百條命都打不過她啊！」

「嘿，先不談萬鬼之母，至少芭碧蘿是個美人，自然有辦法對付。」

「又是這表情……好啦，你要跟芭碧蘿決戰就是。」

「放心我不會冷落妳的，所以已經有任務要交託給妳。」

語畢，蘇梓我撐腰大笑。娜瑪有時見他跟平日一樣吊兒郎當，但有時又會突然認真起來，尤其自從首次天使號角響起後，這情況更加明顯，她不禁有點擔心。

「但也只能相信那笨蛋了。」

11

血腥熏天的梅里達，地上的血肉都彷彿是襯托芭碧蘿的玫瑰。她單手撐額，半躺浮在梅里達廣場的上空，地上有個牛角惡魔正在報告：「今天殺了很多人類，可是他們的淫行變本加厲……」

芭碧蘿一臉事不關己地回答：「總之給我繼續殺，他們要是存心跟我作對，就索性全殺光，反正我也不想浪費時間在人類身上。」

她望向天空，目光一直盯著天空的深處。這時，天空來了一名不速之客。

「哇哈哈哈！」一個猖狂大笑的少年硬闖梅里達，城內眾魔紛紛起飛圍起攻之，卻被芭碧蘿喝止。

「放他過來，你們這群嘍囉不是那人的對手。」

於是眾魔四散，蘇梓我得意洋洋飛到芭碧蘿面前。「果然是妳，妳就是把長毛猩猩變成邪神的女人吧。」

「長毛猩猩？哦，你說艾什瑪。如果你想找他續戰恐怕就找錯路了，他已經南下離開。」

「呸，我蘇梓我幹嘛要找那妖怪，當然是來找妳的。」

芭碧蘿嘆氣，問：「是來拯救這座城鎮的人？你還是放棄吧，看看周圍還有什麼值得你拯救。」

街道上屍橫遍野，人類和野狗的屍體堆在一起，引來一群惡魔聚集搶食。路旁建築物面目全非，只剩瓦礫和燒焦的痕跡一直延伸至城外郊區，就連農田也慘遭燒燬。

蘇梓我駁道：「只要還有人生存，我就會救，誰教本英雄是英雄呢。」

「你說我不能管？」芭碧蘿忽然變臉。「這世界有什麼是我不能管的，你知道我是誰嗎？」

蘇梓我答：「至高無上的處女靈，卻又是這顆星球上第一位的性愛對象。」

芭碧蘿沉默半晌，說：「你好像有些誤會，但想必你有見過萬鬼之母。」

「妳果然認識萬鬼之母。」

「沒錯，我與你們的次元不同，我才是至高無上的存在。所以你打算如何？」

蘇梓我認真答道：「我要妳做本英雄的女人，至高無上的女人，哇哈哈哈！」

「放肆！你區區地方神祇怎配得上至高靈，我可是……」

芭碧蘿說著同時怒髮衝冠，站在半空，周圍空間撕裂。蘇梓我看見無數個自己的背影圍繞在芭碧蘿的掌上，如旋轉的萬花筒般使人眩暈；他皺眉凝看，此時一掌已伸向他，掐住他的脖子，把他狠狠摔在地上——

常人難以理解眼前發生的事，但蘇梓我感到空間被扭曲，接著見芭碧蘿放開拳頭，眼前景象便旋轉恢復原狀。

芭碧蘿輕蔑道：「別妄想可以與我作對，就連撒旦也不是我的對手。」

眼前之人神聖不可侵犯，但蘇梓我想，假如她真能隻手遮天，那為何要替亞巴頓賣命？

「妳這女人一定有弱點，我才不會被妳騙倒。」

語畢，地上再見不到蘇梓我的身影，下一瞬間，他出現在芭碧蘿身後熊抱住她，卻被不可侵犯的結界彈走數尺。

正當芭碧蘿洋洋得意時，卻驚見自己的結界竟被融化一角。她喃喃道：「是大罪的力量，原來你是萬鬼之母的棋子。」

「啊？不知道妳說什麼，但既然大罪能傷害妳的話，就給妳見識一下，我從我家淫邪女僕身上得到的色慾吧！」

不止有娜瑪，也是蘇梓我手上獸印的大罪，以及娜瑪同母異父姊姊的傲慢、聖瑪格麗特的憤怒；大罪越多，蘇梓我右手纏繞的黑霧就散發漆光；那是漆黑的光，連整片梅里達的天空都被染成了黑。

然而天空依舊屬於芭碧蘿，只見她憑空造出標槍，一槍擲往蘇梓我的頸項！蘇梓我抹出一道彎月擊落標槍，但另一道殺氣已打在他的胸口，更把他轟回地上、陷入數尺——

只是蘇梓我的身影又再度消失，芭碧蘿厭煩地回頭一看，便見他展開六翼飛來，背後綻放一排火花，短短時間內兩人便交手了六、七次。

蘇梓我後退暗忖：還是傷害不了她的結界，尚差一點點的大罪……只能拚了！

蘇梓我不甘心眼前美女願意依附亞巴頓，卻不肯服從自己；再者，這個與萬鬼之母同一水平的芭碧蘿，蘇梓我看上她便是志在必得，死纏爛打是他的看家本領，他召喚出投斧短鐮，一邊攻擊一邊試探對方弱點。

漫天火星紛飛，廣場半空上演著超越魔神的決鬥；但芭碧蘿依然一面倒地控制戰局，甚至扭曲蘇梓我身處的空間，幾乎就要拆斷他的古神雙手。

蘇梓我只能釋放同等力量的結界抵禦空間扭曲，同時以大罪為名，附加在各種神器上施襲，但仍始終無法入侵芭碧蘿那神聖不可侵的範圍——球狀五尺以外，蘇梓我再無法靠近；縱使在結界上劈出裂紋，芭碧蘿仍能馬上補修，修復速度比蘇梓我的出手快上一些。

芭碧蘿感到不耐。「我沒閒暇應付你，你直接去死吧。」

她提起右手，彷彿天地萬物都在她掌控之中，但忽然有另外一股大罪魔力的湍流闖入兩人之間——

蘇梓我心道：這種魔力……是貝爾芬格！

芭碧蘿亦察覺到有其他惡魔逐漸靠近。「貝爾芬格？那丫頭的魔法很棘手，不過……」

貝爾芬格掩著頭失控亂跑，但奇怪的是，她附近的人類男女不但沒有昏睡，反而更加精力充沛地纏綿。芭碧蘿見狀驚道：「除了怠惰大罪，還滲入了色慾的罪？」

蘇梓我喜上眉梢。「雖然不知發生什麼事，但好像有破綻了！」他催動全身魔力，纏身黑霧更亮，連同巨鐮又再飛撲過去。

頃刻間，廣場上尤如群魔起舞，色慾、傲慢、憤怒、怠惰的魔力如四條巨蛇般以芭碧蘿為中心纏鬥；方圓百尺的土地被夷平，沒有任何生靈能接近，除了蘇梓我、貝爾芬格、芭碧蘿三人。

12

當然蘇梓我手下還有其他大罪惡魔，其中娜瑪正帶著耶路撒冷的臨時組軍穿越惡魔的尾巴來到地上，準備增援。

「雖然很擔心那笨蛋會像莫斯科那次那樣……」娜瑪猛地搖頭。「不，正因為不能讓那笨蛋出事，我才要在後方全力支援他。他已能隨意使喚撒旦大人的力量，不會有問題的。」

娜瑪喃喃自語，聖德芬扯她的裙襬問：「娜瑪媽媽，我們現在要去幹嘛？」

「打仗。妳別離開我半步，知道嗎？」

聖德芬默默點頭，隨著軍隊前進；兩個小時後，耶路撒冷的軍隊抵達目的地。

「聽說梅里達已經變成人間煉獄，但四周卻很寧靜呢？」

娜瑪環看四周，同行的夏思思說：「蘇哥哥的魔力是從前面傳來的喔。」

於是娜瑪命令惡魔軍隊留在城內警戒，自己牽著聖德芬與夏思思等人走到梅里達市中心的廣場，終於找到蘇梓我。他身旁還有芭碧蘿和貝爾芬格，而且三人都衣衫不整。

「笨、笨、笨蛋！你又趁我不在玩其他女人了！」

蘇梓我滿面春風地說：「我剛才與芭碧蘿決戰時差點就死了呢，幸好貝爾芬格出現，把色慾的大罪還給了我，我才勉強制伏芭碧蘿。不愧是至高無上的處女靈，哇哈哈哈！」

娜瑪搞不清楚狀況。「所以究竟發生什麼事……芭碧蘿現在還是敵人嗎？她不是很憎恨人類？」

「憎恨人類？」芭碧蘿淺笑。「我為何要憎恨人類？妳會憎恨在屋前空蟻窩裡的一隻螞蟻嗎？」

「什、什麼嘛……」

「我只是答應亞巴頓留在梅里達，擋住你們這群嘍囉罷了，畢竟他也答應助我剿滅天使，天使才是我仇恨的對象。」

「咦？」娜瑪連忙把聖德芬藏到背後，卻不小心戳到她的眼睛。

「哇，娜瑪媽媽好痛！」聖德芬撥開娜瑪的手，正好與芭碧蘿對望。

芭碧蘿定神幾秒，失聲大笑：「怎麼可能？太有趣了，天底下居然有天使喊『世界』的古神為母親，簡直前所未聞！」

蘇梓我插話：「妳看起來很高興嘛，別再替亞巴頓工作，跟我離開吧。」

「但你有能力鎮住梅里達的惡魔和人類嗎？」

芭碧蘿身後步出近萬個惡魔，他們都是亞巴頓的手下，現在聽命於芭碧蘿；娜瑪也帶來了幾千個惡魔助陣，雖然是臨時編組的軍隊，但數量尚算旗鼓相當。

再加上蘇梓我本人的魔力，只要芭碧蘿不插手，要鎮壓亞巴頓的餘黨是易如反掌。

「不過是原本梅里達的居民嘛。」蘇梓我大喝：「還有沒死的人給我聽好了！」

因為貝爾芬格把色慾還給蘇梓我，連怠惰都被他吸走，梅里達的居民已恢復神智，卻軟癱在街上、惶恐不安地瞧著蘇梓我等人。

蘇梓我續道：「本英雄是來拯救你們的，我還帶了此地的古神來守護你們，你們以後改信聖火教吧！」

接著他叫娜瑪帶來伊雪姬和伊雪兒。這對幽靈姊妹在蘇梓我的指示下取出瑪雅神器，左右各執一側霧鏡，將黑曜鏡面朝向天空——天空一片彩霞、平和如鏡，接著大風颳起，雜草沙沙搖擺，滿月從雲彩間冒出，乃日月星變的奇蹟，把星晨移動推前了幾分鐘。

只見姊妹倆滿額大汗，蘇梓我摸摸兩人頭頂。「辛苦了。」奇蹟便到此結束。

「這、這是……月亮的奇蹟！」

月亮把太陽擠到地平線下，天空在一瞬間變成灰暗，看見此景的人無一不跪下顫抖，又暗自默禱，深深感受到真實的神力。眾人心中都有疑問，究竟這個聲稱能召喚古神的少年是什麼人？

蘇梓我沒讓民眾無暇多想，立即抓來聖德芬，說：「妳來得正好，展開翅膀給他們看看。」

「嗯？」聖德芬不明所以，但仍按照他的意思炫耀自己純白的羽翼。「是不是很漂亮？雖然娜瑪媽媽的翅膀是黑色，但聖德芬是天使白喔！」

聖德芬滿心歡喜原地轉圈，在場民眾都看得驚呆了。「是、是天使！」

「乖，等下給妳糖果吃。」

「好……哼！聖德芬才不會被你騙了。」聖德芬馬上跑到娜瑪後面，依然有點害怕蘇梓我再像之前那樣嚇她。

蘇梓我便對梅里達四方的民眾宣告：「我，蘇梓我，是來拯救這片瑪雅古地的英雄，你們只要回歸對地方的信仰，在我的手下保護下，再不用受惡魔的折磨。所以敬仰我吧，哇哈哈哈！」

正當眾人猶豫之際，此時夜空從四面八方築起十道霧橋，橋上響起馬蹄戰鼓聲，來者似乎聲勢浩大。

「蘇大公果然言出必行，助瑪雅古神奪回土地。」飛瘡王半跪向蘇梓我問好。

原來是西巴爾巴十王各率領親兵來到大地，共數百名冥界士兵前來列陣，向蘇梓我俯首稱臣。

而奇妙的是，眾人看見十大魔王時，比起恐懼，更有種莫名的親切感。伊雪姬看見飛瘡王亦道：「叔叔阿姨們，感覺好像變祥和了。」

「是嗎？」飛瘡王笑道：「妳和伊雪兒在蘇大公身邊也變得更加有魅力了，看來我們沒有託付錯人。」

「少廢話，所有本王的女人都是幸福的，正如所有本王的部下亦是三生有幸。」蘇梓我對飛瘡王說：「只要你們答應保佑瑪雅土地，梅里達就是你們的了。」

「這還要看居民是否接受我們地方古神。」

「快接受！」蘇梓我喝令居民：「你們也沒有選擇的餘地，不接受我就把芭碧蘿放走繼續——」

「笨蛋，我們不是壞人啊！」娜瑪連忙摀住蘇梓我的嘴巴，代為說明：「總之你們已見證古神神蹟，只要虛心信奉傳統信仰，瑪雅眾神會保佑梅里達重建的。」

一直在旁看戲的芭碧蘿不禁微笑，告訴蘇梓我：「看來你比亞巴頓更加有趣，我可以跟你合作看看，只要答應我一個條件。」

蘇梓我摩擦雙掌笑問：「是不是答應了，妳就當我的女人？」

芭碧蘿冷笑道：「看樣子你什麼都不懂，這得從頭開始說起呢。」

13

惡魔的社會弱肉強食，原本負責鎮壓的惡魔只好聽從芭碧蘿的指示，向蘇梓我投降。經過了之前星晨快轉的魔法表演，夜幕已低垂，蘇梓我等人便移步梅里達大教堂休息，裡面已殘破不堪，但至少還勉強能遮風擋雨。

娜瑪在教堂內點亮蠟燭，現在眾人就像一群落難的登山客，在廢棄小屋借宿一宿。貝爾芬格的力量變弱了，趴在地毯上與聖德芬一起睡；芭碧蘿則緩緩走近十字架，隨意撿起不知是誰遺留的一副撲克牌來玩。

「妳還真是悠閒。」蘇梓我搭話。

「已經習慣如何一個人解悶，幾萬年都是這樣。」

「所以妳到底是什麼來頭？至高無上的處女靈？」

芭碧蘿小心翼翼地將卡牌疊到第十層，笑道：「至高靈。與你們是完全不同層次的。就好像這卡牌金字塔，我就是這個頂層，往下一些是天使，再往下一些是惡魔，最底層才是人類。」

「聖德芬比娜瑪媽媽高一點呢。」

「嗚嗚……聖德芬居然比我高級。」

同樣不滿的還有蘇梓我，他揚手揮倒卡牌塔，喝道：「妳已經是本英雄的手下敗將，現在是最底層了。再敢囂張，信不信我給妳一點教訓？」

「無妨。」芭碧蘿施放魔法，彷彿將時間倒轉，瞬間把卡牌金字塔回復原狀。「但別像個小孩那樣想推倒別人的沙堡，這是生命的金字塔，無法推翻。」

蘇梓我不服氣，見卡牌金字塔頂只有三張平放的撲克牌，便拿了一張，企圖放在另外兩張上面。「現在我要變成為國王——」

一股無形巨力卻挪開了他的手，同時芭碧蘿皺眉說：「在至高靈之上只有『世界』和『深淵』，誰都不能碰。」

「看妳如此緊張，至高靈與『世界』和『深淵』關係匪淺吧。」

「所有至高靈都是由『世界』和『深淵』直接產生，是至高無上的生靈。這星球上共有三靈，你全都認識。」

蘇梓我立即想起萬鬼之母。「但第三位至高靈是誰？與萬鬼之母和妳同一次元的生靈。」

芭碧蘿微笑。「那個至高靈是我朝思暮想、想殺死的靈。只要你們答應助我殺死那靈，我就願意協助你，暫居於撒馬利亞。」

蘇梓我連忙問：「有三種人我不殺，美女、身材好的美女、淫邪的美女。妳想殺的不屬於這三種吧？」

「性別的話算是雄性。」

「很好，男人殺了也沒差。這樣妳就效忠本王吧，哇哈哈哈！」

娜瑪小聲說：「這麼隨便答應好嗎？」

蘇梓我也小聲回答：「蠢材，到時有什麼問題再反悔就好。」

芭碧蘿聽見後，平靜地說：「其實那靈也是我們的共同敵人。」

「所以妳想殺死的至高靈是誰？」

「就是聖靈。」

芭碧蘿憎恨天使，恨得要殺死天使的主人；可是聖靈在新教掌控之下，新教在美國鹽湖城，而美國則是鎖國中。芭碧蘿這個請求也太困難了。不過之前與拉斐爾交戰時，有對男女不是想邀請自己前往大鹽湖？

芭碧蘿好像能讀取蘇梓我的想法，笑道：「這個時候，撒馬利亞大概已收到來自遠方的聯繫了吧。」

14

不出芭碧蘿所料，隔天當蘇梓我一行人返回魔界時，利雅言便報告了一則口訊給他。

「是一隻小鬼傳給王宮衛兵的，說已經準備好船隻，能帶我們從海路繞過魔法圍牆，潛入美國。」

「但這個會不會是陷阱？」

蘇梓我的回答出乎利雅言的預期，她不禁笑道：「還以為蘇主教中陷阱是家常便飯，已經習慣了呢。」

「哈哈，對！誰管他有什麼盤算，反正我也有問題要問他們。不入虎穴焉得虎子……不，得虎女比較好。」

利雅言依舊無視了蘇梓我的玩笑，說：「不過除了梅里達，如今墨西哥全境都已落入亞巴頓手中，我們要前往目的地也不容易呢。」

「有什麼困難？」殿上的芭碧蘿以壓倒性的存在感，無時無刻釋放著冰冷魔力，並專注玩著一千片的拼圖說：「從梅里達一直線走，沿路的低賤惡魔不足為懼。」

蘇梓我否決道：「我已經將梅里達交由伊雪姬和伊雪兒管理，她們要在瑪雅土地復興瑪雅信仰。要是讓妳亂來弄得生靈塗炭，要我怎麼哄那對姊妹高興？」

「你多慮了。人類對我來說毫無意義，能避免的話，我才不想浪費力氣在他們身上。至於惡魔，地上領土對亞巴頓來說其實吃不消，他沒有足夠的爵位惡魔能駐守，就算是阿斯摩太的氣焰都足以嚇退他們。」

此時夏思思嚷道：「不能一直讓小娜娜出鋒頭。蘇哥哥也好久沒陪人家了，這次一定要帶上思思。」

蘇梓我點點頭。

聖德芬舉手說：「拉斐爾大人太可怕了，聖德芬要聽媽媽的話，乖乖留在家中。」

「打從一開始就沒期待過妳這笨蛋之女。」蘇梓我點名：「娜瑪、思思、芭碧蘿，還有黑白紅藍，就以這陣容跟我一起潛入美國。這個人數是上限了，不能打草驚蛇。」

黑白紅藍即是四色騎士，很妥當，但利雅言插話：「不好意思，能讓我隨行嗎？」

「我明白雅言妳捨不得本英雄，但聖靈之地十分凶險，妳不是比較喜歡留在後方嗎？」

「嗯，不過對方指定希望我前往大鹽湖，雖然沒說明用意，但直覺告訴我此趟不去會後悔。」

「這樣的話，娜瑪，妳可要好好保護雅言，知道嗎？」

娜瑪沒有異議，旁邊芭碧蘿卻突然恍然大悟了什麼，接著再度埋首玩拼圖。

◇

隨後數天，蘇梓我一行九人乘車橫越三千公里抵達墨西哥西岸，一路平安，終於在海邊廢棄小鎮重遇該對神祕男女。

「久候蘇先生了，你們那邊的事都辦妥了吧？」神祕男子說：「畢竟越過國境之後，短時間內可能無法回來，發生的事將會令你分身不暇。」

蘇梓我說：「怎麼好像打最後關卡前，問要不要記錄存檔一樣。」

「最終關卡……還差得遠呢，但算是接近核心了。」

利雅言禮貌地問：「在此之前，能否賜教兩位大名？」

「名字只不過是個代號，可以稱呼我為特佩烏。」

娜瑪嘆道：「特佩烏，是遠古的瑪雅羽蛇神，應當已經消失了才對。」

另一神祕女子說：「是的。也請容許我以庫庫爾坎自稱。」

庫庫爾坎同樣理應消失很久，不過神祕男女確實擁有羽蛇神和羽蛇后的魔力，令人費解。

「而且你們究竟是哪邊的人？」蘇梓我說：「邀請我們到大鹽湖，難道是新教會的人？但在惡魔的尾巴時又跟天使對抗，是新教會的敵人？」

庫庫爾坎回答：「我們是不希望人類文明滅亡的新教徒。」

特佩烏補充說：「你有很多疑問，但能解答問題的不是我們；其實船上有你們認識的人，待登船後再慢慢聊吧。」

蘇梓我問：「認識的人？是男是女？」

特佩烏和庫庫爾坎沒有回答，轉身便走到海灘。蘇梓我等人緊隨走到岸邊，眼前停泊了一艘長五十尺的中型遊艇，能載二十人。

咚、咚。

拐杖敲在甲板的聲音傳來，一位中年祭司一拐一拐地走到船尾，正是那位熟識之人。

「好久不見了，蘇弟兄……還有雅言。」

「父親大人！」利雅言睜大眼睛難以置信。當時已有最壞的打算，本以為死掉的人竟能再次相遇，這是做夢嗎？

「還有隆禮，出來跟大家打招呼吧。」

另一個以為不復存在的人走了出來，只見他雙目炯炯有神，只是臉上多了道傷疤，但確實是利隆禮本人。

「隆禮！」利雅言不知如何反應，只能激動地跑上遊艇，蘇梓我也是第一次看見她那表情。

「嘖，」蘇梓我喃喃道：「真不幸，不但不是美女，還是兩個臭男人。」

「呵，轉生的半人神齊聚一堂呢。」芭碧蘿則躺在空中，邊讀報紙邊笑著。

15

魔界蘇城。蘇梓我和娜瑪的銅像都搬了回來，但兩人卻不在城內。

「阿格蕾婆婆。」

「叫外祖母大人。」

「明白了，阿格蕾婆婆。」

阿格蕾有點生氣，坐在床上撥弄粉紅雙馬尾說：「我這麼可愛，怎麼可以叫人家婆婆？」

娜瑪的姊姊伊琳娜勸說：「母親大人無須動怒，聖德芬的心智年齡尚小，是需要一點耐性，但比起我這位沒用的姊姊聰明多了。」

娜瑪的前輩伊謝絲也說：「讓人想起初出茅廬的娜瑪也是跟聖德芬這樣純真無邪，整天嚷著要我傳授她魅惑的魔法。」

娜瑪的後輩莉莉絲說：「小小的娜瑪姊！真羨慕妳們能看著娜瑪姊長大，小時候的她一定很可愛吧。」

三位夢魔，加上一位流著夢魔血液的坎比翁，今晚的寢室內，四位女士包圍著聖德芬，爭相傳授各種奇怪知識，在娜瑪不在家時代為照顧她。

「謝謝阿格蕾婆婆、伊琳娜姊姊、伊謝絲姊姊、莉莉絲姊姊。」聖德芬站起來一一道謝。「在娜瑪媽媽不在的時候，我們就一起玩吧。」

真是個十分奇怪的家族。

◇

另一邊廂，另一家庭。利氏一家短暫享受天倫後，翌日早晨便到船艙的活動室為蘇梓我等人解答疑惑。

「居然死不了。」

蘇梓我一開場就對利得福冷嘲熱諷，利雅言則坐在兩人中間，溫柔地說：「過去的事就讓它過去吧，父親大人始終是我的父親，我已經放下昔日的事了。」

「可是那個人重視的不是妳，而是維斯塔女神。他還不惜害死……」蘇梓我怕提起雅言的傷心事，沒有說下去。

「蘇弟兄說得沒錯，」利得福卻接道：「我還害死了雅言的媽，差點連累了雅言和隆禮兩人。我本來就罪該萬死。」

「那就快點——」

蘇梓我話說到一半便說不下去。眼前的利得福已經不是主祭，頭髮花白，臉上多了皺紋，右腳更接上義肢。雖然如此，至少比昔日詳和了些。然而蘇梓我不肯放下戒心，正因他是雅言的父親才如此令人厭惡，忍不住繼續挑釁發洩。

「以往的事先不說，但你們父子又為何投靠新教？尤其是你，最初為了大陸正教而背叛聖教，如今又替新教辦事，豈不是三姓家奴？」

「說起來確實是這樣。」利得福摸著手上拐杖。「不過我已經放棄追逐名利，一切都是蘇弟兄令尊令堂的恩，所以我無法怪責你。」

「我家那兩個老傢伙？你見過他們？」

利得福搖搖頭。「很遺憾，我無法再報答他們，令尊令堂就在不久前已經過世。」

蘇梓我沉默了一會兒，點點頭。「這樣啊。」說完便不再追問。

利雅言默默坐在蘇梓我身旁，也沒有說話，只是握著他發抖的手。

「結果直到那兩個人死了也不知他們在做什麼，哈哈。」蘇梓我雖這麼說著，但說話時雙目失焦，不知是在對誰說。

「令尊其實是新教會七十員第一定額組的主教，是總會持有權柄的聖員。」利得福續道：「礙於女性的關係，令堂未能進入主教團，但也是新教總會的行政人員之一，一直以來都是。」

蘇梓我嘆了口氣，才覺得有點意外。「他們居然是新教徒，我完全沒聽過。」

「這是自然，他們新教的身分沒有很多人知道，也是很久以前的事。之後他們回到香港這聖教和正教的角力之地，為的就是蒐集兩教情報。」

「簡單來說，就是新教的間諜。」蘇梓我感到五味雜陳。

「沒錯。去年的香港聖戰，就是他們把我押來美國的。」利得福低頭擦了擦眼鏡。「他們沒有做錯，當時我被知識蒙蔽了雙眼，做出傷害自己兒女的事。」

「只要把你殺死就好，為什麼還要大費周章帶你來美國？」

「因為我的研究領域……我兒隆禮也是同樣原因被令尊救出。」

此時一直沉默的利隆禮出聲：「我不喜歡姓蘇的，但對蘇氏夫婦，我無法拒絕，只能協助。」

蘇梓我問：「所以我家老頭早就知道你們研究古神轉生的事？」

「沒錯，畢竟令尊才是這領域的第一人。不過請別誤會，我們沒有再做任何傷天害理之事，現在我們只是蒐集古神的神骸、聖髑等法寶，用以復活古神的力量。」

嚴格來說，他們做的並非讓古神轉生，而是從古神借來力量、放到人類身上。

「我們就是研究的成果之一。」

說話的是庫庫爾坎和特佩烏，或者說是代號庫庫爾坎和特佩烏的中年男女。

蘇梓我問：「成果之一？所以你們還復活了其他古神，是要去打仗嗎？」

「沒錯。」利得福神色凝重。「天魔戰爭要開始了，這次我家主人邀請蘇弟兄來，也是為了說明天魔戰爭。不對，應該是所有事情的原由。你應該要知道自己存在的意義了。」

16

最原始的時代，最富活力的起始，是這顆星星誕生之初，創世的吾主就如嬰孩呱呱墜地。吾主擁有無限大能，是星星上最偉大的存在；能創造萬物，其他一切都只是配角，供吾主享樂。對，縱然吾主擁有大能，卻只是個孩提之童。吾主創造了眾多奇蹟、威猛的龍族及各種野獸，每天從深淵觀賞祂的造物，每夜欣賞猛獸互相廝殺，從中獲取快感。無知啊，就如兩歲的小孩家財萬貫，三歲的小孩統領萬軍；雖然無知，天下大亂，但在無序之中仍漸漸產生了秩序，萬物欣欣向榮。

然而秩序是吾主最討厭的事，秩序代表了重複，重複會使人厭倦，厭倦就會不高興。孩提不高興時就會亂哭，使生靈塗炭；尤其吾主乃至高無上，永隔於深淵之中，沒有人能為祂分憂。

既然如此，吾主便忍痛撕開自己靈魂一部分，用以創造全新的生靈，同樣至高無上的生靈，地位僅次於祂這造物主。這樣生靈便能陪伴自己左右，吾主亦無須觀看魚缸世界，有靈魂供他娛樂。

我是這顆星星上最初的至高靈，生存只是為了提供吾主肉體上的娛樂。那時吾主創造了新的玩意，是雌雄交合時能獲得快感的行為；為了那些行為而創造出來的觸手，也用第一位至高靈作為實驗對象。

第一位至高靈擁有與眾不同的外形樣貌，是星球上最漂亮的女性，也是造物主創造出來的專屬玩具；造物主不願意把這種快樂分享給萬物，所以至高靈每日每夜都只須侍奉她的主人。

即使如此，至高靈並無任何怨言。她不會責怪主人，因為提供娛樂是她的存在意義，只要主人能看著自己就心滿意足了。

於是造物主不再哭了，星星再次回復平靜。短暫的安寧，直至星星墜落、星星毀滅，主人失去了生氣，至高靈亦被拋棄。

過去的夢讓芭碧蘿驚醒過來，船艙外還仍是漆黑一片。已經過了幾億年，連月亮的形狀也不一樣了，缺了一角。那是蘇梓我等人為攔截隕石，挪移月球所留下的痕跡，芭碧蘿到現在還是有點難以置信。

◇

「那可惡的人類，不但奪去聖德芬的心智，更操控月球擋下了災厄。」

今夜月之漩聚集了數以萬計的天使。由於亞巴頓的屠殺解放大量靈魂配額，如今第二聖歌團也復活了；他們在莊嚴偉大的三角神殿前獻唱聖詩，同時三大天使眾首一堂，商議接下來的方向。

神的治癒，仍是老婦模樣的拉斐爾天使長說：「那個人類越看越像那可恨的所羅門，第二次天魔戰爭必定是他率領眾魔與主為敵，不能再讓他胡作非為了。」

「不。」加百列天使長平靜地說：「那個人類要統一神魔還須通過亞巴頓一關，如今我們應該專注於復活其他的天使長，米迦勒大人意下如何？」

米迦勒反問拉斐爾：「聖靈有何指示？」

「聖靈吩咐了新教使徒剷除內奸，處死了好幾十個人，但好像還未能徹底清除叛徒。」

「對啊，背後肯定有人幫助那小子，而且是擁有權柄的教徒才能有這種知識——」

「報！」一位低階天使匆忙飛來聖殿說：「新教會發現神魔一行人從水路進入國土了，聖靈有令要殺死他們，尤其是那名叫蘇梓我的人類。」

「什麼？居然如此大膽闖進天國的領土，真是不把天使和聖主放在眼裡！」

「米迦勒大人請冷靜，」加百列溫柔地微笑。「蘇梓我此人的魔力不但能與天使長一爭長短，其手下惡魔更是驍勇善戰，硬拚只會弄巧成拙，就像拉斐爾大人一樣。」

「我沒有失敗！」老婦模樣的拉斐爾與少女的加百列形成強烈對比。

此時米迦勒調停兩人，又問加百列：「這樣的妳有何高見？」

「蘇梓我雖強，但是缺乏大智；本人有一計定能擒住蘇梓我，但要向米迦勒大人借劍一用。」

「那把能夠焚燒天下之劍嗎？」米迦勒說：「好，不只一把劍，第二聖歌團也全歸妳指揮，只要能殺死蘇梓我就行。」

「不，我們應該先殺他的家人。」

加百列說出她的策略，米迦勒聞言滿足大笑，拉斐爾亦無奈接受。

◇

月亮落下海平線，遊艇已航行至目的地。

「看見城市了！」娜瑪走上甲板，指向洛杉磯的海岸。「坐了好幾天的船，現在最討厭就是坐船，終於可以回到地面！」

「娜瑪大人請謹慎一點，」佛爾卡斯說：「此地畢竟是敵教陣營，盡量低調行事——」

「哇哈哈哈！洛城的美女我來了，看看那海灘！」

娜瑪指著另一邊說：「佛爾卡斯，你們四騎士應該先約束一下那笨蛋啊。」

「唉，只有娜瑪大人才能約束得了蘇大人啊。」

「可是氣氛很奇怪呢。」另外利雅言也走近欄杆，觀看五光十色的大都會；白天朝氣蓬勃，到處都是高樓大廈，是許久不見的光景。畢竟香港曾遭受戰爭洗禮，沒有洛杉磯來得繁華。

「我的女兒，這一點都不奇怪。」利得福說：「有好多事情礙於身分我不便相告，但新教的目的十分清楚，已經是公開的祕密。世界人口必須消失九成半以上，讓天使降臨王國、聖主重登王座。他們希望美國以外的所有文明滅亡，使美國國土成為新的伊甸園。」

利隆禮補充說：「這裡是天國，牆外的死活新教一點都不在乎，所以才放任惡魔在墨西哥到處肆虐。」

利雅言喃喃道：「正教利用聖父征服世界，聖教利用聖子重建世界，新教則依照聖靈的旨意建立天國。人類真是個不安因素。」

「對啊，人類確實是不安因素。」芭碧蘿冷眼一切，對利得福說道：「要不是人類自作聰明，也不會讓星星死亡，你說是吧？」

利得福笑而不語，此時上空有一行天使飛過，就像列隊飛行的白鷺般，他收起笑臉道：「最近天使的活動越來越頻繁，我們要加緊腳步前往大鹽湖了。」

「帶路吧。」蘇梓我又問：「你們的主人是誰？」

「過去是蘇氏夫婦，現在是使徒大人。」

「那兩個老傢伙的死跟天上的天使有關？」

利得福再次搖頭。「美國本土讓民眾看得到的是低階天使，他們就像機械人一樣按指令辦事，對我們沒有威脅。真正奪去蘇氏夫婦性命的是至高靈……」

17

「死了？」

加百列下凡在鹽湖城指揮天使，卻收到意外的報告。

「我正打算奪取蘇梓我雙親的靈魂用以算計他，怎麼碰巧他們剛好死了？」

第二聖歌團的天使隊長回答：「暫時尚未清楚，他們死得不明不白。」

「不對，事情並非巧合，背後一定有人從中作梗。」加百列在殿上來回踱步，隨即恍然大悟。「是『世界』，她把靈魂先一步搶走了。」

「這可是緊急事態，要屬下吩咐第二聖歌團準備迎戰嗎？」

「不，」加百列微笑道：「正好我從米迦勒大人那裡借來了能夠焚燒世界之劍，總算能派上用場，把『世界』的至高靈殺死。」

「但是『世界』的至高靈潛藏於鬼界深處，加百列大人打算如何殺死她……」

「不是說蘇梓我的雙親死得不明不白嗎？一定是那女人強行介入，奪走兩人靈魂。換言之，她就在這裡。」

天使隊長大驚。「美國本土布下結界，像至高靈這樣的存在不可能無法察知……啊！」

「沒錯，她現在一定身處大鹽湖底，我們要請示聖靈大人，馬上包圍大鹽湖。」

◇

經過一日一夜，一排廂型車車隊停在鹽湖城以西八十公里處。當夜，鹽湖城上空的天使來往頻繁，如戰雲密布。

「蘇弟兄，要下車了，情況有變。」利得福拄著拐杖踏出車門，蘇梓我則抱怨了幾句。

利得福解釋：「這是逼不得已，天使聖歌團從月亮降下，包圍大鹽湖了。」

「聖歌團？十二月還遠呢，這麼快就來報佳音？」

「不是這樣，聖歌團是天使的軍隊，每支聖歌團出征時會由一位大天使掌管，七位權天使輔助，七位能天使作監軍，七位力天使作先鋒，並隨七千位天使作戰。」利得福說：「天使聖歌團的天使數雖然不足一萬，但得傾盡舉國之力才能對抗，我們最好不要惹上聖歌團。」

「那我們要離開此地？」

「不行，蘇弟兄要立即前往大鹽湖，那裡有你非見不可之人，這也是唯一的機會。」

蘇梓我疑惑。「剛才你又說天使正在包圍大鹽湖，那個人真值得本英雄冒險闖湖相見？」

「值得。」芭碧蘿插話：「一定是萬鬼之母，我也想見一下她。」

後面廂型車車門打了開來，利家姊弟及其他魔神相繼走來聚在一起。娜瑪聞言驚訝地問：

「為何萬鬼之母會突然來訪人間？」

「無論如何都是得親自拜託蘇弟兄之事，我也是聽從使徒大人的安排，詳細的狀況恕在下無法回答。」

大家對利得福的話都抱有懷疑，就只有利雅言信任她的父親，附和道：「既然事態緊急，我們先動身再說——」

「雅言稍等，」利得福說：「至高靈關係到宇宙的奧祕，並非每個人都能接見；這次聚會她只邀請了蘇弟兄，其他人不便跟隨……當然芭碧蘿大人是例外，我沒有權力阻止。」

夏思思不滿道：「只讓蘇哥哥與這個新加入的女魔同行可不放心，思思也要一起。」

「不行。」蘇梓我說：「妳們留在結界外，當鹽湖情勢有變妳們能立即支援，假如有危險亦能全身而退。」

娜瑪低頭說：「笨蛋，你就沒想過自己會有危險嗎？」

佛爾卡斯亦有擔憂。「蘇大公是我們的命脈，利先生的話可信嗎？」

芭碧蘿說：「你太高估這人類了，此行全是萬鬼之母的指使，他只不過是個傳聲筒的傳聲筒。」

蘇梓我下定決心。「我心意已決，你們先在這裡按兵不動，支援本王。四騎士要好好保護我的愛人們，我去見一下萬鬼之母，很快就回來！」

發生了太多事，萬鬼之母每次都把他喚來喚去，一切似乎都操縱在她股掌之間。或許，這次就是旅途的終點了。

◇

蘇梓我與芭碧蘿飛往大鹽湖，原本整座湖都有新教騎士駐守，但今晚得靠內應的使徒相助，暗中調走了大部分守衛，鹽湖湖畔的修道院目前無人看守。

「那是其中一條通往聖域的魔法大道。」芭碧蘿如此解說，蘇梓我當然聽不明白，只好隨她走進修道院。

蘇梓我對修道院內部一竅不通，反倒芭碧蘿一副瞭若指掌的樣子，甫進內殿就右轉進走廊直奔盡頭。

「那裡是死路啊，難道妳知道路？」

「誰知道這鬼地方的結構，我只是亂走而已。」芭碧蘿說：「不過大鹽湖附近所有的宗教建築都有通道直達湖底，這我倒是有所聽聞。」

就在兩人對答之時，忽然有位修士走來。「你們是誰！為何夜闖本院，騎士大人呢？」

芭碧蘿冷道：「我們要借魔法大道一用。」

「莫非你們就是被通緝的……有入侵者！」修士嚇得面無血色慌忙逃跑。

蘇梓我連忙打算追上，芭碧蘿卻阻止他：「不知道路就只好找人帶路。放他走，他一定會去通知其他人加強魔法大道的守備，我便能偵測出其位置。」

蘇梓我嘲諷回答：「畢竟對方也不會想到入侵者竟然不知道路吧。」

事以至此只能放手一搏，不久教會果然來了增援，蘇梓我亦喚出焚風雙劍，與芭碧蘿在修道院大開殺戒——兩人來到一道與周遭格格不入的金屬門前，芭碧蘿二話不說就隔空粉碎了大門。

「就是這裡了。」

芭碧蘿率先進入，裡頭伸手不見五指，蘇梓我浮現不好的預感。「該不會這次也看不見萬鬼之母的臉吧。」他打趣道。

18

「蘇梓我，你的手是什麼意思？」

「這裡伸手不見五指，我也不知道往哪裡走啊。」

「我知道，我們已經來到大鹽湖的湖底，難道你沒有感覺到自己被湖水包圍？」

「欸？什麼時候、我還能呼吸嗎！」

「你都是神了，何必有這種無謂的擔心。」芭碧蘿續道：「而且我問的是，你的手放在我臀部有何用意？」

「剛才不是回答了？我看不到路，只能靠妳來帶路嘛。反正都是帶路，摸一下屁股妳又沒損失。」

「原來如此，我明白了。」

「嗯！怎麼忽然有蟲咬我，妳的屁股會咬人啊！」

芭碧蘿冷冷回應：「再亂摸的話，下次就砍斷你的手。」

「嘖。」蘇梓我不是滋味地往前走，走了幾步又撞上前面的芭碧蘿。「幹嘛停下來，難道有教會的追兵？」

「已經到了。」

四周緩緩綻放微弱光線，三道黑影出現在蘇梓我和芭碧蘿的眼前——

中間是一位安坐在浮空椅上的女士，一身奢華長衣，頭上插滿繁複金銀頭飾，誇張的腰帶結扣在腰前……這是日本遊廓花魁的服飾？

至於左右兩旁一對中年夫婦的靈魂，男的恭敬地向中間的女士稟報：「這位便是小犬蘇梓我。」

「嗯，妾身已見過此魂好幾次，都認得了。」

蘇梓我探頭仔細察看女士的臉，奈何湖底昏暗，難以看清。

「妳是……萬鬼之母？」

「讓我呼喚你的名字吧，梓我。」萬鬼之母問：「看來你對妾身的容貌相當感興趣？」

「妳為什麼是一身花魁打扮？」

「妾身本就無形無相，樣貌外觀能隨意更改，沒有定數。現在妾身在你的眼中是什麼模樣，就是你的個人主觀所映出。」

「是嗎，不過感覺是美女就算了。」蘇梓我又望向雙親，同樣輪廓模糊，記憶也有點模糊。

「怎麼，太久沒見爸爸，認不出來嗎？」

蘇梓我問：「你們怎麼可以擅自死了？」

「只是想自己選擇死在何人手上。萬鬼之母大人同樣介入了靈魂的循環，把我們帶回來人間，所以她既是殺死我們的人，也是我和你媽媽的恩人。」

果然還是看不清，也聽不清楚，蘇梓我與萬鬼之母和雙親的靈之間有一股距離感。

「妾身明白，此處水深二十尺，縱使月黑風高，但不至於連魔力都無法透視……不過梓我你聽得見湖中的雜音嗎？」萬鬼之母續道：「大鹽湖是孕育生命的特異之地，湖內充滿靈魂，就算靈魂如何微小都會發出他們自己的聲音，如此多的聲音，你自然看不清，也聽不清湖裡的一切。」

好比水中摻雜大量雜質變得污濁，就連光線都無法穿透；大鹽湖充滿靈魂，魔力無法穿透湖水，形成了天然的屏障結界。

「而且靈魂太吵，就連想施放魔法也無法隨心所欲，妾身在這裡的力量也被限制了。」

蘇梓我問：「那妳為何要約我來此地見面？」

「我剛才說的限制對天使亦有效，對聖靈也是，這裡算得上是最安全的地方。雖然天使正在包圍大鹽湖，但一時半刻無法偵測到我們確切的位置，能讓我們長話短說。」

「說什麼？」

「來說一下這個世界的故事，在故事說完後，妾身會給你一道問題，而你要做出抉擇。」

蘇梓我嘆了口氣。「說來聽聽。」

於是萬鬼之母娓娓道來，那是一個關於星辰的故事。

◇

在遠古之初，須動用上以億計量的尺度換算；當時宇宙誕生了一位新的造物主，祂飄流到這個座標，創造了星星作為宮殿，創造了天地大氣海洋包圍星宮。

新造的大地是綠草如茵，天空比如今所見的更加湛藍，海天一色連空氣都充滿花香。在如此美麗的世界，新神又創造了生命讓星星添上生氣：空中展開翅膀能覆蓋半邊天的巨大鳥神，海中能吸乾海水的巨大章魚，地上強悍無比的龍族，確實是個生氣蓬勃的星球。

不過美麗的星星在宇宙中不止一顆，同期還有另一位新神誕生，用人類的稱呼喚作忒亞。忒亞羨慕泰拉的星宮，仿傚泰拉的作法，創造了另一顆不相伯仲的星星。如此一來，雙子星在宇宙中翩翩起舞，但誰都沒料到這支舞卻是滅亡的前奏。

前奏響了幾億年的時日，兩位新神日漸長大，對原先的新世界漸漸感到厭倦，反而更熱衷於互相比拚。尤其是忒亞，祂雖然比較年輕，但好勝心強，朝泰拉逐步逼近；泰拉同樣是孩子氣，不肯退讓，自恃比較強大，便停在忒亞面前擋住去路——

結果忒亞一怒之下撞向泰拉，兩顆星星猛烈爆炸！一顆大隕石撞擊星球尚且令所有生物滅絕，更何況是一雙姊妹星球互相碰撞。於是忒亞的星宮粉身碎骨，泰拉的星宮亦被撞碎了地殼，兩顆星體各有四分之一被扯到宇宙之中。

最無辜的是棲息在星球的生命，瞬間完全滅絕。大地因碰撞變成灼熱煉獄，地核岩漿不斷湧向天空，灰燼火星密布不見天日；海水在一夜之間完全蒸發，三分之一的生物在碰撞間變成白骨，剩下的亦在煉獄中死去，幾億年的創世成果在一夜之間化為烏有。

這是令人痛惜之事，但並不絕望。畢竟泰拉最初也是從虛無中創造出這顆星星，即使如今世界不再適合生命居住，祂仍可用上大能創造天地……理應如此。

在大碰撞後，居於星宮核心的泰拉奄奄一息，已經沒有足夠力量復活這顆星星了。宇宙洪荒中，星星如恆河沙數，泰拉便是其中一顆逝去的星星，只不過連同幾萬生命及姊妹星忒亞消失罷了……

當然，如果可以選擇的話，還是不想就這樣死去，就算是造物主也是不想死的。

「把它復活吧。」

星星的核心內有一道聲音告訴泰拉，原來忒亞的星宮雖然損毀，但忒亞自身卻陷入了泰拉的星宮的核心；同一顆星星住了兩位造物主，這是大碰撞之後意料不到的結果。

既然獨力難以復活，加上忒亞的話應該就辦得到。至少祂們都不想死，泰拉和忒亞便因此交換了約定，重建這個地獄般的世界。

19

「故事的前半部是個悲劇吧？」漆黑湖底中萬鬼之母安坐說道，湖水波光偶爾投射在她奢華的衣裳上。

蘇梓我想走近她，卻被不知名的力量擋住，只好站在原地反問：「泰拉和忒亞的故事，即是『世界』和『深淵』的故事？」

雖然看不清萬鬼之母的樣子，但她的語氣非常平靜：「你說得對，稱呼不同，只因人類不知道星星真正主人的名字，畢竟『世界』和『深淵』無法與下等生命接觸，人類從來未能窺探過主人的面目。」

萬鬼之母繼續說著故事的下半部。

「世界」和「深淵」在創造星星後，就潛藏於自己的宮殿內——換作人類語言即內核，並像隔著金魚缸般欣賞自己的世界。

有時祂們會覺得無聊，便創造一些生命放到星星上點綴魚缸；但祂們從來都不會親自干涉星星上的生命，除了有失身分，這種行為也不被允許的，造物主與眾生本就不是同一次元的存在。

唯一的解決方法就是以自身靈魂作為材料，創造自己的代理人，即是至高靈。至高靈之所以至高無上，正是因為他們是造物主的分身。

結果「深淵」創造了聖主，「世界」創造了萬鬼之母，一個星球之中住了兩位造物主，造物主利用祂們的至高靈來加速拯救這奄奄一息的煉獄星球。

首先是聖主，聖主是「深淵」的代理人，擁有在這顆星球之上至高無上的大能，只用了七天時間便創造出天地、生命和文明。

至於「世界」則採用另一途徑復活這顆星球。祂創造了地方諸神、原初神器，並放任眾神在地上自由發展各種文明，百花齊放、繽紛璀璨。

當然「世界」也創造了至高靈，但她被安排到了星星的深處——換作人類語言即是「外核」，並讓她寄生在靈魂循環的盡頭，建立鬼界淨化地上眾生。

換言之，聖主在地上導人向善，萬鬼之母則在地下循循善誘；雖然兩者方法不同，但都是相同的出發點，而且互相合作使星星奇蹟般地迅速復元，我們才得以看見今天這繁盛的景象。

所以前半部的悲劇會有一個好結局嗎？錯了，所有悲劇發生前都是充滿喜悅，所有戰爭發生前都充滿和諧。我們的星球急速成長，文明崛起，滿心以為要安定下來之際，「世界」和「深淵」卻忘記了重要的事。

幾億年前「世界」和「深淵」因為大碰撞後的衰弱，自量不足以復活這顆星球，因此才彼此合作；但當星球充滿生命，「世界」和「深淵」都恢復了力量，一顆星星根本無法容納兩位造物主，最終必然導致星星的所有能源被消耗殆盡、枯竭而亡。

結局「世界」和「深淵」不可能共存，必須消滅其中一方，戰爭在所難免。然而造物主無法跟眾生開戰，「世界」和「深淵」均不能吞掉對方，要解決對手的唯一方法就是代理戰爭①。

聖主是「深淵」的代理人，祂明白當前危機，馬上就向諸地方神開戰。萬鬼之母雖是「世

①代理戰爭係指兩個敵對國家不直接參加的戰爭，用第三者來代替自己打仗。

界」的代理人，但「世界」不希望萬鬼之母干涉地上，於是她只能留在鬼界，見證戰爭的始末。

這就是天魔戰爭的真正意義，地上只有聖主知道，就連地方眾神都無法理解為何聖主執意殲滅他們，更何況是人類。

天魔戰爭的終局，聖主一方贏得慘烈勝利，地方神被迫逃遁地下，萬鬼之母便安頓他們於鬼界相鄰——用人類語言來說即地函，之後被喚作魔界。

其實萬鬼之母最初只想讓地方眾神在魔界平靜逝去，與「世界」一同步出舞台，把星星主人的位子讓給「深淵」；卻萬萬想不到，聖主一方勝後慘遭被人類出賣，趁聖主最衰弱時三分聖體，並創立教會，挾聖主以令天下。

真是愚昧的人類，妄想取代神的位子。確實人類對諸神研究得很透徹，這兩千年來人類的文明突飛猛進，但其實這是「世界」和「深淵」日漸衰弱的影響。人類改變了天魔戰爭的勝負，神族的身影逐漸消失；人類消耗了神的命、星的命，才有迴光返照的蜃樓盛境。

「自天魔戰爭後，教會主宰世界近兩千年，期間教會內戰的歷史相信你已耳熟能詳，妾身就不多說了。不過就算聖教和正教能支配聖子、聖父，唯獨聖靈是至高靈的核心，人類無法傷害半分。聖教傳至新大陸，聖靈慫恿美洲教徒救出自身，從聖教獨立、創立新教，聖靈才終於重獲自由，重新推動第二次天魔戰爭，要名正言順地肅清所有惡魔和異教子民。」

萬鬼之母又說：「泰拉和忒亞分別是拉丁語中的『地球』和希臘神話的月亮之母。幾億年前兩者相撞，其碎片殘骸重新於十三重天外匯聚成今日的月球，所謂月亮之母便是這意思。如今天使再次佔領月球，正在蒐集忒亞殘餘的力量，試圖進攻地球。這就是我們正面臨的狀況。」

故事終於暫告一段落，蘇梓我站得有點疲，抱怨道：「真是冗長的故事，所以妳是想要我做什麼？」

「首先妾身想聽聽你的想法，你認為『世界』和『深淵』，誰比較適合當星星的主人？」

蘇梓我爽快回答：「天使那群混帳外星人侵佔我的家園，當然要把什麼『深淵』趕走，把聖主轟回去外太空。」

「原來如此，這是你發自內心的意見？」

蘇梓我卻很快地否認：「坦白說本英雄才不管這麼多，只要天使對我不好，我便加倍奉還；惡魔搶我的女人，我就搶走魔界的美女。當然，如果妳可以陪我一晚，我肯定會幫妳趕走那些天使——」

「哈哈！」蘇父忽然笑道：「看來我們的教育很成功。」

「你這混蛋老頭想說什麼……」

「沒什麼，只是把星外生命驅逐想得如此簡單，很令人困擾。」蘇父沒把話說完，萬鬼之母接著說：

「沒錯，因為『世界』正是忒亞，我們才是侵略這顆星星的外敵。」

20

「說得對，你們才是侵略者。」一直沉默的芭碧蘿冷笑道：「天使驅遂你們，合乎義；你們月族鳩佔鵲巢，才是不義，還裝什麼大義凜然的樣子，看見就想作嘔。」

蘇梓我問：「說回來妳也是至高靈啊，為什麼剛才萬鬼之母說的故事沒聽到妳的名字？」

芭碧蘿說：「我不但是至高靈，更是這顆星星上第一位至高靈，與深淵大人的關係亦是至親。在創世之初，深淵大人因為太過苦悶就創造了我相伴相隨，每晚侍奉深淵大人就寢，直到大碰撞的一刻。」

芭碧蘿把「深淵」創造自己的原委說了出來，還有大碰撞發生以後的事。當時她和「深淵」都極其虛弱，加上芭碧蘿本就不是設計用來主宰大地的神祇，於是「深淵」便創造了第二位至高靈──亦即是聖主，替「深淵」重塑世界。

「但自那天起，我就被深淵大人拋棄了，甚至因為深淵大人體虛力弱，無法再與我交合，我便被流放至鬼界，無處容身。最後亞巴頓將我帶回魔界，也是不久前的事情而已。」

蘇梓我說：「所以妳無法憎恨『深淵』，就選擇憎恨『第三者』的聖主，女人真可怕。」

「但現在只有聖父、聖子、聖靈。前兩者已失去自我意識，我的目標只有後者，這也是我利用亞巴頓的原因。」

「那頭野獸長得那麼醜，只會破壞又殺人如麻，別管他了，以後妳跟隨本王就好！」

「我拒絕。」芭碧蘿回答：「無論人類如何，又或者星星會變成怎樣都與我無關，我只想殺死聖靈，給深淵大人還以顏色。」

蘇梓我在腦海中整理一頓，道：「大致的來龍去脈我明白了。簡單來說，『世界』是月球前身母星的主神，而『深淵』則是原本地球的主神。但兩顆星球相撞，月球母星粉碎，並與地球的殘骸重生整合成為現在的月球，是一顆沒有主神居住的死寂星球；而地球住了兩位主神，一山不容二虎，在互相利用完後，就只能拚個你死我活。」

地方神、後來的惡魔、萬鬼之母，全部都是「世界」的陣營；至於天使、聖主、芭碧蘿，則屬於「深淵」的陣營。

「奇異生物呢？」蘇梓我問：「牠們本質與天使有點相近，所以都是『深淵』創造出來？」

芭碧蘿回答：「牠們都是第一代的古神，與我相同，皆創造於大碰撞之前；但經歷大碰撞後身體殘缺，能力大不如前，同樣被棄置魔海之外。只是經過這麼多年，力量復元了，現在也將成魔界大患吧。」

蘇梓我罵道：「想不到那些觸手妖怪大有來頭，真可惡。」

「當時深淵大人滿腦子都是性愛，所以創造出來的古神都滿身觸手；當然我還是深淵大人專屬的玩偶，那些奇異生物也無法碰觸我，得物無所用就是。」

蘇梓我又問：「那麼人類呢？人類本來又是哪一邊的陣營？」

這次是萬鬼之母回答：「看是哪個文明的人類。假如是地方神所造的人，例如南美的玉米人，那就是『世界』的人；若是聖主所造，尤其是閃族人，則屬於『深淵』。只是經過幾千年來文明的交流，兩邊的血緣早已混雜，你就是一個活生生的例子。」

蘇梓我神色凝重問萬鬼之母：「此話何意？」

「凡是屬於『世界』的子民，其右手手背會烙上『世界』的印記；凡屬於『深淵』的子民，其右手掌心則會有『深淵』的印記。兩者分別就是教會所說的『獸印』和『聖痕』了。」

「慢著！」蘇梓我問萬鬼之母：「妳是說，我之所以同時擁有獸印和聖痕，全因為我是個雜種？」

「不是普通的雜種，是最出色的雜種。如今地上大部分的人類都同時擁有兩個印記，但一般來說不容易察見，畢竟這些烙印只是供『世界』和『深淵』記錄祂們的子民罷了。不過當烙印一連結上星星的力量，便會浮現出來，你過去應該曾遇過，例如瑪格麗特，她跟你一樣都是我們觀察的對象。」

蘇梓我說：「不行！這樣本英雄引以為傲的印記，就從傳說級變成路邊貨，實在令人不爽。」

「就算你手中的烙印並不特別，但你能召喚撒旦的力量就已是絕無僅有——因為你沾了撒旦的血，而且駕馭了撒旦的罪。」

蘇梓我不明所以。「別又在故弄玄虛了，直截了當地說吧。」

萬鬼之母問：「還記得去年夏天，有個神祕人在你手上釘下鐵釘之事嗎？是他讓你沾有撒旦之血，但那個人不是撒旦，而是撒旦的獨生子路西法。他這麼做，目的就是要找出合適的人選來救出撒旦，那個人就是你。」

萬鬼之母續道：「你的雙親也有參與，就是他們極力說服我等，要求讓你擔此重任。畢竟你是他們的精心傑作。」

「救出撒旦？究竟發生什麼事，牠現正身處何地，為何要拯救牠？」

「撒旦是唯一倖存的古龍族，即是大碰撞前就已在這星星上生活的龍族，力量非比尋常。縱然牠本來是『深淵』的陣營，但因為蘇萊曼的勸說，倒戈加入『世界』陣營，是阻止聖主殘殺人類的王牌。」

可惜撒旦率眾神逃遁魔界之後，牠發現魔界瘴氣比起想像中更為可怕；尤其經歷了天魔戰爭，地上兵荒馬亂、人心喪失，連萬鬼之母都無法完全淨化靈魂，以致魔界充斥瘴氣使生靈瘋癲。撒旦只好以自身作為祭品，囚禁自己於樞罪之獄，吸收七大罪，減慢眾神墮落的速度。

「但經過了三千年也差不多到極限，惡魔開始喪失神性，就像亞巴頓那樣。他們畢竟只是普通的地方神，無法像妾身一樣包容樞罪，最終反被樞罪凌駕。」萬鬼之母說：「不過亞巴頓之流不足為敵，妾身最擔心的還是撒旦，一旦撒旦失控，這顆星星便將陷入萬劫不復，最終不論是『世界』或『深淵』，都要跟星星一同陪葬。」

此時蘇父插話：「因此我們需要有個能駕馭所有罪惡的人，進入樞罪之獄救出撒旦，對抗聖主，消滅『深淵』，拯救星星。這是你的任務，梓我，這就是你存在的意義。」

21

同一時間，在蘇梓我頭頂幾十尺外，大鹽湖上空已聚集了大批天使。天使數量比晚空可見的繁星更多、更亮；領頭的是天使長加百列，與她同行的除了數名權天使、力天使，還有一位剛剛復活不久的能天使──「神的速度」卡西爾。

遙想昔日天魔戰爭，卡西爾便是加百列的最強副手，手執能引發地震的雙手巨劍，伴隨加百列東征西討。如今復活，又能再次與加百列並肩作戰，他難掩喜悅之色，揮劍大喝，與深謀遠慮的加百列正好是互補的組合。

更重要的是，卡西爾傾慕加百列，便自告奮勇道：「加百列，只要妳一聲令下，我馬上用暴風吹走大鹽湖的湖水！」

加百列冷靜地回答：「不可以，大鹽湖是新教會的聖地，要盡量將破壞降至最低。現在命你親自領軍潛入北邊湖底，我會再分派其餘天使在東、西、南三個方向布陣，以十字結界鎖定萬鬼之母的位置。」

「末將領命！」卡西爾雙手緊握巨劍在湖面劃了一圈，身後天使軍隊整齊拍打翅膀，湖水漸漸左右分開去路，先鋒軍隊便紛紛投身進入湖下，為戰爭揭開序幕。

◇

「妾身的鬼卒被識破了。」

萬鬼之母淡然說著話的同時，頭頂湖水波濤洶湧；更有魔法砲彈轟炸湖面的巨響，就連湖底大地亦感到搖晃。

蘇梓我問：「這樣還安全嗎？還是讓本英雄去教訓一下那些天使。」

「不，請先讓蘇先生把話說完……」

蘇父說：「梓我，一直以來，我們栽培你成為能駕馭萬惡的人，尤其是七樞罪。不知不覺間，你征服了阿斯摩太的『色慾』，收編『貪婪』的瑪門於旗下，奪去白龍伊琳娜的『傲慢』，收服聖瑪格麗特的『憤怒』，戰勝貝爾芬格的『怠惰』……七宗罪你已凌駕五罪，只剩下『嫉妒』和『暴食』。」

蘇梓我聽父親一說才意識到此事。他始終與色慾的相性最好，尤其又有娜瑪在身旁，不知道手背的獸印已將近完美。

蘇父續道：「剩下兩罪，『暴食』屬於巴力西卜大公，以你現在的實力要征服希伯侖已經沒有問題，我並不擔心。」

蘇梓我問：「那『嫉妒』又如何？」

「縱然天下間滿是嫉妒，卻群龍無首，皆因『嫉妒』藏於末日巨獸的利維坦體內。」蘇父說：「當末日號角全部響起，空中的巨鳥席茲、地上的巨獸貝西摩斯、海中的巨蛇利維坦就會分別毀滅天地海三界，結束世界文明。」

「所以我要設法找出利維坦的下落，吸收嫉妒、凌駕嫉妒……」

——在這之前，你們統統必先成為死人！

湖底頓時放大光明，眾人頭頂已被天使重重包圍！當中有高貴的加百列，還有勇猛無雙的卡西爾帶著巨劍逼近。

卡西爾繼續斥喝：「萬鬼之母和惡魔首領蘇梓我，大鹽湖就是你們葬身之地！」

蘇梓我抬頭冷道：「還以為是誰這麼大口氣，原來是區區只有四翼的天使，可笑。」

「下賤惡魔你胡說什麼！」卡西爾打算拔劍相迎，卻被加百列阻止。

「按原本計畫行事。」加百列吩咐身後天使：「把天使的魂水杓和魂水盂拿來。」

權天使為加百列獻上一雙白銀容器，器上鑲有魔法寶石，不但放出淡然聖光，舉在湖中更發出微弱的神聖耳語，聲音直傳腦袋。

加百列左手提盂，右手持杓，優雅地說道：「無知的人類，身為主的僕人卻選擇背叛，本想親自取你兩人性命及靈魂，沒想到你們先行輪迴想避過劫數；可惜天網恢恢，總算在魂飛魄散前找到你們。」

加百列警告的並非他人，正是蘇氏夫婦。接著她高舉魂水杓旋轉，捲起漩渦；漩渦從天使的右手一直延伸向蘇父蘇母，化成神聖之手抓起夫婦之靈——夫婦倆的靈魂居然扭曲變形，變成條狀被吸進魂水盂中！

「新教徒叛教的下場就是如此，他們的靈魂早就賣給天使了。」加百列的目光轉移到蘇梓我與萬鬼之母身上。「接受聖靈的制裁吧。」

22

深夜時分，鹽湖城近郊卻燈火通明，家家戶戶都亮起燈來，收音機的廣播聲驀地打破了晚上的寂靜。

大概所有人都在關注著大鹽湖上空的天使動向吧。突然間幾千名天使砲擊大鹽湖，轟炸聲此起彼落，湖面彷彿正在燃燒，方圓百里的民眾不是祝福天使就只能祈禱自己平安，總之沒有一人能安睡。

至於娜瑪等人留守湖外公路，不停嚷著要思思用預視術察看戰況——

「只能看到湖面狀況，水底下什麼都看不見，魔法無法透視湖水。」夏思思無奈地說。

佛爾卡斯則觀察火勢，嘆道：「這場火把天空燒成血色，不妙啊！一定有血源的災禍，是大天使的詭計。」

埃力格說：「閣下的火占術神機妙算，如今蘇大公有難，我們該如何助大公逃離險境？」天使帶來整支軍隊，反觀娜瑪一行人卻勢單力薄。

「但並非絕望。」利得福對夏思思說：妳是阿斯塔特吧？這些日子我和蘇氏夫婦到處蒐集神器作為古神研究之用，其中有些收藏在附近一座地窖內。如果妳願意相信我，我可以帶妳前往地窖，裡面珍藏了一件神器很適合妳，也只有妳能解除該法寶的封印。」

夏思思半信半疑地問：「那是怎樣的法寶？」

「獅子——」

但利得福的話被嘈雜的引擎聲蓋過，此時高速公路對面有一隊裝甲車正在逼近，車上全是新教會的特殊部隊，所有人都配備白銀子彈和槍械；戴上戰術頭盔後，每個人都看不到臉，失去自我，只是一支執行指令的殺戮部隊，被稱為「地上的天使」。

「城西探測到異樣魔力波長，並正往森林移動中。」

指揮的將軍透過頭盔耳機，傳達指令給所有隊員：「那些人肯定就是蘇梓我的同黨，所有隊員更新座標，準備往該處發射直徑一百公里的干擾聲波，封印那些惡魔的妖術。」

「倒數前五秒……三、二、一，成功把惡魔圍困在森林了！」

「來嘗嘗現代科技的威力吧。」將軍繼續傳令：「第一小隊從公路正面突入森林，第二小隊從東側掩護，第三小隊則負責堵住目標退路……」

新教的特殊部隊不消十分鐘便已包圍目的地，準確擒下蘇梓我的黨羽。

「不會妖術的惡魔不足為懼，行動！」

五十人的特殊部隊闖進森林，卻馬上迎來魔箭亂攻，頓時死了一半的人。負責指揮第一小隊的隊長驚道：「不可能，明明已經封印了惡魔魔法才對。」

「觸怒思思可是罪無可恕喔。」

突然傳來獅吼巨響，震耳欲聾！然後見巨獅與巨蟒在地上蹂躪，夏思思站在兩匹巨獸中間妖艷笑著，用魔箭把所有敵人統統殺死。

那是伊絲塔的七光盔甲，阿斯塔特的銜尾蛇，還有伊南娜的獅子。

伊南娜的形象一向與獅子相隨，但萬萬想不到原來蘇梓我雙親遊歷天下，於各地朝聖，為的就是蒐集各地文明的古物，而地窖的收藏居然還有古代世界七大奇蹟之一的巴比倫城牆——伊絲塔城門。

伊絲塔城門刻有巨蛇、巨獅，那頭獅子就是巴比倫之獅，同時沾有伊南娜古神的神力。

夏思思的三相神終於圓滿了。

「所以思思這邊已經不用擔心了，不知蘇哥哥那邊狀況如何……」

23

「蘇梓我，你無惡不作、作姦犯科，今晚湖下就是你的葬身之處，死後跟你父母一起向聖主懺悔吧！」

加百列浮空在湖心上，黃金長髮飄逸，整個人水靈秀氣、高貴典雅，甚至有神聖不可侵犯之氣場。而蘇梓我被加百列和她手下天使步步緊逼，父母靈魂更被奪走，惶惶然不得安寧。

「天使美女，」蘇梓我斥道：「難道妳是想用我家兩個老人來威脅我就範嗎？我可是對他們兩人的生死毫不在乎，更何況他們本來就已是死人，於我無用。」

「我並非要用雙親來要脅你，我反而要賜他們永生。」

加百列平和地微笑，卻令蘇梓我不寒而慄——

無數聖光從不同方向映照加百列手中的魂水盂，加百列閉眼喜道：「如今聖光淨化惡魂，我奉聖主之名要賜蘇氏夫婦天使的翅膀，成為聖主的尖刀！」

「原來如此。」芭碧蘿冷眼道：「這就是天使的智囊，加百列天使長的思惑，她要用血源的咒縛來對付蘇梓我。」

「沒錯。」萬鬼之母平靜地說：「加百列打算把蘇氏夫婦變成天使，授予天倫的結界，不讓兒子背叛，藉此用來對付梓我。若此計成功，蘇梓我將有難……」

魂水盂內的靈魂鼓動，彷若重新注入生命，同時萬鬼之母依舊安坐浮椅緩緩說著：「可是加百列說錯了一句話，你並沒有趕在靈魂循環前捕捉到蘇氏的靈魂，事實上蘇氏夫婦已經綁魂重生，就差神力眷顧罷了……」

說著同時，魂水盂中靈魂翻騰，白銀杯猛地搖晃，邊緣出現裂紋，盂底接著粉碎！

兩柱長形巨大生靈從碎片冒個不停，無法測量長度，但直徑則超過兩尺，像是不斷生長的巨大白光蚯蚓！眾天使面色俱變，只有萬鬼之母輕聲繼續說著。

「在聖主創造世界的第五天，祂創了末日巨獸用以控制子民，或打算在最終審判時清除異己。末日巨獸有四隻，巨鳥、巨獸各一頭，巨蛇是一對……」

一雙白光蚯蚓放緩了生長，但落地時巨大身軀已大得足夠圍繞大鹽湖數圈。接著身體漸漸長出鱗片，蓋過肉身放出的白光，始見真面目。

「利維坦，」萬鬼之母解說：「與其他巨蛇不同，利維坦是半鱷半蛇，鱷頭的血盆大口拔動山河，利齒削鐵如泥，鱗片刀槍不入；普通巨蟒只依仗巨軀勒死獵物，利維坦的鱷頭卻能輕易咬死世上任何生物……」

加百列與卡西爾等天使向後迴避，紛紛拔劍與兩隻海蛇對峙。

「正因利維坦力量過於強大，原本聖主造了雌雄一對，但後悔了，怕牠們繁衍後代反過來毀滅世界，於是祂用劍殺死其中的雄蛇，只留下雌蛇作僕……」

加百列大喝：「利維坦失控了！那賤人先行一步將蘇氏夫婦的靈魂轉生成為利維坦，對天使重生出現了排斥現象，天使的祕法無法控制這兩個怪物。你們趕快把利維坦殺死，以免牠們被『世界』利用！」

於是卡西爾充填天使神力，全身發光，四翼齊發衝往其中一頭利維坦！利維坦見狀則張開鱷頭大口，吸水成漩渦把卡西爾引到面前——

千鈞一發之際，卡西爾雙手揮舞巨劍試圖以水龍捲轟擊利維坦；卻沒想到大鹽湖湖水的生靈濃度太高，魔法神力無法有效運行，就連咒語都被湖內的生靈雜音干擾，風暴威力無法正常發揮。

反觀利維坦無需魔力，本身擁有巨大力氣，咬破了卡西爾轟出的水龍捲，更差半分就吞掉天使頭顱，卻被卡西爾驚險躲開。

「不好，這裡不利我們作戰。」加百列喃喃道：「大鹽湖封印了聖術，水中更是利維坦的主場，一雌一雄更難以殺死。卡西爾，你們馬上退兵返回湖上重新組織包圍網，我們再靜觀其變。」

卡西爾不服。「只要再給我機會，我就能殺死那兩個怪物！」

「沒有聖術，你如何殺死比你力氣強大的巨蛇？這是軍令。」

「可恨！奸狡的人類我回頭再來殺光你們。」

——吼吼吼！一對海蛇則朝著正在撤退的天使咆哮，嚇得眾多下階天使破膽而亡，利維坦不戰而勝。

蘇梓我則呆愣望著巨蛇，自言自語：「『嫉妒』的利維坦……」

芭碧蘿則笑道：「居然能找到利維坦的聖髑，配上人類的靈魂重生。」

「是在紅海的一對鱗片。」萬鬼之母說：「這兩片聖髑就是蘇氏夫婦最後找到的神物，而研究結果亦如你們所見，他們自身是最適合轉生成為利維坦的生靈，適性相當高。」

「吼吼……」

一雙海蛇稍微安靜下來，回頭望向蘇梓我；身軀比蘇梓我巨大百倍，蘇梓我站在巨影前說：「只要我能把利維坦收編，就能取得第六大罪的魔力吧。」

但萬鬼之母輕輕搖頭。「這樣還不夠。第一，利維坦是沒有人性的獸物，除聖主以外不會聽從他人吩咐；第二，梓我，你的覺悟還不夠。」

「什麼覺悟？」

「若闖進樞罪之獄救出撒旦，你必先身負萬罪，淩駕萬罪。」

蘇梓我默默盯著萬鬼之母，萬鬼之母答：「弒親之罪，這就是最後的覺悟。」

「妳是認真的？」

「還記得你問過蘇先生為何擅自死去，他回答『只是想自己選擇死在何人手上』嗎？動手吧。」

一對海蛇依舊低吼打量著蘇梓我，此時湖底深處是寂靜的。

24

蘇梓我嘆道：「嫉妒啊……真是可恨，令人嫉妒。」

芭碧蘿一副事不關己地在旁看戲，萬鬼之母則安坐椅上，莊嚴問道：「梓我，這是關乎這顆星星存亡的選擇，『世界』和『深淵』只能活其一。當然你能選擇放棄，放棄人類的文明，成為天使的僕人。這未嘗也不是件好事，妾身不會阻止你。」

「夠了。我嫉妒你們天神聖靈能為所欲為，人類只是按照天上寫的劇本演戲……芭碧蘿說得對，我們這些金字塔底層的存在沒有選擇。」

蘇梓我的眼神頓時充滿能量，其決心刺激了利維坦牠們的本能——一雙海蛇「轟隆轟隆」挪動巨軀，水裂地崩，整個湖心都在震動，湖中的微小生靈嚇得慌忙四散。

蘇梓我續道：「兒子也是按著父母的劇本走，但這也是最後一次了。從此以後，我蘇梓我再不會依從誰的想望行動，就算是天地鬼神、星星宇宙，再不能操縱本王的意志——」

殺氣冒出，同時三方的眼睛都照出殺氣，而一對雌雄海蛇向蘇梓我張開血盆大口，準備吞食一切！

亂流中，蘇梓我召喚出弒君之鐮——昔日克洛諾斯殺死烏拉諾斯的聖武具，他將其化作大鐮，準備斬斷血源。

湖面上，加百列退回湖上重整旗鼓，同時湖心翻起巨浪，深夜不得安寧。卡西爾對加百列說：「終於開打了。雖不甘心，但我想利維坦會替我們殺死那人類吧。」

「為何這樣想？」

「那海蛇在鹽湖佔有地利，魔法不得要領，那鬼婆娘定是看準此原因才在湖中復活利維坦！末將單靠蠻力贏不了牠們，天使全軍進攻又怕死傷太多，所以我們才被迫撤退，想必那黃毛小子也無從下手。」

「卡西爾，我們是太過輕敵才被迫撤退湖面。既然化身利維坦是那些人類的詭計，想必蘇梓我一定能殺死利維坦，這局面不是我們所樂見。」加百利命令道：「立即布陣準備迎擊，不能讓蘇梓我和他的同伴離開此地，若能把萬鬼之母一併殺死更好——」

語音未落，湖底忽綻白光，同時巨獸的悲鳴在湖上迴盪！湖上的星星倒影化作魔獸屍骸的磷光，緩緩升向夜空，頃刻間烏雲密布，巨大的靈體遮蔽了星空。

卡西爾大驚：「不可能！連我都無法戰勝的巨鱷，那人類怎麼可能在幾分鐘內就殺了一雙？不可能啊。」

只見湖心劃出了倒五芒星的魔法圓陣，橫跨百尺，巨大魔力一湧而出，蘇梓我手握著染血巨鐮，乘著浪與芭碧蘿一同躍出！

蘇梓我冷冷道：「真是死纏不放的天使。」

加百列斥道：「蘇梓我，你這十惡不赦的禽獸，居然連自己父母都殺死，果然是沾有『野獸』之血的邪靈！」

卡西爾同喝道：「我們要殺死蘇梓我與他的同伴，如宰殺撒旦魔族一般！天使們，投槍！」

夜空以銀槍代替星星閃耀，交聚在蘇梓我與芭碧蘿中間；蘇梓我用鐮刀截下標槍，卻根本斬之不盡。

芭碧蘿問蘇梓我：「怎麼辦？對方天使六千有餘，又有能天使、權天使、力天使等各七名，就算撒旦在這裡，恐怕也打不過如此數目的天使喔。」

蘇梓我遂以預視洞悉夜空天軍布陣，發覺對方一團亂，是突破的好機會。

「但就這樣逃走，太過便宜那些天使了。」

蘇梓我展開六翼，如同逆行流星在亂軍中撲向天使主將的加百列！其餘天使將領措手不及，眼睜睜看著加百列暴露危機之下——

「絕不讓你傷害加百列大人！」

卡西爾不負「神的速度」之名，同樣以迅雷之勢拚上雙手巨劍，與蘇梓我的大鐮相擊、爆炸，劍刃間轟出爆風，把腳下湖水推翻數尺之高。

「再吃我的風暴吧！」卡西爾毫不留情，或說已經等了決戰的機會很久了；四翼閃電轉身，一劍牽引風雲劈向蘇梓我脖子——

卻見大鐮刀刃搶先從眼底劃出，一陣涼風襲過，卡西爾的頭顱撲通一聲掉進湖底，天使的身軀遲了幾秒才墜下。

「卡西爾！」加百列大驚，但身為主將不能輕舉妄動，只能退後讓其餘天使掩護自己。

「左、中、右軍一起包抄，誓要替卡西爾報仇！」

雖然蘇梓我殺得快，但天使亦趁他大開殺戒時完成布陣，重重包圍他與芭碧蘿。布陣完後，每個天使身軀變大數倍不等，眨眼間，天使的包圍網竟變得密不透風，就連芭碧蘿都默默移動到蘇梓我背後尋求保護。

「天使放大身軀代表準備用盡全力拚死一戰，我可不想在這裡與區區的加百列同歸於盡。」

「嘖，錯過了剛才的機會就很難再殺死她，只能殺出重圍逃走……嗯？怎麼會有教會的裝甲車高速接近。」

南方湖畔那邊接近的裝甲車屬於新教會的特殊部隊，車頂之上還配備了聖機槍，是專門用來獵殺神魔的火砲——

砰砰砰！聖機槍二話不說掃射湖上天使，射程可達六百尺外，火花紛紛四起。

同時紫雷轟頂把天使之陣打出一個缺口，娜瑪飛到天空大喝：「蘇梓我！你還站在那裡幹什麼？難得本小姐前來相救，你別擅自給我死掉啊。」

蘇梓我大聲回應：「真囉嗦的女僕，妳還是先顧好自己吧。」

天使之陣以神聖之數「七」隊組成，環環相扣，馬上又有另一支力天使的先鋒率兵企圖制伏娜瑪——

但有兩頭巨獸赫然擋在天使面前，一頭是巨獅，四腿奔馳星空，衝鋒陷陣，把天使撞飛；一頭是巨蟒，噴出毒霧籠罩天空，隨風破壞天使布陣。

蘇梓我喃喃道：「沒見過那頭獅子呢。」

芭碧蘿回答：「巴比倫之獅，跟烏洛波羅斯一樣，是阿斯塔特的寵物吧。」

「沒錯！思思來助陣蘇哥哥了！」夏思思硬闖敵陣，千軍萬馬中撲到蘇梓我的懷抱，卻不察混戰中天使橫刀撲出，嚇得她愣在當場——

豈料有另一個思思從天空一腳踢飛來犯天使，第三個思思則使黑霧化成長槍刺穿天使心臟！

「真危險。」「真危險。」「真危險。」

「幾小時不見，妳怎麼細胞分裂了？」蘇梓我翻白眼問。

三個夏思思同聲回答：「嘻嘻，才不是那樣。不過現在思思已經是完全體，由我來保護蘇哥哥離開此地吧。」

「乘坐妳們帶來的裝甲車？」

「對，蘇哥哥的騎士也在保護車子，而利姊姊則在操作機槍，很威風呢。」

「雅言？」雖說她在必要時亦會勇敢迎戰，但蘇梓我實在不放心利雅言走上戰場，立刻瞧看湖邊的裝甲車……

不好的預感，裝甲車上的利雅言突然心生一念，公路遠處有天使摸黑放出白箭從背後偷襲！

她回頭一看，雙眼睜大——

只見白箭燒成一團蒼火化成火星消散；雖然不可思議，但這正是本應不復存在的聖火之力。

「跟思思奇奇怪怪的新招數一樣，我們都成長了。」

25

夜空仍然是刀光劍影，蘇梓我、芭碧蘿、娜瑪，還有三個夏思思集合起來，六人背對著背，互相掩護，一邊大開殺戒，一邊突破重圍移近湖畔。然而天軍之數是蘇梓我等人的千倍，蘇梓我砍一個，娜瑪轟殺另一個，卻仍是殺之不盡；已經奮戰十多分鐘，眾人還是寸步難行。

再者每位天使身軀都增大數倍不等，力氣亦倍增；一名天使身穿白銀盔甲，手持六尺長的大斧，迎面就劈在蘇梓我頭上——

「鏘！」蘇梓我單手緊握大鐮攔下巨斧，左手再投出佩龍短斧穿其甲、焦其體，將天使殺之。

「但再這樣下去也不是辦法，有沒有砰砰砰就能殺死所有天使的魔法？」

戰況相當不樂觀，畢竟每位天使都非等閒之輩；即使夏思思的巨蟒平時所向披靡，但在巨大的天使兵團面前亦陷入苦戰，巨大身軀已佔不了優勢。

娜瑪說：「讓本小姐出馬吧。」

語畢，娜瑪便彎腰俯身，散發夢魔魅惑魔瘴，以迷惑術擾亂天使說：「趕快來當本小姐的下僕吧，哈哈哈哈！」

接著真有幾名天使的羽翼漸漸染黑，動作也變慢，變得不知所措——

「嗚哇！」娜瑪吃痛叫道。

蘇梓我大力敲打她的頭罵道：「妳這傢伙竟敢在主人面前色誘其他男人！」

「這是破敵之術！」

「不行不行，我要封印妳的迷惑術。」

「人家可是夢魔呢。」

此時夏思思則往湖岸拋出太陽神的「七光」，光球擠走天使，凌空架成橋梁連至岸邊。

「蘇哥哥、小娜娜，既然天使殺不完就只好逃跑了！」

沒錯，現在逃命要緊。夏思思拋出的光芒刺盲了天使們的眼睛，蘇梓我便趁亂飛行，卻引來加百列的辱罵：「無恥之徒，你殺了父母後就落跑，還敢自稱什麼英雄？」

蘇梓我突然止住腳步，同時湖上傳來「嗚」聲巨響——陣陣高亢洪亮的號角聲響起，湖上有天使忽然獻唱聖詩，歌聲渾厚有力，不但震動湖面，更是撼動人心。

「哇啊啊！」「哇啊啊！」「哇啊啊！」

三個夏思思立即掩著耳朵痛苦大喊：「很可怕的歌聲，是攝魂的歌聲呢！」

就連蘇梓我也感到心臟一陣壓迫，只有芭碧蘿若無其事地說：「天使的噬魂術一般只對弱小生物有效，但現場千名天使互相共鳴，效果就是千萬倍。我猜阿斯塔特和阿斯摩太也無法承受此術。」

畢竟天使人多勢眾，蘇梓我問芭碧蘿：「妳看起來沒受影響呢？」

「哼，我可是至高靈，位階於天使之上，他們用來收魂的法術動不了我。」

「那妳有何破解之術？」

「好吧，就當賣一個人情給你們。」芭碧蘿輕彈玉指，頃刻一片靜寂，戰火聲化為虛無。

蘇梓我感到奇怪，開口欲問卻發不出聲，而芭碧蘿的聲音直接在他腦中響起：「身為深淵大人的一部分，雖然我的力量不完整，但奪去局部空間的聲音還是易如反掌。」

而且這顆星球是「深淵」的星球，蘇梓我是有點輕視芭碧蘿的力量了。

「就趁此機會殺出重圍離開吧，我也不想被天使抓走。」

於是蘇梓我重新起勢，一刀又砍下另一天使的手臂，天使血如泉湧，只見天使痛苦地張開嘴巴，卻沒有半點聲音，猶如上演著怪誕的默劇。

鐮刃揮斷了天使肉身也依舊無聲，天使的殘肢掉進湖中沒有濺起的水花聲；這種無聲的殺戮使蘇梓我越戰越亢奮，揮刀劈斧，面前有一權天使擋路，他又一刀把對方垂直劈成兩截，並高聲呼喊，似要把所有情緒發洩出來，但沒人聽見他在喊什麼。

又或者因為沒有人聽見才放聲大喊。

無論如何，此時蘇梓我殺生如入無人之境；死亡快速橫掃湖畔，同時乘蝙蝠翼馬的黑騎士前來助陣。埃力格不需要出聲指揮，手執雙槍勇猛殺敵，好讓蘇梓我等人越過湖岸線。

這是一早就已預見的戰況，佛爾卡斯放火焚燒岸邊樹林隔絕天使追兵，斯伯奈克又以兵裝術召喚一排自動弓弩向天發箭，桀派則與利雅言共同守護裝甲車，恭迎蘇梓我等人降落。

夏思思遂將巨獅、巨蟒收回左右腕上，遠處加百列見狀便以傳音術大喝：「快去包抄那爛鐵車，炸燬公路，再不快點就要被那些罪人突圍了！」

可是傳音術未能瞬間通達給所有天使，各部天使接收訊息的速度不一，陣形反變錯亂，眾將不知所措。

「卡西爾！」加百列又想起卡西爾已經不在身邊，失去得力助手猶如斷了一臂，失望嘆道：「算了，都太遲了，那些人離開鹽湖結界便會逃遁魔界。」

「加百列大人，那我們該怎麼辦？」

「傳令下去把卡西爾的頭顱打撈回來。今晚就算了，就算給那人類逃掉，只要我們天使繼續加強軍勢，每次交戰我們只會更加佔盡優勢。」

這時地平線的遠方浮現一黑色魔法陣，蘇梓我等人便回歸魔界，大鹽湖又回復了雜音繁喧。

第四章

希伯侖討伐戰

1

大鹽湖一夜天翻地覆，蘇梓我一行人死裡逃生，回到魔界撒馬利亞。

翌日，王宮內娜瑪召來阿提蜜絲和雅典娜竊竊私語：「那笨蛋昨夜回家後一言不發，不會有什麼事吧？」

阿提蜜絲答道：「甚至不近女色，好像變了另一個人。」

娜瑪苦惱。「昨晚天使好像說什麼殺了自己雙親，然後那笨蛋就發瘋似地追殺加百列和她的部下，真令人擔心啊。」

雅典娜嘆氣。「這樣娜瑪大人更應該陪在他身邊，就算被趕出房也不能放棄。」

娜瑪亂抓頭髮，便到蘇梓我的寢室前敲門，推門而入。

「蘇梓我，快起……咦？」

喊到一半，卻見蘇梓我與利雅言兩人赤裸地依偎睡著。是誰說他不近女色？

「昨夜還把本小姐趕出房，蘇梓我你是要拋棄我嗎？快起床！」

娜瑪一手拉走被單，想踹蘇梓我下床，大吵大鬧之下蘇梓我只好無奈醒來。

「妳這蠢女僕總是擾人清夢。」

但大家都知道娜瑪打翻醋桶就是一發不可收拾，利雅言立刻穿上衣服告訴蘇梓我：「我先回去梳洗一下。」

「嗯，之後召集所有人到殿上，我有事要宣布。」

「好的。」利雅言便向蘇梓我和娜瑪微笑點頭，離開房間。

娜瑪笑不出來，淚目盯著蘇梓我，蘇梓我大力拍她頭頂。「妳是本英雄的專屬女僕，嫉妒什麼？我把『嫉妒』吞下後都沒有妳這醋罈那麼深。」

「嗚嗚……等等，吞了『嫉妒』，那是什麼意思？」

「妳替我更衣，等下一起上殿商議。」

撒馬利亞一眾魔神齊聚大殿，王座上，蘇梓我便將他們在美國遇見利氏父子，與新教交手，以及昨夜在大鹽湖的經歷解釋一遍。

聽完來龍去脈後，娜瑪又雙眼通紅泣道：「太可憐了，為什麼伯父伯母要逼你這樣做……」

利雅言平靜地回答：「自古忠義兩難全，蘇氏夫婦的目標相當宏遠，所以才狠下如此決心讓梓我登上主角之位。」

蘇梓我說：「簡單來說就是要阻止這顆星球滅亡，科幻片我不擅長，雅言妳有什麼想法？」

「萬鬼之母所說的大碰撞跟教科書上月球的起源說法相同，也許這都是美國新教會將本來的歷史慢慢滲入世界的方法；正如克蘇魯神話，看起來只是小說，其實都真有其事。」

「所以我們的星球確實危在旦夕，『世界』和『深淵』只能活其一。然而『深淵』和天使最希望復活聖主，這不得不消滅地球上絕大部分的人類，以釋放靈魂載額，並將異星的『世界』與地方神一併殺死……」雅典娜說。

利雅言附和：「反觀『世界』希望建立以人類為主的和平世界，對我們來說，『世界』才是人類的朋友；若要協助『世界』打敗聖主，我們必須救出被困在樞罪之獄的撒旦。」她說完又搖頭嘆息：「真是諷刺，身為教會祭司的我竟然要拯救撒旦、討伐聖主。」

「不用多想，你們只要想著追隨本王就好。就算我救撒旦也不是要幫助牠，更不是聽從萬鬼之母或我那死去老頭的話，我只為了自己而戰。」

「那你打算如何？」娜瑪問。

「最後的樞罪——暴食。」蘇梓我站起厲聲傳令：「佛爾卡斯，馬上擬詔發給巴力西卜，告訴他，如今魔界正值存亡之秋，本王要帶領魔神與主決戰；巴力西卜既是所羅門七十二魔神之一，理應速速歸降，否則就視為魔界的叛徒，下場與彼列相同。」

蘇梓我續令：「斯伯奈克，妳和桀派日夜趕往巴別，向伊西斯說明狀況，命令她準備出兵希伯侖。囚人兵團裝備不佳，妳以兵裝術幫他們升級，七天後，我要看到兩萬精兵來撒馬利亞整裝待發。」

「埃力格，你把所有翼騎士召回撒馬利亞，準備隨大軍出征。耶路撒冷和亞巴頓的殘黨，交給思思和貝爾芬格處理便可。」

「還有賽沛、忒爾。如今知道奇異生物是深淵派系，與天使一夥，就不能輕舉妄動。系爾你以轉移術穿梭兩地，通知她們兩方繼續鎮守魔海，以防敵人趁火打劫。」

聽著蘇梓我指揮一輪，但娜瑪遲遲沒聽見自己的名字，有點不安，追問：「那本小姐負責什麼？」

蘇梓我抓住娜瑪的手說：「妳是笨蛋嗎？妳當然要留在我身邊，陪我出征，可別忘記自己的身分。」

「對、對呢。」娜瑪雙頰不禁泛起紅暈。

但這樣一來撒馬利亞就無人看管，蘇梓我吩咐娜瑪：「讓妳母親和姊姊來撒馬利亞好了。」

「伊琳娜？」

「對，她失去了傲慢，但沒失去魔力。她們是妳的家人，我相信她們。」蘇梓我輕拍娜瑪的頭，回望說：「最後是雅言，妳去聯絡迦蘭、瑪格麗特，還有尤利一世。再過不久，天使肯定會揮軍強奪聖父、聖子，妳通知那些教會務必要提高警覺，加強防範。」

利雅言點頭答應，蘇梓我最後宣告：

「一星期後，我要親自領軍收服巴力西卜和希伯侖，我要成為真正的皇者。」

2

原本是清風送爽，魔界少見的好天氣，突然地動山鳴，鐵甲戰騎奔馳之聲震天，使她從崖上草原驚醒。她眺望山下，千軍萬馬踩踏長河截斷流水，黑甲鐵騎氣勢如虹，正搖旗吶喊大舉進攻希伯侖——

「啊！」耶洗別瞬間從夢中驚醒，但她不是躺在野外，而是軟綿綿的睡床。

「很真實的夢境，比預期來得更快。」

就在蘇梓我於撒馬利亞分配工作後的下午，耶洗別剛好午睡時做了一個預知夢，得悉蘇梓我的野心。她脫下睡衣，換上女奴皮革——雖然貴為希伯侖的王后，但巴力西卜生性膽小多疑，她不貶低自己就難以留在這傢伙身邊。

「還是先去洗個澡，讓那蟾蜍等一下吧。」

此時一位婢女抱來絲絹浴袍，展露甜美笑容讚道：「耶洗別大人今天也很漂亮呢。」

「漂亮又有何用？」耶洗別搖頭說：「不對，我的美貌也是我逐步奪取天下的手段。這件事我只告訴妳一人，底波拉。」

婢女底波拉鞠躬說：「感謝大人的信任，底波拉能擔當您的侍女實在是福氣。」

「妳太謙遜，這是缺點。」耶洗別陰險地笑道：「這場仗要讓魔界知道我們一眾『姊妹』的厲害。」

耶洗別猖狂大笑，站著讓底波拉替她梳妝更衣；總共花了兩個小時，之後耶洗別來到希伯侖的宮殿已是夜晚。

◇

「噢！耶洗別，妳終於來啦。」巴力西卜罕見地食慾不振，面容憔悴，看來已等候多時。

「十分抱歉。」耶洗別彎腰露出乳溝道歉。「臣妾為了伺候大王，不知不覺花了太多時間裝扮……」

「不、不，我說的不是那些，」巴力西卜走到大殿中央，向守衛拿來一封信罵道：「我是說那人類大公，那小子！」

「哦，是蘇賊。」

「剛才撒馬利亞的使者送了這封信，妳看一下……」

「不用勞煩大人，我略猜到一二。」耶洗別輕笑道：「信中蘇賊肯定會利用大王的所羅門魔神身分企圖竊走希伯侖吧，前車有彼列大公可鑑……限期嘛，大概會給你七天時間回覆，因為七天才足夠蘇賊從領地調動士兵出征。」

「沒錯、就是這樣！耶洗別妳真料事如神，不愧是希伯侖最偉大的先知啊。」

「托大王的福，希伯侖地靈人傑，人才輩出，豈是那蘇賊能相比？」

巴力西卜聞言大喜，但馬上又變得焦慮。「還是不好，蘇梓我那廝雖然卑劣可惡，但他卻盜取了撒旦大人的魔力為非作歹，彼列大公也死在他的手下呢！就連耶路撒冷都被他搶走，那人類實在太危險了。」

「大王過分高估那人類了。依我看，蘇賊選擇這時來犯正是上天賜給我們的大好機會，大王應該筵開百席與巴比侖眾魔慶祝才對。」

「哦？還沒開打就先慶祝，耶洗別妳總是出人意表呢。」巴力西卜拿起烤熟的獸腿，滿心期待地望著耶洗別。

「蘇賊前來，我們有三個優勢能將他們趕盡殺絕。」耶洗別撥弄火紅秀髮說：「第一，蘇賊倉促起兵，事前準備不足；反觀我們養兵千日，以逸待勞，自然比賊軍佔優勢。事實上，早在去年我便厲兵秣馬，為的就是現在這場仗。」

巴力西卜邊吃邊讚嘆：「不愧是耶洗別，總能洞悉一切，佔有先機。」

「第二，蘇賊佔領耶路撒冷有名無實，與亞巴頓的舊部結下仇怨卻妄圖稱皇。大人出身名門，世代皆為希伯侖之主，誰正誰邪不言而喻。蘇賊選擇這時刻出兵，未打仗就先輸了口碑，下場也就隨之而來。」

但巴力西卜放下獸腿，發覺有點不對勁。「可是妳之前三番兩次偷襲那人類都是失敗告終，這次真的沒問題嗎？」

「失敗？我只不過損失幾百哥布林，但收穫可大了。」耶洗別自信滿滿道：「戰爭必須知己知彼，總結數次行動，我能斷言蘇賊只是個匹夫。就算給他一騎當千，但撒馬利亞與耶路撒冷經歷連場內戰，他們能動用的士兵絕不超過十八萬；反觀希伯侖坐擁二十萬將士，再加上領地的八十萬惡魔隨時候命，就算臨時徵召也足足是蘇賊的雙倍有餘。這就是我們必勝的第三個理由。」

聽完耶洗別分析雙方優劣，巴力西卜終算鬆一口氣，開懷吃喝。「幸好有妳在本王身邊，這下就不用害怕那人類大公了。耶洗別，接下來我們該怎麼辦，都聽從妳的指揮。」

「以靜制動，七日後自有制敵之策。」耶洗別暗下決心：很難得才能找到這隻蠢材替我坐在王位，我才是希伯侖之主，不能讓那人類奪去我的東西！

3

轉眼間七日之期已到，巴力西卜不肯就範，於是蘇梓我召集了十萬大軍到撒馬利亞城外誓師，決意討伐希伯侖的庸主。

十萬大軍有超過一半來自巴別，巴別城主伊西斯女王帶上黃金獅子巴巴斯與芭芭拉前來助陣；另外是撒馬利亞原本的駐軍，連同黑翼騎兵分別交由四色騎士帶領，再加上娜瑪及她的部下隨軍，但參謀一職並非由雅典娜擔任，而是白騎士佛爾卡斯。

這是由蘇梓我親自領導的戰爭，他接過佛爾卡斯的獻劍，在台上以劍指天大喝：「此仗敵人只有一個，巴力西卜！一個月之內，我要直搗希伯侖，魔界歸一！」

台下一呼百應：「蘇大公萬歲！」

於是在四月的第三天，撒馬利亞大軍浩蕩出征，軍勢連綿數百里，敵人看見無不膽戰心驚。蘇梓我的戰略簡單明確，就是把軍隊變成如閃電火的長矛般，直穿希伯侖的心臟，集中兵力攻陷巴力西卜的居城，這樣十萬士兵便已足夠。

事實上開戰的第一天，邊境都市基色便已向蘇梓我投降。那裡的領主是一位端莊的少女，名為西迪。

「西迪女王，」佛爾卡斯在基色營內向蘇梓我介紹：「她是所羅門魔神的第十二位，獲得希伯侖王后耶洗別的提拔，晉升為基色侯爵，任內團結了周邊部落使此地變成熱鬧的交易都市。」

士兵把西迪押到蘇梓我面前，少女華衣上沾滿泥濘顯得楚楚可憐；但蘇梓我忍住了雜念，正經地問佛爾卡斯：「這是巧合嗎？感覺巴力西卜麾下有不少所羅門魔神。」

「回大公，這並非巧合。巴力西卜原名巴力，屬所羅門第一位魔神，當年立下最多戰功，因此巴力一世便用他的威名聯群結黨，所羅門魔神都奉他為王。」

「但我聽說他是頭只懂吃喝的蟾蜍。」

「不錯，現任巴力西卜被暴食弄得愚笨，還差點導致王國四分五裂，這就是無法駕馭樞罪的下場。後來一位女先知幫助他平定內亂，使希伯侖變得比昔日更加繁榮，那女先知也成為了希伯侖的王后——」

「等等！」西迪忽然不顧俘虜身分，大聲插話：「我不願待在巴力西卜麾下了，請讓我為撒馬利亞效力。」

蘇梓我問：「為何妳有如此想法？」

西迪抬起頭，左眼戴著商人愛用的單眼鏡，明亮瞳孔深處更是暗藏光芒，沒有因被俘而頹喪。她答道：「剛才聽見大人說巴力西卜是頭只懂吃喝的蟾蜍，罪妾才恍然大悟。明明蘇大公才是所羅門魔神真正的主人，我怎麼會效忠那個庸庸碌碌的昏君呢？」

蘇梓我笑問：「所以妳決定棄暗投明，歸順本王嗎？」

「罪妾不忍心魔界分裂，望能投靠賢主，還請蘇大人寬大為懷，既往不咎——」

「哈哈！既然如此我們便訂立惡魔的從屬契約，妳以後就不能背叛本王了。」

西迪低頭靦腆說道：「小女子願意成為蘇大公的所羅門魔神。」

於是蘇梓我手上的印戒發出黑光連結至西迪的靈魂，從此刻起，她便是蘇梓我的使魔，排名十二位，亦是第十八柱蘇梓我收服的所羅門魔神。

然而一旁的娜瑪沒對她放下警戒，不論是以女性的直覺，或是西迪如此爽快的投降行為。

4

翌日，在基色官邸內，蘇梓我與一眾魔神擬訂下一步的作戰計畫。不過娜瑪沒有參與討論，只是與她的部下和養女坐在一旁。她問雅典娜：「妳說那個西迪會不會有什麼不軌企圖？」

雅典娜小聲答：「西迪嘴甜舌滑哄得蘇大人飄飄然的，雖然可疑，但也是惡魔的天性，而且今天的主題不是西迪吧。」

雅典娜望向圓形木桌，桌上放滿希伯侖周遭的地圖和偵察報告，蘇梓我則單腳踏在木椅上主持進攻會議。

「從基色入侵希伯侖，最快捷的路徑就是穿越這片平原。」蘇梓我指著地圖問西迪：「希伯侖附近妳最熟識，那片平原有什麼需要注意的？」

西迪恭敬答道：「該地為非利士平原，氣候溫和，種有萬畝良田，是希伯侖的糧倉。巴力西卜最重視吃的，所以命歌利亞在平原上築起迦特要塞，牆高三十尺，厚八尺，堅固無比。」

「歌利亞，聽起來好像是巨人的名字？」

「沒錯，迦特是巨人族的城池，而歌利亞則是巨人族的領袖。只有他們才能搬動巨石，以巨石築城。」

聽起來比起伊西斯的囚人部隊還更擅長工程。蘇梓我說：「可是城牆有什麼用呢，派埃力格五千翼騎就飛越過去了。」

佛爾卡斯搖頭。「迦特要塞有一萬名巨人駐守，而且每個巨人都力大無窮，別說黑翼重騎，就算我們全軍攻關也肯定會傷亡慘重。」

這時西迪低聲說：「其實我有個方法可以幫助蘇大公剿滅巨人。」

蘇梓我說：「說出來，我就是相信妳，才會接受妳的歸降。」

西迪欣喜道：「正如蘇大公所說，這附近有幾位所羅門魔神，其中一位繼承『艾妮』名號，是排名第二十三位的魔神。她很聰明，也很漂亮，而且經營一個名為『野貓藝團』的旅團，經常在不同城市為達官貴人表演。」

「全部都是女性的賣藝團？」

西迪苦笑。「蘇大公真是一語中的。沒錯，說是流動娼婦團也可以，而且是全魔界最大規模、最高級的。」

蘇梓我吹了聲口哨。「既然她也是所羅門魔神，就要藉此切磋研究——」

聖德芬突然上前踢了蘇梓我一腳。「你當娜瑪媽媽不存在嗎？」

「好了。」娜瑪牽回聖德芬，質問西迪：「但那個野貓藝團與攻略巨人要塞有何關係？」

西迪解釋：「我與艾妮是老朋友，幾日前，她告訴我野貓藝團會到迦特要塞表演，也許可以拜託她幫忙殺死裡面的巨人……不對，其實這是我的願望，希望蘇大公能聯合艾妮把巨人殺光。」

蘇梓我問：「妳好像很憎恨那些巨人？」

「巨人族只有男性，野貓們要討好那些粗暴巨人……隨時都會有生命危險。可是巴力西卜不在乎此事，魔界內唯有蘇大公能拯救那些可憐女子。」

「豈有此理！立即給我聯絡野貓藝團的艾妮，我要跟她一起滅了巨人族！」

西迪笑逐顏開。「我立即和艾妮聯繫。不過可能要花些時間準備，最快也要明天才能行動。」

蘇梓我苦惱，整天不做事可以做什麼？而且聽見有娼婦團便開始按捺不住，但總不能叫野貓藝團來服侍自己。

此時，娜瑪好奇地問：「基色附近還有其他所羅門魔神嗎？」

「有喔。」西迪答：「第二十五位魔神——格雷希亞拉波斯。她擅長透明術，讓人肉眼無法看見自身，說不定能幫忙潛入敵陣呢。不過格雷希亞拉波斯本身也喜歡隱匿起來，一年之中，幾千行商卻只有零星的目擊情報，我自己也沒見過她。」

蘇梓我點頭，西迪續道：「還有一位，我是從北方的一位行商打聽得來。他們都在抱怨官道多了各種魔獸，得雇用更多護衛，因而利潤減少。我猜，那可能是第六位魔神——華利弗的所為。」

「華利弗擅長什麼法術？」

旁邊娜瑪回答：「變形術，能將生靈變成任何魔獸或動物的模樣。雖然你不用變就是匹種馬——哎呀！」

西迪見娜瑪被蘇梓我打，有點愕然，但仍續道：「城北三十里一片林子，那裡有群獸聚居，大概就是華利弗所在。不過因為華利弗會變成動物混進獸群，要分辨他也不容易。」

「這有何困難？」蘇梓我往周圍張望，在火爐旁邊看見一對黃金獅子，就知道伊西斯躲在獅子後面看書。

「伊西斯，妳的手下能識破任何幻術，輪到你們工作的時候囉。」

「嗯，我聽到了。」獅子背後傳來少女的回答。「都聽蘇大哥的指揮，早些做好工作便能早些回家。」

「回家想做什麼呢？真是性急，嘿嘿。」蘇梓我又說：「芭芭拉就由我坐騎，趁西迪與艾妮準備的時候，我們四人就一起去收服那個華利弗。其他人都沒有異議吧？」

「嗯？」娜瑪忽有不好的預感，遂望向天花板四角，卻沒找到什麼。

「娜瑪妳有異議？」

「不是啦，只是覺得好像有人在監視著本小姐……也許是我多心了。」

「哈哈，妳當上女王還是那麼膽小怕事。我出門時，基色由妳看門。」語畢，蘇梓我跳上獅子的背上揚長而去。

娜瑪嘆氣。「那笨蛋好像又回復正常了，雖然這樣也好啦。」

「妳真的很為蘇大人著想，娜瑪大人。」雅典娜見娜瑪臉紅，便說：「我有方法可以讓計畫更加順利。」

5

兩顆金色流星正在城北荒野風馳電掣，蘇梓我緊抓芭芭拉的獅背，強風拂臉；黃金獅子踏破泥濘如履平地，轉眼間便來到林地。

芭芭拉說：「根據西迪女王所述，這裡很可能就是華利弗魔神隱居之地。」眼前全是枯死的樹幹，一柱柱像墓地般；樹頂只有凋零灰葉，不知是死是活，陰森氣氛確實像是魔神居住之地。

蘇梓我大讚：「幹得好，不愧是我最信任的芭芭拉，哈哈！」

芭芭拉高興地回答：「自從蘇大人解放巴別的那天開始，我和兄長就決意一生追隨大人了，這些小事是理所當然。」

「芭芭拉！」身為兄長的黃金獅子嚴厲地說：「既是主人的坐騎，最重要的是掌握周遭環境，不能讓主人陷入險地。妳沒有感到什麼異樣嗎？」

芭芭拉垂下獅頭，傾聽大地的聲音，便道：「腳步聲雜亂，群獸並起，林中有魔獸正在戒備我們。」

蘇梓我說：「不要緊，儘管帶我入林，難道撒馬利亞大公會怕了那些魔獸？」

「大人說得是，芭芭拉就算粉身碎骨也會保護蘇大人。」

黃金獅子一族光明正大，即使是巾幗亦不讓鬚眉。芭芭拉率先步入林中，果然觸動結界，頃刻間枯木伸長一倍，且奇形怪狀；灰色殘葉也變大一倍，如蕉扇完全遮蓋魔空，氣氛更添一層恐怖。

但兩匹獅子無畏無懼，反而加速奔跑；沿路兩側掠過無數眼睛，彷彿在枯木林中埋伏了一群猛獸虎視眈眈，靜待芭芭拉等人一放鬆就馬上咬斷他們的咽喉！

不過黃金獅子一雙金瞳炯炯——雖然與獅背上哈哈大笑的蘇梓我，還有靜靜翻書的伊西斯形成鮮明對比；但獅子兄妹互成犄角在林中進逼，沒有任何破綻，反觀眾獸步步後退，沒有一匹獸王敢接近入侵。

「哈哈哈！」蘇梓我的笑聲在枯木群中肆意迴響。「不用管那些嘍囉，芭芭拉妳找出那擅長變形的魔神，本王需要變形的力量！」

芭芭拉鼓起殺氣，發出低沉吼聲警告眾獸離開，唯獨林中一雙發光的眼睛毫不畏懼。芭芭拉凝神一看，似乎見到一匹天馬的身影。

巴巴斯說：「無須用破幻術了，那就是華利弗的真身。」

此時黑影穿過枯木慢慢走近，雖說像天馬，但其實是一匹有翼的灰黑騾子，邪氣多了。騾子魔神華利弗說：「既然巴巴斯閣下光臨寒舍，還用變形術的話就太過失禮了。」

巴巴斯似乎與華利弗互相認識，巴巴斯問：「你大概知道我們今天的來意吧？」

「撒馬利亞向希伯侖開戰是魔界的大事，就算是隱居的我亦有所聞，嘶嘶。」華利弗陰險啼笑，看得蘇梓我有點毛骨悚然。

巴巴斯便道：「蘇大人請放心，華利弗是天生的大盜，雖然狡猾但無大害。請讓我說服華利弗降服吧。」

華利弗反問巴巴斯：「為什麼本魔要臣服他人？我就是喜歡與群獸為伍，到處掠劫；我花了半年時間，好不容易才在這裡建立魔獸的軍隊，本想大展拳腳，殊不知卻被你們的戰爭搞砸。」

「難怪你這種人物會選擇躲在荒山野地，原來是盯上了基色的財寶。」

蘇梓我插話說：「你要多少獎賞我都可以分給你，快來替本王效力。」

「我不稀罕財寶，我要的只是搶劫的快感，嘶嘶。」華利弗一邊說，張開騾嘴，伸出舌頭奸詐笑著，詭異非常。

蘇梓我再問巴巴斯：「你確定他真的無害？」

「是帶有些許獸性，但蘇大人一定能駕馭他。」

聽見巴巴斯之言，華利弗忍不住反駁道：「人類大公憑什麼馴化本魔？」

芭芭拉大喊：「蘇大公也是禽獸！」

蘇梓我聽到嚇了一跳。「芭芭拉妳想說什麼？」

「蘇大公，給華利弗瞧瞧你的巨獸吧！」

芭芭拉說得十分認真，蘇梓我望望胯下，一時間不知該如何回應。

芭芭拉繼續說：「龍啊！蘇大公給他看你的龍軀吧，那才是獸族之皇。」

「哦，妳說清楚嘛。」蘇梓我便把右手化成赤鱗龍爪，笑聲亦有如龍嘯；霎時間大地搖晃，枯木震動，魔力瞬間提升了幾十倍。

華利弗抬頭仰望蘇梓我，冷笑道：「撒旦大人的片鱗，果然如傳聞一樣，嘶嘶。」

「這樣你願意效忠本王了嗎？」

華利弗回答：「這世上唯一一種我變不來的猛獸就是龍，難得有機會近距離觀察，這交易很划算。我答應了。」

6

「喂，小野貓來啦，兄弟趕快打開城門！」

迦特要塞今晚迎來一隊豪華馬車隊，一個個圓頂篷車裡面衣香鬢影、撫琴吹笙，艷麗樂聲打開了要塞的大門。巨人守衛紛紛湧到城門前，自薦為馬車隊護行，希望能搶先一睹野貓娼婦的倩影。

一名守門的年輕巨人問：「蘇賊已經攻陷基色，我們今晚在這裡開派對沒問題嗎？」

「哈哈，小子你消息太不靈通了。蘇賊早就被巨人要塞嚇壞，正忙著四處找魔神求救。」

「前輩對基色的事很清楚呢。」

「基色是個交易都市，流動複雜，到處都是眼線。剛才上頭還收到報告，說撒馬利亞賊軍打算北上繞過平原，豈不是怕了我們巨人族嗎？」

年輕巨人安下心來便起淫慾。「可惜要駐守城門，要等到明天不知道野貓她們能否撐得住。」

同伴猶豫了一會兒，但又不敢評論歌利亞。「大不了我們晚些時間輪流回城偷看一下，當然是我先看，回頭再換你。」

「好啊！反正一定也有其他人偷懶回城，不這樣做就虧了。」

此刻要塞廣場上載歌載舞，野貓藝團的團長艾妮亦是藝團的王牌，她左肩棲息著舌頭發火的紅鱗蛇，右肩則有雙眼會燃燒的紅毛貓；三個靈魂三把火，合稱「三火三命」，能照亮有相或無

相的萬物。

今夜這兩隻小魔獸就像火焰毛筆般，隨艾妮的性感舞姿劃出燦爛軌跡。營火映照著她扭動的纖腰，胸前薄紗垂下金光閃閃的寶石，一笑一顰迷倒眾生，即使她身後有青春少女伴舞，但圍觀的幾千目光都只投注在她身上。

「艾妮！艾妮！艾妮！」巨人歌利亞亢奮大叫，每跳一下迦特要塞都會晃了一晃。

喊聲喧天，果然引得城牆上的守衛忘記了本分，所有人都注視著軍營內的歌舞派對。守門的衛兵也偷偷爬到城牆上觀看表演，留下新加入的年輕巨人駐守城外。

「真羨慕裡面的同袍。」年輕巨人搖頭嘆息，不經意間看見遠方煙霧瀰漫，似是風雨欲來。難道要下酸雨了？但他心思馬上又被要塞內的喧囂聲引去，吵得他心煩意亂。

但過不久，等他發覺已經太遲——原來一隊黑色翼騎正以雲霧作掩護，早已飛奔到自己頭上，夜幕下黑騎士整齊舉起銀色長槍，一排槍雨落下插死一排巨人；同時蘇梓我率領軍隊從地面進攻，踏過巨人的屍體，他化成紅龍撞開了要塞大門，讓撒馬利亞的士兵衝入城內突襲。

——敵襲！蘇賊來犯！

警報終於傳到要塞中央的舞台，歌利亞大怒：「居然趁這時候偷襲，阻擾我們風流快活！」

歌利亞正想拿起他愛用的二十尺棍棒指揮大軍殺敵，卻見軍營內的巨人紛紛倒下。

「對不起……歌利亞將軍，我們好像中了毒……」

「是誰下毒？」歌利亞馬上怒目注視艾妮。「是妳和蘇賊聯手的？」

艾妮閉目回答：「如果我說不是呢？」

「那也得先宰了妳！」歌利亞重棒大揮，卻感到腳趾異常灼痛，原來是艾妮肩上兩隻小魔獸左右咬著自己的腳小趾！灼痛走遍歌利亞全身神經，巨人便慘叫一聲倒下。

7

誰會料到只是幾百位的野貓，就能協助攻陷迦特要塞呢？

一陣寒風吹過非利士平原，幾小時前這裡殺氣衝天，如今巨人的屍骸掛滿在城牆、城門上，景象駭人。

但如此慘況對惡魔來說不算什麼，伊西斯只是吩咐四人兵團把巨人屍體挪移到旁邊，在之前野貓派對的廣場中間，蘇梓我與四色騎士舉杯跟士兵一同慶祝。

迦特要塞不愧是暴食之國的糧倉，美酒多得能盛滿大湖，美食塞爆了倉庫。這也讓巨人族不得不在地下建造巨大倉庫來儲藏糧食，雖然今晚全都被蘇梓我的大兵搶走了。

「哇哈哈哈！保持這勢頭，今晚本王要在迦特宴請群魔，讓大家知道，追隨撒馬利亞大公是他們一生之中最好的決定！」

歌舞又再度於迦特要塞的露天廣場上演，不過艾妮這次沒有上台，而是為蘇梓我斟酒，笑道：「不愧是蘇大公，昨天西迪妹妹就一直在我面前誇讚蘇大公英明神武，看來要降服巴力西卜也是指日可期呢。」

「哦？妳們野貓也討厭巴力西卜嗎？」

「這是自然，巴力西卜他暴食無道，置我們姊妹於水深火熱，任由巨人肆無忌憚。」

「放心好了，以後本王就要改變希伯侖，甚至是整個魔界，要讓所有女人得到幸福，哇哈哈哈！」

艾妮有點訝異，定神一會兒，又問：「聽說蘇大公身邊有阿斯摩太女王伴隨左右，但今晚好像沒看到她？」

「別這樣掃興提到娜瑪啦，今晚我們不醉不歸！」

佛爾卡斯連忙阻止：「蘇大人請三思，歌利亞正是因為沾染了巴力西卜的暴食才招致全軍覆亡，如今……」

「如今巨人已經消失，非利士平原一望無際，你吩咐黑色的帶兵到外警戒就行。」

佛爾卡斯搖搖頭，同樣有不安預感的是身處基色的娜瑪。

「辛苦了，娜瑪大人。」

娜瑪鬆了口氣，問雅典娜：「我用閃電火召喚風雲迷霧應該有用吧？」

但回答的卻是旁邊的西迪。「當然，蘇大公依靠黑霧掩護，定能殺巨人一個措手不及，說不定他們正在慶功呢。」

「啊！」娜瑪忽然大喊：「我忘記叫聖德芬早點睡覺，我先回去忙了。」

雅典娜小聲說：「這點小事明明吩咐阿提蜜絲就行，娜瑪大人真是太寵聖德芬了。」

西迪目送娜瑪離開，便對雅典娜說：「久仰智慧女神大名，此役看見妳吩咐部分士兵迂迴築路，目的就是要利用迦特要塞，誤導對方以為我們束手無策吧。」

雅典娜清一清喉嚨，保持平淡說：「只是人人都會想到的計謀而已。」

「可要在一瞬間就能想到策略，世上大概只有雅典娜女神能辦到。」

雅典娜冷笑。「雖然不知道我在魔界的排行如何，但在奧林帕斯，沒有神的智慧能與我相提並論。」

「是啊。」西迪忽然靠近雅典娜耳語：「我真的好想了解更多智慧女神的事。」

忽然西迪用紅唇塞住了雅典娜的話，舌頭吐出甜蜜芳香，使雅典娜動彈不得。

「妳、妳——」對親密行為還是相當顧忌的雅典娜，更何況對方是同性，而且，不是普通的女魔。

「呼。」兩人嘴唇分離，西迪微笑：「智慧女神還是有弱點呢。」

只見雅典娜癱軟跪倒，口中念念有詞：「娜瑪大人……要小心……西迪……」

西迪輕放手指在唇前，雅典娜便無法說話，陷入昏睡。

「接下來就是阿斯摩太。」西迪笑道：「這不算背叛，一切只是為了耶洗別大人的天下。」

◇

夜更深，更危險。另一邊廂，蘇梓我與他的軍隊大吃大喝，醉倒廣場營中。他們不知道要塞內暗藏刀光劍影，埃力格的黑翼騎兵只是在城外巡邏，沒料到伏兵正從意想不到的地方逐漸逼近。

大軍中唯一放心不下的，只有佛爾卡斯。他滴酒不沾，對女色也沒有興趣，是個腥葷不沾的老人，深夜時獨自站在要塞高牆俯視城下。

「今天的燈火黯淡無光，並非吉兆，就像暴風雨的前夕。」佛爾卡斯心神一凝。「不對，糧倉的燈火特別灰暗，有古怪。」

佛爾卡斯還未想通古怪之處，埃力格便已預見了最壞的情況——

「佛爾卡斯閣下，不好了，趕快喚醒蘇大人和其他士兵！」埃力格匆匆跑來。

「黑騎士大人？怎麼了嗎？」

「糧倉埋伏了大批哥布林要夜襲焚城！快叫蘇大人下令撤走——」

語音未落，城中一角就出現爆炸火光，屋頂被炸到半空，那裡正是糧倉所在！緊接著是人聲鼎沸，城內大街小巷忽然湧出無數的哥布林，有的身軀瘦小直接從地洞或溝渠爬出，全都拿著爛銅小刀，像螞蟻般從四面八方竄入大小軍營，把睡夢中的將士殺個措手不及。

一個獨眼哥布林大喊：「兄弟們，那是大將軍的軍帳，我們去取那人類的頭顱——呃啊！」

「還好忽然有便意，起床上了個廁所。」蘇梓我隨手召喚斧頭，攔腰把哥布林劈成兩截，兩截屍體竟忽然轟隆一聲爆炸，炸得房內烏煙瘴氣。

蘇梓我覺得有異，只知此地不宜久留，便跑到帳外，在廣場上看見認識的女子。

「艾妮？有敵襲，這裡很危險——」

「對，這裡就是蘇大人你的葬身之地！」艾妮與她身後一眾野貓皆換上像東洋忍者的輕裝，點燃火箭射向蘇梓我。

蘇梓我揮斧劈下亂箭，並沉聲質問：「為何要背叛我？」

「蘇大人跟歌利亞有何分別？都是為所欲為的男人，強行佔據我們的身體。但你不會得到我們的心，只有耶洗別大人才能解放我們，而你，就是耶洗別大人奪取天下的祭品！」

頃刻間，整個廣場布滿伏兵，明明只有數百名，卻射殺了營地幾千個惡魔。蘇梓我環看四周感到不妙，卻礙於對方都是美女，有違他的殺生原則，不知如何是好。

幸好這時桀派的衛兵及時趕來。「蘇大人沒有受傷吧？」

「你來得正好，替我帶領軍隊撤退。」

「可是大人……」

「快走，這裡沒有你的事！」

桀派心情複雜，眉頭緊皺，最終仍遵從命令掉頭離去。

8

四方一片橘紅，圍繞蘇梓我的那些布製帳篷全遭火舌吞噬，木製倉庫燒成焦炭倒塌；一頭巨大火龍盤旋在城內，所見之處盡皆燒燬。

「真蠢。」艾妮嘲道：「身為主帥居然不分輕重，選擇自己殿後。」

蘇梓我回答：「剛才，妳不是說我是為所欲為的男人嗎？我會證明給妳看，我才是能改變魔界的英雄。」

「要是沒死的話——」

艾妮舉手指揮，空中便落下幾十隻哥布林紛紛爆炸！猛火包圍蘇梓我，他原地躍起展開六翼在上空盤旋。他不能逃，他必須拖延敵人的腳步，畢竟他不知道艾妮帶來多少伏兵。

此時城樓就已有數十位野貓忍者引弓發箭，火星在夜空橫飛，蘇梓我只能奮力閃避，但動作越來越遲鈍——

「蘇賊尚有醉意，是殺死他的好時機！」

今晚的狂歡確實招來了殺生之禍，但多想無益，蘇梓我只能拚命拖延伏兵。至少要讓他的軍隊完整撤退，這樣才是英雄所為——

然而蘇梓我所逃之處都有野貓埋伏，每次以為能稍微喘息之際，又會遇上新一隊的伏兵。此時他恍然大悟，野貓藝團雖人數不多，但每位團員都是精銳戰士，指揮戰士部署的人更是厲害；她們能輕易殲滅巨人，本就不應輕視。

只是幾百之數，卻像幾千人的戰力，野貓弓箭隊在要塞每個角落消耗蘇梓我的體力，就這樣過了半小時，蘇梓我看來快體力盡失之際，艾妮搖頭嘆息。

「果然是擁有撒旦大人片鱗的魔王，居然這樣都殺不了他。」

「要通知小鳥繼續布陣嗎？」屬下問道。

「不，撒馬利亞的軍隊已經全數撤退，蘇賊亦會離開，追擊無益。」艾妮伸個懶腰。「今天累死了，我先去洗個澡，等會兒再聽戰報。」

可憐的撒馬利亞軍隊，漫漫長夜歷經兩場戰爭都死裡逃生，但第三次總能摧毀他們吧，艾妮如此想著。

同一時間，西迪制伏雅典娜後便朝向目標出發，在聖德芬寢室前的走廊碰見娜瑪。

「阿斯摩太大人。」西迪故作關懷地問候：「這兩天有些事我一直放不下，不知是否該問……」

娜瑪一頭霧水。「怎麼了？」

「其實蘇大人經常當眾羞辱妳，妳不會感到生氣嗎？」

見西迪神色凝重，還以為有什麼事，娜瑪笑著回答：「沒什麼，他只是愛面子。」

「這樣好嗎？」西迪續道：「巴力西卜大公把自己的王后當成奴婢，逼她戴上手銬腳鐐，如今閣下也被迫穿上女僕裝，蘇大公同樣也將妳當成奴僕啊。」

「是嗎？」娜瑪提起裙襬。「女僕裙很可愛啊，圍裙也是賢良淑德的象徵，嘻嘻。」

西迪卻替她感到可憐。「不對，蘇大公經常打妳、罵妳，這不就代表他不尊重妳嗎？」

「就讓他逞一時威風，反正回到床上就是我的主場——啊，妳當作什麼都沒聽見，哈哈。」

西迪嘆道：「阿斯摩太閣下太過仁慈，才會把蘇大公想成一個好人；他明明經常欺壓妳，又到處拈花惹草。」

「是啊，這點我也不喜歡。本小姐只喜歡他一人，他卻喜歡這麼多女子，不公平！」但娜瑪又得意洋洋道：「但真愛是不計較付出的，所以才顯得出本小姐的偉大，嘿嘿。」

娜瑪又補充：「而且蘇梓我跟那個巴力西卜一點都不像喔。巴力西卜是個自私的人，幾乎吃掉了全國的糧食，只為了滿足自己的食欲。」

西迪反問：「那蘇大公把全國女人幾乎都吃了，不也是滿足自己的色慾嗎？」

「不對、不對，他也想滿足本小姐，不過滿足不到，哇哈哈哈！」

西迪又見娜瑪傻笑，皺眉心道：不行，這傢伙已經無藥可救，不管說什麼都只會偏袒那人類。本來還打算救她出火海，看來只能用「口蜜術」來控制她了。

口蜜術不是一種修辭，西迪女王在施法時會口含魔花蜜餞，吐納甘美香氣，每句話都使人陶醉。事實上，她正是以口蜜術來說服生意對手，交易無往而不利，因此基色才得以發展成邊境的商業重鎮。

知道這祕密的人不多，除了西迪自己，就只有耶洗別而已。耶洗別的先知魔法夢見她的能力，於是接觸她、對她曉以大義；兩人一見如故，即使身處蘇營也要想辦法打倒那男人，為耶洗別建立一個以女性為主導、男性為僕人，史無前例的魔界王國。

如此王國，最大的敵人就是靠攏男人的夢魔族，西迪下定決心要教育娜瑪。

「阿斯摩太閣下。」西迪對娜瑪耳語：「像妳這樣出眾的女子，實在不應該成為男人的附屬品。我們都是女王蜂，男人不過是工蜂罷了。」

娜瑪聽見蜜言，心神一離，眼神遠去……

西迪溫柔續道：「我一直都很仰慕阿斯摩太的名聲。來吧，忘記那男人，一起進到蜂后的世界吧。」

是時候要背叛蘇梓我了——西迪女王即使無法背叛蘇梓我，但換成娜瑪就行。畢竟她是唯一沒有所羅門契約的使魔。她親吻了娜瑪，娜瑪雙目空洞，被西迪的甜言蜜語直刺心坎，腦海中對蘇梓我的記憶被魔法蒙蔽，取而代之的，是西迪對她耳語的同性之好。

「阿斯摩太大人，妳現在只喜歡我一人，要聽我的話，替我奪回基色的兵權。」

當娜瑪雙眼再次注入生氣，她已遭口蜜術迷倒。尤其直接從舌頭交換的蜜餞娜瑪無法拒絕，身為夢魔族的她沒有抗拒親密行為，更刺激出她的本性。

娜瑪興奮莫名，笑道：「西迪妳說得對，我要嚐嚐女性的精氣，嚐嚐妳的精氣。」接著她高聲傻笑，二話不說就在走廊擒下西迪，反過來在她的身上索吻！

西迪一時大驚。「這、這夢魔怎會突然失控，而且力量倍增——」

娜瑪把西迪含在口中的魔花蜜餞都搶走，西迪失去魔法，反而娜瑪情慾一發不可收拾，猛地張開黑色翅膀，兩人纏綿的剪影投射在走廊牆上。

「不行了，這夢魔難以理解，太可怕了……啊！」

侯王娜瑪的魔力之強大，失去魔力的西迪無法反抗。而且夢魔族能轉化對方魔力納為己用，此消彼長，西迪只能被娜瑪強行吸走所有精氣魔力。

娜瑪撕開西迪衣裙、指甲亂抓，同時釋出黑霧製造夢魔的淫靡空間。只怪西迪選錯對象，情和慾永遠連在一起，想操縱娜瑪的感情，最後都會被娜瑪制伏。就連蘇梓我都敵不過暴走的娜瑪，西迪感到絕望，最後無奈就範。

蘇梓我幾經辛苦逃出迦特要塞，拖著疲累的身體來到不遠處的灌木林，卻見到芭芭拉突然走了出來。

蘇梓我訝異問：「妳怎麼還沒撤走？」

「我怕蘇大人會有危險，想守護在這裡等候蘇大人。」芭芭拉回望說：「兄長還有華利弗先生也在喔。」

另一頭黃金獅子與灰黑騾子走來，蘇梓我看了一看。「你的確是擅長變形的魔神吧？」

華利弗點頭。「你想要變什麼野獸嗎？」

「哇哈哈！」蘇梓我忽然大笑：「我想到扭轉乾坤的方法了！」

夜深，一隻火鱗蛇與一頭紅毛貓從非利士平原來到迦特要塞，不過要塞大門緊閉，牠們只好從城牆破洞偷偷潛入。

誰會料到蘇梓我才剛戰敗而逃，居然會改頭換面變成小動物回來？他在西巴爾巴變過蛇，模仿蛇得心應手；至於紅毛貓則是芭芭拉變的，反正同樣都是貓科，困難度不大。

兩人靜悄悄鑽到要塞內，見周圍依舊有零星火焰，而野貓藝團的大帳篷移到了沒被大火波及的空地處。

「去那邊看看。」

一個個圓頂帳篷，當中有個最大最豪華的，篷頂流出輕煙香氣，蘇梓我知道裡面還放了一個大浴缸。雖然野貓藝團一直以旅行方式賣藝表演，但浴場對野貓來說是相當重要，身為團長的艾妮更有一間獨立的私人浴室。蘇梓我嗅到美女的氣味，便帶著芭芭拉走往浴場帳篷——

「咦？」

同樣有對紅毛貓和火鱗蛇走來帳篷門口，四隻小動物好像照鏡子般互望；真假蛇貓對碰，芭拉二話不說就躍起用身體壓住真蛇，貓爪按下蛇頭——

蘇梓我則纏住真貓後腿，再捲住貓身大力勒住，低聲恐嚇：「我們都是外表相同的好朋友，假如你們不反抗我就饒你們一命，明白的話就別動。」

真貓和真蛇都不敢動，蘇梓我追問：「你們在這裡做什麼？」

真蛇回答：「侍奉艾妮洗澡……」

「你們這些小動物能做到什麼？」

真貓回答：「艾妮她最喜歡用精油塗滿身體，我們就用舌頭按摩她的全身。」

「說不願被男人欺負，卻玩起人獸擦澡嗎！」

芭芭拉問：「蘇大哥我們該怎麼辦？」

「嘿嘿。」蘇梓我馬上釋放魔力，迅雷不及掩耳就打暈了兩頭魔寵，並立即收回魔力防止波長流洩太多。

蘇梓我告訴芭芭拉：「妳替我好好看管這兩頭小動物，我去替艾妮『按摩』，不對，是去收拾她。」

見蘇梓我的蛇頭笑得闔不攏嘴，一直伸舌，芭芭拉大概猜到他想做什麼，便讚道：「不愧是禽獸之王的蘇大人！」

此時帳篷傳來艾妮的催促聲：「小紅、小火，你們在外面幹嘛？」

「嘶嘶，我們進來了。」

蘇梓我光明正大蛇行進入浴場，柔和燈光下，艾妮一絲不掛地站在自己魔寵面前，紅光滿面，是剛享受完蒸氣浴的充血模樣。

蘇梓我的視線離不開艾妮的渾圓酥胸，盯著她走近旁邊的木床，躺臥在白色毛毯上，嬌聲命令：「你們還不過來替我放鬆身體？」

無知的艾妮，她沒想到蘇梓我的魔爪正逐步逼近；接著就是變形術解除的時間，就像灰姑娘過了十二點變回原樣，不過蘇梓我選擇變成了一頭色狼。

結果，西迪與艾妮在同一時間都被娜瑪和蘇梓我制伏了。

10

「撒旦大人、撒旦大人！」

「喔，妳醒啦？」

翌日早晨，蘇梓我坐在艾妮床邊，笑道：「看來妳很喜歡撒旦呢，還有耶洗別和西迪，妳在夢中一直喊這幾個名字。」

艾妮一絲不掛地爬起，怒視蘇梓我。「這不用你管。你昨晚不但用小紅小火的身分來蒙騙我，還用撒旦之血的氣味來擾亂我的心智，這筆帳我一定跟你算。」

「算清了啦，我們都是互相用計欺騙對方，而最後我贏了。」

艾妮依稀記得昨晚的事，因此焦慮萬分，還在思索如何擺脫眼前的男人。

蘇梓我看穿她心思，說：「不用指望西迪了，她已歸順撒馬利亞，就別再打什麼鬼主意。」

「不可能，西迪妹妹她現在怎麼了？我要見她！」

「別心急，等妳換好衣服，我再帶妳見大家。」

蘇梓我交叉手臂坐下，一位侍女走進帳篷把衣服遞給艾妮，艾妮只好在蘇梓我面前更衣。接著兩人走出帳篷，看見有士兵正在清理燒焦的木頭和屍體，看來在自己被蘇梓我制伏後，迦特要塞也被他控制了。走著走著，忽然有少女的淒厲喊聲從軍營的空地傳來。

「嗚嗚……那是誤會！」

原來娜瑪也來到要塞會合，在她大哭大鬧的身影背後，還有攙扶著她的西迪。

艾妮連忙跑上前，西迪這才放開娜瑪，驚嘆道：「艾妮，妳沒事嗎？」

「這句話應該換我問！那些人有對妳做什麼嗎？」

西迪有點尷尬回答：「其、其實我已經決定追隨阿斯摩太閣下，所以不用擔心。艾妮，妳不如也加入我們好嗎？」

但娜瑪在旁哭道：「妳這個笨蛋，我才不接受妳的追隨！」

只是無論娜瑪怎麼想推開西迪，都甩不了她。艾妮不敢相信眼前景象，質問西迪：「難道妳選擇背叛耶洗別大人？」

西迪內疚又無奈。「畢竟是所羅門魔神，還是應順從自己的身分，與阿斯摩太閣下一起……」

「笨蛋！」娜瑪大罵：「本小姐才不要跟妳有什麼關係！」

「可是已經發生關係了……」

聖德芬鼓頰抱怨：「對，想不到娜瑪媽媽是那副德性，居然在聖德芬的門前、在走廊上與西迪行淫。聖德芬太失望了！」

「嗚嗚……聖德芬妳聽我說，那是誤會……」

「以後聖德芬不要跟娜瑪媽媽一起睡，很危險！」

西迪嬌聲抱著娜瑪的頭說：「聖德芬不願意的話，就由我來陪娜瑪大人睡。」

「就是妳害我被聖德芬誤會的，妳走開！」

想不到希伯侖的女人都是同性戀，蘇梓我嘆氣說：「居然趁我不在就跟我比拚收後宮。」

「人家才沒有……聖德芬都不聽我的解釋……」

「不過都說為母則強，怎麼妳當了母親後，變得更加沒出息啊？」

一陣吵吵鬧鬧，看得艾妮不知所措地呆站著，還在思考為何自己會敗給這些人。良久，她終於開口：「既然西迪已經投降，也許這就是命運安排，我與野貓藝團一起歸順撒馬利亞大公。」

於是艾妮與蘇梓我交換契約、連結靈魂，蘇梓我獲得了艾妮的能力，忽然看見半空浮著另一位鳥翼獸耳的少女；對上眼神，少女立即臉紅，喃喃自語。

蘇梓我抬頭問：「妳又是誰啊？」

西迪卻感到奇怪。「蘇大人在跟誰說話？」

「妳看不見嗎？有個靈躲在天花板偷看我們。」

西迪搖頭，其他人亦一臉茫然，直至少女降落地上，大家才嚇了一跳。

艾妮解說：「其實我剛才也有看見這位少女，應該是拜顯現術所賜；那是我的技能，通常在旅行時用來尋找隱藏的寶藏，並拿給西迪賣錢，尋人也是第一次。」

西迪補充：「換言之她就是以前說過的格雷希亞拉波斯，第二十五位所羅門魔神，擅長透明術，最終卻在顯現術之下現身。」

鳥翼獸耳的少女面紅耳赤地說：「阿斯摩太和西迪昨晚的事情、太刺激了！」語畢，她就「砰」聲暈倒，動也不動。

才剛靜下，馬上有個巴別巨漢跑來稟報：「撒馬利亞大公閣下，剛才我們整頓要塞時發現了一件寶物，特意呈給大公閣下。」

那是一把散發黯淡綠光的魔法弓。艾妮說：「沒見過這把寶弓呢，也許是巨人族留下來的。巨人族個子巨大，無法使用正常大小的弓箭，大概就把它當成雜物扔到倉庫裡吧。」

「哈哈，那些蠢蛋哪裡懂得用弓，我看他們連生火都不會。」蘇梓我接過弓箭，右手赫然發光，竟與獸印發出共鳴。

艾妮喃喃道：「這是所羅門魔神的魔力波長……這是『勒萊耶的毒弓』！」

「勒萊耶？」蘇梓我示意娜瑪說明。

娜瑪說：「所羅門魔神排名第十四位，是擅長暗殺術的弓箭手，但已有幾百年沒有惡魔繼承此名號了。」

「有什麼原因嗎？」

「因為勒萊耶擅長超視距作戰，據說能拉弓射殺十公里外的麋鹿，令人聞風喪膽。歷代的巴力西卜都不喜歡勒萊耶，怕他會暗殺自己、危害王權；有傳聞說希伯侖那邊派人殺死了勒萊耶，並隱埋了勒萊耶的名號和力量。」

聽娜瑪說完，場上眾魔紛紛注視著這把暗殺利器，歷代當權者所畏懼之法寶。艾妮猜想，究竟蘇梓我會不會跟巴力西卜一樣不喜歡此物，這樣獻上寶具的人不就成了罪人？

「你叫什麼名？」蘇梓我對前來通報的巴別巨漢問道。

「呃，小的是……」

「算了，反正我也不會記得，哇哈哈！」蘇梓我喜道：「但這寶弓確實是好東西，所有屬於本王的都是好東西，你和你的同伴下去領賞吧。」

艾妮問：「那麼勒萊耶的毒弓該如何處置？」

蘇梓我想了想。「艾妮，昨晚妳的手下們身手實在厲害，每次的埋伏都差點要了我的命，妳們一定有個擅於用兵的惡魔吧。究竟是誰？」

「是小鳥。」艾妮說：「小鳥是我們的弓兵隊長，蘇大公想見一見她？」

「這麼厲害的人物居然不在席上？」

「小鳥十分害羞，不習慣在太多陌生人前露面。」於是艾妮吩咐肩上的紅毛貓跑去城樓傳話，過了十分鐘，一位淡紫雙馬尾的女孩便戰戰兢兢地來到眾魔面前。

「妳就是小鳥？」

「是、是的……」小鳥驚恐回答，一見蘇梓我像野獸般打量自己，更覺可怕。

此刻蘇梓我心想著，大概小鳥再過一年就可以食用，不對，聽說惡魔長得比較快，雖然也有思思那樣長不大的例子，但無妨。反正艾妮昨晚滿足了他，蘇梓我今天尚算清醒，便得意地笑著把勒萊耶的毒弓交給小鳥。就當給她鳥糧養成她好了。

小鳥雙手遲疑地接過弓箭。「這是送給小人的？」

「對，從今天開始，妳就是繼承勒萊耶名號的惡魔，本王賜妳男爵爵位，並立下所羅門魔神的契約，交換靈魂的牽絆。」蘇梓我笑問：「妳願意成為本王的直屬魔神嗎？」

小鳥連忙搖頭。「如此貴重的寶物我怎配得上……而且爵位……咦？」

蘇梓我強行捉住小鳥的手笑道：「看來是接受了呢，那就立即訂下契約吧。」

艾妮在旁看著，對蘇梓我稍稍改觀，至少不像會成為另一位巴力西卜。

佛爾卡斯呵呵笑地說：「恭喜大人。老夫一直希望幫忙蘇大人召回七十二位魔神，尤其是五色騎士，今天總算完成了其中一個任務。」

語音未落，小鳥忽然一身光芒，身披綠色斗篷，頭上插上羽尾裝飾，搖身一變成為翡翠色的弓箭手，雖然本人還在震驚當中。

佛爾卡斯摸著鬍子笑道：「黑騎士的翼騎兵，白騎士的魔法騎兵，紅騎士的輕騎兵，藍騎士的重騎兵，最後就是綠騎士的弓騎兵了。」

五彩御林騎士終於集結在蘇梓我的麾下，蘇梓我哈哈笑道：「看來天助我也，你和雅典娜商量一下，下次與巴力西卜見面就是決定天下的大戰了！」

11

迦特要塞原本的旗幟被砍下，換上了蘇梓我畫像的軍旗；城牆上每二十步一旗幟，向全魔界宣告迦特要塞已經易主，使得在希伯侖的巴力西卜大發雷霆，竟把通報的惡魔當眾吞下洩憤！

伴隨悲鳴慘叫，只見十數尺高的巨大蟾蜍砸爛瓊樓玉宇，腳踏美食，王宮頓時夷為平地。他張開血盆大口大力吸氣，個個侍從宮女被吸進蟾蜍巨肚，其他人則倉皇逃竄，城內一片混亂。

畢竟是最強的所羅門魔神，巴力西卜生氣時足以撼天動地，口吐臭氣籠罩方圓十里，活像會走路的巨大災禍，沒有惡魔能阻止。

「那人類搶走我的田地、搶走我的食物，我要把他全家吃掉！」

巴力西卜又飛撲到護城河喝光所有河水，他的肚子是無底深潭，邊罵邊吸掉王宮周邊所有的樹木和建築，希伯侖十分之一的土地都被巴力西卜吞噬。

只有耶洗別冒著狂風，千辛萬苦走到巴力西卜腳下，抱著他的腿說：「大人請息怒，你現在這樣只會被蘇賊等人嘲笑而已。」

「那本王的怒氣該往何處發洩！」

「向敵人發洩。大人記住這一刻的憤怒，我們終要跟蘇賊決一死戰，到時就能親手把他碎屍萬斷。」

巴力西卜睜大一雙充血的圓渾眼珠，殺氣騰騰。「沒錯，我要親口吞掉那賊子！耶洗別，快去通知所有侯王、伯爵，本王要號召全國所有惡魔，殺死蘇賊！不論男女老幼統統都要服役，我要集結一百萬的大軍！」

「這、這太亂來了。」耶洗別勸道：「我們佔據地利，兵力又比他們多，用不著調動所有惡魔圍捕幾隻蚊子啊。」

但巴力西卜一巴掌把耶洗別摑到十尺外，罵道：「就是因為一直採用妳的策略才兵敗如山，老被那人類佔便宜，逐漸侵佔本王的領土！莫非妳是蘇賊派來的臥底？」

耶洗別連忙跪下。「請大人明察，臣妾素來忠心耿耿，又怎會是臥底？這次我們雖失去了迦特要塞，但蘇賊同樣損兵折將；若繼續打消耗戰，待蘇賊鬥志磨滅大半，我們就能展開反擊。」

「本王忍夠了！立即向五侯傳話，命令他們即日起程，帶上封地所有惡魔圍剿迦特，把那黃毛小子趕回鄉下！」

耶洗別臉色一變。「大王三思，要是調遣百萬惡魔，各封地無人看管……」

「少囉嗦！這是決定魔界天下的戰爭，本王要用最強大的力量殲滅那些害蟲！」

巴力西卜怒氣沖沖地躍到城外，把高山吃掉一角，又把森林鯨吞下肚，把希伯侖弄得一塌塗。耶洗別看著那怪物般的背影，大嘆不妙：「如果召集全軍卻敗陣的話，巴力西卜千年以來的王國就會毀於一旦。為何要押上一切去賭一場意氣之爭，真是受夠了！」

耶洗別的婢女低聲說：「恕小人多言，這種時候小姐更需要冷靜。」

「底波拉，妳來得正好。我終日伴在那蟾蜍旁邊，感覺自己的智慧也被蠶食了。」

底波拉說：「小姐智慧更勝昨日，只不過失去冷靜罷了。」

「真慚愧，在我勸說巴力西卜時自己也失去了冷靜。其實換個角度想，這次巴力西卜無論如何都會失去威望，豈不是將希伯侖易主的好機會？不過仍須應付蘇梓我，已無暇剷除巴力西卜的黨羽。」

「請小姐放心，奴婢有兩虎相爭之計，蘇梓我的事就交給小人去辦。」

「底波拉妳……」耶洗別嘆道：「現在我能信任的就只有妳了。之前派出的所羅門魔神都一去不返，連埋伏在基色的密探亦失去聯絡。幸好妳與魔神無關，這樣蘇梓我也無法囂張下去。」

「奴婢聽說蘇梓我身邊有雅典娜為軍師，她是希臘最聰明的女神，真想與她較量一番。」

耶洗別恢復了笑容，並授予哥布林的兵符，命令底波拉：「妳也是以色列最出色的士師①，名聲沒理由在雅典娜之下，是時候證明妳的實力了。」

底波拉跪下接過兵符，迫不及待要大展身手。

12

希伯侖的氣氛如箭在弦般緊繃，迦特要塞則輕鬆得多。格雷希亞拉波斯，被大家簡稱格雷希亞，也被娜瑪的美色迷倒，跟西迪一樣整天黏在她身邊；娜瑪好不容易才跟她們約法三章，再把這兩個所羅門魔神推給蘇梓我，自己才有時間去哄聖德芬。

「總之當晚發生的是意外。媽媽雖然是夢魔族，但也懂得禮節，妳這樣誤會實在太令人傷心了。」今天娜瑪也是席地而坐抓著聖德芬解釋，聖德芬見她如此緊張，便說：「天使的道德要求很高，但娜瑪媽媽有悔意，聖德芬就原諒娜瑪媽媽。天使的心胸很寬闊的！」

娜瑪聽完便如釋重負，臉貼臉地摩蹭並抱緊聖德芬。蘇梓我見狀則嘆氣說：「小孩子生氣幾天就沒事，真是大驚小怪。」

「確實如此，就在娜瑪大人處理家事的這幾天，巴力西卜已號召百萬惡魔，前往非利士平原集合。我看他們每人一口，就能把迦特要塞蠶食掉。」雅典娜平靜地報告。

佛爾卡斯也道：「迦特要塞經歷連番戰爭，城牆結構受損，已經無法再防禦了。而且對方人數眾多，非利士平原不利防守，老夫建議還是先撤退回基色，利用基色與非利士平原之間的山脈為天然屏障，以對付敵人。」

---

①古代以色列的一種宗教稱謂，有軍事或政治領導者的職能。

蘇梓我忽然醒覺。「對，此役目的是要收服巴力西卜的暴食，差點被娜瑪的色慾擾亂了。」於是他接受了佛爾卡斯的建議，全軍退回基色重整旗鼓。

巴力西卜得悉蘇梓我撤軍後，便率領他的百萬惡魔大軍佔領非利士平原歃血誓師，聲勢浩大，營帳連綿百里，旗幟飄揚恰似一望無際的稻田。

旗面是代表希伯侖的灰色，上面還有六種圖案，分別代表一位大公王及五位侯王：

梅菲斯特——亞實突領主，夢魘族的魔王；與只有女性的夢魔族相對應，夢魘族則是男性的睡魔，以吸食女性精氣為主。夢魘軍隊，可以說是夢魔族的剋星。

尼斯洛克——底壁領主，人稱鷲頭魔王，是希伯侖的御廚。他憑出色的廚藝討好巴力西卜，如今是巴力西卜的親信，統領半人馬騎兵全力支援希伯侖王。

錫蒙力——何珥瑪領主，外貌是一副骸骨，號稱不死魔王。身為所羅門第六十六位魔神，錫蒙力擅長麻醉術，能使生物失去痛覺；因此他的不死族部下全都低智商且不怕死，使何珥瑪成為唯一能做到全民皆兵的領地，大軍助戰氣勢磅礡，行軍每步都響震天際。

沙克斯——加薩領主，外形是黑色禽鳥，人稱黑鳩魔王。同時他也是排名四十四位的所羅門魔神，擅長「聾啞術」，歌聲能奪去他人視力和聽覺；聽見沙克斯的歌聲就再也聽不到其他聲音，看不到世間模樣，只能等待死亡。

最後是五侯之中最強的魔王——巨靈魔王伊布力斯。

所謂巨靈，亦稱鎮尼，原本是遠東地區的巨神族。他們沒有固定形體，是純粹的神力化身，不論力量和智慧都無法估量。

對現代人來說，最有名的巨靈莫過於神燈精靈吧。因擁有偉大力量，能實現渺小人類的任何願望，在各個文明中都屬於上等存在。

而伊布力斯更是巨靈之王，祖先曾與撒旦交戰且能不敗，足以與龍族之王齊名，力量更不亞於巴力西卜。不過巴力西卜的祖先曾用計騙伊布力斯效忠自己，結果如神燈精靈般被困住，不得不對歷代的巴力西卜言聽計從，此戰更是不遺餘力。

以巴力西卜為首，五侯為輔，其餘還有上千位爵位惡魔，低階惡魔百萬有餘。暫時阻隔如此軍勢的，就只有基色與非利士平原間的天然屏障——翔龍山及蟠龍山。

兩座都是魔界數一數二的高峰，合稱雙龍山脈；地勢險峻、峰迴路轉，只能從雙龍峽或蟠龍小道穿越山脈，算是基色最後的天險了。

但六柱魔王又何懼天險？在兩軍隔山對峙的第四天，巴力西卜下令進攻雙龍山峽，正大光明地走雙龍峽的官道，在出發不久就看見有頭赤龍左右踏在山峽之間，高高在上，龍吟大笑：

「本王是撒旦力量的正統繼承者，撒馬利亞的赤龍大公；我不怕你們烏合之眾，就站在山上等你們蟾蜍一家！」

蘇梓我的喊聲越過萬名士兵，挑釁後方指揮的巴力西卜，巴力西卜勃然大怒，立刻放大身體，躍過前方兵馬，同樣在峽谷上與蘇梓我對罵：「你這賊子竊走彼列和亞巴頓的領土，又仗著撒旦大人的血招搖撞騙，洗好脖子等本王砍下來吧！」

赤龍與草色蟾蜍的巨影在山上吵架，蘇梓我神氣回話：「我看你們就只有一張嘴，自誇六王聯軍卻統統躲在下階惡魔身後，仗著人多勢眾大放厥詞，實則膽小如鼠，有何資格取下本王人頭？」

蟾蜍噴氣怒道：「你胡扯什麼？我們希伯侖每個惡魔都比你們賊黨強出百倍！」

「口說無憑，你敢接受挑戰？」蘇梓我說：「本王有上將娜瑪，可斬殺你們全家，看你們整個希伯侖有誰敢跟她單挑比試！」

巴力西卜大怒。「區區一夢魔，本王派出夢魘魔王凌辱你的妃子，看你還有何臉面站在山上叫囂！」

遠處山下的娜瑪聽見，喃喃自語：「為什麼又要本小姐上陣？」

雅典娜答：「抱歉，昨天佛爾卡斯找我商量，我便提議由娜瑪大人出戰。畢竟蘇大人上陣的話，以爵位匹配，對方只能是巴力西卜迎戰，就算他如何魯莽也不會中計。所以只能讓撒馬利亞最勇武的娜瑪大人打頭陣了。」

「就算再如何讚美，本小姐也不會上當。對方是我最討厭的夢魘族，理所當然免疫所有魅惑術，我最不擅長應付了。」

而且夢魘族習慣只穿上衣，赤裸下身，露出巨大天狗鼻，那也是娜瑪覺得最噁心的地方。

「就知道娜瑪大人只喜歡看蘇大人，看不慣其他男人；眼不見為淨，蘇大人專門為妳準備了武器。」

「這是……」娜瑪接過聖武具，隨即壞笑道：「好，這樣我就有目標！」接著滿心歡喜地飛走了。

「娜瑪大人還真毫不隱藏自己的本性。」雅典娜接著望向山峽。

此時赤龍與蟾蜍已經退下，換成男女夢魘上陣對峙。首先喊陣的是赤裸下身的梅菲斯特：「很騷的美女，我要把妳的——」

污穢不堪的話語，同在山下觀戰的阿提蜜絲立刻掩住聖德芬的眼睛耳朵，卻無阻她蹦蹦跳跳地為娜瑪喝采加油。

娜瑪在半空埋怨：「真是太變態了，而且聖德芬在場，不能讓這變態夢魘繼續放肆！」

頃刻間，娜瑪右手便充滿了電流火花，紫氣化成槍刃，雷霆火槍便從天而降，猛地轟向梅菲斯特！

梅菲斯特伸出雙掌在胸前畫出正三角的防禦結界，硬生生擋下了閃電火——爆炸出濃濃黑煙，空氣滿是燒焦氣味，但結界仍牢不可破。

娜瑪顯得有點意外。「居然能接下本小姐一槍，這年頭的惡魔是越變態越厲害嗎？」

梅菲斯特撫摸著自己下體說：「這樣的話我也要回禮，給妳嘗嘗我的夢魘長槍——」

「少囉嗦！」只見娜瑪全身魔力瞬間提升，幾乎沒間斷地連環投擲閃電火！梅菲斯特還來不及驚恐，閃電火已轟到眼前，他再次張開三角結界，但閃電魔力遠遠凌駕自己，不禁心道：這不止是侯王的魔力，她還吸了其他惡魔的力量！

娜瑪絕不承認自己吸收過西迪和格雷希亞的精氣，她大喝一聲，天空閃爍一刻，紫雷便應聲轟破梅菲斯特的結界、直擊向他——

梅菲斯特全身觸電，但電流掠過後竟安然無恙。

「怎麼會這樣？」娜瑪仔細觀察梅菲斯特，才看見他背後有條長長的老鼠尾巴，一直延伸至地上；有鼠尾接地，加上魔力護體，梅菲斯特變成活生生的避雷針，不怕娜瑪的閃電火。

娜瑪見狀只好將閃電化成大鐮，追砍夢魘的尾巴！鏘鏘數聲，梅菲斯特亦以大鐮應對，兩人鐮刃在空中劃出刀光火星；魔力圍繞他們身周碰撞爆炸，一般惡魔根本無法追上兩位侯王的身手速度。

梅菲斯特笑道：「想砍我的尾巴，門都沒有！」

梅菲斯特側擺身子，電光石火避過娜瑪一刀，更趁勢反擊——

「蠢材，本小姐要砍的尾巴不是後面！」

只見娜瑪化成一團黑霧消失，下一秒已在三尺外的死角擲出鐮刀；鐮刀最愛砍男人的性器，轉彎追蹤梅菲斯特的胯下，一道光便切斷他的性器！

「啊啊——」梅菲斯特悲痛大叫，全身發抖；夢魘的生命都藏在胯下，精氣從傷口流失，梅菲斯特便化成一灘白液消失。

在雙龍山脈西方駐紮的軍團歡聲四起，東邊則悄然無聲。

有個不太高興的人喃喃自語：「雖然戰勝，但還是想把今天的經驗從記憶中抹去……」娜瑪嘆氣。

13

「哇哈哈哈！」蘇梓我意氣風發地飛回蟠龍山上，赤龍的巨影籠罩著腳下的希伯侖百萬惡魔。他高聲嘲笑道：「就說你們是烏合之眾，連我女人都打不贏，巴力西卜你這廢物還有何資格與我作對！」

龍吟笑聲在山谷中迴盪，巴力西卜漲紅了臉，圓形凸眼氣得快要掉出來，原地跳罵道：「這場不算，那梅菲斯特太沒用了。你再派一侯王，我保證這次要把你的下屬五馬分屍！」

蘇梓我暗喜。「就再給你們一次機會，這次我派出巴別城主伊西斯，古埃及最偉大的女巫，全魔界擁有最豐富魔法知識的大女王！我看你們百萬惡魔裡，同樣沒一個是她的對手！」

巴力西卜不甘示弱，張嘴大笑：「這樣我派出黑鳩魔王來殺你的巴別女王，可別反悔喔，哈哈哈！」

巴力西卜揮手示意身後士兵擊鼓助陣，蘇梓我也飛回西邊軍營讓伊西斯出戰。基色的軍營亦響起隆隆戰鼓，兩頭黃金獅子為伊西斯打氣送行：「祝大人旗開得勝。」

伊西斯則微微噘嘴說：「蘇大哥找了個麻煩給我呢。」

「哇哈哈哈，本王相信妳的力量。」

蘇梓我飛走，雅典娜則對伊西斯耳語：「剛才已經預先施法了，只要穩住陣腳，自能取勝。」

伊西斯說：「既然是智慧女神的計畫，我相信妳。」

於是伊西斯緩緩飛往山峽上空。沒有騎著獅子，她就只是個嬌小的少女孤身飄在空中，像颳起風就能吹走似的。

東邊軍營則飛來漆黑巨鳥，是一黑鳩，羽毛烏黑閃亮，眼睛是血紅色，是隻不祥的凶鳥。

「喳喳，妳就是本鳩的獵物嗎，看起來內臟很好吃呢。」沙克斯譏笑說著，鳥喙散發淡淡幽光，鋒利得能劃開獵物，叼出內臟來吃。

伊西斯以念動術問蘇梓我：「沙克斯是第四十四位所羅門魔神，殺死他可以嗎？」

「雄性的殺掉也沒差，之後把他的靈魂拿回來給我就好。」

「明白。」伊西斯單手撥開前髮，按住左眼，燃起深藏右瞳的火焰，並以荷魯斯之眼宣告：

「我要奪去你的性命——」

突然伊西斯眼前一黑，再也分不清上下左右，不知自己身在何方。荷魯斯之眼失效了。

「喳喳！本鳩的盲聾術就是妳的剋星，今日就是妳的死期了！」沙克斯一邊唱歌一邊說：

「享受本鳩的送葬歌聲吧！」

沙克斯的喉嚨結構奇特，無須換氣，就像背景音樂般能持續哼唱高頻魔音。魔音的振動隨皮膚吸入，能擾亂神經，就算伊西斯掩著耳朵也無法防禦——

「去死吧！」

沙克斯收起翅膀，全身如箭般向伊西斯猛衝！伊西斯用心凝神，用第六感感應魔力流動，千鈞一髮讓黑鳩驚險掠過，裙襬被切斷一截。

一波未平，殺勢又起。沙克斯張開黑翼，迴身向伊西斯攻擊，伸出五指、鉤爪猛地一闔——此擊殺氣太重，伊西斯自小就在監獄裡生活，對此尤其敏感，急忙退後半步，又再避過一劫。

「真厭煩。」伊西斯暗道：「一雙眼睛和一對耳朵無法正常運作，這種作戰真是累人……咦？」

突然一切感官皆被斷絕，不但視力與聽覺，就連魔力的感應也消失，彷如一雙巨大手掌握困自己，伊西斯也不知發生何事。

遠方兩邊軍營看得非常著急，尤其是黃金獅子兄妹。沙克斯的歌聲無法影響百里，伊西斯的險境正清楚地映在芭芭拉的金色瞳眸中。

「伊西斯大人被黑色羽毛陣包圍了……會不會有危險？」

無數黑羽聚成一巨大球體，把伊西斯所在的空間包裹起來，完全隔絕伊西斯的對外接觸，就算蘇梓我想用念動術提示也傳不了話。

飛在黑球外的沙克斯大笑道：「這是最後一招了，我要把妳的肉逐塊切下來吃掉！」

黑羽巨球開始變形變扁，球面一些羽毛化成利刃，向裡面盲聾的伊西斯攻擊──

突然一陣金光綻放，從羽毛縫隙流出，照亮了魔界天空！接著一頭黃金獅子破繭而出，展開火翅如鳳凰涅槃、浴火重生。

伊西斯變成黃金獅鷲，十分興奮，猛地飛撲向沙克斯，抓住了他的鳥翼！兩魔如流星直墜蟠龍山，轟隆一聲炸出大坑，揚起濃煙灰塵。

沙克斯大驚。「為什麼！妳是誰，怎麼能破解我的盲聾術？」

「我是可愛可愛的大貓，現在輪到貓的反擊喵！」

伊西斯雙眼炯炯有神，對答如流，連聽覺都恢復了。她一爪把沙克斯的羽毛強行拔掉一大撮，黑鳩身軀噴出鮮血，痛苦地大叫救命。

可是雀敵不過貓，而且對手更是視貓為神靈的埃及古神，魔界最偉大的女巫，沙克斯亂抓亂踢無法掙脫，自知大禍臨頭，頭腦頓時清醒覺悟。

「是華利弗的變形術？變成了黃金獅鷲──」

「沒錯，虧你是所羅門魔神，居然敢跟蘇大哥作對。你的能力我們早就知道得一清二楚，你不過靠著羽毛封閉皮膚毛孔，藉此隔絕魔音喵！」

伊西斯化成獅鷲，同樣能用母獅的毛皮隔絕高音頻，免疫盲聾術。盲聾術失效後，雙方高下立見。

「別殺我！」沙克斯求饒：「我轉投靠撒馬利亞大公，我也是所羅門魔神，一定能幫上忙的！」然而他在羽毛中暗藏毒刺，已瞄準伊西斯的脖子……

「不行喔，蘇大哥說不收男人。」伊西斯對沙克斯嬌聲微笑，獅爪猛力揮下——所羅門魔神的靈魂被收到血爪裡，第二場侯王戰便以此告終。

14

伊西斯把沙克斯的靈魂叼回來，獻祭給蘇梓我，收下第二十二柱的所羅門魔神之魂。蘇梓我氣勢更旺，鼓動龍翼飛到雙龍山峽上叫陣：

「這就是所羅門魔神背叛主人的下場！別以為死到臨頭就能裝死求饒，想活下來的，現在就棄暗投明加入本王陣營吧，哇哈哈哈！」

赤龍目光又橫掃山下希伯侖的軍陣，掠在錫蒙力身上。見此巴力西卜又躍到山上回罵：

「本王才是所羅門魔神的第一人，惡魔永遠不再從屬於人類，更何況是你這僥倖撿到印戒的賊子！」

「咦，你這頭蟾蜍還在啊？我手下隨便就殺掉了你的兩王，難道你不為自己感到羞恥嗎？」

巴力西卜十分生氣，甚至生氣得忘記食欲，頭腦更能用在思考。他反問蘇梓我：「希伯侖人才多如牛毛，反倒你軍中還有哪位侯王？」

「當然還有西迪女王。」蘇梓我自信滿滿回答：「聰明的王都選擇投靠撒馬利亞，希伯侖就是以你為首的垃圾場，不用打都知道誰勝誰負。」

「西迪那傢伙忘恩負義，我要派王向她宣戰！」

這時鷲頭魔王，巴力西卜的御廚尼斯洛克便自告奮勇說：「臣願為大王出戰，取下逆賊西迪的首級，用她的血肉烹湯給大王享用。」

「好！尼斯洛克從不讓本王失望，這次就看你了！」

話說尼斯洛克的祖先是公元前亞述帝國的偉大鷲神，但天魔戰爭後地方神漸漸失勢，崇拜他的亞述王國在一夜之間被殺了十八萬五千名士兵，屍骸遍布；尼斯洛克看見慘狀對天使族恨之入骨，在逃遁魔界前決定向天使報復。

他望向從各地蒐集回來的刀刃，當中有把泛著幽光，能剖開次元的神器。於是他用次元之刃入侵伊甸園，偷走智慧之果，並帶回魔界留給後代栽種智慧之樹。

經過兩千多年、十個世代交替，尼斯洛克十世終於得償智慧果實，能竊取伊甸園的力量，好使他挾著強大魔力站在雙龍峽的半空。

另一邊廂的西迪則有點尷尬，拿下單眼鏡對蘇梓我和娜瑪說：「戰爭非我所擅長，身為商人，我偏好穩紮穩打，打有把握的仗。」

蘇梓我笑道：「我可是對妳很有信心呢！」

西迪回道：「但尼斯洛克吃盡珍饈百味，對我的魔法蜜餞免疫，只能靠實力對抗。論戰力，尼斯洛克在我數倍之上，不對，再加上智慧果實，肯定高我十倍。」

娜瑪合掌拜託：「但這是我們唯一能取勝的方法，一切就看妳了。」

「既然娜瑪大人都這麼說，我照做就是。不過回來的報酬，娜瑪大人可不能吝嗇呢。」

蘇梓我望著兩女，翻了翻白眼。

「總、總之，你這笨蛋快把東西拿給西迪！」

於是蘇梓我拍拍手掌，斯伯奈克便呈上一把寶弓。蘇梓我把弓交給西迪，並高聲宣布：「現在本王就借妳勒萊耶的毒弓，並命妳用此弓射死尼斯洛克！」

軍營戰鼓隨即響起，為西迪壯聲威出戰。

15

侯王與侯王單挑的舞台又換上新的一組，西迪拿著不熟悉的弓箭站在尼斯洛克前，魔力明顯相形見絀。

「弓箭呢。」尼斯洛克盯著西迪威嚇道。

西迪雖然自知力量不及尼斯洛克，但就像商人之間的談判，不亢不卑，不讓對方知道自己的底牌，繼續交涉：「我的弓箭將會是你見過的最鋒利的刃具，因為過了今天，你再不會有將來。」

尼斯洛克冷笑。「是喔，請指教。」

接著他的雙手帶著殘影，迅捷地從腰間拔出長短廚刀，下一秒整個人逼近到西迪面前，猛力橫揮短刀！

西迪蹬腳躍後，眼見短刃驚險掠過，長刃卻已在頭頂砍下——

鏘！西迪橫弓擋住，弓把正好對準尼斯洛克的臉，便快手拉弦反射一箭——光影碰撞，尼斯洛克徒手接下箭矢，再一腳踹向西迪的胸口，將她蹬飛十尺！

「真慢，又弱，說到底也不過是個女魔。」吃下智慧之果的尼斯洛克，據說能竊取伊甸園的力量，其背後隱約有連接異次元的魔力帶，正是如此力量使他不把西迪放在眼內。

「少廢話，再接我一箭！」

西迪語音未落，猛地引弓射箭。不過尼斯洛克有個庖丁解牛的技能，所有生物在他眼中都只是肉塊；肌肉、血管，任何微小變動都逃不過他的法眼，因此在弓箭還未離弦前，他便以推敲出毒箭方向。

嗖！尼斯洛克輕描淡寫歪頭避箭，腰間揚起桌布，布下取出一把刀身刻有符文的廚刀。他提刀大喝，西迪側身迴避，卻只踏出半步就被尼斯洛克捷足先登，往她正要迴避的方向砍下！鮮血濺起，刃上符文染紅，西迪掩著負傷的左手臂連忙後退。

這是實力的絕對差距，兩人強弱懸殊，西迪之前說自己弱於尼斯洛克十倍，一點也不誇張。

尼斯洛克笑了，巴力西卜也笑了，西迪則全身發抖，只剩下求生的本能。

——抱歉，讓西迪大人受苦了。

忽然在西迪腦中傳來口訊，是新任綠騎士的勒萊耶。

◇

就在同一時間，百里之外，勒萊耶與艾妮正埋伏在遠離戰場的草叢堆中，鬼鬼祟祟。

艾妮低頭小聲說：「小鳥，不對，勒萊耶，能早點準備好嗎？西迪看起來快撐不下去了。」

「剛剛聯絡上西迪大人，我大概摸清了尼斯洛克的動作。」上一秒勒萊耶還有些惶恐，下一秒卻脫胎換骨似的。

勒萊耶踏前一步，雙手則緊握勒萊耶的毒弓，並冷靜告知遠方的西迪：「箭頭已經瞄準尼斯洛克，請依照計畫，使用聖德芬的羽毛封印智慧之果，截斷他的神力來源，一有機會我就放箭射殺那鷲頭。」

原來西迪手中毒弓是斯伯奈克用兵裝術複製出來的，力量大減，交給西迪使用則更弱，卻正好讓尼斯洛克掉以輕心，不知真正的敵人其實在百里之外。

「明明是你這笨蛋提議單挑的，卻安排暗箭傷人。」

蘇梓我大笑回答娜瑪：「勒萊耶的絕技是暗箭術，連這樣都提防不了，死有餘辜！」

娜瑪說：「但若被巴力西卜發現的話，他肯定會惱羞成怒，起兵打過來啊。」

「笨蛋，都說是暗箭術，被人看見的話就就叫明箭了！」蘇梓我說：「做壞事只要不被發現就好，本王給勒萊耶立功的機會呢，嘿嘿。」

◇

另一邊廂，其實西迪早就知道自己只不過是幌子，真正的打手是潛伏在她西北身後的勒萊耶。她的任務就是擾亂尼斯洛克，使三人位置連成一直線，掩飾勒萊耶的暗箭——

「妳全身盡是破綻！」尼斯洛克毫不客氣，提刀再衝往西迪。

西迪舉起注有天使長力量的寶珠，用天使之力中斷伊甸園對尼斯洛克的神力補充——

尼斯洛克頓時全身魔力消退一半，吃了一驚，但依然沒有減退尼斯洛克想殺死西迪的決心。

尼斯洛克依舊飛快，西迪仍是步步受制；兩人身影交錯，百里之外就像指頭般的大小，但勒萊耶的眼睛卻能清楚捕捉尼斯洛克在空中的腳步，手指迅速追逐獵物的影子，箭矢則冷靜瞄準目標的頭顱，手、眼、神合一。

直至三點重疊，西迪大喝拉弓，勒萊耶亦箭在弦上——卻有一群不速之客正在接近勒萊耶。

一頭變色哥布林屈曲身子，急步走向士師底波拉報告：「前方有敵人潛伏，引弓向天。」

底波拉抬頭望向東方天空，喃喃道：「原來是二王相爭，暗箭在後。」

「首領，既然對方放暗箭，我們先把她殺掉吧！」

底波拉用食指姆指扣成一圈，圈內遠望勒萊耶，默默看她射出一矢——同時西迪亦在尼斯洛克面前放箭，半空中，尼斯洛克一刀劈下西迪之箭，再踏步上前。

「受死——！」

一枝暗箭始料未及地依附在明箭影子下，猛然冒出！

這才是真正的勒萊耶毒箭，尼斯洛克發現時已經太遲，毒箭已穿過他的腦袋、飛進魔界黑天深處，山下圍觀的希伯侖惡魔都為之驚呆。

16

目睹御廚被殺，巴力西卜比任何惡魔都要激動，肥大雙腿一躍山上，伸手衝向西迪！颷起迎面大風，西迪本已負傷，再怯於大公氣勢竟動彈不得；電光石火間，蘇梓我伸出龍爪握住巴力西卜的手，兩大怪物在山上比拚力氣，西迪趁亂離開。

「如此迫不及待就想開戰？」蘇梓我嘲笑道：「我明白，本王派出三王，三戰全勝；而你呢？派出三寇，三戰盡輸！說出來真是大快人心，哈哈！」

巴力西卜駁斥：「尼斯洛克佔盡優勢，那女魔肯定用了什麼詭計，我同樣要把她碎屍萬斷！」

「輸掉三仗連尊嚴都輸掉了嗎？居然淪落到要欺負區區一個侯王。」

巴力西卜喝道：「我不服，輸了三仗，第四仗我一定贏！你軍中還有最後一位侯王吧，這次我要派出最強的——」

蘇梓我搶道：「話說本王的部下埃力格侯已迫不及待想領戰功，你這次又要派出誰來受死？伊布力斯嗎？」

巴力西卜冷靜下來細想。如今手下只剩錫蒙力和伊布力斯，不用多說，伊布力斯的力量肯定遠超於錫蒙力，甚至巴力西卜要依靠這巨靈來穩定軍心；因此伊布力斯理所當然遠遠強於埃力格，派他上陣沒有會輸的理由……

但見蘇梓我面無懼色，似乎是期待自己派遣伊布力斯迎戰？巴力西卜心想就像剛才不知用了什麼詭計殺死尼斯洛克，蘇梓我一定又想趁這機會除掉本王的最強魔神……

蘇梓我偷笑。「為何猶豫不決？要等媽媽替你拿主意嗎？」

「本王只是陶醉於之後大捷的情景。」巴力西卜答道：「我手下不死魔王與你的賊將同樣擅騎，旗鼓相當，這樣對戰最為有趣。」

蘇梓我頓時臉色一沉，啞口無言，良久再放話：「好，你等著瞧！」

接著就匆忙返回西邊軍營，巴力西卜見狀便大笑地回去軍營。

◇

山下，蘇梓我說：「那隻癩蝦蟆，腦袋是果凍嗎？這樣也能當上三公，卻不知全都是按照本王的劇本進行。」

娜瑪回答：「你也只不過靠雅典娜的智慧，還有佛爾卡斯的火占術擬訂策略罷了。沒有本小姐這樣優秀的部下，你就跟那沒腦袋的蟾蜍大公一樣。」

蘇梓我不明白。「妳這話前半段還可以理解，但妳跟雅典娜和白老頭又有什麼關係。」

「可惡，本小姐好歹也有替你首戰大勝！」

「我不記得。」

「……你要多點留意本小姐才對！」

蘇梓我故意無視了娜瑪，轉頭告訴埃力格：「與錫蒙力決戰沒有任何策略，你們兩個同樣是所羅門魔神出色的戰將，剩下的關鍵性差異只有一個，你明白嗎？」

馬背上的埃力格恭敬回答：「末將明白，必定不負所望。」

「去吧。」

◇

蝙翼馬來到空中，遙望雙龍峽上，半空就像放了一面鏡子：埃力格策馬飛近，對面亦有一位相似的黑騎迎面而來，直至雙方在空中對峙不足二十尺才停下。

第十五位魔神埃力格，武器是一對黑鋼長槍，顏色與漆黑魔法鎧甲相同；連同全身流著黑汗的蝙翼馬，尤如影子般默默支持在撒馬利亞軍勢，為五色騎士之中的主帥。

第六十六位魔神錫蒙力——左手提著用魔獸肋骨砌成的骨盾，右手是邪氣長槍，坐騎則是灰黑骷髏戰馬，名副其實是不死族的騎士；全身散發腐氣與黑騎士對峙，另有一種駭人的魅力。

雙馬八蹄在空中繞圈踱步，兩位殺氣騰騰的騎士都緊握武器，馭馬同時視線不斷碰撞，誰都不敢先動，亦不敢放鬆。

突然魔空閃雷，蝙翼馬高聲嘶叫，埃力格忽然策馬向錫蒙力突襲，馬上先來第一槍！錫蒙力同樣駕著骷髏馬直奔埃力格，兩匹戰駒急速接近、接觸，黑槍擊在骨盾上，騎士們擦身而過，剩下交鋒的魔力餘韻；雙方都佔不到便宜，非常謹慎。

「第二回合。」兩騎士異口同聲說道。

埃力格和錫蒙力同時回馬向對方急衝，一秒內縮短二十尺距離，擦身合戰的時間更只有一眨眼！這次埃力格往錫蒙力小腹一刺，卻被擋下，他右肩一疼，黑鋼槍身凹陷少許，同樣與錫蒙力的長槍擦出火花，兩匹馬互相錯過。

「第三回合。」兩方再度同聲。

雙方同樣回馬飛奔，途中骷髏馬高高躍起，從頭頂用骨盾硬破埃力格的槍陣，再接妖槍劃出半月！黑騎士的盔甲赫見裂痕，但仍未分出勝負。

緊接第四回合，雙方又策騎互衝，埃力格森然目光中帶著怒火，轉而向骷髏馬攻擊！他砍斷骷髏馬的一條肋骨，骷髏馬卻毫無影響，載著錫蒙力反把黑騎士的頭盔乘勢劈開，埃力格的頭髮頓時披散開來。

「幹得好！」巴力西卜看得入迷，屏息靜氣，直至看到這一幕才大喜喊好。另一邊廂的蘇梓我則是大怒。

「可惡！黑色的差點就被打死了！」

娜瑪說：「他們實力真的相當接近，稍有差錯就會隨時喪命。」

雅典娜補充：「而且錫蒙力的麻醉術能使自身與坐騎忘記痛覺，在戰場上更加威猛。埃力格擅長的是預謀軍勢，是萬人敵之術，而非用在單挑之上，這方面就較為不利了。」

娜瑪問：「所以蘇梓我說他們唯一不同的地方是什麼？」

蘇梓我向遠方埃力格伸出手掌，得意說：「當然是本英雄啦！」

說著同時，天邊兩騎士已大戰二十回合，埃力格和錫蒙力都是傷痕累累——但錫蒙力和骷髏馬依然充滿活力，說時遲那時快，又回馬交手第二十一回合！

埃力格交叉雙槍夾住錫蒙力的妖槍，用盡力氣雙手推開錫蒙力，雙馬再次互相錯過。

錫蒙力回馬笑道：「看來你已經累了呢，還要用雙槍才勉強擋住我的單槍。」

埃力格沉著應戰。「廢話少說，我現在熱血沸騰，恨不得馬上分出勝負。」

再交一戰，埃力格與錫蒙力互插一槍，但錫蒙力面不改色；反觀埃力格掩著小腹傷口，傷口血肉模糊，鎧甲滲出血水，埃力格幾乎沒有力氣說話。

「再來……」

「好，這下我就成全你去死！」

蝙翼馬和骷髏馬奮力衝前，拚上最後力氣——

埃力格大喝：「要死的人是你！」

蝙翼馬突然改變軌跡，化成百隻蝙蝠在眼前消失！下一瞬間，錫蒙力感到有魔力從右側而來，來不及提盾，整個人就被轟落馬下數十尺。

之前的疲態都是裝出來的，實際上，蘇梓我暗中將自身魔力不斷提供給埃力格；畢竟是契約惡魔，而且比錫蒙力拿掉痛覺自欺欺人好多了。此消彼長，其實真正處於弱勢的，是錫蒙力。

錫蒙力直墜山上，突感全身劇痛，在地上掙扎翻滾，這時他才知道自己身體早已滿目瘡痍。

埃力格策馬走到他面前。「這一場很精采的對決，你是個值得敬佩的對手。」

接著他提槍刺穿錫蒙力的心臟，第四場侯王戰也結束了。

17

巴力西卜憤怒大叫：「錫蒙力死了？為什麼又死了，怎麼本王的部下都如此不濟！」

赤龍蘇梓我吸收了錫蒙力的魔力，又再次展翅飛往魔空穹頂，用勝利者的黑影掩蓋希伯侖的失敗者，高聲挑釁：「又是大獲全勝，都贏到厭倦了呢，就不能讓我輸一次嗎？」

巴力西卜這才意識到他應該派伊布力斯出戰，當初若派伊布力斯就不會輸。他躍到山上叫囂：「小子，我們再來第五回合！我叫伊布力斯上陣，你快挑一個出來應戰！」

「伊布力斯喔，就是那個能單手毀滅一個國家的巨靈魔王嗎？真厲害！」蘇梓我大笑道：「可惜我手下四王已全數上場了，難道你想要剛才負傷的又再上陣，跟伊布力斯對打嗎？這樣你會被世人嘲笑喔。」

「……不用侯王，你隨便派個人出來，伊布力斯都能打贏！」

「不打了，不打了，哇哈哈哈！你這個傻子！」蘇梓我一邊擺尾大笑，一邊蹦跳下山，對巴力西卜不屑一顧。

巴力西卜更加生氣，在山上七竅生煙地踏地洩憤；砰砰數聲地動山搖，戰場魔瘴震盪，怒氣一發不可收拾。

◇

「前哨戰結束了。」雅典娜一手單持神盾，另一手高舉撒馬利亞軍旗，是銀盔甲的女帥正在指揮：「奉蘇大公之命，此役關係魔界命運，必須戰勝。

「伊西斯大人，請妳立即領軍前往雙龍峽堵住入口。但請謹記，囚人兵團練度不高，千萬不能戀戰，且戰且退。

「華利弗大人，你召集魔獸埋伏在基色方向的登山口，等待時機接應伊西斯的軍隊。

「還有對方必定會死拚、全軍衝破入口防線，桀派將軍、斯伯奈克將軍，當發現囚人軍團陣腳不穩，你們便分別從左右擾亂對方側翼，一定要死守住山脈瓶頸的地勢。」

娜瑪問：「可是對方那麼多人，打得多也會累，萬一守不住怎麼辦？」

「那就在前線開一個缺口，誘敵深入，再絕其甬道。」雅典娜告訴娜瑪：「請妳和聖德芬小姐先動身前往蟠龍山待命。埃力格將軍需要休息，但也請副將帶領翼騎兵飛往翔龍山；佛爾卡斯大人的軍隊還有夢魔軍隊會在後方支援，而艾妮的弓兵隊則作游擊。

「此仗的目標有兩個，一是死守山峽，二是殺死對方主將伊布力斯。伊布力斯的魔力是原始一等神的程度，其他人千萬別與他單獨交戰。以上，祝各位一切順利。」

◇

另一邊廂，巴力西卜回到自己陣地，召集大軍：「全都給本王聽著，蘇賊那廝欺人太甚，今天絕不能饒他性命！命你們立刻進軍穿越雙龍山峽，誰先殺死蘇賊將領，都重重有賞！」

在場百萬大軍都是五位侯王的士兵，但其中四王死了，麾下的貴族意見不一，面面相覷或議論紛紛；當中有貴族不敢擔當先鋒，而不怕死的又在搶打頭陣的軍功，看得巴力西卜甚不耐煩，大叫：

「一群蠢貨！衝鋒陷陣當然留給底壁的半人馬兵，其他步兵在騎兵開路後一鼓作氣，直闖敵陣顛覆敵兵，此役必勝無疑！」

巴力西卜也不是只懂虛張聲勢的惡魔，希伯侖大公王雙手撐天吼叫，魔力充斥方圓百里，壓迫感令其他惡魔窒息！再沒有反對的聲音，於是十萬名半人馬兵率先闖山，滾滾沙塵，四十萬大軍的馬蹄聲掩蓋戰鼓，浩浩蕩蕩如長矛直穿山峽，穿越破爛關隘，迎面遇上囚人士兵立即鳴鼓拔刀接戰。

打衝鋒的是半人馬兵，雖然尼斯洛克已經不在，但他生前對巴力西卜忠心耿耿，部下同樣視死如歸，大地上馬蹄交錯，個個以一敵十！半人馬用鐵甲撞散囚人兵團，配合手上長槍橫掃，腥風血雨。囚人雖有兵裝術新增裝備，但終究並非正規軍隊，要不是伊西斯以荷魯斯之眼掃視四周，形勢將會更加一面倒。

不過伊西斯的瞳術也絕非無敵，尤其在如此混戰，敵我難分，亂用力量容易誤殺友軍；再者，兩軍數目相差太遠，囚人只餘下數萬人，軍隊衝擊力遠不及半人馬兵團，很快就被壓退數十里，伊西斯的軍旗掉滿四處，快要被突破山峽——

「報！」

獸人傳令兵跑到巴力西卜面前跪下，巴力西卜問：「終於突破防線了？」

「不，前線的人馬亂跑亂撞，一片混亂，死傷無數！」

「怎麼可能，敵人都只是烏合之眾的囚犯！」

「是沙克斯的盲聾術！人馬的半人身軀擋不下妖術，全被奪去視覺聽覺；而且有一群長毛魔獸突然冒出，把盲聾的半人馬士兵殺得片甲不留，生還的靠著本能亂跑，前線便立刻潰散了。」

「魔獸？希伯侖的魔獸數量不多，繼續給我衝！盲聾術不分敵我，只要擊退那些魔獸就能封印法術，我們有一百萬個惡魔，半人馬也有十萬，直衝無妨！」

巴力西卜下令後十分緊張，在營內來回踱步。不久，又有另一戰報。

「突破防線了嗎？」

「報、報……撒馬利亞的兵隊突然勇猛起來，是錫蒙力的麻醉術！敵人不只有囚人兵隊，還有騎兵加入戰陣，前線依舊僵持不下。」

巴力西卜眼冒血絲，青筋暴現。「只要突破防線進入非利士平原，我們就能大軍壓境包圍蘇賊，你們還不明白嗎！」

「可、可是山峽難以容納大軍，已經無法再加快腳步了。山口又滿是屍體，差不多堆了幾尺高——」

「踏著他們的屍體上！一將功成萬骨枯，這就是戰爭。」巴力西卜又說：「其他閒著沒事做的士兵，從蟠龍小道繞到蘇賊後方，飛行惡魔則越過翔龍山形成兩翼夾擊，我看蘇賊還能撐到什麼時候！」

傳令兵又匆忙離開軍營，但巴力西卜依舊殺氣騰騰，無處發洩；旁邊最強的魔神伊布力斯見狀，便提議：「需要我出戰嗎？」

「不，蘇賊還沒有動靜，你要留下來對付那混蛋。」巴力西卜說：「我們兵力是蘇賊的十餘倍，不用怕，沒事的。」

接著又有士兵來報：「好消息！加薩的弓手亂箭困住了蘇賊的魔獸兵與紅騎兵，敵將華利弗和桀派負傷撤退了。」

又報：「敵將伊西斯同樣負傷不見蹤影、生死未卜，但對方陣線已經開始潰散，只要有增援，我們便能突破包圍，直搗基色。」

巴力西卜大喜：「好！太好了！要多少士兵，後方無限量供應！還有小道及山路進攻，哈，今天就是蘇梓我的死期！」他對伊布力斯笑說：「看吧，等之後我軍開路大殺四方，我們就一起討滅逆賊。到時，整個魔界就是我們的！此役成功我就是魔界之皇，你就是撒馬利亞大公！」

18

雙方混戰已超過半小時，希伯侖大軍正兵分三路入侵山脈：峽道有源源不絕的百萬名惡魔，山道布有狡詐的夢魘，山上有翼的群魔等待著，只要一穿越山脈，任何一路都能瓦解撒馬利亞的防線，基色的命運懸在一線。

此時領頭的夢魘族偷笑：「就讓那些愚蠢的半人馬在中間牽引敵兵，我們就走小道領功。」一萬隻夢魘在羊腸山徑裸奔，山徑非常狹窄，兩側懸崖峭壁，對戰也十分不利。於是夢魘將軍派人伏在地上用耳朵感應，前方空蕩蕩……不對，好像有誰的腳步聲慢慢靠近？

「兄弟們，有獵物！」夢魘將軍大喝：「假如是男的就幹掉，女的也是幹掉！」

「啊啊啊！」夢魘們雀躍高叫，詭異笑聲在山谷迴響。

接著果真有兩道黑影在遠方出現，是美女的氣味，一群夢魘都舉手跳舞，下身熱血沸騰。

「聽說這裡有淫魔作祟？」

說話的黑影手上亮起一鉤小彎月，刀刃照亮了她的臉。

「是、是那個瘋女人！」

「就是那個把大王性器當眾砍斷的女人！」

「連梅菲斯特大人都不是對手，哇啊！不要啊！」

娜瑪舉起鐮刀，奸笑緩步逼近；一萬夢魘全都嚇得全身無力，動彈不得——

娜瑪突然衝向前砍往一隻夢魘，夢魘化成白液消失！其餘見狀彷若親歷其境，連忙掉頭落跑，來不及的被娜瑪手中的鐮刀就地正法。

場面一片恐慌，不消一會兒所有夢魔都清掃光，娜瑪大為滿足。聖德芬小跳步緊隨其後，娜瑪說：「媽媽已經把那些變態趕走了，接下來就是妳的工作。」

「明白了！」

這時，山峽的另一邊，翔龍山同樣正掀起混戰。空中幾千名惡魔互相交鋒，一方是黑色翼騎，另一方是各形各色的雜種翼魔，金屬冷兵器交錯的聲音充斥山上。

「四天王陣！」

混戰當中，一位黑騎將軍突然舉旗變陣，黑騎兵全都訓練有素，立即分成四支小隊切斷敵方群魔；代替埃力格領軍的是他的得力部下夏瑣四天王，每一天王各自帶頭衝鋒，希伯崙的雜牌軍陷入劣勢。

「可惡！」雜魔將領說：「對方是聞名天下的精銳翼騎士，快點燃火炬向主營要求增援！」

副將立即點起黃色火炬，飛回希伯崙軍營方向；希伯崙飛來幾千名惡魔增援，黑騎士隊見狀一時有所動搖。

——噹！不知為何，夏瑣四天王突然鳴金收兵，策馬散開，雜魔將領見狀鬆了口氣，暗道：「是我們把那些翼騎嚇退了？」

副將問：「要繼續進攻嗎？」

「讓我想想……」

群魔懸空在翔龍山上，忽然聽見山間隆隆作響，地平線亦晃動起來——

「地震？」雜魔將領問副官。

「好像不是，只有對面的蟠龍山在震動……」

於是群魔望向蟠龍山，那座千尺的巨山高聳入雲，此時卻在微弱震動著。最初還以為是錯覺，但不久山上樹木東歪西倒，不止樹葉紛紛掉落，更有巨石從山峰滾下，同時大地發出低沉鳴響。

「這不對勁啊！究竟發生什麼事？」

群魔看見山頂從雲間冒出，逼近自己，就像世界的維度正在傾倒；或其實是世界是靜止的，倒的是千尺巨山──

巴力西卜同樣看見奇景，巨山吞雲吐霧，赫然急速堵下，正好倒在山峽中間！就連翔龍山上的部分翼魔都慘遭活埋，更何況山峽間幾十萬行軍的惡魔？從天堵下的山峰移山填峽，泥石紛紛無情砸下；蟠龍山崩了一角，原本的山麓蕩然無存，取而代之是泥塵後一道巨大天使推手的身影。

身高百尺的聖德芬喜道：「超大力！」

巴力西卜瞪眼。「是、是大天使！」

山峽間密密麻麻倖存的惡魔想掉頭走，但退路已連同幾萬惡魔被活埋山中。正當眾魔驚惶失措，天空突然被漫天流星魔法照亮，是從基色軍營發射的大規模魔法砲擊！

這無疑是火上加油，把峽間惡魔像箭靶般洗禮，爆炸四起，濃煙衝天；惡魔爭相逃走，但山路已絕，四周悲鳴，天空火光熊熊，分不清南北方向，又被流星魔法轟炸，活生生被魔法轟死或被同伴踏死。山峽已無活路。

遠方的巴力西卜看得目瞪口呆。「伊、伊布力斯！那天使太危險了，不能放過！不可以讓她活埋本王的軍隊，快去殺死她！」

「領命。」

巨靈的伊布力斯淡然回應，接著他的身體變成半透明狀，雙腿懸空，從腳底吸入魔力，整個人便如煙擴散，原地放大百倍。

山頭對面的聖德芬驚見伊布力斯，說道：「那團煙也很巨大，而且正在走近聖德芬！」

「天使長聖德芬。」伊布力斯的身影在空中飄渺，煙霧巨口緩緩道：「雖然還是個孩子，但既然是主人的命令，就不能留妳活口。」

語音未落，伊布力斯便緊握煙霧拳頭，拳頭剎那變成魔法結晶，向聖德芬面前轟出一拳！出拳撞擊空氣炸出巨響，音爆中，聖德芬雙手接下巨拳，上半身卻頓時失去平衡，往後屁股落地，轟隆巨響壓毀山脈一角，整個戰場都為之一震。

「好痛……居然把我推倒。」聖德芬扶著山峰站起來，輕拍掉白色天使連身裙上的塵土，沒留意伊布力斯下一拳就要置她於死地——

拳頭前有一放電小人硬擋，娜瑪雖然只有伊布力斯的指頭大小，但背脊展翅同樣橫跨百尺，一瞬間激起龐大魔力硬生生彈走巨靈的拳頭！

娜瑪回頭大喊：「這敵人不是善男信女，妳要全力應戰啊！」

「我明白了。」

「要保護娜瑪媽媽！」聖德芬大力踏地，天使連身裙與身軀一起放大，聖德芬又長高了一百尺。

伊布力斯冰冷表情融化，暗道：「真是有趣。」接著他又從腳底吸收魔力，全身再次鼓脹，煙霧大了一圈，一樣身長二百尺與聖德芬對峙。

娜瑪抬頭望著兩座山一樣高的魔神。「哎呀，媽媽快追不上妳了。」連忙又攜閃電火，沿著聖德芬的手臂飛到天使肩上。

◇

遠方的巴力西卜看得不是滋味。伊布力斯居然會產生興趣，這就代表那天使同樣難纏；不過那麼巨大的身軀，反而很適合被軍隊射死，他便連忙調兵布下魔法陣，向巨型天使砲擊——

只是命令還沒傳達，後方千人魔法方陣突然被狂風吹倒，一道猖狂笑聲從天邊傳來：「先顧好你自己的蟾蜍頭吧！」恢復人形的蘇梓我在軍營中神出鬼沒地現身，一個轉身就揮舞雙刃，擊潰魔法術陣。

「你、你什麼時候來了？」巴力西卜連聲大叫：「護駕！護駕！先別管那天使，所有人掉頭給我殺掉這賊子！」

但多番的下令，已使失去數位大將的軍隊無所適從，希伯侖的百萬大軍越來越亂。山峽死傷無數，前線被截斷支援，又被重重包圍，還有山邊兩個巨人對戰，連巴力西卜也自身難保。

19

戰火連天，希伯侖陣營每一角落都看得見戈戟高舉，像閃閃繁星點綴魔空。蘇梓我瞬間就被數之不盡的兵海淹沒，巴力西卜隨著混戰叫囂，落跑消失於戰陣中。

見十面包圍，蘇梓我原地大喝：「給你們看看赤龍的威力！」

頃刻間，身長百尺的赤龍如轟雷降臨大地！眼前眾魔相形之下瞬間顯得渺小，蘇梓我輕輕搖頭噴火，一道弧線火牆劃在前方，前方頓時灰飛煙滅；下階惡魔頃刻蒸發殆盡，空氣中只剩下死亡的餘音。

然而群魔不想坐以待斃，唯有拚死反抗；組織箭陣又有嘈雜弓箭聲劃破長空，箭頭還點有魔火，亂箭目標只有一個——蘇梓我頓成火焰刺蝟，燒成火龍。

蘇梓我立即伏身擺尾，竟以惡魔當作沙石來為自己龍軀撲火，化險為夷。不過魔多勢眾，馬上又如螻蟻般一擁爬上龍軀，騎在龍背用槍掰開他的龍鱗。身形巨大不代表絕對優勢，不然龍族也不會幾乎滅絕。

赤龍猛然消失，群魔從空中掉下！蘇梓我多次交替變身，衣服早已破爛、全身赤裸，卻用上六個火球包圍自己，懸在空中傲視群魔。

「這次讓你們見識一下天使的威力！」

其中肩上一對火球往大地轟出兩道煉獄火柱，同時帶著墮天使彼列的焚風雙劍低空飛行，拖行地上劃出火花，再旋身轉圈，便有四道熊熊火軌在空中亂舞，擊飛一個個惡魔。

接著他展開六翼，嗅出暴食的氣味，直線衝向巴力西卜，沿路遇魔殺魔，名副其實的一騎當千；蘇梓我眼中的下階惡魔不過是雜草，真正目標是躲在眾魔後方的蟾蜍。

——砰！赫然有條紅色巨舌打向蘇梓我，蘇梓我立即退後，巨舌應聲在腳前撞出數尺深坑。

巴力西卜收回長舌。「算你走運。」接著胸貼地面伏身，雙腿一蹬，彈指便躍到數十尺外消失無蹤。

蘇梓我怒罵：「別用士兵做擋箭牌，快出來給我受死——」

說到一半，身後又有大舌頭轟頂！蘇梓我旋身用雙劍撐頂，豈料劍刃竟被唾液融化，同時巴力西卜撲了過來，蘇梓我便順勢向他轟出煉獄火柱，但對方卻硬生生吞下了去。

巴力西卜四肢著地伏身大笑：「本王什麼都能消化，什麼都能吞下，這就是暴食的力量！蘇賊已經不足為懼，來人快把他制伏。」

大本營觀戰的群魔，見蘇梓我手上雙劍斷掉，又再蜂擁而上，幾百長槍突刺圍攻；蘇梓我使出兩側火球，化成火滅雙盾包裹身體，只聽見裡面鏘鏘數響，原來是召出火神鎚即席修劍，破盾殺敵。

「想死的再來啊！」蘇梓我大喝，群魔紛紛跌倒後退，巴力西卜又再度跳到不知何方。

另一邊廂，聖德芬與伊布力斯則玩起了摔角。

聖德芬伸出雙手與伊布力斯比拚力氣推擠，互不相讓；聖德芬推不動伊布力斯，便突然躍起，打算雙手擒住對方肩膀——殊不知伊布力斯突然幻化為霧，聖德芬撲了個空，一時天旋地轉，她整個人竟被伊布力斯抬起，重重摔在雙龍山脈上，壓垮了幾座山峰。

「太笨拙了，天使長也不過如此。」

娜瑪擋在巨靈面前大叫：「你這混蛋少囂張，先來吃本小姐的五雷轟頂！」

眨眼間風雲色變，魔空雲霧從四面八方匯集於娜瑪身上；此刻她就是風雷的代理神，與宙斯同樣能呼風喚雨。她一舉手，烏雲蓋頂，五道紫雷破空落下，把伊布力斯轟成煙塵！

只是落雷過後，煙塵再次聚合，伊布力斯的身體同樣如雲霧般重新聚合；娜瑪的閃電傷不了他，反而伊布力斯攻擊之際全身變成水結晶，用晶石拳頭反向娜瑪轟去，娜瑪就如斷弦紙鳶飛到天邊消失。

「娜瑪媽媽！」

聖德芬東張西望地尋找娜瑪身影，幸好娜瑪在空中及時翻身煞住，回答聖德芬：「不要緊，剛才一拳打得我很痛，但也讓我知道了他的弱點。」

「可惜我沒有足夠的風雲魔力……如果雅典娜和阿提蜜絲都在身邊就好了。」

「噢！不愧是娜瑪媽媽。」

「但聖德芬有天使的神力，讓我把力量借給媽媽吧！」

「不、不！」娜瑪猛地搖手。「把天使的力量貫注到我體內，我可能會爆炸啦，不是所有人都像蘇梓我那樣。」

天使和惡魔，這對沒有血緣的母女合作起來比想像中更加困難。不過娜瑪和聖德芬並不知道，留守後方的雅典娜和阿提蜜絲同樣遇上了危機。

◇

「雅典娜大人！」傳令兵跑到軍營報告：「北方有一支哥布林軍隊在林間出現，直衝向我們主營！」

「怎麼會？不對，是北方嗎……果然耶洗別預先數日派遣軍隊繞道。」雅典娜嘆道：「這樣不好，我們前線正用三萬兵包圍對方三十萬，但若被哥布林擾亂後方，包圍網就會潰散，猛獸衝破繩網，我們就功虧一簣。」

於是雅典娜集合能調動的兵將，包括野貓團長艾妮、綠騎士勒萊耶、透明獸女格雷希亞；就連阿提蜜絲也不得不參戰，即使沒有魔力要用銀弓金箭應對。

臨時湊合的後備兵只有一千名，一半弓手，一半盾兵。雅典娜手持神盾，率兵在北方平地列出龜甲陣防守，務求拖延時間。

官道是哥布林軍隊的必經之地，果然軍隊很快就出現在雅典娜面前，在百尺外列陣停下。觀其陣寬、陣深與己方相同，同樣是千人方陣。

雅典娜走到前頭，高聲發問：「我是奧林帕斯的雅典娜，敢問對手何方神聖？」

有一少女步出回答：「我是希伯侖的底波拉，專程來領受智慧女神的指教。」

雅典娜心道：沒聽過的名字，是耶洗別的人？她整理思緒，便答：「底波拉，既然我是前輩，我就讓妳先攻，放馬過來吧。」

底波拉微笑暗道：「雅典娜本就採取守陣，還真說得漂亮。不過我同樣早就決定先攻了。」

她搖動旗令道：「八方玲瓏陣！」

風火地水，四屬哥布林面向八方，排出八角形陣，屬性互補毫無破綻。

「殺敵！」

底波拉高舉軍旗往前，雅典娜同樣命令龜甲連盾布防，她就不信，最底層的哥布林兵隊能擊破最堅固的盾牌弓陣。

20

寬闊荒野上兩軍交戰，底波拉率領哥布林眾衝鋒，雅典娜則擺出龜甲盾陣保護後排弓手放箭——箭如雨下灑落敵軍，哥布林兵仰將翻，像骨牌般倒了一地，血流成河。

只是雅典娜眉頭一皺，難以解釋眼前狀況。「怎麼哥布林軍隊中箭之後，陣寬比之前還要寬？」

唯一解釋就是哥布林排陣時故意擠在一起，擠成跟雅典娜軍隊相似的陣寬陣深，混淆敵人。

「那個叫底波拉的將領不能輕視。」雅典娜連忙吩咐阿提蜜絲和勒萊耶：「狙擊敵將！只要射死底波拉，那些毫無智慧的哥布林就會自行瓦解。」

阿提蜜絲聽令後飛起，半空掛著銀色彎月，彎月搭上金色魔箭，在茫茫哥布林中尋找底波拉的身影——

「怪了，找不到那個叫底波拉的人？」

阿提蜜絲找不到，勒萊耶也找不到，只能白白拉著毒弓瞄看哥布林一堆綠色頭顱。

她們大概想不到，底波拉返回軍中後，第一時間就是穿上哥布林的盔甲；底波拉身形較矮小，躲在陣中自然無法察覺。可是哥布林總要有人指揮，勒萊耶細心觀察，看見哥布林陣中有人舉旗，馬上放箭！

百步穿楊，惡魔海中舉旗的哥布林遭精準射殺——但哥布林軍隊毫無動搖，旁邊馬上又有另一哥布林舉旗示意進攻；他們都是底波拉設下的傀儡將領，分散指揮一群無腦的哥布林，八方玲瓏陣馬上就要衝到龜甲陣前，觸手可及。

「噦噦！」地屬哥布林力大無窮，舉起火屬哥布林投向龜甲陣，猛地炸開盾牌！雅典娜不甘示弱立即指揮陣勢，盾牌重新歸位列陣，長槍反刺來襲的敵方；血花四濺，用哥布林的血為盾牌上色。

哥布林沒有因此退卻，就算自爆、炸得斷肢滿地，或看見同伴被串刺高舉，被盾牌活生生砸碎頭顱，他們依然故我，只懂勇往直前。

雅典娜嘆道：「這才是無知的可怕，我明白為何耶洗別她們執意用哥布林作為軍隊主力了。敢用最弱的魔物訓練成為最強的軍隊，耶洗別和底波拉也是可怕的傢伙。」

雖說雅典娜匆忙布陣，但亦暗中安排新兵留守在中路衝鋒陷陣，兩翼則以精銳的野貓騎士鞏固防守，這也是戰術。

然而底波拉一眼識破。「雅典娜執意放棄中路，是想誘使我軍硬闖，再用兩側推前包圍我軍。老掉牙的戰術，智慧女神也不過如此。」

於是她命令傀儡舉旗散開，四屬哥布林不用思考，冒著生命危險在槍戈下轉成橫條陣，竟反過來包圍了雅典娜的龜甲陣。

雅典娜見狀，冷笑道：「不懂兵法的人不會中計，略懂兵法的人才會上當，底波拉太輕視野貓騎士的戰力了。」

原來是連環計，艾妮親率野貓騎士冒死向風屬哥布林進攻，用上她的火鱗蛇和紅毛貓加持火攻；哥布林因改成薄弱的長條陣，無法互相掩護，哥布林軍勢就被野貓一分為二。

底波拉感到意外，但沒有吃驚，反而佩服。「真有趣，果然戰場才是我的家。」接著又傳令變陣，八方玲瓏陣變化多端，像蚯蚓般被斷開亦能個別生存，索性雙頭進攻。

荒原之戰旗鼓相當，步步險著又變化萬千，沒人能知戰況的最終走向。

另一方面，聖德芬與伊布力斯同樣打得天昏地暗。

伊布力斯最可怕之處就是能夠隨意「霧化」和「結晶化」；霧化時免疫任何攻擊，結晶化則堅硬無比，一拳打下來就連大天使都無法接住，聖德芬一直被伊布力斯反覆擊倒地上。

娜瑪擔心。「雅典娜說過，伊布力斯與原始的一等神相當。」

但伊布力斯以雲霧水氣作為軀體，娜瑪又掌管風雲，輸給他的話面子往哪擺？她想到的方法，就是用魔力強行凝結伊布力斯的霧化身體，再張開黑翼圍繞其身、畫出十個魔法陣——

「雲霧凝霜！」

大喝一聲，伊布力斯的霧化身體確實逐漸現形，霜露覆蓋全身卻一瞬即逝——娜瑪沒有足夠魔力，將如此龐大的霧化巨靈完全凝結。

「娜瑪媽媽！」聖德芬站了起來，身體強壯也是大天使的可取之處。「只有一瞬間也行，我要幫媽媽收拾那壞靈！」

娜瑪拍打自己雙頰，打起精神。「伊布力斯！你的敵人在這裡喔！」接著高速圍繞霧化的巨靈，左飛右閃。

她剛才砍下不少夢魘寶貝，又因種族天性搶奪了他們的精氣，如今她手執閃電火與風雲同化，殘影是白雲，飛行帶著風雷，雷電在伊布力斯面前打得眼花撩亂。

伊布力斯的雙眼一時盯緊巨大天使，一時追捕小小的娜瑪，忍不住就用結晶拳頭轟了過去，卻被娜瑪閃開。

「就是現在！」娜瑪往伊布力斯頭頂擲出閃電火，炸出五光十色的魔法陣圍堵伊布力斯，同時施法——

霧化的伊布力斯再度凝霜，僅只一秒，但娜瑪和聖德芬心靈相通，聖德芬抓住了曇花一現的剎那，重拳打在伊布力斯的胸口，濺出水花！

伊布力斯從沒想過自己的霧化會被破解，毫無防範之下便遭轟到地上，壓垮另一山嶺，大地猛然震動。

◇

「哇哇！」遠方蘇梓我站住陣腳，反倒是包圍他的惡魔紛紛跌倒。蘇梓我哈哈大笑送眾魔上黃泉路，展開六翼、散出幾百魔球轟炸四周，惡魔盡成肉醬。

「不過，那蟾蜍又逃到哪裡——」

語音未落，又有一隊騎兵擋在蘇梓我面前。蘇梓我煩厭大喝：「我也不是沒有士兵！」說完便取出死靈燭台，原地召喚幾千死靈破土而出。

「哇哈哈哈！戰場越多死人，死靈也越多啊！」

雖然新死的死靈怨念甚重，難以控制，但蘇梓我只要有鬼怪幫自己搗亂、纏住希伯侖的惡魔就好。他現在要做的，就是要抓住那隻一直逃跑的蟾蜍。

「哦，是蟾蜍臭味！」眼前赫然出現一分岔山谷，蘇梓我憑那臭不可耐的氣味衝往右側，用火焰開路，終於找到巴力西卜的背影，二話不說便以劍代禮砍去——巴力西卜隨即躍起，做了個後空翻吐舌反擊，口水橫飛。

「真髒！」蘇梓我一邊閃避腐液一邊追擊，把巴力西卜逼到山峽之中，舉劍指向蟾蜍頭：「已經無處可逃了吧，快來光明正大跟我決戰！」

巴力西卜環望左右高山峭壁，背後亦無退路。「其他人呢？伊布力斯何在？誰都好，快來保護本王！」

蘇梓我答道：「我剛把死靈燭台放置山谷入口，燭台不斷召喚失控死靈，他們正忙於大混戰吧。」

巴力西卜生氣罵道：「你花這麼大工夫，就是想跟本王單挑嗎？本王不怕你這賊子！」

巴力西卜肚子貼地伏下，張大嘴巴，舌頭繞來繞去像毒蛇般，對蘇梓我蓄勢待發。

蘇梓我亦鼓動半黑半白的天使翅膀，伸展肋骨，想著如何烹調這隻滿身肥肉的田雞。

粗狀舌頭破風襲來，但蘇梓我學乖了，不再用兵器接招，而是鼓翼橫飛連帶避過巴力西卜噴出的腐蝕唾液，「之」字形在山谷中滑翔。

然而無論他如何加速閃躲，巴力西卜的巨舌都擋在面前，衝著他而來。巴力西卜在山壁間跳躍，這巨蛙比想像中更要敏捷得多——

一陣風在蘇梓我頭頂掃過，蛙舌轉眼又掠在手臂旁，連環兩招蘇梓我不得不退避三步，不敢貿然接近。

巴力西卜笑道：「看你這賊小子怕得不敢動，真是愉快。原來你比起我想的弱小得多，畢竟只是人類的靈魂。來吧，讓本王用暴食之舌將你吃掉！」

「哦，好可怕呢。」蘇梓我輕輕揮動薩麥爾的雙劍。「不過就算不接近，我同樣有方法殺死你。」

荒谷忽然揚起風沙，搖晃地面，龐大力量以蘇梓我為中心往外擴散，魔力波長如漣漪般擴大；蘇梓我伸出右手，背脊六翼各自伸展，放光映照手上，手臂浮現雜亂的魔法文字——

巴力西卜全身冒汗，是自然的本能，心道：這小子的魔力說不定真凌駕於我，人類的靈魂加上古神身軀，居然能蘊藏如此巨大的魔力……」

說時遲那時快，周遭空氣猛然壓縮，蘇梓我右掌轟出白色光柱、掠過低空，隔空將大地斷開兩截！地動山鳴，威力堪比教會千人規模的S級魔法，殺神光柱直撲巴力西卜——縱觀全魔界，也難以找到有惡魔能擋下如此魔法，但偏偏巴力西卜可以。

只見他張開大口，喉嚨同步擴張，竟伸出脖子迎向光柱吞了下去！四肢盤根地上，穩如泰山，蘇梓我轟出的魔法完全傷害不了他，巴力西卜就是個什麼都能吞掉的暴食魔王。

蘇梓我不免吃驚，巴力西卜則大叫：「本王不但能吞下魔力，更能把它消化據為己有。還有，別以為出了手就能輕易脫身！」

聲音直傳蘇梓我腦內，蘇梓我不服氣，但右手被無形之力牽扯——巴力西卜正拚盡全力吸氣，誓要全部吸收蘇梓我的魔力，一分都不放過！蘇梓我想往後退但退不了，也放不了手，力量的洪流滔滔流入巴力西卜的肚子，任由食欲主宰。

同一時間，伊布力斯亦重整架勢，逆轉情勢。

之前一直被娜瑪與聖德芬搞得頭昏眼花，這對天使和惡魔心意相通、威力倍增，當初太過看輕她們。現在伊布力斯認真起來，再次霧化，憑空消失——

娜瑪大驚。「不見了！」

不好的預感，娜瑪知道這是最壞的狀況。伊布力斯是巨靈之王，就算他什麼都不做，光站在面前便已令人窒息。他就是如此厲害的存在，力量壓倒千軍萬魔。

但這存在竟突然完全消失？

呼！忽有狂風把娜瑪捲到天上，風暴變成伊布力斯的五指，牢牢禁錮娜瑪，更把她的翅膀擠成一團。

伊布力斯的霧化身體超乎想像地增大，代表「身體」已大得充斥整個戰場的空氣，任由娜瑪逃竄都逃不掉大氣的懷抱——

「放開我！」

「娜瑪媽媽！」

兩女的聲音不過是風中之燭，巨靈握緊拳頭，把掌中娜瑪捏得骨頭快要粉碎。

「不准你碰媽媽！」聖德芬飛奔過去，捉住伊布力斯的手腕企圖制止，卻遭伊布力斯用腳踢開。聖德芬徒有蠻力，與身經百戰的巨靈相比還是相差太遠。

「呃……好痛苦……」

蘇梓我感應到求救的聲音。「娜瑪那傢伙到底又在做什麼！」

但他同樣面色蒼白，因為辛苦準備用來轟炸巴力西卜的力量，正被無間斷地吸走，被巴力西卜吞進肚中。巴力西卜洋洋得意地大叫：「暴食才是最強，能吃者能吞天下，賊小子今天你是自尋死路！」

蘇梓我苦笑問：「我的力量有這麼好吃嗎？」

「難吃得很，充滿人類的腥臭味。可是本王能把你的魔力化作食糧，充滿我的全身，我就越來越強大，比任何惡魔都要強大！」

巴力西卜興奮雀躍，大口大口吞噬蘇梓我的力量。

蘇梓我翻了翻白眼道：「畜牲果然沒腦袋呢。」

「死到臨頭你胡說什麼？」

「你把東西放進口前，都不查清楚是什麼嗎？」蘇梓我甩一甩六翼，黑色灰塵退散，白色羽翼閃閃生輝。「雖然不知道原理，但之前跟瑪格麗特那丫頭打架時，就學會掌握這力量了。」

白光將巴力西卜的臉映得蒼白，他驚問：「這、這是真正的天使聖力？」

「聖德芬說好像是叫卡巴拉什麼的，生命之樹的力量。」蘇梓我問：「如何，天使的力量好吃嗎？」

見巴力西卜作反胃狀，蘇梓我續道：「聽說最初人類分成世界和深淵的子民，但經過幾千年互相交合，種族都無分彼此了。反而純正的惡魔，惡魔名門貴族的巴力西卜大王，你自覺能吃得下這些天使的力量嗎？」

「本、本王的食量是無窮盡——」

「那就由我把你這無窮盡的胃袋餵爆！」

蘇梓我的右手臂連同魔法文字一同化成光輝聖矛，直線射向巴力西卜口中——巴力西卜鯨吞聖矛，肚子頓時鼓起，像氣球充氣不斷膨脹。

蘇梓我宣告：「本王的力量，你無福消受。」

說完爆炸聲同時響起，震得蘇梓我耳膜劇痛；巴力西卜肚子爆了個大洞，血肉在面前橫飛，在場幾十萬惡魔都被嚇呆。

22

爆炸伴隨濃煙和惡臭沖天，天空降下不明黏液，地上滿是血肉纖維；蘇梓我當下全身赤裸，生怕蟾蜍殘渣沾污身體，立刻張開結界擋下，同時亦感到有點力不從心。

現在蘇梓我剩餘的力量已不多，連六翼都要收起來。然而巴力西卜呢？確實滅掉他了嗎？一片煙霧混濁，蘇梓我感應到一股臭氣在霧中彈跳，帶著奄奄一息的魔力——他凝神透視，竟看到一隻破肚的小蟾蜍正倉皇逃走，跳兩步跌一步，狼狽不堪。

蘇梓我召回火劍追上，但另一邊廂，伊布力斯同樣察覺到自己的主子有危險，三十里外霧化消失，一瞬間在蘇梓我眼前聚合成為巨靈，攔其去路。

伊布力斯對蘇梓我說：「我沒有殺死你的妃子，你不如也放過我家主公一條生路吧。」

「娜瑪！她沒事吧？」蘇梓我又反問：「巴力西卜愚蠢至極，你既然有打贏娜瑪的力量，為何還要替這小人辦事？」

「契約不能違抗。」

「那只好跨過你的屍體了。」

「我不能讓你這樣做。」伊布力斯一邊應付蘇梓我，同時又用魔法傳音呼嘯：「所有士兵快掩護希伯侖大公撤退，不能讓蘇賊有機可乘！」

撤退意味著戰爭結束，不對，是希伯侖一方想結束這場戰爭，正在混戰的士兵終於等到機會逃命了。於是百萬大軍瞬間潰散，軍旗散落，亡命之聲四起。

逃亡的聲音亦傳到雅典娜及底波拉的耳邊，她們正打得如火如荼，底波拉顯得有點意猶未盡。

「可惜時間到了，差點就能決勝負。」

底波拉嘆氣，又用佔有的優勢向雅典娜一方作出最後衝擊，一擊脫離；哥布林紛紛四散，有些甚至土遁消失。

「別追了，讓他們走吧。」雅典娜告訴勒萊耶等人：「我們的戰略目標只是要死守後方，現在成功了，仗也打贏了。」

同時雅典娜也鬆了口氣，因為他們這方已快撐不住，再過幾分鐘就要冒死一拚了。回想起底波拉那女孩，之前名不經傳卻十分可怕，她一定不甘心沒有分出勝負就要退兵，日後必定會再決一死戰。

勒萊耶問雅典娜：「我們現在怎麼辦？」

「傳令前線可以解除包圍，打開北方缺口，讓希伯侖的殘兵往北跟隨哥布林逃走。」雅典娜續道：「我們也返回大本營，整理一下軍勢、清點傷亡，剩下的戰果，就看蘇大公能否擒下巴力西卜或他的部下了。」

◇

還在戰鬥中的蘇梓我，突然有眾多巨靈兵包圍自己，都是伊布力斯的手下。蘇梓我與巴力西卜決戰後，只餘下不足一半的魔力，無論如何都無法突破伊布力斯的攔截，只好放棄繼續追殺巴力西卜。

巴力西卜拖著破爛的身軀逃之夭夭，荒地上留下蟾蜍的小足印；他洩氣後，身軀比一般蟾蜍還要小，一直往前跳都沒看見王宮，已經心力交瘁，連視線都開始模糊。

突然眼前一片黑漆，是一道巨影，是一個惡魔擋在自己面前。巴力西卜一頭栽進某魔的腳下，他勉強睜大眼睛，模糊中看見熟識的身影，是比自己高出許多的女惡魔。

「大王你沒事吧？」

「耶洗別！妳出現得正好，快來保護本王。」

耶洗別蹲下將巴力西卜捧在掌上，嘆道：「噢，可憐的大王，那蘇賊實在太可惡了，居然把大王打成這模樣。」

「哼，那廝設計害我，若堂堂正正地決鬥，本王才不會輸給他……咳咳！」

巴力西卜口吐出血，耶洗別便將他放到軟綿的床墊——並蓋上了鳥籠。

鳥籠鐵網的影子打在巴力西卜臉上，他驚問：「耶、耶洗別，妳打算對我做什麼？」

耶洗別柔聲回答：「大王你身負重傷，命在旦夕；臣妾準備了魔法陣替你療傷，待傷勢恢復好，就能找蘇賊報仇了。」

「但這籠子是什麼意思？」

「臣妾怕你會亂跑亂跳，逼不得已才出此下策。臣妾都是為大王好。」

巴力西卜喘氣罵道：「不用！快放我……咳咳，快放我出來，我回宮休養半月便可——」

「萬萬不可！」耶洗別說：「這段日子請大王什麼都不用管，留在籠中靜心休養，希伯侖的事交由臣妾打理就好。」

巴力西卜恍然大悟。「造反了，妳別以為能夠偷走我的王國！」

耶洗別輕搖籠子，玩弄巴力西卜於股掌中。「臣妾只是『代理』，王國還是大王的喔。」

語畢，耶洗別伸手進籠，用尖長指甲塞進巴力西卜肚腹傷口，活生生挖出內臟，使巴力西卜痛不欲生地慘叫！

「妳想殺死本王嗎！」

「當然不是，大王這麼強壯，吃了這麼多靈魂，才不會這麼輕易死去呢。而且殺死大王也沒有好處，希伯倫的貴族一定會造反，又或者大王的子嗣中有能繼承巴力西卜名號的……太麻煩了，臣妾願意繼續當大王的愛妃喔。」

巴力西卜看著耶洗別得意冷笑，怒不可遏。「本王不會讓妳的奸計得逞，伊布力斯會代我將妳碎屍萬段！」

「伊布力斯嘛，臣妾也很想擁有伊布力斯的契約。不如大王把伊布力斯賜給臣妾，這樣臣妾便能依靠巨靈，守護歷代巴力西卜的王國。」

「妳休想……啊啊！」

耶洗別又用指甲戳向巴力西卜的腸子，威嚇道：「只要大王願意合作，便能平安度過餘生……否則，會比死更加痛苦喔。」

「──哇啊啊！」

巴力西卜的慘叫聲在空中迴盪，最後耶洗別將他帶返希伯倫王宮；戰爭暫告一段落，但希伯倫即將變天。

23

晚上，蘇梓我返回基色總部與部下們從長計議。

首先是雅典娜報告情勢：「希伯侖的軍隊在戰敗後急行撤退百餘公里，甚至放棄了迦特要塞，全軍退回希伯侖了。」

蘇梓我問：「那蟾蜍呢？他死了嗎？」

透明獸女格雷希亞回答：「剛剛我從希伯侖回來，偷看到城中貴族議論紛紛，說巴力西卜大公正被耶洗別軟禁宮中。」

「兵變吧，這就是平庸小人稱王的下場。」蘇梓我問：「不過其他貴族會願意屈服在一個女人之下？」

「希伯侖女性的地位低微，貴族們當然不服氣，所以當知道耶洗別挾持巴力西卜後，就各自帶領殘兵圍堵希伯侖，因此才會連其他要塞都棄之不顧。」

「結果呢？」

格雷希亞說得栩栩如生：「希伯侖被各路惡魔擠得水洩不通，在皇宮前劍拔弩張。當貴族們要求耶洗別交出巴力西卜之際，伊布力斯卻出面阻擋，不讓任何惡魔對王后無禮。伊布力斯是巨靈之王，又是侯王之首，更是希伯侖唯一生還的侯王，其他惡魔當然不敢輕舉妄動，無奈受命於耶洗別，現在耶洗別大人是希伯侖的主人呢！耶洗別大人也出人頭地了。」

格雷希亞還是十分敬重耶洗別，可想而知在希伯侖還有眾多部下為她效力。蘇梓我嘆道：

「雖然重傷那蟾蜍，但仍被他逃掉，連最麻煩的巨靈依然存在，士兵也重新集結於耶洗別手下……今天豈非白忙一場了？」

雅典娜回答：「但也有得到些有利的資訊，例如摸清了對方的底細。耶洗別身邊有位婢女十分聰明，今日一戰我只能跟她打成平手；接下來要是再進攻希伯侖的話，除了伊布力斯，耶洗別的婢女底波拉也是需要注意的人物。」

「如果給妳機會再戰那婢女，贏面有多大？」

「戰十場，只能贏兩場的程度。」

「什麼？那女人有這麼厲害？」

雅典娜續道：「雖說是平手，但事前被底波拉識破戰術，繞路進攻，我已經先輸一著。而且她從北方偷襲，理應目睹艾妮和勒萊耶在林中狙擊射殺尼斯洛克一幕，選擇用同伴的死去掩飾自己的伏兵，殘忍卻相當理智。底波拉是一個冷血又聰明的傢伙，這種人不好應付。

「另外，經此一役，縱使我們殲滅敵方五十餘萬兵力，但剩下來的敵兵仍然是我們的十倍；我和底波拉以差不多的兵力交手是不分勝負，若她以十倍兵力守城，我不敢向大人保證我方贏面有多少。」

蘇梓我生氣罵道：「真是難纏，明明只要擒下巴力西卜、奪去他的樞罪，魔界就再沒有惡魔敢反抗，王業也大功告成才對。不過現在嘛，唯有先由本英雄親自出馬，收拾那巨靈——」

「不！伊布力斯由我來收拾，不用你這笨蛋出手——嗚哇！」

娜瑪說到一半被蘇梓我敲頭制止。「妳不是差點就被那巨靈捏死了嗎！」

「嗚……也不用這麼大力打人家的頭吧。」娜瑪摸著頭頂說：「而且我有方法能打贏那巨靈，再給我一次機會。」

「不行，太危險了，那巨靈跟巴力西卜一樣厲害，只能留給本王應付。」

娜瑪寸步不讓。「笨蛋你專心拿下你的蟾蜍同伴就好！」

「再吵，我把妳吊起來不准隨軍參戰！」蘇梓我同樣堅持。

雅典娜見狀出面勸說：「不如先聽聽娜瑪大人有什麼方法？」

「對啊。」娜瑪神氣地說：「交手之後，我發現伊布力斯最厲害只不過是霧化魔法，假如本小姐能操縱雲霧，自然就不怕霧化了。這是什麼意思你們知道嗎？」

雅典娜說：「是父神的力量？」

「沒錯，我想要借宙斯的全部力量。」

「若有父神的所有力量，確實無懼伊布力斯……不過妳要如何召喚父神？」

蘇梓我插話：「也不是沒有方法。去年雅典大亂，其中一個幕後黑手就是姓利的傢伙。」

「利隆禮，但不知道他現在身在何方。」

「這不要緊，既然他曾幫過雅言恢復維斯塔的神力，雅言應該知道召喚古神的方法。」

娜瑪高興地說：「所以你同意把伊布力斯交給我對付了？」

「如果能借到宙斯的力量，至少妳就更加有用，無妨一試。」蘇梓我續說：「不過只有妳一人，真的能打贏那巨靈嗎？」

娜瑪身後的少女舉手：「還有聖德芬在！聖德芬與媽媽同在。」

娜瑪大驚：「笨蛋！妳不也差點就被巨靈打死嗎。」

「雖然是這樣，但下次可能會贏！」

雅典娜搖頭嘆氣，打岔道：「其實聖德芬小姐貴為天使長之列，理應不在伊布力斯之下，只是缺乏一點經驗而已。好比娜瑪小姐，只要花點時間準備，便能與伊布力斯對抗。」

「沒錯，聖德芬要學習打壞人！」

娜瑪還是不放心。「本小姐要去向宙斯借力量，沒空指導妳喔。」

聖德芬嚷道：「那就雅典娜教我如何打壞人。」

娜瑪立刻阻止：「雅典娜不要教她。」

「嗚……」聖德芬模仿娜瑪抱怨，於是蘇梓我說：

「那就交給我的御林騎士親自指導吧。」

娜瑪雖不滿，但無法阻止聖德芬自薦修行，如同蘇梓我無法阻止她一樣。於是戰略會議結束，蘇梓我魔下眾魔各自準備對希伯侖的最後一戰。

24

戰爭後的翌日，希伯侖城內每條街道都有巨靈士兵無時無刻地巡邏，一旦發現有惡魔非議耶洗別或猜測巴力西卜的狀況，全部格殺勿論，斬首示眾。

第一天，城門上懸掛了六十二顆貴族的首級，兩側無名惡魔的屍骸堆積如山；第二天，城門再掛二十顆頭顱，但與下階惡魔的屍骸同樣少了近半；直到第三天，再沒有人敢反抗耶洗別，大家噤若寒蟬，屈服在女魔的淫威之下。

「恭喜大人。」梳妝台前，底波拉一邊為耶洗別梳理紅色秀髮，一邊恭賀：「一百年了，大人花了一百年的時間，終於成為希伯侖之主。」

「這段日子也辛苦妳了。巨人族已滅，其他侯王亦死得差不多；從今以後，妳再也不用看男人的臉色，不會再被欺負。」

「感謝大人，小人永遠不會忘記大人的恩惠。」但底波拉說完後嘆氣：「可惜本來與我們一起奮鬥的西迪、艾妮、格雷希亞，三位姊姊都被騙走……」

「是她們意志太薄弱。」

「耶洗別大人打算如何處置她們？」

耶洗別看看空蕩蕩的王宮寢室，不禁唏嘘。「她們也曾是志同道合的友人，假如改過自新，也不是不能給予機會。」

「耶洗別大人寬宏大量，一生為了各位姊妹打拚，西迪等人一定會被打動的。」

「希望如此。」耶洗別欣慰微笑：「戰爭後基色沒有異常，只有派兵在山上駐防，這給了我們機會喘息，算是天助我也。待希伯侖穩定下來，日後蘇大公要侵略希伯侖亦絕非易事，到時我們再說服幾位妹妹回家吧。」

「其實……對方山上駐防一事令我十分在意。」

底波拉欲言又止，但她聰慧過人，能使她困惑的事情必然重要，耶洗別洗耳恭聽。

底波拉解釋：「三日前，巴力西卜在雙龍山脈爆肚重傷，希伯侖的惡魔亦死傷無數，該處方圓百里都是濃濃魔瘴，血腥異味熏天，本應生人勿近，蘇梓我卻派兵登山駐守，這不是有點奇怪嗎？而且，三日前他們也沒在雙龍山峽布防呢。」

「這麼說來，據探子回報，這幾天蘇梓我不在陣中，阿斯摩太亦失去蹤影，只剩下御林騎士與西迪留守基色。莫非他們別有所圖？」

「撒馬利亞大公的行為總是難以捉摸，但唯一能肯定的是，他們必然不會放過趁亂進攻希伯侖的機會。」

耶洗別慎重道：「我明白了，看來不但得加強戒備，更要加速削弱其他希伯侖貴族的權力，要他們絕對臣服於本宮。」

——妳這個賤婦！快放本王出去！

忽然寢室一角匡啷大響，吊在桿上的鳥籠左搖右晃，裡面的小蟾蜍蹦蹦跳跳。

「賤婦——哇啊啊！」巴力西卜一碰到鳥籠，電擊魔法便貫通全身，把他電得全身冒煙。

耶洗別嘲笑道：「好像沒了蟾蜍臭，多了一股香脆的氣味呢。」

巴力西卜逼不得已站在籠子中央，質問耶洗別：「妳為何要背叛本王，本王待妳不薄啊！」

「待我不薄？你只是給我吃喝，每天就只懂吃喝，這就是你的生活嗎？」

「惡魔就是這樣啊！」

「但你不是普通的惡魔，你可是希伯侖的主人，卻只懂大量殺生、吃肉，縱容其他惡魔在領地內凌虐婦孺。」耶洗別越說越激動：「巨人族、夢魔族、哥布林，這些全都是魔界最為凶殘暴戾的惡魔，跟魔獸無異，你知道其他女魔的生活是如何悲慘嗎？」

「那是她們太過軟弱，本王管不到那麼多！」

「所以從現在起希伯侖由本宮接管，大王你已經失去力量，你就是你口中的弱小惡魔，我也管不到你。」

耶洗別按下在鳥籠頂的按鈕，鳥籠四周浮現魔法陣照亮房間，接著強行抽出巴力西卜體內的魔力，小蟾蜍只能翻肚躺下、不停掙扎。

◇

又過了三日，蘇梓我終於有所行動，重整四萬兵馬從基色出發，用一天時間穿越山峽進駐迦特要塞，再用一天時間兵臨希伯侖城下，於一百公里外駐紮。

「戰爭在所難免啊。」耶洗別在底波拉和伊布力斯的陪同下，走到王宮的演說台上，俯視城內惡魔，點將閱兵。然而她的側臉帶著不安，些微的表情變化逃不了侍奉她近百年的底波拉。

底波拉對耶洗別說：「之前巴力西卜調動魔界所有惡魔，將原本希伯侖軍隊變成百萬烏合之眾，才會招致大敗；現在我與伊布力斯大人重整軍隊，編成二十萬精兵，沒有輸的理由。」

耶洗別回想從前，感慨萬分。「終於走到最後一步。只要我們成功擊退蘇大公，把他趕回撒馬利亞，我們心目中的理想國便要完成，再不會有姊妹受苦。」

這時傳令的翼魔飛來報告：「王后殿下，蘇賊軍營剛剛往希伯侖發兵了！」

城內擊響戰鼓，耶洗別對底波拉認真地說：「妳一直都有將才，可惜出身低賤，受盡欺凌，就算跟隨本宮亦只能帶領哥布林此等弱兵，沒機會讓妳一展所長。今日，希伯侖二十萬精兵都交由妳指揮，是時候要讓整個魔界都知道妳的名字了。」

「大人再造之恩，沒齒難忘！」底波拉感動地跪在地上，接下希伯侖的帥印。

耶洗別再吩咐伊布力斯：「請你緊隨底波拉左右，若有惡魔敢對底波拉不敬，就將他五馬分屍。」

伊布力斯淡然回答：「遵命。」

底波拉問：「耶洗別大人呢？」

「本宮留在王宮……等待一個人。」語畢，耶洗別轉身離開，安靜地回到寢室，將戰爭完全交給底波拉與伊布力斯。

25

決戰前，蘇梓我化身巨大赤龍，借助撒旦片鱗的魔力，在四萬撒馬利亞士兵前演說：

「本王坦白告訴大家，希伯侖城牆堅實，武裝充裕，千年來未曾落入過他人手中，一直由巴力西卜一脈支配。但今天歷史要改寫了。這一年，本王誅彼列、降芭碧蘿、破巴力西卜，佔領撒馬利亞和耶路撒冷；如今希伯侖就在眼前，距離統一魔界只差一步之遙。對手會拚死反抗，但此仗輸，我們死無葬身之地；此仗贏，我們將名留青史，完成千古偉業！」

蘇梓我字字鏗鏘，帶有魔力的話語穿透眾魔的血液，使群魔萬眾一心；他下令焚燒軍營以示必死決心，魔空映成火紅一片，鬥志同樣熾熱。赤龍吼叫：「衝吧！敵人就在希伯侖王宮！」

——衝啊啊！

軍營的熊熊大火為四萬名惡魔吶喊助威，戰士背著火光勇往直前，每把武器都燃點魔火，槍劍高舉連成火龍與赤龍並肩前進，氣勢磅礴。

希伯侖亦沒有退路，城牆上排滿弓箭手、魔法師，城牆後則站著比城樓更高大的巨靈士兵，排成鏈狀築起雙重城牆，密不透風、沒有任何破綻。

金城湯池面對火龍衝擊，當蘇軍跑到五百步的範圍內，天空便有無數魔法砲彈墜落——這場戰役跟之前不同，攻守對調，耶洗別在城前挖洞埋下陷阱，於是蘇軍士兵有的被天降火球擊殺，或掉進奈落深坑死亡。

但就算死亡慟號在戰場上此起彼落，撒馬利亞大軍依然士氣激昂，在赤龍的身影下繼續前衝。當逼近三百步範圍之際，軍中中路如紅海般分讓出一路，中間有少女大叫狂奔——

「嗅嗅嗅！」聖德芬像蠻牛般直線奔跑，飛快掠過兩側士兵！天使越變越大，連身裙變成巨帆掀起大風，每跨一步都地動山搖。聖德芬幾步便跑到希伯侖的城門前，什麼陷阱都無法阻止。

城牆上的惡魔想攻擊她，但巨型手掌已至，把牆上惡魔掃落一地；聖德芬又大力按著城樓頂，右腳大力踢門——十尺厚的城牆及用礦石鍛造的城門，都被巨型天使一腳踹碎，碎石轟進城內砸毀一街建築，城牆在大天使面前如紙糊一般。

不過就算城門被破，希伯侖一方意外地沒有強烈反擊，或者說底波拉依然按兵不動，只是下令全軍緊守崗位。沒有魔王要阻止大天使，負責反擊的是第二重防線的巨靈士兵，還有巨靈身後的惡魔術士。

「擲矛！」

每個惡魔的力量聚沙成塔，聖德芬驚見萬矛齊發，帶著希伯侖的怒火襲向自己！

此時蘇梓我橫空飛來，以煉獄之火燒燬半數魔矛，再用龍鱗擋下其餘攻擊，龍軀完好無缺。蘇梓我俯衝大地，雙爪把地上幾百名惡魔如螻蟻抓起，同時掩護身後撒馬利亞軍隊進入城內。混戰塵煙中，四色騎士亦從空路，或從小路入侵城池。

短兵相接，巨靈士兵發揮力量，個個以一敵百，用拳頭把撒馬利亞的騎士鎚得兵仰馬翻。然而戰況一時倒向希伯侖，一時又傾向撒馬利亞——艾妮帶領靈活的野貓團爬到巨靈頭頂，零距離放箭貫穿巨靈腦袋，終於有第一名巨靈士兵倒在路上，化成輕煙。

野貓的突襲奏效，但一旦巨靈有所防範就沒有第二次機會。城內個個巨靈重整攻勢，以純粹的武力揮拳肆虐；城內混戰，什麼戰略已經不管用，只有最簡單的指令才最有效。

城外雅典娜嘆道：「底波拉的策略十分簡單，就是沒有策略。」

身旁娜瑪大感訝異。「就是放任士兵亂打？」

「還不至於，但也接近。我想底波拉在開戰前只對士兵下過一道命令：死守希伯侖。對於將領，也是一道命令：絕不應戰。」

娜瑪不解。「只守不攻，甚至那巨靈魔王也不出來跟我們打？」

「我們唯一能戰勝的方法，就是擒下對方首領，包括耶洗別、伊布力斯。假如伊布力斯偏不應戰，我們最終也是拿希伯侖幾十萬名惡魔沒辦法……」

同一時間，底波拉在城內的指揮大帳中，對伊布力斯解說：「蘇大公打算背水一戰，士氣高昂，卻無法持久，只靠一時半刻的氣勢絕殺不完死守城池的二十萬精兵。待士氣一過，他們兵疲食絕，自然任人宰割。」

伊布力斯明白，但默不作聲，想起之前一戰他亦被巴力西卜禁止出戰，然而底波拉的軍令更加嚴苛，是完全不能應戰，他反而有點不安，喃喃道：「戰就會輸，不戰就會贏，真是奇怪。」

雖然奇怪，底波拉的戰略卻時則充分利用了希伯侖的地利人和，沒有缺點。任憑蘇梓我、御林騎士，再加一隻大天使在前線蹂躪，希伯侖環環緊扣的魔法防線始終沒有斷開。

城中每處街角都有魔法方陣向赤龍連環砲擊，打得蘇梓我十分不痛快，更難以殺盡。希伯侖屍橫遍地，有蘇軍的，也有耶洗別軍的；兩軍陷入膠著，蘇梓我一方的士氣已如快速燃燒的蠟燭般，差不多燒盡了。

雅典娜慨嘆：「果然只靠幾萬惡魔攻打希伯侖實在太困難。」

娜瑪擔心地說：「不如我也加入戰陣，把前線壓回去吧。」

「請娜瑪大人冷靜，憑妳一己之力仍是無法動搖敵軍。」

「其他方法都不管用，除非……能引誘伊布力斯與我決戰？」

「是的。但先說明，娜瑪大人的迷惑術對伊布力斯沒有用，因為伊布力斯沒有性功能。」

「人、人家也不會為此出賣色相。」娜瑪喃喃道：「但就算沒有性能力，伊布力斯應該也有在意的東西才對……」

26

伊布力斯在意的東西，其他人或許不知道，但娜瑪親自與他交手過，更是死裡逃生。如果，那次撿回性命不是巧合呢？

娜瑪反覆思量，想到唯一能打破死局的方法。

「我要直闖王宮將他一軍，伊布力斯為救主人必定會出手。」

但雅典娜不同意。「希伯侖王宮守備森嚴，就連蘇大公硬闖也不一定能全身而退，娜瑪大人想傷害耶洗別就更加困難。」

娜瑪道：「不是耶洗別，我要搶走的是巴力西卜。」

「巴力西卜？可是他已將伊布力斯的契約轉移給耶洗別，如今伊布力斯只會聽從耶洗別的命令才對。」

娜瑪苦惱地解釋：「總之我覺得伊布力斯對巴力西卜不只有忠誠，還有契約以外的感情……說不定搶走巴力西卜能動搖到他。」

雅典娜問：「何出此言？」

「之前我和聖德芬與他交手，本來我快要死在他手上，不過當他察覺巴力西卜一有危險，連半秒也沒遲疑，甚至只差掐住指頭就能殺死我的工夫也不願意花，二話不說就拋下我前去救援。」娜瑪回想當日對戰，確實有點奇怪。「假如他冷靜一點，拿我來當人質也能威脅蘇梓我，只不過他當時感覺完全失去了理智。」

「這就是所謂的感情嗎。」雅典娜說：「雖然娜瑪大人天真單純，又經常胡思亂想，但我也沒有其他良策，妳想試的話就放手一拚吧。只是王宮必然有埋伏、結界和陷阱，請娜瑪大人務必留下兩隻手指的餘力。」

「沒問題！嘻嘻，我偶爾也能獻出妙計吧。」

「天真的人不時會給人驚喜，妳和蘇大人都是同類。」

娜瑪覺得被智慧女神誇獎，喜道：「我去去就回來！」

接著她躍到千軍萬馬之上，在戰場上空展示連日修行的成果。她高舉閃電火，號召四方風神、八方烏霧，身穿雲霄戰鎧，背掛雷霆披風；又以颶風為靴，閃電為戟，翻滾一圈挾閃電火俯衝向希伯侖王宮。

娜瑪還未飛到，無窮雹雷率先擊向王宮前庭士兵，冰錐刺穿惡魔胸膛沾上鮮血；混亂當中，她帶著霜雪的殘影從天而降，震懾群魔。

守衛隊長大驚：「是阿斯摩太，王后有令，殺死她重重有賞，快叫所有兄弟過來幫忙——」

「休想！」

娜瑪一揚手，電光在敵軍間穿梭，直穿守衛隊長的腦袋，當場將他燒成焦炭。其他惡魔愣住半刻，娜瑪緊接反手揮舞雷霆長槍，惡魔首級如取如攜，如雨散落一地。

刀光劍影，大小惡魔包圍娜瑪只換來被殺下場；茫茫魔海中，耀眼閃電只管往王宮飛舞，不多時便闖入宮殿正門，血濺沿途走廊牆壁，帶著眾魔的腥味，成功到達耶洗別的寢室中。

「找到妳了！」娜瑪舉槍指向耶洗別，但耶洗別面前有四位貴族近衛持劍盾保護，與她對峙。

耶洗別慢條斯理地回應：「阿斯摩太，妳沒有聽過飛蛾撲火嗎？」

「哼，只有這幾個人以為能夠攔住本小——哇啊啊！」

語音未落，她便被魔法鎖鏈吊起困住！寢室八方放置了巴力西卜王家的八件寶具，均是巴力西卜一世至八世所用的武器，有權杖、寶劍、金戟、鋼盾、巨斧、長叉、餐刀、湯匙；八件寶具交錯連成五十四條魔法鎖鏈，形成一個最佳的陷阱。

耶洗別淡然地說：「我就預料到妳會來，還豈會讓妳大鬧？」

魔法鎖鏈纏著娜瑪四肢，黑色魔法牢牢控制娜瑪的靈魂，使她說話亦有困難：「即使如此……本小姐才不會輸給……妳！」

娜瑪全身被綁，能動的只有指頭，於是她右手兩指一動，紫電如砲彈轟向東南方的寶劍，轟隆一聲以一等古神的蠻力破解封印陣！就連耶洗別也看得驚奇。

然而寢室四道牆壁突然塌下，四面湧入了伏兵，連同入口衝入幾十名士兵支援，整齊列陣層層保護耶洗別，亦重重包圍娜瑪。

娜瑪沒有時間了，焦急環視房間，忽見有隻小東西在床上的籠中大叫：「耶洗別和阿斯摩太，妳們兩人快點同歸於盡，本王就能再次君臨天下！」

「真是愚笨的蟾蜍。」娜瑪蠻力突破列陣，迅雷般搶走鳥籠，另一手舉槍指向擁向自己的士兵喝道：「本小姐要帶這蟾蜍走，誰想死的就來攔我試試！」

耶洗別咬牙切齒。「快殺掉她！」

一名子爵惡魔踏出半步，但閃電已先行掠到他咽喉前，劈啪一聲被電暈倒地；另一道驚雷同時躍起，娜瑪抱著鳥籠奪門而逃，全身帶電無人能阻。

耶洗別心道：原來如此，這就是夢境欠缺的一塊拼圖。

身邊侍衛問：「王后殿下，我們現在該怎麼辦？」

「你們立刻去追擊阿斯摩太，不能讓她挾持大王肆意妄為。」

語畢，耶洗別嘆氣坐下，命眾將退下，身影略帶孤獨。

至於伊布力斯，果然如娜瑪猜想，也和耶洗別預知的夢榱相同，他對阿斯摩太搶走巴力西卜一事感到十分震驚、憤怒。

在旁的底波拉不解。「伊布力斯你怎麼了？」

「有人擄走了巴力西卜大王。」

「那些事讓希伯侖的士兵處理就行，你無須操——喂！」

底波拉還未說完，伊布力斯便霧化消失。沒有人能阻止他與娜瑪的決戰。

27

希伯侖上空瀰漫殺氣，殺氣具現化為巨靈，頂天立地的大魔王擋在娜瑪面前，威嚇質問：「阿斯摩太，妳故意奪去巴力西卜是為了向我報仇吧？」

「沒錯！」娜瑪抬頭望向比自己巨大百倍的伊布力斯，深吸一口氣回答：「這次我不會再輸給你，堂堂正正決一高下吧！」

剛與娜瑪會合的天使也大喊：「聖德芬學習了搏擊術，這次不會輸！」

伊布力斯不屑道：「妳們倆聯手，這樣也算堂堂正正嗎？」

「本小姐和聖德芬在戰場上殺敵消耗了不少神力，這樣算是公平吧。」

「好，就看妳們在短短幾天內有何進步。」

伊布力斯語畢，伸出右手，前臂赫然消失，拳頭赫然在十尺外的娜瑪頭頂上掠過，千鈞一髮間娜瑪躍後閃躲，卻手一鬆，不小心拋飛囚禁巴力西卜的鳥籠。

只聽籠中巴力西卜天旋地轉地慘叫，鳥籠隨即被赤龍巨爪擒住。伊布力斯見狀問：「撒馬利亞大公也參一腳想圍死本魔？」

蘇梓我一臉沒趣。「我只是保母而已，先替你們保管這隻小蟾蜍，你們隨便打吧。」

「感謝撒馬利亞大公。」

伊布力斯隨即向空中娜瑪連轟兩拳，拳風霍霍！娜瑪同樣散發冰霜霧氣，四周煙霧瀰漫，她幻化成左右兩道身影躲避，使伊布力斯的雙拳撲了個空。

「看到破綻！喝啊！」聖德芬大步躍前，用身體撞向巨靈！縱然巨靈霧化避開，卻沒料到對方不但沒失去平衡，反而迴身雙掌回推向他，推出狂風吹散霧化身軀。

伊布力斯被吹至百尺遠，在高空重凝軀體，驚訝道：「士別三日，刮目相看。」

沒錯，娜瑪和聖德芬的修煉雖只有短短三天，但過程辛苦萬分，等同他人三年修行的程度，成果則是三十年。

這段期間她也回到香港，從利雅言口中得知，要召喚古神需要有適合的軀體、古神的遺物，以及相對應的大量靈魂。前兩者娜瑪都有，靈魂則從日前雙龍山中蒐集，總算得見宙斯，向他借來力量。

至於聖德芬，身為大天使本就潛力無限，經過磨練成為瑰寶也是意料中的事，是天使成長的一環。

雙雙成長的惡魔和天使，娜瑪與聖德芬從左右夾攻，開始反擊——

「吃本小姐的閃電火！」

四周頃刻耀眼無比，伊布力斯避過轟雷，卻驚見兩道光芒注入娜瑪體內，待光輝退散，娜瑪裝備煥然一新。原來閃電火只是幌子，眼前娜瑪站在光陰戰車，右手執閃電火，左手舉宙斯之盾，是奧林帕斯最高神的形態，令人望而生畏。

伊布力斯難以置信。「妳不可能在短短幾天內得到宙斯的戰車和戰盾……」但他突然恍然大悟。「埃癸斯神盾本來有一對，除宙斯之外，就是雅典娜擁有；妳向雅典娜借來神盾，再向阿提蜜絲借來月亮戰車，兩件聖物在宙斯的加持下，變成他的武裝。」

「哇哈哈哈！如今本小姐擁有至高古神的神力，力量跟你平起平坐呢，受死吧！」

伊布力斯頓感殺意，雖想避開，卻發現對方已乘光陰戰車從後方駛來，隆隆閃電轟向自己——空氣爆炸，即使伊布力斯最後霧化躲避，仍被炸掉部分身軀。

光陰戰車能穿梭彈指間的時間，娜瑪身影如同不連續的存在，在伊布力斯眼前隨機出現放雷，咄咄逼人；伊布力斯應接不暇，又見娜瑪在霧中幻化分身，竟有三個夢魔包圍自己念咒：

「雲霧凝霜！」

伊布力斯同時大喝：「太慢！」

巨靈拳頭瞄準娜瑪轟去，娜瑪連忙舉起神盾硬擋，兩翼展開，壓返千斤之力，閃電火指向伊布力斯、同時劃陣：「結冰吧！你無處可逃！」

魔法陣穿透伊布力斯全身，巨靈的霧化身體結晶凝固，砰聲巨響，希伯侖所有建築物都幾乎塌陷。

「天使飛踢！」

說時遲那時快，聖德芬無縫配合娜瑪的出手，在伊布力斯還未防備之際便飛腿蹬其臉，將整頭巨靈踢飛百尺，滑行橫倒西邊城牆，城西頓成廢墟。

「可惡，我還沒有輸……」伊布力斯跑向聖德芬，雙臂狠狠禁錮住她；豈料聖德芬張開天使翅膀，力氣翻倍，瞬間掙脫，反過來便把伊布力斯舉在半空！

「天使飛擲——」

伊布力斯遭大天使拋出城外，砰聲砸爛山林，巨響震耳欲聾。

「我還沒有輸……」伊布力斯再次站起，但每次力氣都比之前衰弱，其實勝負已定。

鳥籠內的巴力西卜緊張罵道：「你們想殺死伊布力斯嗎！不可以這麼做，二對一太卑鄙了！」

拎著鳥籠的蘇梓我回答：「但不殺死他也沒其他方法吧，你看那大個子又站起來被天使揍一頓。」

「可以用封印魔法，把他封印在器皿內。」

「還真是神燈嗎……要怎麼做？」

巴力西卜不忍看伊布力斯被殺，別無他法，只好把封印咒術傳授給蘇梓我。接著，那方拚死反抗的巨靈忽然身軀飄渺、縮小，最後被吸進蘇梓我隨意抓回的另一個鳥籠中，看得在場所有惡魔目瞪口呆。

「伊布力斯大人輸了……」一名希伯侖士兵不敢想像地說。

「和巴力西卜大王一樣被封印在籠中。」有名希伯侖士兵嘆氣自語。

「我們該怎麼辦？」另一名希伯侖士兵同樣不安。

這時底波拉高聲喝令：「不過失去了一位巨靈將軍，但對方大將同樣元氣大傷，士兵更開始潰敗逃亡；優勢在我們一方，勝利近在咫尺！大家再加把勁殺啊！」

底波拉說得沒錯，蘇梓我從撒馬利亞帶來的士兵已經死傷過半，再也維持不了軍勢，可是她萬萬沒有想到，更加動搖的是希伯侖一方。

殺意的視線刺在底波拉背後，兩名士兵竊竊私語：「那丫頭憑什麼指揮我們兄弟？」

「對啊，伊布力斯大人也不在，不如……」

「拿她的頭顱當作降禮。」

28

巨靈魔王伊布力斯被封印，情勢完全逆轉；底波拉緊急傳召獸人將軍進營，希望拚盡最後力氣打破戰局。

「太慢了，勝機可是不等人的！」底波拉喝令幾位將軍：「你們立即帶兵堵住城中街道，千萬別讓蘇賊敗軍逃脫，有多少殺多少，一個都不能留。如果我們能完全擊潰賊軍，蘇賊亦不得不退。」

但三位獸人沒有回應，只是拔出腰間配刀大喝：「耶洗別一夥禁錮巴力西卜大公，企圖謀反，底波拉同屬一夥，立即把逆賊拿下！」

底波拉大驚。「你、你們敢造反？我可是希伯侖的統帥！來人，把這三人推出去斬首！」

底波拉旁邊的哥布林拔劍衝向獸人將軍，卻被獸人砍下頭顱；軍帳內腥風血雨，隨即又有幾十名士兵闖入，但所有人的刀刃皆指向底波拉。

一位將軍斥道：「我們兄弟為大王出生入死時，妳還在吃奶呢！死丫頭，今日就是妳的死期！」

將軍揮刀劈下，木桌「砰啪」一分為二！躲在桌後的底波拉掉頭爬行，撕破帳篷狼狽落跑。可是軍帳外全都是獸人士兵，有的加入圍捕，有的袖手旁觀。

底波拉心知這次大禍臨頭，退無可退，不禁大喊：「為什麼！為什麼你們都不明白，明明有機會打贏，都被你們這些蠢材破壞了！」

「妳才不明白！誰勝誰負我們兄弟不感興趣，只知道不能把希伯侖交給背叛大王、又吊殺我們手足的妖婦。」

將軍一腳踹飛底波拉，大力踏在她的肩上，雙手揮刀；底波拉萬念俱灰，閉起眼睛，只求死得痛快點……

「將軍且慢！」突然一隻半獸大漢出言制止。

「兄弟，難道你要為她求情？」

「當然不是，但這妖女最好不要殺。」半獸大漢說：「素聞撒馬利亞大公非常好色，若要贈送見面禮的話，比起這妖女的人頭，她的身體更有價值。」

「說得有道理。」將軍號令：「將逆賊底波拉綁起押下，待之後送給撒馬利亞大公作為停戰禮物，其他兄弟則隨我捉拿侵佔王宮的妖后耶洗別。」

「遵命！」

接著希伯侖的士兵紛紛避戰，遠離蘇軍，轉為進軍希伯侖王宮。王宮守衛見大勢已去，趕緊打開宮門迎接叛軍，聯合獸人部隊一同殺進宮內。

原本王宮有哥布林軍團駐防，可是開戰前耶洗別把哥布林送給了底波拉，王宮變得毫無防備，叛軍長驅直入，很快就闖進王后的寢室。

「真是熱鬧呢。」耶洗別背對著包圍自己的數百名士兵，悠然自得地整理髮髻，語氣輕蔑，顯然瞧不起身後莽夫。

獸人將軍喊道：「逆賊耶洗別，妳挾持大王造反，還有什麼要辯解？」

「成王敗寇，沒什麼好解釋。」

見耶洗別死到臨頭還在梳妝台前化妝，將軍甚怒：「妳這妖婦除了迷惑大王還懂什麼？就算死也只顧自己的容貌嗎？」

「妾身懂得的事情嘛……對了，就賞你一個預言吧，我現在說的這句話，將會是你最後聽見的話語。」

突然寢室牆上機關發動，一支長槍彈出直穿獸人腦袋，腦漿四濺！

在場其他士兵大驚，耶洗別依然故我，邊塗口紅邊問：「你們還有誰想聽聽妾身的預言嗎？」

房內鴉雀無聲，沒人敢回答。

「那個嘛，把我的人頭送給撒馬利亞大公，你們都是這樣想的，對吧？動手吧，我也覺得累了。」耶洗別轉身望向幾百名士兵，當中小隊長卻回答：

「我們不會殺妳，妳的命運交由撒馬利亞大公決定。」

「什麼？」耶洗別不禁冷笑。「原來是蘇大公使我命不該絕，難道我的命運只能如此？努力了一百年，犧牲無數，到頭來卻只能依附男人的強權嗎？這樣倒不如一死了之來得痛快。」

語畢，耶洗別憑空召出魔劍企圖自刎，卻有聲音大叫：「耶洗別大人，妳千萬不能死！」

底波拉救主心切，奮力掙脫士兵來到王宮，跪在主人面前哭道：「千萬不能拋下奴婢，大人請三思。」

「底波拉！妳沒事嗎？」

「我不想死，也不希望大人死……只要留有性命，我們就有希望……」

若只剩自己一人，耶洗別早就自殺了，但她不能留下底波拉遭其他人欺凌。

「……明白了，我們投降吧。」

耶洗別與底波拉抱在一起，獸人將軍便下令將兩人扣上手銬腳鐐，同時命人在王宮升起白旗，向撒馬利亞大公投降。

希伯侖之戰，最終因希伯侖城內連串叛變和造反結束。希伯侖大多數魔王侯爵都於此役戰死，周邊地區再無反抗勢力；魔界統一大勢所趨，是不能逆轉的洪流。

第五章

樞罪之獄

1

希伯侖街上頹垣敗瓦，王宮有三分被巴力西卜發狂時吃掉，又有三分受戰爭摧毀，成為一座空殼廢墟。蘇梓我跨過碎石，提著兩個鳥籠一邊哼歌，一邊走到殿上的王座。

「結果本王不費吹灰之力就把希伯侖拿到手。」蘇梓我隨意丟下鳥籠，鳥籠滾到娜瑪腳邊，娜瑪則扶起巴力西卜的籠子說：

「笨蛋，你只不過在一旁看戲，本小姐才是打敗巨靈的頭號功臣。」

「妳怎麼最近越來越囂張……」但蘇梓我冷靜一想，今天他的確沒怎麼動手，這樣輕鬆的勝仗好像也是頭一次。這樣的話，以後所有粗重工作都交給娜瑪就好。

於是他大讚娜瑪：「妳說得對。大家看到了嗎？這場勝仗全靠娜瑪，在座各位要向娜瑪好好學習呢。」

「我沒聽錯吧，你這笨蛋居然會稱讚人。」

「哈哈，見妳捨身與伊布力斯決戰，本王被妳的英姿感動了。如果不讚賞就太不近人情。」

「知、知道就好，本小姐才是最強的。」

蘇梓我拍打娜瑪的頭笑道：「以後繼續這樣子吧。反正現在魔界也沒幾個人能敵得過娜瑪女王，哇哈哈哈！」

娜瑪臉紅地笑說：「既然你這樣說，我就再輔佐一下你這沒用的笨蛋好了。」

此時娜瑪腳邊傳出抗議聲，打斷對話：「你們兩個還要聊到什麼時候，快把本王放出來！」

蘇梓我懶洋洋地道：「差點忘記還有這隻東西要處理。」

雅典娜問：「蘇大人打算如何處置巴力西卜？」

「不管他，推出去斬了算吧。」

巴力西卜大怒：「本王可是撒旦大人欽賜的貴族，怎能隨便被你說殺就殺！」

另一籠內有團煙霧浮現臉龐，伊布力斯說：「若你要殺死巴力西卜大人，請連我一併殺掉吧。」

蘇梓我看一看伊布力斯，問：「你是個有能的惡魔，為何對那蟾蜍如此忠心？」

「我追隨巴力西卜大人多年，無需理由，沒有巴力西卜就沒有伊布力斯。」

籠中伊布力斯只是一道輕煙，但說話分量沉重。他回想過去巴力西卜威風凜凜，打遍希伯侖未有一敗，就連自己也不是他的對手，最終繼承巴力西卜和暴食之名，當之無愧。

可惜之後巴力西卜越吃越胖，越胖越暴戾，導致國內怨聲載道。巴力西卜不懂治國，最後要依靠耶洗別才能統理好各方勢力，希伯侖就此穩定下來。

「蘇大人。」佛爾卡斯插話：「巴力西卜在我們所羅門魔神當中名聲最顯赫，若蘇大人處死他，恐怕會有損魔界對大人的評價，嚇退其他所羅門魔神啊。」

雅典娜說：「但巴力西卜起兵反抗是全魔界共知之事，若不殺雞儆猴，恐怕其他惡魔會有恃無恐，不把大人放在眼裡。」

蘇梓我對巴力西卜嘆氣：「殺有弊處，不殺也有弊處，你這傢伙輸給我還要添我麻煩。」接著又問娜瑪：「妳剛才說過要輔助本王吧，說點意見來聽聽。」

「欸……要動腦的不要問我啊。」

就知道娜瑪一點用都沒有，蘇梓我轉為盯著巴力西卜，巴力西卜則在籠裡蹦跳罵道：「你不能殺死本王，本王才是希伯侖之主，你只是個小賊！」

嘖，這東西還要留他性命？

這時聖德芬蹲在籠子前，將一片樹葉伸進籠中。「要吃嗎？」

巴力西卜大口咬下葉片，罵道：「妳這該死的天使，不知道我們是吃肉的嗎？別以為用幾根蔥就能收服本王……」

但聖德芬沒有理會，繼續拿出蔬菜擠進巴力西卜的嘴裡。巴力西卜邊吃邊罵：「都說妳這樣是沒有用的，別浪費力氣……」

「再吃多些。」聖德芬不斷把菜葉塞進去，巴力西卜終於安靜下來，突然睡意來襲，躺在籠裡呼呼大睡。

聖德芬好奇地問：「為什麼要為一隻蟾蜍煩惱？」

蘇梓我說：「確實巴力西卜這樣子已經不足為懼，可是伊布力斯……」

伊布力斯說：「只要蘇大人不殺巴力西卜大人，在下願意效忠蘇王，以後有什麼戰役就由我打頭陣，衝鋒殺敵，在所不辭。」

伊布力斯言之鑿鑿，而且當耶洗別挾持巴力西卜之時，伊布力斯確實亦對耶洗別言聽計從，不像是說謊。

「好吧，既然本王終歸要帶領你們與天使決戰，能用的惡魔都不能浪費。但那蟾蜍死罪可免，活罪難逃，就罰他一百年維持那小蛙模樣，作為本王的使魔，世代不能造反。」

伊布力斯在籠中叩首。「感謝蘇王。」

蘇梓我伸了個懶腰。「都好了吧？沒其他事的話，我該吃個晚飯休息了。」

雅典娜搖頭說：「還有兩個戰俘需要判決。」

「又是誰？男的話推出去斬了就好。」

「十分遺憾，蘇大人忘記耶洗別和她的婢女了嗎？」

於是耶洗別和底波拉被押到大殿，跪在蘇梓我面前。耶洗別始終瞧不起蘇梓我，挑釁道：

「蘇大人想對我們怎樣？哼，反正我已經做好心理準備。」

旁邊的底波拉同樣不喜歡蘇梓我，或者說不喜歡男人。蘇梓我見兩人雖無法反抗，但總覺得哪裡不妥，便道：

「妳們兩人迷惑王族使希伯侖雞犬不寧，本王才不會重蹈覆轍，被妳們誘惑。」蘇梓我下令：「把她們兩人分別收監，聽候處置，嘿嘿。」

最後他奸笑著目送兩女離開。

2

今天是值得慶祝的日子，希伯侖大捷，蘇梓我生擒巴力西卜和伊布力斯，又活捉耶洗別與底波拉。

不過兩個女囚不識趣，甚至瞧不起蘇梓我，覺得他也只不過是個孔武有力的匹夫；尤其她們都以智者自居，一個是希伯侖的幕後軍師，另一個是擅長在沙場作戰的女士師，她們豈會把蘇梓我放在眼裡？

因此，蘇梓我有必要展示他的智慧，以降服這兩個大逆不道、自以為是的傢伙。

「進去！」兩個獸人士兵粗暴地押著耶洗別，把她推到牢房內，「砰」聲關上鋼門。

油燈光線透過鐵格子，照在耶洗別的臉龐上。她嘲諷道：「哼，你們就不懂得憐香惜玉嗎？蘇大公早晚會召我去服侍他，弄傷我的話怕你們擔當不起喔。」

「哼，妳倒是不用擔心。雖然撒馬利亞大公吩咐我們不能傷害妳，但妳另一位同伴已被判了死罪，明日斬首示眾，我看妳也是命不久矣。」

耶洗別聞言臉色刷白，驚問：「怎麼會這樣？」

獄卒笑答：「那丫頭一向目中無人，又殺死那麼多撒馬利亞士兵，就連我的兄弟也是被妳們害死的，報應啊！」

「不可能！你們不可以殺死底波拉！」耶洗別衝上去拍打鐵桿，卻只能換來獄卒的大笑——

「蘇、蘇大公萬安。」

獄卒們突然止住喧鬧，連忙立正敬禮。蘇梓我正好來巡視地下牢房，行經耶洗別面前，對她冷笑。

耶洗別質問：「蘇大公，你為何下令殺死底波拉？」

「妳們瞧不起其他男人，我做什麼事與妳何干。」

耶洗別連忙低聲下氣說：「請不要殺死底波拉……我願意為大人做任何事情……」

「哦？」蘇梓我揮手示意獄卒開門，打發他們離開，自己則走進牢房。

蘇梓我對耶洗別說：「妳的氣焰到哪裡去了？」

耶洗別跪地求饒：「請放過底波拉……」

蘇梓我笑道：「不過嘛，我不喜歡粗暴對待美女，妳不願意的話我是不會對妳怎樣的。」

「賤妾是千萬個願意……」

耶洗別無權無勢只能認輸，但蘇梓我知道她心中一定不服氣，得想些詭計來混淆眼前這位女軍師。

——突然刺耳聲音響起，耶洗別眼前一黑，才發覺被蘇梓我用沙克斯的魔法奪走視覺。

「嘿嘿，不用怕。反正妳討厭男人，不如我把妳送給娜瑪？」

「大人說的是阿斯摩太女王？」

「是啊。我暫時奪去妳的視力，妳就乖乖留在這裡，我去叫娜瑪來讓妳侍奉。」

不過他接下來造訪的，其實是底波拉的牢房。

十分鐘後，蘇梓我來到地下監獄的另一端，見底波拉神色慌張，在籠內伸手求饒：「請不要殺死耶洗別大人，你要我做什麼都可以，求蘇大人放過小姐一條生路！」

蘇梓我又用同樣表情反問底波拉：「妳不是很討厭我嗎？突然又願意為我做任何事了？」

「只要能保住小姐平安……咦？」

底波拉同樣眼前一黑，伸手不見五指感到徬徨，蘇梓我就拍她的肩說：「起來吧，我帶妳去見娜瑪，讓妳好好服侍她。」

可是底波拉大概沒想到，蘇梓我帶她去見的人不是娜瑪。無辜的娜瑪只是在床上睡到一半驚醒過來。「好像被人弄污了名聲……」然後又睡回去。

「進來啦，哇哈哈哈。」蘇梓我牽著底波拉來到耶洗別的牢房，對兩位眼盲的美女說：「我把娜瑪帶來了，嘿嘿。但妳們什麼都不能說，一切聽我的話做；也不用回答我，我會用身體指導妳們。」

底波拉和耶洗別默默點頭，蘇梓我就把耶洗別推到底波拉面前，對她耳語：「好好服侍我的娜瑪吧。」

耶洗別嘆氣，無奈依照蘇梓我的吩咐，侍候她心中以為的娜瑪。耶洗別愛撫眼前的人，皮膚細滑，二話不說便親吻下去——

底波拉第一次被別人親吻，心中驚道：阿斯摩太小姐的調教……很奇怪……嗯嗯！

耶洗別心道：沒想到阿斯摩太的反應這麼敏感，也許能控制她來對付蘇梓我？

於是她把手掌放到底波拉的腰間，順勢撫摸她的全身——

底波拉抽搐一下，聲音顫抖。

耶洗別雖看不見，但沒錯過機會，把對方抱到地上纏綿，她們同樣假想對方是娜瑪……

「唉，睡不著。」另一邊廂，真的娜瑪又醒過來，但重點不是她。

此時牢房內耶洗別不斷玩弄著底波拉的肉體，底波拉忍不住嬌喊出聲——

「這聲音是……底波拉？」

「……耶洗別大人？怎麼會這樣……」

「哇哈哈哈！還說什麼女智者，在本英雄面前都是小孩子的程度。」蘇梓我解除兩人魔法，底波拉和耶洗別近距離四目相交、目瞪口呆……但手腳倒是停不下來。

「耶洗別大人，原來是小姐妳，難怪會這樣舒服。」

「底波拉……我也很舒服，其他事情別去理會了。」

只見耶洗別撲在底波拉身上盡情放肆，蘇梓我在旁邊得意洋洋地笑著。「本英雄才是真正的智者！」

結果當晚蘇梓我也加入混戰，春光照滿牢內一整夜。

3

翌日，希伯倫城內大街小巷都在傳言，蘇梓我要將耶洗別和底波拉斬首。因為耶洗別之前處死了不少惡魔，累積不少仇人，都恨不得將她碎屍萬段，城內惡魔都支持殺死此兩女。事情越鬧越大，原本蘇梓我只是想嚇嚇她們兩人就範，卻幾乎弄假成真不知如何收拾。

幸而耶洗別的原有部下，包括西迪、艾妮、格雷希亞等都為舊主求情，給了蘇梓我網開一面的理由，饒她們性命。另外為了平息其他惡魔的不滿，蘇梓我查封了耶洗別的所有財產，包括她身為王后時，多年搜括得來的靈魂寶器，分給一眾惡魔，民憤才稍稍平息。

不過某程度上，耶洗別和底波拉都是蘇梓我的代罪羔羊。她們最終成為希伯倫之亂的幕後黑手，蘇梓我則成為平亂的大公王，名正言順接管巴力西卜的領土。

說到巴力西卜，他因為管理不善被迫退位，但自從他被聖德芬強迫吃素後，即使嘴巴依舊囂張狂妄，性格倒是安分不少。伊布力斯說過，巴力西卜是由於暴食才變得暴戾，看來所言非虛。

另外，蘇梓我本來煩惱如何鎮壓希伯倫周邊那些無腦惡魔、舊王餘黨，如今有了伊布力斯壓陣，就是最好的解決方案。

希伯倫就交給伊布力斯，至於巴力西卜，他則交給聖德芬負責飼養，有空才讓這兩個男人見面。蘇梓我對他們沒有興趣，寧願花多些時間教訓耶洗別和底波拉。

「雖然我也猜到你這笨蛋不會殺死她們，」娜瑪問蘇梓我：「但耶洗別和底波拉今早的態度好像有點不一樣……尤其是底波拉，她看你的眼神是又愛又恨，本小姐肯定沒看錯。你昨晚到底對她們做了什麼？」

「哇哈哈哈！」

娜瑪嘆道：「看來我問了多餘的問題。」

事情告一段落，蘇梓我與一眾部下正準備班師回朝，來到王宮廢墟正好看見耶洗別和底波拉；底波拉一與娜瑪四目相交，忽然臉紅著掉頭就走，怕又想起昨夜之事。

娜瑪不解。「為什麼底波拉看見本小姐的表情也是又愛又恨？」

「一定是她也知道娜瑪大人的好了！」透明獸女格雷希亞突然冒出，嚇了娜瑪一跳。

「下次妳在本小姐身邊，可不可以不用隱形魔法啊？」

「我拒絕，這樣就不能近距離聞娜瑪大人的香氣了！」

西迪喝止：「居然偷聞娜瑪大人，太卑鄙了。」

「不行，娜瑪媽媽是聖德芬的！」

娜瑪抱頭逃走尖叫：「別一直纏著本小姐啊！」

蘇梓我翻了翻白眼。「真是一群吵鬧的傢伙。」

「蘇大公。」佛爾卡斯報告：「雅典娜小姐已經完成士兵調配，西迪女王的部眾，以及艾妮小姐的野貓藝團會護送我軍到基色，越過原本邊境後，她們就留在當地與伊布力斯一同維持希伯命的秩序。」

蘇梓我點頭。「知道了，現在可以起程了嗎？」

「隨時都行，御林騎士團已準備就緒。」

「那出發吧。」

不過佛爾卡斯有點遲疑，蘇梓我看出他有疑問，道：「且說無妨。」

「蘇大公此次回去撒馬利亞後，有何打算？」

「什麼打算？」

「名義上蘇大公已掌管了魔界三大都市，魔界三公不復存在，現在魔界只有大人一位公爵。」

蘇梓我威風道：「呵呵，畢竟本王是魔界第一人。」

佛爾卡斯卻面有難色。「蘇大公的成就已經僅次撒旦大人了，很快就會有惡魔建議大人登皇位，大人千萬要三思。」

蘇梓我爽快答道：「反正魔界裡最好的女人都屬於我的了，魔界之皇這位子我也沒興趣。」

「蘇大公聖明。」

好不容易的雅興都被佛爾卡斯一掃而空，不過這也是那老傢伙的工作。蘇梓我也不是不知道，接下來他的對手，比起什麼蟾蜍和妖女都更加棘手。

巴力西卜——排名第一的所羅門魔神，亦是第二十五位被收歸帳下的。但他另一身分更加重要，即大罪惡魔的暴食，也是蘇梓我最後欠缺的樞罪。

如今蘇梓我集滿七大樞罪，是時候見一下撒旦本人了。但要去哪裡找到撒旦？雖然知道撒旦被囚禁於樞罪之獄，但那又是什麼地方，蘇梓我半點頭緒都無，心想只能回去跟萬鬼之母打聽。不知大鹽湖一別後，萬鬼之母怎麼樣了。

——不用去找萬鬼之母。

冰冷的聲音刺進眾人耳中，只見一神祕斗篷男子從廢墟中走出，緩步朝蘇梓我走近。換作平常，這來歷不明的惡魔早被蘇梓我的五色騎士制伏；不過埃力格不敢動，佛爾卡斯亦神色凝重地盯著神祕惡魔走近，只有桀派和斯伯奈克不清楚他的底細。

桀派提槍攔路喝道：「站著！你是誰——」但說到一半，他忽然全身發冷，被前所未有的魔力震懾；斯伯奈克亦同樣臉色蒼白，本能反應拔劍擺出攻勢。

「斯伯奈克、桀派，別輕舉妄動。」佛爾卡斯低聲道：「雖然難以置信，但這是撒旦大人的魔力……」

蘇梓我笑道：「原來如此，是撒旦的兒子路西法。好久不見了。」

從蘇梓我口中聽見「路西法」三字，就像什麼咒語般嚇得廣場上正在集合的惡魔士兵紛紛臉色刷白，尤其是年長的惡魔如佛爾卡斯更是愣住良久，不敢相信路西法真實存在。

蘇梓我便道：「在大鹽湖的時候，萬鬼之母有提起路西法，說路西法就是那個用釘子刺穿我手掌的混蛋。」他望向斗篷男子說：「你不打算露個面，向本王賠罪嗎？」

路西法脫下斗篷，一雙明亮雙眼浮現，是一位外表英武的成年惡魔。只是他的面容有些異於人類：尖額窄臉，頭頂凸起，有點像來自外星球的蜥蜴人？只見路西法衣服下的右半身軀長滿龍鱗，果然是龍族之子，大概他就是所謂的半龍人吧。

在蘇梓我凝視路西法的同時，路西法亦仔細打量了蘇梓我，最後吭聲道：「當時我也沒想過，繼承父王力量的人類，竟是你這樣一名小子。」

蘇梓我不爽。「你這混蛋說話真囂張。」

「我是撒旦的獨子，魔界的皇太子，不讓你們對我下跪已是寬宏大量。」

佛爾卡斯驚道：「原來傳言是真的，撒旦大人真的有兒子……雖然魔界有流傳路西法殿下的事，但此事太過驚人，大家不敢隨意談論撒旦大人的家庭，因此就漸漸被淡忘了。」

「我有必要隱藏身分。」路西法解釋：「撒旦是魔界之皇，只有撒旦才能確保魔界的秩序，但偏偏自願到樞罪之獄受罪。群龍無首之下，最終就像你們魔界三公打來打去，魔族四分五裂。我不過是擔當撒旦的替身到處現身，故意留下惡魔之皇的魔力波長，製造撒旦依然在魔界存在的假象，讓三公分裂的時間延後一點罷了。」

因此自從撒旦消失後，魔界出現撒旦的傳聞都是路西法的把戲，包括當日在蘇梓我手上釘下鐵釘也是，騙了一堆惡魔包括娜瑪追捕他。

蘇梓我問：「現在你卻現身說出祕密，光明正大坦誠自己身分，真是怪人。」

「小子，你忘記我在人間流浪的另一個目的嗎？」

「不就是尋找能救出撒旦的人。」

「也順便將撒旦的血族魔法借你所用。」路西法續道：「不過只要撒旦重掌魔界，在真正的魔界之皇面前，我們也無須暫代皇的位子，我自然也不用再隱藏身分。」

蘇梓我指著路西法。「所以，現在是你有求於本王，居然還敢張狂。」

「別誤會了。」路西法反駁：「你之所以有資格拯救撒旦，並非因為你是最強，只不過你是這顆星星上最混帳的人類。萬罪不侵，才得以進入樞罪之獄且全身而退。」

蘇梓我大怒罵道：「你才是見不得光的私生子！說起來，本王還有鐵釘的帳沒跟你算清，要打打看誰才是最強嗎？」

佛爾卡斯連忙按住蘇梓我的手。「蘇大公請息怒，魔界所有惡魔必須對撒旦大人忠誠，假若路西法殿下真是皇太子的話，我們不能輕舉妄動……」

一位是大公，另一位是皇太子，路西法冷笑道：「對啊，我也不想做無謂的爭鬥。在一起救出撒旦前，自己人卻先打起來，太丟臉了。」

蘇梓我說：「真是越看越討厭，我跟萬鬼之母一起去那個什麼樞罪之獄就好，好歹也是美女，為何要跟你這混蛋一起。」

「萬鬼之母是個仁慈的婦人，她連在自滅和反抗間都要掙扎許久，才能下定決心，她不適合此等重要的任務。」

「說得你好像就很適合？」

路西法聽完面色一沉，身後忽然閃現耀眼強光——強光中，每顆粒子都帶有精純魔力，或肉眼看不見的微型魔法陣，使魔力填滿空間令人呼吸困難。路西法的半身龍鱗閃閃發光，一言不發便充分展示了他壓倒性的力量，尋常惡魔看他就如直視太陽，雙眼灼痛，蘇梓我亦不得不用魔法凝於雙眼做保護。

「這種感覺……難道是原初神器？」

路西法張開雙臂，昂首回答：「正是『世界』專為龍族鍛造的光屬神器『啟明晨星』，也符合我的王名。」

最初是雷屬的閃電火，之後有水屬的定海神針、火屬的梵天神箭、命屬的荷魯斯之眼、星屬的煙霧鏡，現在則是光屬的啟明晨星，便是始終不為人知的龍文明聖物。然而，蘇梓我怎麼都看不清啟明晨星的本體。

路西法威風道：「我專程前來，帶你到樞罪之獄共同拯救撒旦。迎接撒旦回歸是全魔界的願望，也關係到人類的生死存亡；我們必須趁聖主還未復活前，重整魔軍打敗天使，消滅『深淵』的力量，這樣人類才得以從天使的威脅之下解放，這顆星星才有足夠的能量繼續存活。」

如植物一般，必須不時修剪旁枝，拔除周圍雜草，樹木才有足夠養分成長，這正是蘇梓我要剷除『深淵』勢力的原因，並且事不宜遲。

「不。」蘇梓我卻冷眼回答路西法：「你太惹人厭，我改變主意不想理你們了。你這麼有本事，就自己去救啊，幹嘛要把我扯下水。」

「太蠢了，你蒐集七大罪的原因不就是要救撒旦嗎？」

「不救就是不救，你越想要我救，我就偏不救。給你見識一下這顆星星上最混帳英雄的厲害！」蘇梓我跳上馬車，大聲命令部下：「走吧，我們撤回撒馬利亞，別阻撓尊貴的皇太子大顯身手啊。」

娜瑪偷瞧路西法生氣的模樣，連忙急步跟隨蘇梓我上車。

「站住，人類！」

路西法大喊，卻無法阻止蘇梓我大軍離開。蘇梓我由數千御林騎士開路，伊西斯騎著黃金獅子領數萬步兵隨行，艾妮與野貓團殿後，路西法只能目送大軍揚長而去。

5

撒馬利亞一片歡聲雷動，王宮大開糧倉酒庫供惡魔享樂；夏思思亦從耶路撒冷回來，預先主持全城慶祝大會，迎接蘇梓我凱旋歸來。

蘇梓我的戰車剛抵達，夏思思便撲到車上，牽著蘇梓我的手跑出車外；眼前圓形廣場擠滿萬魔，前排都是美女，萬魔一同恭賀蘇梓我的場面嘈雜且熱鬧。

「蘇哥哥，思思想死你了！」

「這都是妳準備的嗎？哈哈，真會討人歡喜。」

「嘻嘻，蘇哥哥橫掃希伯侖的消息已經傳遍整個魔界，亞巴頓在耶路撒冷的殘黨亦紛紛向蘇哥哥投誠，魔界裡再沒有惡魔敢與哥哥為敵囉。」

不對，還有一人，但蘇梓我此時不願提及。但在一旁的佛爾卡斯道：「蘇大人，現在老夫想起來了，路西法應該是大罪惡魔，大罪中的『傲慢』。會有那個態度也是理所當然。」

蘇梓我反問：「傲慢不是伊琳娜嗎？」

「伊琳娜小姐只是分享了獸印的傲慢，與蘇大人擁有色慾獸印的情況一樣，無改阿斯摩太女王同是色慾大罪惡魔的事實。」

「原來是這樣，難怪那個路西法如此目中無人。」

夏思思在旁聽得一頭霧水，歪頭問：「你們說的路西法，莫非是那個路西法？那個撒旦大人的兒子？」

蘇梓我不爽道：「就是他啊，剛在希伯倫遇見了那混蛋。肯定小時候撒旦沒有好好管教，弄得他超沒禮貌。」

「蘇哥哥說得好像鄰家小孩一樣，對方可是撒旦大人和路西法大人呢。」

「那我問妳，路西法厲害，還是本英雄厲害？」

夏思思笑道：「蘇哥哥自然是天下無敵。」

「那本英雄與撒旦相比呢？」

「也是蘇哥哥最厲害！」夏思思沒有猶疑就回答了，蘇梓我輕拍她的頭讚賞，雖然夏思思不太喜歡被摸頭就是。

「路西法嗎？」同樣從耶路撒冷回來的芭碧蘿聽到有趣的名字。「路西法是來邀請你一同前往樞罪之獄、救出撒旦的吧。」

「之前在大鹽湖妳也有聽到萬鬼之母的話，他們想做什麼妳再清楚不過吧。」

「嗯。」芭碧蘿拿著一顆蘋果，邊吃邊說：「本來我也只是想看戲罷了，但有件事不吐不快，感覺我不說的話你肯定會後悔終身，到時纏著我就麻煩。」

「妳一直都用愛理不理的態度，說出最重要的事啊。」但蘇梓我不敢輕忽，問道：「是關於什麼？」

芭碧蘿手指指腳下說：「樞罪之獄的地點，很深很深喔。」

◇

另一邊廂，一位天使長如流星般飛越十三重天，降落在月球上的基地——月之漩的三角宮殿。

月之漩曾是繁華的古神居住地，但所謂古神其實是「世界」的神族，現在天使只不過是鳩佔鵲巢，發掘原本「忒亞」在碰撞後殘餘的能量。

某程度來說，「世界」和「深淵」有點像交換了據點和角色，天使現在反而像從天外對人類虎視眈眈的異族。

「烏列爾，你這趟人間的偵察可有收穫？」

問話的是三大天使之首米迦勒，至於烏列爾，雖然未列三大天使，但擁有跟米迦勒互呼其名、無須尊稱的地位，實際上是僅次於三大天使的天使長。

烏列爾一臉英氣，全身發光，三對純白羽翼絕不比米迦勒的遜色。他得意回答：「南美洲的人類連日遭亞巴頓蹂躪，全然的人間煉獄，但那些生活在煉獄的人類反而不好應付。不過嘛，其他地區的人類好像漸漸忘記了恐懼，是時候要再獵殺一些了。」

「哦，那蘇梓我呢？他們在魔界的情況你知道嗎？」

「略有耳聞，蘇梓我擊敗巴力西卜後收其為使魔，勢頭正盛。」烏列爾冷笑道：「可是我有預感，魔界不會走向統一，而是更加混亂、更多紛爭。這正好是羞辱人類和顛覆蘇梓我家鄉的大好機會。」

烏列爾別稱「神的光」，當他充滿自信時，其聖光堪比聖主，耀眼奪目。

米迦勒便說：「正好第三聖歌團也復活過來了，這是練兵的好時候。對象就交由你決定，我只想看到那些人類絕望的樣子。」

烏列爾大喜。「正好，我也渴望看看傲慢人類的恐懼和懊悔。」

烏列爾與米迦勒都是從天魔戰爭當中，倖存的少數天使之一，並不像聖德芬那樣重新復活；他們都是經歷人類背叛後活下來的天使，因此特別仇恨人類。

然而，以往就算烏列爾仇恨人類，仍會保有天使的神格，不屑因下等人類而弄污自己的手；如今卻是一反常態，恨不得親手殺光人類，更在冷笑著。

米迦勒當然看出異樣，推測對方肯定是受了什麼刺激，但沒興趣深究。米迦勒心想：這樣也好，只要能懲罰人類，尤其是蘇梓我，什麼都好。接著他問烏列爾：「所以你決定侵略香港嗎？」

「不，蘇梓我還有另一個更大的弱點。」烏列爾在半空展開地圖，光輝的指尖停在地圖中間。

米迦勒瞬間理解，大笑道：「烏列爾，有時候我還真懷疑你其實不是天使呢，這是比起大量虐殺，更負罪孽的選擇啊。」

6

撒馬利亞的慶典一連七日，每天都有歌舞鼓樂洋溢，各地惡魔紛紛遠道而來祝賀撒馬利亞大公統一魔界；送來的賀禮堆積如山，美女無數。

然而在一片喜慶中卻有一道暗潮。這幾天，關於路西法的傳聞不絕於耳，雖不敢公開談論，但路西法的名字在小街暗巷像病毒般蔓延，甚至那些前來祝賀的惡魔也把謠言帶回家鄉，越傳越遠。

於是到了第三天節慶的早上，在王宮的定期早會上，佛爾卡斯便提出討論：「最初路西法的存在只是個傳言，到現在所有人都接受了他就是撒旦大人的獨子，風向變得可真快。」

雅典娜說：「當日路西法趁幾萬士兵齊聚廣場時出現，說不定就是為了要讓更多人親眼目睹自己。」

蘇梓我嘆道：「那混蛋心機真重。」

雅典娜抬抬眼鏡，冷靜分析：「傲慢的路西法遭蘇大人當眾拒絕，內心肯定不是滋味，不會就此罷休。再者，我也無法想像路西法會低聲下氣請求大人幫忙。」

「哼，那半龍人還能把我如何？」

「製造混亂。」雅典娜說：「撒旦是魔界之皇，又是最強的古龍，當世界混亂到無法收拾的地步，或是只有撒旦能收拾的地步，蘇大人就不得不救撒旦出獄，這應該是路西法的打算。」

蘇梓我生氣回應：「所以路西法會利用他撒旦獨子的身分，到處煽動勢力造反嗎？真是個不折不扣的混蛋。」

「路西法甚至不用出手，只要展現他的存在，反抗勢力便會想盡辦法恭迎皇太子、對抗蘇大人。畢竟魔界群魔臣服的並非三大公，而是唯一的惡魔之皇撒旦。」

「惡魔之皇……」蘇梓我越想越不甘心，自己辛苦這麼久，到頭來卻要把功勞拱手相讓給那個自閉的撒旦，就單單因為牠是惡魔之皇。

不對，這樣就算蘇梓我救出撒旦，之後率領群魔大戰天使的也不是自己，而是撒旦。蘇梓我驚覺自己變成配角，不禁洩漏心聲：「不如殺死撒旦好了。」

「萬萬不能！」佛爾卡斯與埃力格聞言大驚。在場眾魔不僅是娜瑪睜大雙眼，就連思思亦惶恐地告訴蘇梓我：

「不可以在魔界隨便說這些話啦，如果被其他惡魔知道，蘇哥哥就變成整個魔界的公敵了。」

「那個撒旦真有那麼厲害，值得所有惡魔追隨？」

娜瑪說：「你忘記幾千年前，就是撒旦大人帶著一眾瀕死的地方神逃到魔界，才得以躲過滅族命運嗎？就連蘇萊曼王都敬重撒旦大人，你就不要這麼計較了吧。我可不想看見你這笨蛋連撒旦大人都得罪。」

「但牠的兒子已經得罪我了。」蘇梓我始終對撒旦抱有疑惑，說不定他獨自一人也能對抗天使？為什麼連萬鬼之母都看不起自己，誰說一定要倚靠撒旦的。

這時雅典娜看了下平板電腦，對眾人說：「撒旦之事暫且擱下，有幾件要事報告。」

蘇梓我沒有意見，雅典娜繼續說：「先是來自莫斯科牧首尤里一世的信件。自從一個月前，天使聖歌團營救第四天使巴拉基勒失敗後，陷入沉寂的天使軍勢再度活躍起來；俄羅斯邊境不斷有士兵目睹天使蹤影，又有來自歐洲的難民說，他們看見天使軍團正朝俄羅斯集結，似乎有所行動，特此告知。」

蘇梓我聽罷搖頭。「又是麻煩的天使。」

「接下來也是天使的消息，來自埃及開羅，聖瑪格麗特大主教的信……略去一些親暱的問候，信中內容大致與尤里一世相同。開羅最近也有市民目擊天使越海，至今聖瑪格麗特已親手擊退數十名天使了，推測天使會有更大規模的攻勢。」

蘇梓我笑道：「瑪格麗特幹得不錯嘛，好久沒有獎賞她了。」

「最後是來自利小姐的。」雅典娜說：「香港海域同樣有天使在海面聚集的報告。現在利小姐已下令全城備戰，向萬鬼之母借來的鬼族士兵亦忙亂不堪，氣氛愈益緊張。」

「可惡，誰敢碰雅言我跟他拚了！」蘇梓我怒得破口大罵，卻忽然想起不尋常之處。

「這不是太過巧合了嗎？莫斯科、開羅、香港，這三地橫跨了三大洲，怎麼忽然都傳出天使出沒的報告。」

「假如只有這樣還不算巧，真正的巧合是，地上地下都同時有人在製造混亂。」

蘇梓我明白雅典娜的弦外之音，便問她：「該如何應對？」

「不困難。蘇大人可以利用這機會，送諸位魔神前去支援。」

「原來如此。」蘇梓我命令：「娜瑪，妳通知一下妳娘親和姊姊回去支援莫斯科。思思和伊西斯妳們去開羅一趟，尤其是思思，妳應該知道自己的任務是什麼吧？就之前提過的。」

「知道，一定不會讓蘇哥哥失望。」

蘇梓我點頭續道：「娜瑪跟本王到香港看看……」

雅典娜忽然打斷：「不好，從南太平洋教區傳來的急報，說有一隊完整的天使聖歌團正朝南太平洋出發，沿途擊沉了眾多船艦！」

見雅典娜罕見地失去冷靜，蘇梓我問：「南太平洋是迦蘭管轄的聯合教區……迦蘭呢？她現在身在何處？」

「迦蘭樞機正好回到所羅門群島安胎，根據傳統她一定要回去誕下一族的公主……」

「混帳東西！」蘇梓我咬牙切齒。「娜瑪妳一人先前往香港，我要親手教訓那群天使！」

7

天使聖歌團總共四團，各有相對應的聖歌兵器：勝利的權杖、公正的聖杯、勇氣的寶劍，以及智慧的金幣。

此夜的南太平洋上空，烏列爾高舉勇氣的寶劍，率領第三聖歌團吹響號角，莊嚴神聖的樂音傳遍方圓百里，包括他們腳下整齊排列的數十艘船艦。

船艦是澳洲教區的海軍，剛從布里斯本趕來，由當地樞機指揮。這位樞機並非首次面對天使，以往他也曾率領聖殿騎士追捕過天使，但此次對手卻是整支天使軍隊、傳說中的天使聖歌團，他心裡早有赴死的覺悟。

「不能讓天使接近迦蘭樞機，各位弟兄守住防線，向天使開火！」

一聲令下，分散排列的幾十艘船艦在甲板浮起魔法陣，砲轟天空！砲擊聲震耳欲聾，漫天魔法球照亮黑夜，海面反射閃閃火光，灼熱高溫直衝天使聖歌團——

但夜空忽然亮如白晝，一陣光輝甚至蓋過萬千火球的光芒；月明星稀，天使的聖光迎面吞噬了砲火，無數巨形光柱從天而降、轟炸教會艦隊。教會騎士立即展開護盾，卻擋不了半秒，海面上連環炸出大大小小的蘑菇雲；海面波濤洶湧，教會騎士死的死、傷的傷，全被拋到海中。

烏列爾得意嘲道：「這就是與神光爭輝的下場。」

「烏列爾天使長，敵艦全數沉沒，我們可以繼續進軍了。」

豈料烏列爾冷笑駁道：「沉沒？我們要殺的不是冷冰冰的鐵塊，而是有血有肉的人類。上吧，把沉船內的異教徒找出來，親手處決。」

七位力天使向烏列爾提劍盾，立正敬禮。「要異教徒懺悔罪行！」

此時號角更響，福音襯托著四翼天使、兩翼天使潛進水裡，搜捕生還者並逐一砍殺，溺死者同樣刺劍以確保完全死亡。其實這都是沒有戰略意義的行為，但烏列爾看得十分滿意，哈哈大笑。這場惡耗很快就傳到了所羅門群島上。

「艾因加納……對不起，我應該聽妳的意見，不該回島上。」

迦蘭聽聞海上負責保護自己的騎士全軍覆沒，傷心過度，加上身懷六甲，感到一下眩暈差點倒地，幸得艾因加納在旁扶著。

圍在茅廬集會所的族人見狀，紛紛擔心叫著要她保重身體，在旁近衛騎士亦勸說她休息。

艾因加納附和：「妳是一族公主，延續傳統在島上誕下小公主是理所當然，並非妳的錯……錯在我太低估天使的殘暴程度了。」

所羅門群島確實不利防禦，周圍沒有屏障，最接近的軍事基地更相距兩千公里遠。再加上海上作戰，人類與天使相比更處劣勢。

迦蘭安坐位上，輕撫肚子，已是七個月的身孕。她說：「我最不希望腹中女兒有任何意外，同時也不願看見大家被天使殺死，我不想連累大家。」

族人齊聲道：「迦蘭公主不要這樣說，我們才不能讓公主和胎兒有危險！除非天使把我們整族殺光，我們都不會讓天使傷害公主一根汗毛！」

艾因加納柔聲說：「你們都是我的子民，我的兒女，必要時，身為古神的我會保護大家——」

「不行。」迦蘭緊抓艾因加納的手，語重深長道：「假如妳解開封印，就等於把最後一點燭芯都燃燒殆盡，以後就不能再跟妳一起，我捨不得。我相信還有其他辦法，勇者大人一定會──」

「公主！」一名族人撲到迦蘭面前，慌張說：「海面越來越多天使了！該怎麼辦？」

「先冷靜下來，我們島上布有迷陣，群島中每座小島從高空鳥瞰，都是一模一樣；就算是天使，也無法一眼就找出我們位置。先冷靜下來，冷靜才能找到方法。」

但就算如何冷靜也不能坐以待斃，艾因加納說：「要盡快撤退了，迦蘭妳跑得動嗎？」

「勉強還行……」

「那就躲進火山裡吧。即使天使找到島上，他們要攻陷神族的火山也不是那麼容易。」

族人都同意艾因加納的話。「請公主前往聖地避難。山上神靈一定會保佑公主，我們也不會讓天使踏進聖地一步！」

迦蘭搖頭。「你們也要一起進入聖地避難。」

集會所突然靜下來，族人議論紛紛：「不、不能這樣吧？我們不能亂闖聖山，這樣會沾污聖地的。」

「聖地？」迦蘭捧著肚子站起來，反問族人：「這是何者的聖地？如今連我們族人的母神、『永遠的艾因加納』都同意大家前往聖地避難，你們不遵從，即同違反公主和神靈的意旨──」

語音未落，轟炸聲便在海岸響起！這裡與海岸相距數百尺仍感到一陣搖晃，顯見天使的劍刃已相當接近。

艾因加納馬上攙扶迦蘭步出集會所，喝令：「大家一起護送公主上山！」

才剛說完，又有另一道光柱把島上大地炸出深坑，後續爆炸聲此起彼落，是聖歌團的聖光轟炸──族人們這時像被摑耳光般清醒過來。

於是上百位族人當機立斷，決定拋棄長居的村落，護送公主穿越森林、登上火山。火山山腰有前往所羅門聖地的祕道，艾因加納都是從那裡運送所羅門寶藏，現在則是守住全族性命的生死門關。

◇

「終於找到蘇梓我的血脈。」天上的烏列爾笑說。

一位天使報告：「烏列爾大人，剛剛搜過村落已空無一人。」

「一定是在火山，他們躲在火山裡，裡面有所羅門的寶藏。」烏列爾對蘇梓我的事瞭若指掌。

下屬天使馬上包圍島中心的火山，以聖魔法波長偵測，並回答：「天使長大人聖明，火山中有著強大干擾，大人要找的人類肯定就在山中。」

「強大干擾？」烏列爾有點意外。「難道蘇梓我的女兒也擁有不尋常的力量？真有趣。」於是下令：「活捉那個母親吧。」

七千名天使隨命令衝到火山口，準備闖山。

8

「迦蘭妳的臉色很差，不如先躺下來休息吧。」

迦蘭深呼吸數下後，回答艾因加納：「謝謝妳的關心……咳咳。」

火山內空氣混濁、滿布灰塵，對一個孕婦來說，絕不是能安心安胎的地方。子宮中的嬰兒似乎也感到不適，不斷在迦蘭體內亂踢掙扎，弄得迦蘭更加辛苦。

她撫著肚皮說：「母親知道妳也辛苦了，但只要再過一會兒，妳的父親一定會來救我們的，再忍耐一下好嗎？」

說話時，迦蘭已是滿頭大汗，臉色因岩漿洞內的火光被照得通紅；其他人同樣汗流浹背，爬了半個小時躲進這攝氏四十多度的避難洞，而今晚的火山，好像比起平日特別活躍。

艾因加納知道迦蘭擔心族人，她環顧四周確認狀況：洞內全族連同近衛聖殿騎士超過百人，如果被天使攻陷一切就完了，到時她也只能解放虹蛇力量與天使一搏。

但在這之前，希望這座火山能撐住至少半小時，那大約是她們求救的消息傳到撒馬利亞所需的時間。

此時一位騎士打斷了她的思緒，向迦蘭報告：「天使已發現我們的行蹤，七千規模的兵隊正往火山口高速移動。」

迦蘭臉色越來越差，艾因加納則拍一下她的肩膀，柔聲說：「請放心，我們從祕道而來，天使卻要從火山口入侵，火山的意志不會讓他們得逞。」

於是她站了起來，靠近一角，雙手與額頭緊貼岩壁，與火山共鳴……

整座火山突然發出低沉巨響，火山內的通道變形，有如機關活塞開闔，組合成火砲的槍膛——

轟隆！彷彿是火山巨神的震怒，伴隨千度高溫一併爆發，岩漿沿主通道直噴天際，誓要將在火山口集合的天使炸得片甲不留！

迦蘭掩著耳朵，待火山靜止後問艾因加納：「成功了嗎？」

至少殺死低階天使也好，畢竟她知道就算是艾因加納，也沒有能力殺死高階天使。

艾因加納閉眼感應，周圍聖殿騎士也用魔法探測山外情況，報告：「火山口上的天使波長確實被炸散，但數量仍是未減……」

畢竟在火山口的是烏列爾，他是這顆星球上最強的光，其餘火光只會被他蓋過，失去光芒的火焰威力更是大打折扣。沒有閃光的雷電、就連黑光都沒有的魔法火，在「神的光」面前只是黯然失色。

迦蘭凝重地問：「艾因加納，老實回答我，這樣我們真的能撐到半小時嗎？」

艾因加納沉默片刻，低聲回答：「為求保險有其他方法，我去看看所羅門的寶藏，也許會有頭緒。」

所羅門王在亡國前，把以色列的財寶盡藏於火山之中。不過就連艾因加納也無法分辨出所有寶物，一直以來，她都只是把金條等財寶用來換取金錢和權力。

「艾因加納，我也要去看看。」迦蘭大腹便便地狼狽站起，還得靠著騎士左右支撐，族人見了都十分擔心——

然而此時眾人耳邊卻傳來天使的福音，歌聲從火山口漸漸逼近。

迦蘭告訴騎士：「你們留在這裡保護村民，我和艾因加納一起走便可，不用擔心。」這也是無可奈何，但有個好消息，救兵同樣即將趕到。

◇

此時天使聖歌團在火山上空急忙調動，兵隊中間的烏列爾面有不悅。「那個人比想像中來得快，結界都準備好了嗎？」

「回天使長大人，七位能天使已依照大人命令，在島上布下七重結界——」

突然一道電流火花在黑夜竄過，並非旱天雷，而是結界捕捉到入侵者。只見一條赤龍從天而降，島上七重結界如無形電網、包住龍軀，想雷殛赤龍——

「愚蠢的人類，果然如我所料自投羅網。」

全身觸電的蘇梓我發狂大叫：「可惡，就是你們偷襲本王的女人！」他毫不畏懼，衝向由雷電交織的繩網，強行衝破一層、兩層、三層——

烏列爾喃喃道：「縱然早有準備，沒想到還是攔不住，實在有趣。」

「天使長大人，聖歌隊已分成兩隊，隨時回頭追擊那頭龍。」

「嗯，我太熟悉那個人類了，一直看著他，卻可惜暫時不能親自跟他玩玩，只好讓你們處理了。」烏列爾指揮說：「其餘天使繼續衝往火山，我好想把蘇梓我的孩子抓回來玩呢。」

烏列爾邊說邊笑，其他天使也看出他對蘇梓我的異常執念。這時派去火山的天使已全數闖進火山，收起翅膀，在錯綜複雜的火山甬道中尋找迦蘭身影——

「是人類的氣息，這邊！」數十位天使提起劍盾，在窄巷通道前進，卻猛然殺出銀光閃爍的聖殿騎士反擊。

這邊廂已是短兵相接，那邊廂艾因加納扶著迦蘭走到一道十尺高的大門前，大門呈三角形，門框卻是倒三角狀，合起來就是六芒星。

迦蘭走近門邊，門旁有個奇怪的岩石鍵盤裝置，她純熟地敲點密碼，像碰觸水面泛起魔法陣的漣漪，一陣「嘟嘟」聲響，正三角的大門便左右自動打開。

開門後，寶庫自動亮起魔法光，寶藏堆積起來反射奪目光芒；只見寶劍壓住珠寶，珠寶又疊在金條堆上，還有寶石從寶藏山滾了下來，撞擊著各種財寶發出清脆聲響，直至滾到地上停在迦蘭腳邊。

艾因加納說：「這些原本是蘇萊曼王為了反擊作準備的資金，說不定也有對付天使的利器。不過當中寶劍多不勝數，有裝飾用的，也有儀式用的；我去年才開始接觸這些寶具，至今還沒能完全分辨出來……迦蘭？」

但迦蘭無法說話，按著肚子坐下大叫。

「艾因加納……好像，要生了……」

「這、這太突然了！」

「艾因加納，妳能幫我接生嗎？」

艾因加納連忙扶迦蘭躺下，盡量安撫她的情緒。可是迦蘭痛得大叫，越叫越大聲，滿頭大汗面容扭曲──

「不行了，她真要出來了……！」

所羅門寶藏似乎也有所共鳴。魔法火光一明一滅，整座寶藏山像地震般震動，像有股魔力迫不及待破繭而出，迎接公主的誕生。

火山上空的戰場上，三千名天使包圍蘇梓我，劍尖並排一波波輪流襲向赤龍首尾；蘇梓我原地迴身不斷爪擊，但天使的魔法鋼盾堅硬無比，再加上鋒利劍刃刺穿了龍鱗，鱗縫濺血染紅海面，使得蘇梓我不得不龍嘯嚇敵。

懸浮一旁的烏列爾笑道：「愚蠢的人類，所有行動都在意料之中。此人類曾在這座火山島留下深刻記憶，要從魔界以最快速的方法前來，必定會用到轉移術。但轉移術有個缺點，就是依照空間距離和移動質量，會消耗巨大魔力，因此他只能逞匹夫之勇隻身闖來，正中我下懷。」

大天使又心道：不過，能戰到此地步已帶給我不少娛樂，至少讓他知道誰才是真正的主人——

此刻一火柱照亮了夜空，火山爆發一次比一次巨大猛烈，幾乎是耗盡整座火山島蘊藏之力，噴出的火柱甚至穿越雲霧；無數火球墜落森林，神聖的森林已是一片火海，原本的村落更早被火舌吞噬。

只是烏列爾感到奇怪。「火山的意念正在生氣，而且反覆無常，無法預測。究竟發生了什麼事情？」

◇

確實無法預測，艾因加納也沒料到，自己會在所羅門寶藏前幫忙接生。女嬰先從迦蘭體內冒出頭來，接著又伸出雙手，抓著地面，用力一掙——就連下半身也出了來，小公主迫不及待要看這個世界。

小公主天賦異稟，皮膚是與母親一樣的棕色，卻透出火光；頭頂有一小撮紅毛豎起，彷彿吸收了火山的力量。不對，艾因加納看見小公主站起來時雙目燃燒，這是古神附身，小公主帶著當地太陽神的神格誕生了。

「偏偏是好勇鬥狠的古神啊……」

但初生嬰孩的身軀不好控制，頭重腳輕，還有臍帶拖著後腿。於是小公主的右手發熱，用兩指夾住肚臍附近，燒斷了臍帶！還真是位非常熱血的小公主。

接著她小心翼翼地張開雙手，左搖右擺地步向所羅門寶藏。整個寶藏庫猛烈抖動，堆積了數十尺高的寶藏山在她面前發出沙沙雜音；裡面有寶具要從中鑽出，縫隙間綻放金光——是一團神火，神火變形為火岩盔甲，自動穿戴在小公主身上；又有六枚太陽神砲和一個孔雀屏狀的支架浮起，支架固定在背甲上，分叉盡頭水平插上太陽神砲，正面看果然是孔雀開屏的模樣，只不過孔雀羽翅上的「眼睛」成為了砲口。

躺在地上的迦蘭見此場景不禁吃驚，但艾因加納冷靜地說：「那就是太陽神庇菈。她身後的孔雀屏象徵散射的太陽光，亦是太陽神背後的神光。」

◇

此時天使已入侵火山，只有數十人的聖殿騎士自然守不住通路，一邊伏擊一邊撤退，已盡了最大努力拖延，但始終無法阻止天使入侵避難所。

避難所空間寬闊，能坐上數百人，現在卻擠滿全副武裝的天使，團團包圍住族人。然而他們和騎士都打算在此地以死相拚，至少為迦蘭公主多爭取幾秒時間——

霍霍！忽然火光掠過，緊接著天使士兵的慘叫聲四起，幾十名天使被岩漿應聲擊倒！天使還沒搞清狀況，岩漿火球卻變本加厲連環砲擊；小公主化身移動砲台轟炸天使，每走一步便轟飛上百位天使，就算天使用盾牌擋住，仍被燃燒的岩石重擊撞到牆上。小公主身後的孔雀屏是命運的輪盤，宣告著天使的命運。

一位天使大喊：「那、那是什麼怪物，必須滅掉她！」

天使隊長卻猶疑：「不行，天使長吩咐我們要活捉惡神的女兒，應該就是她——啊啊！」

砲火無情，小公主體內源源不絕的魔力，供給背甲的太陽神火砲轟炸天使，一片灼熱的腥風血雨。

不過太陽神火砲只能攻擊正面敵人，此弱點很快就被天使發現，一雙白翼突然從左側突襲小公主，小公主身體尚年幼行動笨拙，反應慢了不止一秒——

但那名天使卻發出慘叫，全身皮膚都燒焦，帶著破爛羽毛彈了開來。當小公主感到恐懼時，高溫甚至能隔空焚燒低階的敵人。

然而天使不吃同一招數，其他天使已咬牙切齒地不斷逼近小公主；幸好艾因加納及時趕到，站在窄道入口大叫：「大家快過來我身後避難！」

族人們紛紛跑到艾因加納身後，輕傷的拚盡力氣逃走，重傷或失去意識的則由其他族人和騎士救出。最後小公主擋在洞口面，一孩當關，萬夫莫敵；窄道中小公主連環發砲，天使找不到空隙無法正面靠近，又不能殺死她，頓時一籌莫展。

◇

火山外，蘇梓我依然力敵天使，他眼前對手不但是三千名天使士兵，還有七位力天使、七位權天使。蘇梓我無法破陣，為求自保已是使出了渾身解數，稍有鬆懈就會被天使圍攻至死，雙方難分高下。

當然，烏列爾加入戰場的話大概能打破平衡，但這不是烏列爾的盤算。他其實一點都不想殺死蘇梓我，只想製造混亂罷了。

「果然事情發生了變化，米迦勒交給我的第三聖歌團，我總不能就這樣讓他們送死。」

烏列爾身旁的天使問：「天使長大人，我們還是直接把那些異教徒殺死吧？」

「不，下令全軍撤退，今天收穫已經足夠。」

下屬天使明顯動搖，烏列爾明明對蘇梓我如此執著，而現在就有個殺死蘇梓我的機會，烏列爾卻不感興趣。

「要我再說一遍嗎？」

「不、不敢……」天使便吩咐同伴吹響撤退的號角，號角聲傳至火山內，火山口便有幾千名天使紛紛飛出離開。

包圍蘇梓我的天使也是聞聲撤退，他們向外四散，再無敵對之意，立即退回烏列爾的身邊保護主帥。蘇梓我正想看看究竟策劃這場攻擊的天使是什麼模樣，但天使團已重整軍陣，再看不見中間的烏列爾。

10

戰場恢復平靜，連火山也靜了下來，只有森林大火不斷燃燒，燒得蘇梓我極為焦慮。他變回人形飛進火山內，迫不及待要確認迦蘭等人的安全。

沿著魔法火藥的氣味追蹤到火山洞內，滿地躺著死傷的族人與聖殿騎士；牆上的凹痕無數，可想而知此地剛才的激戰程度。

「蘇先生，見到你真好！」艾因加納把傷藥交給騎士後，便走向蘇梓我。「只有先生一人嗎？外面的天使怎麼了？」

蘇梓我生氣回答：「可恨啊，天使數目太多，不只二翼的，還有四翼的，統統都在阻礙本王救人。迦蘭呢？她人在哪裡？」

「請放心，迦蘭和她的女兒都安好。」艾因加納走向躺在地上休息的迦蘭，抱起小公主回到蘇梓我身邊。

蘇梓我看見小公主在如此情況下仍能安詳熟睡，心想這丫頭果然遺傳了他的英雄血統，便身心都鬆懈下來，突然失去知覺暈倒了。

蘇梓我暈倒是魔力和體力透支。之前遠征希伯崙期間，幾乎喘息的機會都沒有，剛剛又以一人之力對抗幾千名天使，頻繁使出撒旦力量，就算擁有神骸身軀，也無法承受如此龐大的耗損。

幸運的是，蘇梓我只須休息，尤其以色慾補回力量即可。然而今天晚上，天使軍和烏列爾所計劃的，並非只是襲擊所羅門群島。又或者說，烏列爾想綁架蘇梓我的女兒，不過是興之所至，真正的目標則是第四號角天使——巴拉基勒。

同夜，米迦勒親率第一聖歌團突襲莫斯科，雖有各路援軍合力擊退，但巴拉基勒從莫斯科逃走的消息，也要留待蘇梓我等人回到撒馬利亞後才能得知了。

一喜，一憂。

王宮的例行早會上，蘇梓我起初聽見壞消息心情有點差，但想起喜事便在眾魔面前大笑說：「本王的女兒平安誕下，就連天使想搶也搶不走，哈哈！不過繼續留在地上實在太危險，這段日子迦蘭和艾因加納會先在撒馬利亞休養，大家可要小心照顧她們……咦？艾因加納妳怎麼也在這裡，妳不是在照顧迦蘭母女嗎？」

艾因加納看起來有點疲倦，答道：「阿提蜜絲在照顧聖德芬，我拜託她暫時照顧迦蘭和公主。我來，是想說一下關於小公主的事。」

「剛才我看她睡得很甜，應該沒什麼問題吧？」

艾因加納反問：「蘇先生知道昨晚為何我和迦蘭都沒有受傷？」

「一定是因為本王大殺四方，嚇得天使聞風而逃。」

艾因加納閉眼回應：「蘇先生確實牽制住天使，但火山內還有另一號人物及時登場，是她把天使擊退的。而那個人……正是小公主。」

「妳說我那個可愛的女兒嗎？」蘇梓我心情不錯，笑著回應：「艾因加納啊，說笑也要分場合嘛。」

「小公主她現在的確跟普通孩子無異，但昨夜確實是她拯救了我們，用所羅門的寶藏擊退了天使。」

蘇梓我滿肚子困惑。「就那剛出世的孩子？連站都站不穩吧？」

「沒錯，現在的小公主連站也站不穩，就像平凡嬰兒一樣。不過她體內有一古神存在，她誕生時就與太陽神庇菈的靈魂同在了。」

「就像雅言那樣古神附體嗎？」

艾因加納搖頭道：「有點不同。利小姐是額外讓維斯塔女神的力量寄附自己身上，而小公主可是天生的坎比翁。」

「坎比翁？」蘇梓我記起伊琳娜的身世，喃喃道：「坎比翁不是夢魔和人類誕下的孩子嗎？我和迦蘭都不是夢魔啊……慢著，難道迦蘭被其他夢魔污辱了？」蘇梓我馬上指著娜瑪：「是妳嗎？是妳污辱了迦蘭？」

娜瑪臉紅駁斥：「再笨也要適可而止，女性和女性之間就算是惡魔，也沒辦法繁殖啊！」

艾因加納解釋說：「雖說坎比翁是夢魔族和人類所誕下的後代，但這也是夢魔與人類的親和性較高之故，較容易繁衍而已。加上夢魔與人類所誕下的坎比翁多半夭折，而其他惡魔與人類生孩子的個案更是稀少，久而久之，大家便以為半人半魔的坎比翁一定是夢魔所生，其實不然。」

蘇梓我緊張問道：「人類和其他惡魔很難產子嗎？」

「本來不同種族交配誕下後代，這就已有違世界的法則，只有某些種族如人魚族，她們處於繁殖期時則不在此限。」

「原、原來如此，所以不是本王的問題。」

艾因加納疑惑。「蘇先生在說什麼？」

「沒、沒事。」蘇梓我轉移話題：「但既然本王是惡魔大公，誕下坎比翁也再正常不過嘛。」

「不，小公主的惡魔基因是遺傳自迦蘭小姐。蘇先生應該記得迦蘭的身世吧？」

火山島上，每位公主在成年時都要在聖泉度過一晚；美其名是神聖的感孕儀式，實際上是邪神作祟，只不過迦蘭那次，是蘇梓我討伐邪神後代為與她一起「行神蹟」罷了。這樣說來，火山島的歷代公主都是半人半魔，甚至每一代都更接近惡魔的靈魂。

艾因加納補充：「當然蘇先生也不是平凡人，先生的靈魂沾有古龍族撒旦的血，所以誕下的公主血統，在坎比翁當中也是比較複雜的。」

「所以我的女兒屬於什麼種族？」

「因為超越了法則，種族是隨機……用人類的語言來說比較像突變。」

蘇梓我喜道：「那不是很厲害嗎？雖然世界由本王來拯救就好，還不用讓她煩惱。」

「是很厲害沒錯，但坎比翁通常都會有兩個極端的面向。好比伊琳娜能化身白龍，小公主亦能變成太陽神庇菈，連外貌都有所不同。昨夜擊退天使的小公主，跟現在正熟睡的她可說是判若兩人。」

艾因加納越說，臉色越凝重：「而且太陽神庇菈……是個比較棘手的神，性格暴戾，至少不能說是善神。在遠古夢幻時代，庇菈就愛好用陽光烤熟人類來吃，是個會吃人的神。」

蘇梓我不以為意。「小孩子都喜歡把東西放進嘴裡嘛，不要緊，慢慢管教就行。不過剛才說到伊琳娜……」

「對不起，是我太沒用了。」伊琳娜站在殿上垂頭道歉：「沒想到米迦勒突然調動大軍偷襲莫斯科教堂，我和母親大人趕到支援時已經太遲，只能目送巴拉基勒帶著第四號角返回天界……」

母親阿格蕾則說：「至少我們保住了聖父喔。」

蘇梓我生氣道：「這是當然，如果連聖父都丟掉，我早把妳們全家人吊在城門當門鈴了。」

娜瑪抗議：「為什麼連我都要懲罰，本小姐有到香港替你擊退天使啊。」

「擊退天使是妳們的分內事，思思和伊西斯也擊退了埃及的天使，而且思思還帶來額外的戰利品呢。」蘇梓我說：「反倒是莫斯科讓巴拉基勒逃脫，那天使很可能又會吹響那殺人號角，世界又有大災難了。」

雅典娜說：「所以要珍惜時機，蘇大人還是跟路西法和好，先把撒旦大人救出來吧。」

蘇梓我交叉雙手苦惱著。「要救撒旦的話，又要找路西法，又要忍受他那傲慢的嘴臉，本王才不去求他。」

「但計畫不就是這樣嗎？不論是路西法的計畫，還是蘇大人的。」

蘇梓我無法反駁雅典娜。「就讓路西法得意最後一次。」

11

「你們聽說了嗎？希伯侖那邊很多人都說見過路西法皇太子，那些戰敗的貴族都在四處尋找皇太子的下落，聽起來是真的存在呢。」

撒馬利亞城外一小鎮上的某間酒館，酒館內喧嚷嘈雜酒氣薰天，有幾名半獸人坐在角落竊竊私語。

大個子的半獸人邊喝邊說：「這怎麼可能，要是路西法真的存在，怎麼會銷聲匿跡幾百年，又偏偏選這時候出現？」

戴眼鏡的半獸人冷笑道：「你們的消息也太慢了吧，撒馬利亞廣場上剛剛張貼了公告，說撒馬利亞大公親自承認了皇太子的存在。」

「什麼？」同桌的獸人緊張追問：「公告上還有寫其他東西嗎？皇太子出現的話，難道我們又要投靠新的主人？」

「那些事都不重要，最重要的是，撒馬利亞大公還宣布與路西法皇太子一起迎接撒旦大人回歸，似乎已掌握撒旦大人的下落。」

「撒旦大人！」旁桌的惡魔聽見撒旦的皇名，都紛紛吵嚷：「只要撒旦大人重掌魔界，我們魔族就能再次強大！地上教會元氣大傷，撒旦大人必定會帶我們攻回到地上，再也不用怕那些人類和天使——」

「噓！小聲點，你忘記撒馬利亞大公也是人類出身嗎？」

「就是這樣我才不喜歡。如果是撒旦大人回來就好了，又或者路西法大人也行。雖然蘇大公管理是沒什麼問題，但他可是人類啊……總覺得有點奇怪。」

◇

關於路西法與撒旦重臨的消息，在城內城外傳得沸沸揚揚，魔界似乎又在醞釀另一場翻天覆地的變革。而當事人則正在王宮裡安然地大吃大喝。

蘇梓我決定要跟路西法合作後，便下令魔界全境張貼告示，大張旗鼓地宣布要與路西法一同迎接撒旦回歸。既然路西法是撒旦的兒子，路西法也不得不現身與蘇梓我見面，否則便會被其他惡魔質疑。

「漂亮的以退為進，這樣蘇大人不用親自去找路西法，路西法反而得要上門求見。」雅典娜如此評價。

「反正我也不知道那傢伙身處何處。」蘇梓我望著雅典娜，問：「是說妳怎麼會在這裡，今晚可是本王的家族晚宴，妳是以什麼身分出席？」

雅典娜淡然回答：「我是來輔佐娜瑪大人的。」

連日征戰，接下來又要硬闖樞罪之獄救出撒旦，也不知又會遇上什麼危險。因此今晚難得眾魔聚首一堂，蘇梓我便在王宮筵開數席，招待後宮並為小公主慶祝誕生。

至於晚宴，負責煮菜的，或者說負責蘇梓我起居飲食的，當然是專屬女僕的責任。只要看到娜瑪忙得滿頭大汗、煮飯的模樣，蘇梓我便感到十分愉快、覺得有趣。

蘇梓我又望著雅典娜說：「不是說來幫娜瑪的嗎，怎麼不見妳在忙？」

雅典娜坐到席上喝茶，回答：「我不會煮飯。」

「人家也不會煮飯呢。」粉紅夢魔也坐到席上感嘆：「娜瑪不愧是我的女兒，真能幹。」

「阿格蕾太太，妳前後兩句話互相矛盾。」

阿格蕾生氣地糾正雅典娜：「叫姊姊！夢魔族是不會老的。」

她身後還有個害羞又自卑的伊琳娜，蘇梓我心想這家族果然還是太吵了，便走到另一桌，迦蘭正好抱著公主走進宴會廳。

「今晚很熱鬧呢。」

「哇哈哈哈，所有人都是來給妳和公主祝賀的。」蘇梓我迫不及待想把嬰孩抱過來，旁邊的艾因加納便小聲提醒：

「公主還在熟睡當中，蘇先生請溫柔點。」

「知道了、知道了。」蘇梓我把公主放到臂彎中，像搖籃般慢慢搖晃，仔細看著她的臉。

這時的公主確實與之前在火山內不同，圓渾胖臉沒有殺氣，臉蛋也軟綿綿的，頭頂的紅毛也十分柔軟。

蘇梓我感嘆道：「說起來，竟然會有個小孩在我手上呢。」

迦蘭說：「她可是我們的孩子喔，你不會忘記當晚聖泉的事吧？」

「當然沒有忘記。只是我在想，怎麼我只是發洩一下就突然有個小孩了。」

「別說得孩子好像是由精氣變成的啊。」

蘇梓我望著公主的五官，越看越覺得跟自己相似，有種奇妙的感覺。

「就等孩子的父親為她取名字呢。」

其實蘇梓我已為此苦惱了一天一夜，他就是拿不定主意，畢竟替小孩取名可是一件大事。

「還是回來再取吧。」

「嗯，我等勇者大人回來。」

「——哦哦！」忽然有聲音靠近，聖德芬衝過來興奮大叫：「是人類的小孩！」她想搶抱公主，卻被蘇梓我按住額頭制止。

娜瑪連忙走過來教訓蘇梓我：「聖德芬也是我們家的女兒啊，你這笨蛋不能偏心。」

蘇梓我說：「那我也抱抱聖德芬好了。」

「不行，笨蛋是個變態！」聖德芬嚴厲拒絕。

蘇梓我白眼望著娜瑪。「妳是怎麼教女兒的？」

「她只是在說事實！」娜瑪又大叫：「糟了，忘記我還在煮菜！」

「唉，希望聖德芬沒有遺傳到妳的笨就好了。」

娜瑪牽著聖德芬跑回廚房，回頭罵道：「不是親生才沒有遺傳呢！」

「小孩子——！」聖德芬的聲音遠去。

也許有空就讓她跟公主一起玩吧，反正她們心智年紀好像也差不多，蘇梓我如此想著。

「蘇哥哥。」最後輪到夏思思纏著蘇梓我，從後面抱住他說：「明天早上路西法皇太子一定會來找蘇哥哥呢。」

「嗯，怎麼了？」

夏思思一改平日稚氣的笑臉，認真勸說蘇梓我：「如果可以的話，還是不要跟路西法皇太子作對比較好……就算要對抗，也千萬不要跟撒旦大人為敵。」

之前佛爾卡斯也是千叮萬囑，告訴蘇梓我要順應撒旦之意。

「這不由得我選擇，要看路西法的表現。」

夏思思微笑說：「明白了，蘇哥哥一定要早點回來，跟思思生小孩呢。」

蘇梓我拍打她的頭：「生了小孩，妳的胸也能長回來吧！哈哈！」

「蘇哥哥還是有偏見呢。」夏思思鼓頰搥打著蘇梓我。在前往樞罪之獄前，蘇梓我在眾女相伴下，度過了溫馨的一夜。

12

清晨，整個撒馬利亞城的惡魔都從睡夢中驚醒，因為感應到撒旦的魔力靠近了。龍車從暗空飛來，拉車的龍雖只是半翼龍，但車內是真正的龍族皇太子；路西法騰雲駕霧而至，撒馬利亞王宮的守衛都紛紛敬禮。

蘇梓我今天也特別早起，與眾魔神在王宮大殿等候路西法。這是關係到魔界，以及這個星球命運的一次會面。

「蘇梓我。」路西法依舊穿著灰斗篷，但無法遮掩他的高傲英姿。「我已經看到各大城鎮的公告，你什麼時候改變主意想找我合作了？」

蘇梓我同樣趾高氣昂，回答路西法：「此刻統治魔界的是本王，本王自然要謀求子民的福祉，將撒旦從樞罪之獄救出。」

「真奇怪，這跟你之前說的話完全相反呢。」路西法嘲諷道：「聽說不久前，天使分別襲擊地上教會，你更被第三聖歌團團劉重傷，差點連骨肉都保不住。所以說缺乏王者器量的人，終歸無法坐穩王座，還是得請求吾皇撒旦來主持大局。」

「說得好像親歷其境一樣。」蘇梓我忍下怒意。「算了，拯救撒旦是答應萬鬼之母所求，與你無關，更與撒旦無關。」要說的話，拯救撒旦也是蘇梓我雙親的宿願，蘇梓我想清楚後，才接受與路西法一同行動。

「我對人類的想法也沒有興趣，只要結果能使撒旦重臨就行。」路西法問：「我看你也不喜歡廢話，準備好出發了嗎？」

「樞罪之獄在哪裡？」

「比鬼界更深的地方。」

◇

路西法與蘇梓我兩人登上半翼龍車，轉眼飛到城外隨便一個通往鬼界的深坑前。只見坑洞內有無數漆黑惡鬼衝往魔空，排疊如黑柱，蘇梓我不禁心想，最近惡鬼的數量好像比他初到魔界時更多了，是星星的靈魂變得更污濁嗎？

路西法一言不發，揚手使啟明晨星驅散惡鬼，黑柱瞬間灰飛煙滅，通往地底深淵的隧道變得通明，猶如白晝。

路西法沒有任何表示，便一躍而下飛往深淵。蘇梓我緊隨其後，當穿越魔與鬼的界線時，身體異常沉重，意識像快被剝離身體。靈魂剝離感是他熟悉的感覺，但這次感受又有些陌生。以往蘇梓我只能憑藉本能探知靈魂流動，摸黑在羊腸鬼道穿梭；如今啟明晨星引導蘇梓我朝往地心飛行，他清楚看到各種奇異岩石在身邊高速掠過，地道牆壁像某種內臟般的噁心。這時蘇梓我才發現，鬼界地道四通八達儼如迷宮，是星球等級的巨大迷宮，複雜性遠超出想像。

突然視野豁然開朗，路西法帶領蘇梓我來到一座地底空洞，一望無際。

懸空的蘇梓我望向地面熊熊烈火，嘆道：「這是熔岩？地獄？但很不可思議，即使這座洞被火光照得通紅，卻不會像火山內高溫灼熱。」

路西法答道：「那是低溫火，是幻象的火，不燒肉體，只燒靈魂。這裡不是地獄，也不是樞罪之獄，這只是第一道入口。」

「樞罪之獄的入口？第一道入口？」蘇梓我閉目感應四周波長，續道：「這裡有很沉重的靈魂數目，是靈魂循環的一部分嗎？」

路西法有些訝異。「想不到你的感覺還算敏銳。樞罪之獄本來就是靈魂循環的盡頭。」路西法問：「就你所知，靈魂的循環是什麼？」

「所有靈魂生死有時，但死亡帶來的負面情緒，加上生前遭受的污染，生命必須回歸靈魂循環加以淨化，才能夠重生。」

事實上萬鬼之母正是能干涉循環、吞下樞罪並產出惡鬼，所以才被稱作萬鬼之母。至於那些天使，本來就不屬於『世界』的靈魂，才會沒有壽命，也不受靈魂循環的束縛，平凡生命無法殺死天使亦是這個原因——蘇梓我如此理解。

路西法嗤之以鼻。「確實你們人類有好好學習教會的教導。不過樞罪究竟是何物？為何萬物有原罪，天使卻沒有，那真是正邪之別嗎？所有答案都在於樞罪之獄當中。」

語畢，路西法飛向低溫火海，二話不說就潛入其中，背影從熊熊火焰中消失。蘇梓我一知半解，只能無奈地跟著跳進火海，赫然看見海底之下又是另一個巨大空間。

這才是地獄的感覺。在火海中，他看見一個個浮游靈體面目猙獰，被另外的奇異靈魂用像剪刀的器物切斷身體；所斷的部位不是其他，正是生殖器。蘇梓我看得痛苦，稍不留神，那些切人生殖器官的靈體已飛來了亮刀——

路西法擋在面前，橫手一揮；靈體沒有五官，被路西法的晨光一掃更化成微塵，不似人形。

蘇梓我驚問：「那是什麼鬼東西？」

「那是『深淵』的靈魂抗體。」見蘇梓我一臉無知，路西法愉快笑道：「鬼界的迷宮迴廊就像是這顆星球的『血管』，用你們人類的語言來說，這第一道門就是『深淵』第一重免疫系統的關卡，剛剛那東西就是白血球。」

這顆星球本就是「深淵」的土地，如今「世界」的靈魂入侵星星的核心，免疫系統便會群起殲滅外來的病毒，或名為「世界」靈魂的細菌。因此，切斷外來靈魂的生殖器，即代表抑制細菌繁殖。

路西法說：「這就是樞罪的由來，這裡正是『色慾之獄』。傷殘的靈魂縱然之後由萬鬼之母淨化，但它們在色慾之獄所受的苦卻是無法磨滅；越是壓抑越是反彈，重生的靈魂帶著強烈慾望重生，這也就是教會所說的『原罪』。

「帶著色慾的靈魂在地上作惡，死後回歸『色慾之獄』再受更嚴厲的懲罰、折磨，背負更深重的罪孽輪迴。靈魂的循環，起初藉由萬鬼之母還能穩住天秤，但經歷無數循環後，天秤不但傾倒，用來支撐的支柱更幾乎折斷，最後承擔壓力崩潰的重任，你知道是誰吧？」

蘇梓我回答：「樞罪之獄的撒旦。」

路西法冷笑說：「走吧，第二獄在等著我們，那裡有更凶狠的惡鬼、靈體，還有刑罰。」

13

原本身處低溫火海，當越過另一界線後，火海空間赫然變得通透。蘇梓我隨意伸手攪拌眼前空間，已分不清自己是懸浮於海中、火中，還是空氣裡。

眼前雖是無色，卻有異常惡臭衝進鼻間。蘇梓我連忙往來源一看，瞧見腳下大地堆滿腐屍，屍上有蔓藤、蛆蟲，黑色的黏液浸滿岩地，此地儼然是靈魂的亂葬崗。

「他們是被『餓死』的。」路西法說：「第二層『暴食之獄』，獄卒會斷絕靈魂的養分，使他們失去動力，只能在飢餓中爬行掙扎、同類相吃。」

蘇梓我聞言仔細一看，那些靈魂斷肢有血有肉，他後悔這時自己擁有超常視力，預視術的清晰視力使他幾欲作嘔。

蘇梓我催道：「趕快去救撒旦吧，我不是來看垃圾堆填區的。」

「你好像忘記我們正在入侵地獄呢，要再前進就得拿出真本事。」

路西法冷笑，同時已有無數餓鬼包圍兩人。路西法先行示範一招，放出一瞬閃光、刺盲餓鬼的眼睛，蘇梓我則召喚雙劍，幾道火軌就將幾十隻餓鬼切斷。

可惜事與願違，餓鬼的血引來更多餓鬼，連正在受苦的靈魂都一擁而上，蘇梓我殺之不盡。一旁的路西法只是拍掌讚嘆：「薩麥爾的雙劍依舊削鐵如泥，不愧是天使的兵器。」

「你這混蛋站在一邊做什麼，不會要我統統殺掉所有餓鬼吧？」

路西法嘴角揚起反問：「你辦不到嗎？」那副嘴臉實在欠打。

不過此時蘇梓我的右手手背放出黑暗魔光，蘇梓我頓時領悟，身負七罪的自己不可能被暴食難倒，於是丟下雙劍，伸掌擋於大批餓鬼群前，大喝一聲！

暴食的魔力從手掌溢出放大，魔掌蓋過千百隻餓鬼，他五指抓緊握拳——無數餓鬼就被蘇梓我的「暴食之手」吞噬，魂飛魄散，其餘餓鬼見狀皆逃。

蘇梓我全身亢奮，感到血液沸騰，像消化了無數靈魂，嘆道：「這是巴力西卜的能力啊……」

「你總算能駕馭其他大罪惡魔的力量了。」

語畢，路西法以晨星開路，照耀眼前大地，直至大地盡頭是無底的斷崖，那是通往第三獄「貪婪之獄」的路。

蘇梓我御風而行，越過界線，一道清脆悅耳的金屬聲響在耳邊令人昏醉。前方的路西法降落在斷崖前，崖下是個無窮盡的金幣海，閃閃生輝，比所羅門的寶藏還要巨大百倍。

不過金幣海也是地獄，被囚禁於貪婪之獄的靈魂只能被金幣束縛、汲汲營營。罪魂分成兩批，雄性要把所有金幣反轉成正面，雌性要把金幣轉成背面，如此一來，兩方永無止息的一天，靈魂最終消耗殆盡。

蘇梓我看得不耐，便用魔力把所有金幣變成甲蟲飛走，地下那些辛勤工作的靈魂一時間不知所措，只顧著追逐亂飛的甲蟲。整片金幣海騷動起來，引來貪婪之獄的「獄卒」包圍蘇梓我和路西法。

貪婪之獄的獄卒都用最堅硬的鑽石為劍、盾、鎧甲，十分耀眼。蘇梓我二話不說劈砍其中一獄卒，肩膀便已感到有點痠。

只見路西法垂下雙手，在他眼前忽有光刃交錯亂舞，一眨眼，所有獄卒便紛紛身首異處，被殺於無形。

路西法笑道：「別在這種地方浪費時間了，我們還有四獄要走呢。」

沿著金幣的河流飛行，兩人來到怠惰之獄，感到身體越來越沉重——但不能休息，怠惰之獄反而是勞役靈魂的地獄。

因過度的勞役而產生怠惰的原罪，因怠惰之罪死後，會遭更嚴厲的刑罰，已分不清楚罪和罰的因果關係了。

還好在所有大罪惡魔之中，貝爾芬格與蘇梓我算是較多交流，能輕鬆催動怠惰的大罪魔法催眠眾靈，無事地離開荒漠，轉眼來到一處幽暗峽谷。

峽谷是嫉妒之獄，獄卒靈體看見大公王與皇太子駕臨，便煽動所有靈魂一同圍捕。

蘇梓我與路西法沒有交談，卻有共識，左右散開各自狩獵。路西法操縱光影殺敵，蘇梓我則用大鐮收割靈魂，兩人不分伯仲，轉眼獵殺靈體無數。嫉妒之獄原本只是充斥謾罵，但殺戮過後一片哀號。

路西法回頭望著蘇梓我，又再次冷笑，似乎十分享受，接著拉緊斗篷又飛向下一關的傲慢之獄。當然，路西法身為傲慢的大罪惡魔，傲慢之獄的一切他不放在眼內，只用眼神就把擋路者轟得煙消雲散，連半分鐘花不了，無阻龍皇太子的行進。

已踏破六獄，距離撒旦被囚之地只差一步，卻忽然瀰漫著銳利的殺氣。

一直瞧不起獄中靈體的路西法不其然地道：「果然在這裡，我找了幾百年的獵物。」

坐鎮憤怒之獄的是一頭龐然巨獸，龍身豺首，雙目總是燃燒著，想殺人一般；灰色毛皮上插滿刀劍槍戟，比起刺蝟，更像是一座會走路的劍塚，其身軀比化身赤龍後的蘇梓我還要巨大。

萬鬼之母給牠起了個名字，名為睚眥，意即怒目而視，為龍生九子之一，也是樞罪之獄最後的門神。

——吼吼！龍嘯一聲，不但鼓動蘇梓我的心臟，空間更是天地變異——天地紛紛消失，只剩下混沌包圍他們，蘇梓我感到麻煩，便問路西法：

「你找牠幾百年幹什麼？」

「有看到牠身上的萬種兵器嗎？地上的人死了以後，不但靈魂被噬，武器也被牠藏起來，世上失落的神兵器大多插在牠身上，不是很有趣嗎？」

蘇梓我也喜歡武器，最好就是不費力氣就能毀天滅地的，便滿心歡喜地飛向睚眥——

睚眥見他來襲，張開巨口，口吐巨劍閃出巨大火花——蘇梓我應聲被轟退數尺。只見睚眥不動如山，擺好姿勢對蘇梓我虎視眈眈，不知誰是獵人誰是獵物。

14

身為魔界的第一人，繼承撒旦力量的大公王，蘇梓我怎麼可能被一頭怪物擋住去路？

他與睚眥怒目相視，但睚眥視線竟是無形之刃，一陣寒氣直逼眼前；蘇梓我凝聚魔力於眼，透視氣刃去向，橫身避開才不至受傷，卻仍然不好受。

殺人視線嗎？蘇梓我想起盲聾術，便咆哮一聲，切斷邪龍的視力聽覺。

「終究也只是頭魔物，大約男爵惡魔的力量罷了。現在一旦眼盲，看你還有什麼把戲！」

蘇梓我乘勝追擊，左右焚風雙劍便往睚眥的豺首劈去！但睚眥這怪物很奇怪，頭大身小，臉比龍身還要寬，最愛嘴銜寶劍，齒顎力大無窮，張口就咬住蘇梓我的火劍不放。

於是蘇梓我催動右掌魔力，往睚眥嘴內轟炸——只見睚眥嘴巴放開退後數步、左搖右擺，又盲又聾的怪物果然不足為懼。

但路西法說：「現在高興還太早，牠可是憤怒之獄的主宰。」

說時遲那時快，睚眥伏下吟誦咒語——蘇梓我望見自己的五指漸漸消失，原來是混沌瘴氣充滿了空間，遮住蘇梓我的視線。就算預視術也無法看破混沌，而路西法的晨星縱然有至高光芒，但也無法照亮憤怒之獄，正如陽光無法穿透墨汁一樣。

這時蘇梓我才明白路西法的話，假若是在魔界，這頭魔物他一掌就能轟死；可是獄中的睚眥與混沌混為一體，眼前唯有其身上的萬件武器反射淡光，彷彿自己是與萬件懸浮的利器對戰。

蘇梓我冷靜下來，喃喃道：「居然以眼還眼，奪去我的視力。」

說到一半他突然耳鳴頭痛起來，混沌中，不止光線就連聲音也無法傳遞……一股殺氣襲來，同時一隻手抓住蘇梓我的肩，拉走了他。

路西法以魔力傳話：「這樣你還配得上皇血？」

「少囉嗦，剛才就算你不出手，我也能接下那怪物的拳。」

「很遺憾，那是尾巴。」

路西法的冷笑聲再度傳出，笑得蘇梓我心煩意亂。他沒想過失去聽覺就連保持平衡也有問題，而且剛才想發力避開亦力不從心。

蘇梓我心道：每跨一層地獄身體就越發沉重，大概很接近核心了吧，要盡快解決這頭怪物才行。

此時他唯一能看見的，只有插在睚眥身上的萬刃，刃光從右側飛撲過來，看來睚眥是要向路西法攻擊——

劍光一閃，路西法的斗篷立即被劈成兩半！但他本人已繞到睚眥身後，半身反光的龍鱗，在漆黑中猛力賞睚眥一拳，睚眥的龐大巨軀閃出眩目火光，在混沌中不受控地翻滾。

整個過程無聲無光，卻無聲勝有聲地震撼；正當蘇梓我仍在摸索自己在獄中的力量，路西法卻輕鬆地給了睚眥重擊。

「可惡，我也能殺死那怪物。」說時遲那時快，蘇梓我擲出雷斧，青藍閃電曲折劈向睚眥，在邪龍厚肉上擊出雷光，雷斧直插背上，睚眥卻不為所動。

路西法嘲笑問：「人類，你還不明白嗎？」

不是不明白，只是沒有留意罷了。蘇梓我看見佩龍雷斧傷不到睚眥，路西法赤手空拳反而能轟飛邪龍；又想起那怪物身上插有萬刃，真相自明。

於是蘇梓我張開雙翼飛到睚眥背上，舉起拳頭要給路西法見識自己的力量——卻感到路西法冰冷的視線彷彿在告訴自己：就是這樣，按照皇太子的話去做吧……

「荒謬！」蘇梓我心想，就算世界規則不能用刀劍殺死睚眥，他偏偏就要這樣做。「我蘇梓我就是天不怕地不怕，正是把不可能變為可能的英雄！」

「太愚蠢了，想法跟小孩無異，為何萬鬼之母如此重視他。」

路西法搖頭，但蘇梓我現在要收手也已太遲了。就算不可為也要為之，一不做二不休，他伸手召喚殺死邪龍的最強武器——豈料與蘇梓我魔力共鳴的，不是自己收藏的武具，而是手邊一把斷劍。蘇梓我沒有多想，從睚眥背上拔出幽光斷劍，立即劈向睚眥！劍刃飛快切斷厚肉，同時鮮血氣味四濺，睚眥巨軀受創抽搐！

路西法大惑不解，只見蘇梓我得意大笑，四周魔力旋風匯聚刃上，蘇梓我又是一劍刺穿睚眥脊柱，邪龍嗚呼長嘯後軟攤倒下，混沌便消失了。

靈魂連同其他雜音流動的聲音重現，空間亦恢復光明，天地回歸，睚眥的屍體倒在荒野，引來被囚禁於憤怒之獄的一眾靈魂圍觀。

路西法急步走來，拿起蘇梓我手中劍查看，恍然大悟。「是灰啞色的納格林。」

路西法續道：「此古劍就是人類專門鍛造用來屠龍的。古丹麥史詩英雄貝奧武夫，就是用這把劍打算與火龍決戰，豈料戰到一半劍刃斷掉；結果貝奧武夫與火龍同歸於盡，灰啞劍則輾轉流落到睚眥身上嗎……」

蘇梓我笑道：「還是得靠本王讓屠龍劍復活、劈死邪龍，哈哈！」

「把劍交出來。」路西法冷靜地警告蘇梓我。

「為什麼？」

「我剛才說過了，劍是專門殺害龍族的邪物，接下來你就要進入樞罪之獄救出吾皇撒旦，我怎能讓你帶灰啞劍與撒旦大人單獨共處？」

路西法眼神堅定，不棄劍肯定不罷休。蘇梓我心感時間緊急，想著路西法的話也不無道理，避免夜長夢多，只好將灰啞劍交給路西法。

路西法道：「謝謝了。」

此時空間震動，腳下睚眥骸體化成一團漆黑，變成地洞入口，直通無底深潭。路西法說：「睚眥是樞罪之獄的守門邪龍，牠死了你就能穿越牠的身體，走到靈魂循環的盡頭，與撒旦見面。記住，你是萬罪之身，同時萬罪不侵，自然有能力完成任務。」

「不需要你解釋。」

蘇梓我望向路西法，始終猜不透他的思緒。但計畫已進行了一半，離救出撒旦只差一步之遙；蘇梓我跨步走向黑暗的傳送門，身體一下就被吸進樞罪之獄。

路西法目送蘇梓我和樞罪之獄的入口消失，暗笑道：「再見了。下次見面會是五十年後，還是一百年後呢？」

15

「不可以，絕對不能殺死蘇梓我。」

當時路西法到鬼界求見萬鬼之母，卻被她否決了建議。路西法質問：「妳身為至高靈，為何執著於一個下等的靈魂？如今蘇梓我已不可能為『世界』討伐『深淵』，留他活口是徒增變數。」

「即使如此也不容許你殺他，這是妾身與他雙親之間的約定。」

路西法不滿，反問：「那我不殺他，懲罰他總可以吧？」

「你打算做什麼？」

「妳會知道的，但不會明白。」路西法心道：一百年對萬鬼之母來說不過眨眼之間，但對人類而言已是一生。

靈魂昇華的喧叫把路西法從回憶中拉回現實，那時一時意氣的決定，現在想來並沒有錯。

路西法目送睚眥屍體消失，萬刃化作磷光飄浮四散。他握著手中灰啞劍說：「能用劍殺死劍塚的人，一生強運，令人討厭。」

還好今天是大吉之日，既送蘇梓我到樞罪之獄，又得一神劍；路西法心知此地不宜久留，也恨不得看看那些人驚訝的臉孔，便收劍飛回魔界。

此時撒馬利亞王宮，娜瑪在殿上來回踱步了兩個小時，旁邊則坐著聖德芬逗玩著籠內的巴力

西卜。

雅典娜見主人魂不守舍，便道：「娜瑪大人就算擔心也要多休息，現在只能相信蘇大人能早日救出撒旦、完成使命。」

「可是已經十天！十天音訊全無，怎麼讓人不擔心那笨蛋！」

「如果一切依計進行，蘇大人應能逢凶化吉……」雅典娜心想，當然計畫也不是百分之百可行，她沒到過鬼界，不清楚鬼界的實際數據如何，也許會出現誤差。

娜瑪知道鬼界的時間流逝跟魔界和地上不一樣，之前也有類似經驗，只是十天實在太久了。

——又或者他不會再回來了。

斗篷男子步入宮殿，說：「至少這一百年不會再見那個人。」

「路西法！」娜瑪衝上前質問：「這是什麼意思？蘇梓我不是跟你一起去救撒旦大人嗎？他們在哪裡？」

「仍在樞罪之獄吧，我不像蘇梓我能身負七樞罪，無法與他一起走進樞罪之獄，只好回來探訪妳們，順便報個平安。」

「既然蘇梓我平安，那何須等一百年？」

路西法冷笑回答：「樞罪之獄一天就是百年。但是否只需百年，還得看那人類能不能在一天內救出陛下呢。」

或者說，蘇梓我沒跟撒旦打起來已是大幸了。

◇

——重力能扭曲空間，影響時間的流動。因此位能越低的空間，時間流動就越慢。

回憶中的女聲如此解釋，她說這是愛因斯坦的廣義相對論。

他記得另外有美女這樣告訴自己：「樞罪之獄的地點，很深很深，甚至比起無底洞的鬼界更深，已是星星的核心所在了。」

這顆星球十分特別，擁有雙星的核心；核心的質量異常地高，核心的時間流逝異常地慢。

「位置高的，例如環繞地球運行的人造衛星，它們的時間就比地面的快，縱使只有千億分之一的差距。」

女聲繼續解釋：「同樣道理，往下延伸，位置越低的，位能越低，扭曲就越大了。起初不會察覺時間的分別，正如地上和魔界的時間差距；但越接近核心，扭曲便以等比級數遞增，直到鬼界便能感受到明顯差異。」

古印度有極微細的時間單位：一剎那者為一念，二十念為一瞬，二十瞬為一彈指，二十彈指為一羅預，二十羅預為一須臾，一日一夜有三十須臾。一日一夜，就是接近五百萬個剎那。

古瑪雅也有極宏大的時間單位：一阿托盾為二十金奇盾，一金奇盾為二十卡拉盾，一卡拉盾為二十皮克盾，一皮克盾為二十伯克盾，一伯克盾為二十卡盾，一卡盾為二十盾。一盾即一年，一阿托盾就是接近六千四百萬年。

時間的線性遞增已是如此，從鬼界到第一獄、第二獄、第三獄、至第七獄，時間越來越慢，停留半小時已等於十天，即約五百倍。不過只要跨越最後的界線，樞罪之獄內，時間流逝是五百倍的七十倍，一天便是一百多年，這是萬物的法則。

◇

——還得看那人類能不能在一天內救出陛下呢。

大殿上路西法冷笑續道：「先不論蘇梓我要花多少時間解開陛下的枷鎖，就算救出之後，若蘇梓我執著無謂的自尊，不肯服從陛下，甚至在陛下聖前狂妄自大……每拖延一天就是另一個百年，不知道在座有誰能活著迎接他回歸了。」

娜瑪怒不可遏，卻無法動皇太子一根汗毛，生氣反問：「一百年之後，魔界和地上會變成什麼樣子？」

「說不定人類都滅亡了吧，連同蘇梓我的勢力一併消失，包括在魔界的勢力。然而對惡魔來說，再等一百年的差別並不大，反正陛下已被困獄中千年了。」路西法說：「這同時也給蘇梓我一個教訓，這是他自找的。」

「究竟蘇梓我做錯了什麼，你要這樣害他？我們都是同坐一條船上要對抗天使啊！」

路西法聽完覺得好笑，畢竟蘇梓我不可能全心全意與「深淵」為敵，而眼前這個惡魔竟懵然不知。

「算了，」路西法轉身說：「接下來，就讓我欣賞蘇梓我不在的這一百年，世界會變成怎樣，人類又會如何墮落吧。」

16

又過了大約兩個星期，七月裡風雲變色，第四號角吹響了。

第四位天使吹響號角，太陽的三分之一，月亮的三分之一，星辰的三分之一都被擊打，以致日月星的三分之一黑暗了，白晝的三分之一沒有光，黑夜也是這樣。

——《啟示錄》（8：12）

如同烏列爾所言，蘇梓我不在的期間，魔界似有暗潮，愈發混亂。米迦勒便趁此機會率領聖歌團掩護巴拉基勒吹響號角，目標正是最大的地上敵人——莫斯科正教會。

第四號角把漫天飛蟲吹到俄羅斯，蟲子蠶食了三分之一的陽光，三分之一的月光；用魔法砲轟也無法把飛蟲一網打盡，如野草春風吹又生，隔天又再次蠶食日月，遮蔽天空。

天變地異，又過了一個月，米迦勒率四大聖歌團重重包圍莫斯科，是天使復活後最大規模的戰爭，震驚了整個人類社會。

縱使莫斯科頑強抵抗，可是失去了蘇梓我，迦蘭亦正休養身體無法主持大局，導致教會聯盟鬆散，莫斯科死守三天已達最大極限。

尤里一世無計可施，只好下令召喚聖父還擊——卻正中米迦勒的下懷。

莫斯科一戰，三大天使聯手制伏了聖父，成功救出聖父，即使正教會如何投入大量兵器仍是徒勞，最後大敗於天使之下。戰後，莫斯科正教會損失了超過一半的兵力和軍備，只能苟延殘喘，眼睜睜望著天使返回美國的新教會。

天魔戰爭之前是天人戰爭，人類處於劣勢已成定局；這時已來到八月的最後一日，人們卻不知下個八月是否會來臨。

這兩個多月，蘇梓我情況如何？

由於時間流動的差異，蘇梓我不久前才剛來到樞罪之獄，是地底的深處，昏暗無光，得用魔法火來照明。

火光對比黑暗實在太弱、太渺小了，但紅光剛好照到前方巨岩，仔細一看，岩上竟出現了龍鱗——莫非這巨岩正是紅龍撒旦？

「你是撒旦嗎？」

蘇梓我浮起魔火緩緩升天，照亮眼前紅龍的胸脯、脖子、頭頂；赤龍閉目皺眉，神情痛苦，原來被七條鎖鏈縱橫刺穿了身體，扣住牠的龍骨，源源不絕地吸入七罪。

「真是沒出息。」蘇梓我又想起路西法剛才的臭臉，一股無名火起，有點不想救牠出獄，便道：「反正是萬鬼之母叫我來的，但我有個條件：我不會聽命，也不會交出我的魔神部眾和權力地位，反而你應該報答我救命之恩才是！」

蘇梓我想了一想，又說：「不如這樣，你把魔界的皇座讓給我，我就救你出獄，這交易聽起來不錯吧？」

紅龍始吭聲回答：「為何你渴望得到魔皇的地位？」

蘇梓我愣住了，並非因為紅龍的話，而是牠的聲音，竟清清楚楚是一道成熟穩重的女聲。蘇梓我問：「妳是誰？撒旦呢？」

紅龍反問：「你不是要找我嗎？」

「所以……撒旦是女人，不對，是女龍？」

撒旦痛苦嘆道：「你連我的身分都一無所知……為何萬鬼之母會派你作為使者。」

事實上古代龍族一向是雌龍比雄龍強大，但撒旦的威名已超越性別，全魔界都知道撒旦是雌龍，並不會特別提起。因此蘇梓我此刻感到相當驚訝。

「不對啊，我記得路西法與我見面時，他說我是繼承他父王力量的人？妳是他的父王？又或者他不是妳的兒子？啊啊，好混亂！」

撒旦冷靜回答：「路西法確實是我的獨生子，他是半龍人，他的父王是蘇萊曼，這樣能解釋你的疑惑嗎？」

「不……咦？」蘇梓我盯著撒旦名副其實的龍顏，不知如何反應。

撒旦說：「該輪到我發問了，你剛剛說是萬鬼之母派你前來助我，可真有其事？外面世界現在如何？」

蘇梓我依然試圖定神，答道：「雖然不知妳待在獄中度過了多少天，但魔界距離天魔戰爭已過三千年了。確實，全靠妳在樞罪之獄淨化靈魂，『世界』才得以休養生息，人類和惡魔族也繁盛起來。再加上萬鬼之母已下定決心，要代替『世界』向『深淵』做個了斷，便請求我來救妳出獄，主持魔軍，率眾魔與天使軍一決勝負。」

「居然能使萬鬼之母放棄中立立場、下此決定，看來這顆星球已到了存亡之秋。」

撒旦仰天慨嘆，赤龍的嘆息帶著灼熱魔力，幾乎要燒掉蘇梓我的頭髮。蘇梓我想到自己現在只不過收復了二十五位魔神，只能借用撒旦三分之一的力量，跟本人還差遠了……對了，難怪所羅門的印戒能夠解封撒旦魔力，原來他們是這樣的關係！

蘇梓我繼續思索：古龍族嗎？惡魔什麼都試過了，但古龍的女性是怎樣的感覺……而且樞罪之獄就像冷藏庫一樣，是保鮮了千年的撒旦呢……」

撒旦同樣打量著蘇梓我，說：「所以萬鬼之母讓你背負樞罪潛入此獄，就是想解放我出來。那麼剛才你說過那些條件……」

「不，忘記之前說的吧，現在我給妳一個限時優惠的交易！」蘇梓我笑道：「只要妳以身相許，我就把妳救出此獄，哇哈哈哈！」

撒旦起初不解，但想了一想便知為何。即使她是古龍之軀，就不擇而食這點，這個人類果然與那個人有點相似。她回答：「假如你有這能力也無妨，只是要待大業成功之後。」

蘇梓我喜道：「所以妳願意跟我一同離開了吧？」

「嗯，沒有問題。」

蘇梓我心滿意足，伸手抓住色慾的鎖鏈把它吸進獸印，但實際上是撒旦借蘇梓我的手解放枷鎖。才剛斷開一鏈，蘇梓我又想起另一個人。

蘇梓我告訴撒旦：「話說關於妳那不肖子，我有件事不吐不快。」

「路西法他怎麼了？」

蘇梓我越想越氣。「那傢伙居然想設計陷害我，要不是芭碧蘿事前告訴我這祕密，我就要跟妳一樣轉眼待了幾百年！」

撒旦聽見有趣的名字。「芭碧蘿，那位『深淵』的至高靈？」

「對，她已經是我的部下了，哈哈。」蘇梓我續道：「還有我問過雅言，說是什麼相對論的現象？總之路西法想騙我進獄百年，妳說妳的兒子是不是很卑鄙？」

撒旦靜默細想，問：「那你想如何解決？」

「就是這東西。」蘇梓我召喚一天秤於手中，撒旦看見了，喃喃道：

「是烏圖的繁星天秤，很久以前我曾見他用此物建築空中花園，是件能以魔力改變空間質量的原初神器。」

當時得悉質屬性神器的所在位置後，蘇梓我立即讓同為美索不達米亞古神的夏思思，借支援開羅教會之名回收神器。

蘇梓我說：「雖然我沒足夠魔力改變兩顆星星核心的質量，但至少能夠抵銷一點時間吧。如果雅典娜沒有計算錯誤，我此行只須花兩個月時間，比一百年縮短幾百倍。」

「雅典娜是奧林帕斯的地方神，烏圖是蘇美爾的地方神，你果然已經集合眾神了呢。」

撒旦放心下來。也許現在正是終結一切的時候，包括報仇。

17

撒馬利亞一酒館內依舊熱鬧，幾個獸人又聚在一隅高談闊論魔界時勢。

「兩個月了，撒馬利亞大公還是音訊全無，不會變成下個失蹤的撒旦大人吧？」

「倒是路西法大人全身而退，卻沒透露蘇大公的下落。現在整個魔界都在懷疑蘇大公會不會已經死了呢。」

「據說亞巴頓的舊部在耶路撒冷邊境造反，你們知道是誰鎮壓了叛亂？」

「也是路西法，用三天時間就收拾了邊境的貴族。」

「只花三天，其實是貴族向皇太子投誠罷了。」

「不過蘇大公不在，巴力西卜大公又退下來，亞巴頓大公則捨棄魔界到地上作樂，魔界現在總得要有惡魔出來主持大局啊……」

——砰砰！巨響後酒客霎時肅靜，目光集中到一個兩角壯魔身上；他一拳把酒桌搥成木屑，大聲喧鬧：「不行！這樣下去魔界就完蛋了！」

圍觀者竊竊私語，不知到底發生什麼事情。

巨角惡魔舉起雙手，對在場酒客大聲宣告：「天使戰勝了人類，控制了地上，還把聖父救了出來；反倒撒馬利亞大公說要營救撒旦大人，如今他在哪裡！」

酒客附和：「撒馬利亞大公是人類出身，人類就是信不過啊！」

眾魔想起蘇梓我的人類身分，紛紛起了疑心，甚至在猜測他是否為教會派來的間諜。於是所有人大數蘇梓我的不是，直至撒馬利亞的衛兵衝入酒館制止。

身穿白銀戰甲的雅典娜帶著二十名衛兵包圍酒客，喝道：「聽說這裡有惡魔鬧事，已經不把蘇大人放在眼裡了？」

酒客七嘴八舌回應：「可是蘇大人不在撒馬利亞吧？為何任由天使壯大，魔界卻沒有任何行動？再這樣下去，不但我們無法反攻地上，能否守住魔界不被天使滅族就不錯了！」

聽見滅族，眾魔驚惶，又有一醉客罵道：「對啊對啊！都是蘇大公的錯，還說什麼要迎接撒旦回歸，該不會是自己一個人逃了吧？」

雅典娜用神盾底端砸凹地板大喝：「此話是對大公王的侮辱，衛兵把他押出去！」

——慢著。

門口的衛兵分成兩排讓路，走出來的是路西法。

路西法對雅典娜說：「他們的憂慮不無道理，妳若強行壓下民怨只會適得其反。」

雅典娜回答：「我只是執行撒馬利亞律法，無須路西法殿下操心。」

「不是操心，這是命令。」

「什麼？」

路西法冷笑問：「雅典娜，妳在魔界是什麼位階？可有爵位？」

雅典娜無法回答，路西法遂向她身後的衛兵說：「我是魔界皇太子，這問題由我來解決，還是你們敢對太子不敬？」

衛兵同樣靜默，酒館內則一片歡呼。果然只有撒旦之子才懂得惡魔的心聲，而不是那些外來的人類和古神。眾魔下定決心追隨路西法，路西法向雅典娜投以勝利的眼神。

◇

另一邊廂，撒馬利亞的王宮越來越冷清，娜瑪害怕蘇梓我會出意外，擔心得茶飯不思，不希望有其他人打擾，只讓聖德芬坐到殿上紅地毯上玩耍。

她站在王座前，眺望陽台外期盼蘇梓我回家，心道：什麼時候我變得這樣了，不能沒有那笨蛋的聲音陪在身邊……

聖德芬仰頭說：「娜瑪媽媽今天好像特別不開心？」

娜瑪嘆氣。「一年前的晚上，就是媽媽與那笨蛋第一次相見的夜晚，卻感覺過了很久似的。」

聖德芬只是睜著大眼望向娜瑪，不懂男女之間的感情，一直發呆坐著，聽著娜瑪喃喃自語。

這時走廊傳來雜亂的腳步聲，聽起來大約幾十人，一位衛兵火速衝到殿上向娜瑪報告：「阿斯摩太女王，路西法正帶著幾十位撒馬利亞貴族前來大殿，我們不敢攔住啊。」

說著之際，路西法等人已硬闖殿上，聖德芬見狀連忙跑到娜瑪身旁。

「好一對孤兒寡母。」

「誰讓你亂說！」娜瑪駁斥路西法。

路西法輕佻地道歉：「不好意思，蘇梓我確實還沒死，正確來說是生死未卜，希望百年後他吉人天相呢。」

語畢，引來他背後一群應聲蟲的惡魔大笑，笑聲充斥宮殿令人厭惡。娜瑪不耐地問：「這裡是撒馬利亞大公的王宮，你來這裡幹什麼？」

「這句話該讓我來問妳，妳的領地是夏瑣吧，為何留在撒馬利亞王宮中？」

「蘇梓我讓本小姐打理撒馬利亞。」

「可是自從閣下掌管撒馬利亞後，魔界邊境叛亂頻生，地上天使則戰無不勝，而妳，卻無法幫上半點忙。」

「還不是你煽動叛亂，阻撓我們支援人類！」

路西法一笑置之。「沒有證據別亂說，我所做的一切都是從魔界利益出發。事實上，夏瑣也開始出現反對女王的聲音了，我勸妳還是返回領地處理比較好。」

「吼吼……」聖德芬在一旁威嚇著，路西法當然不為所動，畢竟不過是個乳臭未乾的天使。而路西法帶來的貴族有權有勢，似乎想強迫娜瑪讓出撒馬利亞。

娜瑪反抗。「我不會讓任何人搶走這裡，就算是皇太子也休想！」

「魔界一向是有能者居之，還是妳想與我決鬥嗎？但我怕夢魔族的妳餓了兩個月沒有精氣，贏了也勝之不武。不如我們先來一場雲雨大戰？哈哈！」

娜瑪語塞，她曾勸阻蘇梓我千萬不能與路西法作對，而為了魔界利益，她也沒有資格以下犯上，給蘇梓我添麻煩。

此時城堡外風雲驟變，魔風席捲魔界大地，連接鬼界的深坑撲出惡鬼是平日百倍；空氣凝重，魔瘴包圍了撒馬利亞，低沉咒語在城內街道迴響。至今未曾有過的厭迫感，就連路西法都感到不安，皺眉望向屋外。

——哇哈哈哈！

從魔空回應的，是一道熟悉的笑聲。

18

不可一世的猖狂笑聲響徹天際，娜瑪聽得雞皮疙瘩幾乎哭出來，捉住聖德芬的手微微顫抖。

反觀路西法一時亂了心神，難以置信地跑到陽台查看魔空，心道：不可能，怎麼會這麼快就從樞罪之獄回來？一定是雅典娜故布疑陣，我才不會中計。

但笑聲是如此真實地穿透厚重魔瘴傳來：「路西法，以你螞蟻般的腦袋，想必是百思不得其解吧。不用懷疑，本王正是本王，無所不能的蘇梓我大公王！」

霎時間，魔空裂開形成漩渦，只見當中人影高舉右手，四方便有騎士隊從城外湧進撒馬利亞，四色魔神集合在廣場跪地迎接；同時另一支黑色翼騎兵護送蘇梓我降臨兵隊中間，埃力格舉槍指揮廣場上的士兵吶喊助威。

路西法終於確認了蘇梓我的樣子，不禁大驚，連忙飛到廣場當眾質問：「你是怎麼出來的……難道你拋下撒旦大人逃回來？」

「哇哈哈哈！在本王的字典裡沒有『逃跑』二字。而且我不回來，撒馬利亞眾魔又怎知道你想搶走本王的王座！」

路西法咬牙切齒，斥道：「少囂張，你知道自己現在是在跟誰對話？我是魔界的龍皇太子，你帶身後的兵馬前來是想威脅我嗎？」

路西法喝令騎士團退下，但蘇梓我的御林騎士忠心耿耿，豈會聽從？白騎士佛爾卡斯恭敬地回答路西法：「老夫和其他魔神都是撒馬利亞大公的使魔，只聽從一人吩咐，請見諒。」

路西法惱羞成怒。「可惡！你們都要造反了嗎？竟敢以下犯上，對皇太子無禮？」

這次換成蘇梓我冷笑。「真可憐。傲慢只配有能力的人，你這麼笨，哪有資格配上傲慢？你忘記把我騙進樞罪之獄的原因了嗎？」

路西法已經失去理智，舉起啟明晨星，誓要用照亮世界的光來轟炸蘇梓我——

頃刻間世界無光，撒馬利亞變得烏漆抹黑，所有油燈、火種紛紛熄滅；遠遠凌駕路西法的暗魔法，奪去了原初神器的光芒，因為此魔法的主人，本身就是超越一切的存在。

——路西法，別一錯再錯了。

所有光線瞬間恢復，只見一條魔法荊棘憑空伸出、綁住路西法的手腳，點燃蒼焰把他活生生燒起來！路西法痛苦大叫，直至龍鱗護體快超越臨界極限，蒼燃才消退消失。

何等強大的魔力，一收一放居然拿捏得絲毫不差；不但看透路西法的力量極限，更在彈指之間把他制伏。蘇梓我在旁看著，深刻感受到對方是個不同層次的存在。

傳說中的紅龍終於從漩渦降臨，只有牠才能劃破魔空，同時令地上萬魔俯首稱臣、莫敢仰視。

真是撒旦大人！

撒旦大人回來了！

這些都是惡魔的心聲。事實上，撒馬利亞所有生命都被撒旦降臨震懾，無法出聲，只有蘇梓我若無其事地站在紅龍腳邊，看別人娘親教育孩子。

撒旦蟄伏於城外山丘，降臨時地動山搖，吭聲吐息震耳欲聾，質問道：「路西法，你明白何謂以下犯上嗎？」

路西法被綁在魔法荊棘的十字架上，喘氣回答：「兒臣不敢……兒臣恭迎陛下回歸……」

「那你為何要在撒馬利亞對撒馬利亞大公出手？」

撒旦此言間接承認了蘇梓我的階位，路西法不服。「陛下三思，此人非我族類，其心必異，不可能加入我們討伐『深淵』——」

「夠了。」撒旦的這二字比世上任何劍刃鋒利，切斷了路西法任何解釋的機會，續道：「所有的事我已經清楚明白，這次是你想陷害撒馬利亞大公，我要治你的罪。」

「什麼……！」明明自己沒有做錯，路西法不明白，卻不能反抗。

撒旦命令路西法：「現在，你當著撒馬利亞眾魔，向蘇大公下跪道歉。」

路西法自然是千萬個不願意，但魔法荊棘刺穿了他的四肢，控制他強行壓到地上，拉扯他的身體向蘇梓我下跪；路西法肉體在淌血，但都比不上他心中的痛苦和屈辱。

撒旦向蘇梓我說：「吾兒不肖多多得罪了，這件事就此了結吧。」

蘇梓我撐腰神氣回答：「看在妳的份上，我就不再追究。」

蘇梓我心想順便賣個人情給撒旦提升好感，真是天才的想法，這樣離撒旦迷上自己的日子也不遠了。他淫笑的嘴臉沒有逃過娜瑪的法眼，她不禁嚇了一跳。

接著，撒旦環視四周，問：「巴力西卜何在？」

陽台上的聖德芬好奇地偷看撒旦，馬上又抱住鳥籠不想把寵物交出。撒旦的紅龍雙眼打量著她，喃喃道：「她就是那位天使嗎……算了。」

撒旦續道：「看樣子巴力西卜暫時無法管理希伯侖，至於亞巴頓，他沒有我的命令就擅作主張入侵地上，我於此宣布，兩人的封地由我親自接管。本皇要回去耶路撒冷考察，路西法你跟我走。」

電光間路西法被吸至十里外、消失不見，撒旦拍打巨大龍翅，揚起颶風，城內惡魔統統緊抓地板，皆低頭不敢亂動。

只聽見撒旦對蘇梓我說：「耶路撒冷再聚。」

接著她振翅遠去，剩下魔皇的氣息令魔瘴持續沉重，猶如撒旦無處不在，完完全全是魔界的真正主人。

可怕的撒旦離去，娜瑪連忙跑向蘇梓我抱緊他：「笨蛋，我還以為計畫失敗了！」

「哇哈哈哈，本王從來不懂失敗為何物！」

但娜瑪又驚慌起來。「話說你跟撒旦大人之間沒發生什麼事吧？」

「嗯？什麼都沒有，畢竟我無法留在樞罪之獄太久。」

娜瑪鬆一口氣，捧心說：「這樣就好了……」

「嘿嘿，不過嘛，」蘇梓我笑道：「撒旦答應了我，只要我能助『世界』打敗『深淵』，她就考慮跟我做——」

娜瑪嚇得摀住他的嘴巴。「別亂說啊，要是被其他人聽見怎麼辦？這可是對撒旦大人的大不敬！」

蘇梓我輕輕移開她的手，嘆道：「有什麼好怕，就算是古龍，也一定跟普通女人沒分別。」

「你的腦袋到底是什麼構造……」娜瑪沒好氣地說，但又想起路西法不斷說蘇梓我懷有異心，便忍不住問：「你真的會幫助『世界』打敗『深淵』嗎？路西法還一直說你不會願意打『深淵』呢。」

蘇梓我忽然冷靜下來。「這個嘛，這句話他倒是沒說錯。」

「咦？」娜瑪緊張地問：「為什麼？」

「討伐『深淵』的話，所有『深淵』的靈魂都會死去。雜種的人類還好，至少有一半靈魂是屬於『世界』，但純種的靈魂會如何？」

蘇梓我拍一拍娜瑪的頭，把她的頭轉向後方，望著同樣用水靈大眼盯著自己的聖德芬，娜瑪頓時領悟過來。

解決天魔戰爭，並沒有娜瑪想像得如此簡單。

（末日前，我把惡魔少女誘拐回家了！4　完）

國家圖書館出版品預行編目資料

末日前，我把惡魔少女誘拐回家了！/黑貓C著.--初版.--台北市：奇幻基地，城邦文化發行；家庭傳媒城邦分公司發行 2019.10（民108.10）
面： 公分.－（境外之城：97）
ISBN 978-986-97944-3-5（第四冊：平裝）

857.81 108014859

ISBN 978-986-97944-3-5
Printed in Taiwan.

城邦讀書花園
www.cite.com.tw

境外之城 097

末日前，我把惡魔少女誘拐回家了！4

作　　者／黑貓C
企畫選書人／張世國
責任編輯／劉瑄

發 行 人／何飛鵬
副總編輯／王雪莉
業務經理／李振東
行銷企劃／陳姿億
資深版權專員／許儀盈
版權行政暨數位業務專員／陳玉鈴
法律顧問／元禾法律事務所　王子文律師
出版／奇幻基地出版
城邦文化事業股份有限公司
台北市 104 民生東路二段 141 號 8 樓
電話：(02)25007008　傳眞：(02)25027676
網址：www.ffoundation.com.tw
e-mail：ffoundation@cite.com.tw
發行／英屬蓋曼群島商家庭傳媒股份有限公司城邦分公司
台北市 104 民生東路二段 141 號11 樓
書虫客服服務專線：(02)25007718．(02)25007719
24 小時傳眞服務：(02)25170999．(02)25001991
服務時間：週一至週五09:30-12:00．13:30-17:00
郵撥帳號：19863813　戶名：書虫股份有限公司
讀者服務信箱 E-mail：service@readingclub.com.tw
歡迎光臨城邦讀書花園 網址：www.cite.com.tw
香港發行所／城邦（香港）出版集團有限公司
香港灣仔駱克道 193 號東超商業中心 1 樓
電話：(852) 2508-6231 傳眞：(852) 2578-9337
馬新發行所／城邦（馬新）出版集團
【Cite(M)Sdn. Bhd.(458372U)】
11, Jalan 30D/146, Desa Tasik,
Sungai Besi, 57000 Kuala Lumpur, Malaysia.
電話：(603) 90578822　傳眞：(603) 90576622

封面插圖／Fori
封面設計／李涵硯
排　　版／極翔企業有限公司
印　　刷／高典印刷有限公司
■2019 年（民 108）9月26日初版一刷

售價／330元

廣　告　回　函
北區郵政管理登記證
台北廣字第000791號
郵資已付，免貼郵票

104台北市民生東路二段141號11樓

英屬蓋曼群島商家庭傳媒股份有限公司城邦分公司 收

請沿虛線對摺，謝謝

每個人都有一本奇幻文學的啟蒙書

奇幻基地官網：http://www.ffoundation.com.tw

奇幻基地粉絲團：http://www.facebook.com/ffoundation

書號：**1HO097**　　書名：末日前，我把惡魔少女誘拐回家了！4

請於此處用膠水黏貼

讀者回函卡

謝謝您購買我們出版的書籍！請費心填寫此回函卡，我們將不定期寄上城邦集團最新的出版訊息。

姓名：________________ 性別：□男 □女

生日：西元________年________月________日

地址：________________

聯絡電話：________________傳真：________________

E-mail：________________

學歷：□1.小學 □2.國中 □3.高中 □4.大專 □5.研究所以上

職業：□1.學生 □2.軍公教 □3.服務 □4.金融 □5.製造 □6.資訊

□7.傳播 □8.自由業 □9.農漁牧 □10.家管 □11.退休

□12.其他________________

您從何種方式得知本書消息？

□1.書店 □2.網路 □3.報紙 □4.雜誌 □5.廣播 □6.電視

□7.親友推薦 □8.其他________________

您通常以何種方式購書？

□1.書店 □2.網路 □3.傳真訂購 □4.郵局劃撥 □5.其他

您購買本書的原因是（單選）

□1.封面吸引人 □2.內容豐富 □3.價格合理

您喜歡以下哪一種類型的書籍？（可複選）

□1.科幻 □2.魔法奇幻 □3.恐怖 □4.偵探推理

□5.實用類型工具書籍

對我們的建議：________________

____

____

請於此處用膠水黏貼